문학사의 라이벌 의식 · 3

지은이 | **김윤식**

1936년 경남 진영 태생.
문학평론가, 서울대 명예교수.
저서로는 『임화와 신남철』(2011), 『기하학을 위해 죽은 이상의 글쓰기론』(2011), 『혼신
의 글쓰기, 혼신의 읽기』(2011), 『한·일 학병세대의 빛과 어둠』(2012), 『내가 읽고 만난 일
본』(2012), 『전위의 기원과 행로』(2012), 『내가 읽은 박완서』(2013), 『내가 읽은 우리 소설』
(2013) 등이 있음.

문학사의 라이벌 의식 3

초판 1쇄 발행 _ 2017년 9월 30일

지은이 김윤식
펴낸곳 (주)그린비출판사 | **주소** 서울 마포구 와우산로 180, 4층
전화 02-702-2717 | **이메일** editor@greenbee.co.kr | **등록번호** 제2017-000094호

ISBN 978-89-7682-277-2 03810
이 도서의 국립중앙도서관 출판예정도서목록(CIP)은 서지정보유통지원시스템 홈페이지(http://seoji.
nl.go.kr)와 국가자료공동목록시스템(http://www.nl.go.kr/kolisnet)에서 이용하실 수 있습니다.(CIP제어번
호: CIP2017024342)

문학사의 라이벌 의식·3

김윤식 지음

ㅇB
그린비

머리말

2013년 8월 저자는 『문학사의 라이벌 의식 1』을 저술했다. 그 서론에서 이렇게 적었다.

> 문인이란 물론 상상적인 글쓰기를 전문으로 하는 사람이지만, 그도 한 인간인지라 당연히도 인간적 삶의 원칙에서 벗어날 수 없다. 헤겔은 이를 승인욕망 또는 대등욕망이라 규정했다. 한 인간이 자기를 인식하고자 하면 타자와의 비교 없이는 불가능한데, 그 타자로부터 인식되기 위해서는 최종적으로 '위신을 위한 투쟁'(Prestigekampf)이 불가피하다. 곧 생사를 건 투쟁이 아닐 수 없다. '생사'라는 엄청난 말을 등장시켰지만, 적어도 '의식'상에 있어서는 그러할 터이다. 문인에 있어서도 사정은 같다고 볼 수 있다. 문인에 있어 타자란 기성의 문인들일 경우도 있겠지만, 적어도 '생사' 운운할 만큼 의식을 지배하는 것은 당연히도 동시대의 문인이 아닐 수 없다.
>
> 이 책에서 내가 다루고자 하는 것은 바로 이 후자이다. 범속하게 '문학사의 라이벌'이라 한 것은, '문학사'에도 동등한 비중을 두었음에서 붙여

진 것이기에 아무래도 설명이 조금 없을 수 없다.

문학사라 했을 때 과학적 용어이기에 앞서 하나의 '유기체'라는 통념에서 비껴가기 어렵다. 유기체인 만큼 생명유지를 기본항으로 하면서도 새로운 창조력을 대전제로 하는바, 이 창조력 없이는 생명유지가 사실상 타성에 빠져 조만간 불가능해지기 때문이다. 라이벌이라는 개념은 이 창조력에 관여하는 '문제적 개인'이 아닐 수 없다. 그는 창조적인 것에 관여하는 또 다른 대립적 자아인 만큼 위신을 위한 투쟁을 비껴갈 수 없다.

― 졸고, 「다섯 가지의 유형론」, 『문학사의 라이벌 의식 1』, 그린비, 2013, 8~9쪽

『문학사의 라이벌 의식 1』에서는 무애와 도남을 제외하면 동시대 문인의 라이벌 의식을 중심으로 다루었다. 『창작과비평』, 『문학과지성』 등백낙청과 김현, 김수영과 이어령의 불온시 논쟁, 김현의 『책읽기의 괴로움』과 저자 자신, 박상륭과 이문구 등의 경우가 그러하다. 그러나 2016년 8월의 『문학사의 라이벌 의식 2』에서는 조금 위로 올라가 일제강점기에서 시작하여 6·25 전쟁을 거쳐 1980년대까지 다소 폭이 넓은 시기를 다루었다. 그 내용은 다음과 같다.

첫째, 이상과 박태원. 대칭성과 비대칭성으로 이들의 문학을 볼 수 있다.

둘째, 상허 이태준(『문장강화』), 정지용(『문학독본』), 이광수(『문장독본』). 각각 시적 글쓰기, 산문적 글쓰기, 실용적 글쓰기를 대표한다.

셋째, 김동리와 조연현. 종교의 자리에 선 김동리와 문학의 자리에 선 조연현을 동시에 초월하는 글쓰기를 김동리의 「산유화」론에서 읽고

자 했다.

넷째, 이병주와 선우휘. 학병 체험을 중심으로 선우휘가 스스로 최고작으로 일컬은 「외면」과 이병주의 데뷔작인 「소설·알렉산드리아」를 비교하고자 했다.

다섯째, 이태와 이병주. 『남부군』과 『지리산』이라는, 지리산을 둘러싼 두 소설의 대결.

여섯째, 박태영과 이규. 이 둘은 모두 이병주의 『지리산』에 나오는 인물. 박태영은 지리산 빨치산 투쟁에서 가장 치열히 싸운 투사이지만 공산당원이기를 거절했다. 시골 천민 출신인 이규는 일본·프랑스 유학생이지만 박태영과 함께 지리산을 바라보며 자랐다.

일곱째, 이병주와 황영주. 이병주는 끊임없이 황용주를 닮고자 했다. 과연 그 이유는 무엇일까.

여덟째, 소설과 희곡. 「광장」과 『화두』의 작가 최인훈이 미국에서 귀국 직후 「옛날 옛적에 훠어이 훠이」를 썼다. 희곡이 글쓰기의 최고 형태라 하였다.

박태영과 이규의 경우는 대하소설 『지리산』이라는 한 작품 속에서의 라이벌 의식을 다루었고, 최인훈의 경우는 한 작가 내부의 장르상의 라이벌 의식을 다루었다. 기타의 경우는 전작과 같이 인물들 간의 라이벌 의식을 다루었다.

이제 본 저서 『문학사의 라이벌 의식 3』에서는 주로 잡지 사이의 라이벌 관계에 주안점을 두었다 『문장』과 『인문평론』은 일제강점기(1939~41) 말에 한국어로 된 두 월간 종합문예지였다. 이 두 잡지가 이 무렵 문단의 전체를 담고 있다고 해도 과언이 아니다. 그러나 불행히도 전쟁 말기(조선어 말살정책)에 함께 폐간되고 말았다. 『현대문학』과 『문학사상』은 라이벌 관계인 종합 문예월간지였다. 전자는 민족문학 '전통주의'였고, 후자는 언어예술을 지향한 것이었다. 『세대』와 『사상계』는 정치적 대립(보수와 진보)의 대변지였고, 김춘수의 '순수시'와 김종삼의 '의미 없는 시'의 대립관계, 백철과 황순원은 비평가와 작가의 대립, 이호철과 최인훈은 분단문학과 국내 망명, 이원조와 조지훈은 좌익사상과 순수전통주의의 대립이었다.

차례

문학사의
라이벌
의식 · 3

1장_『문장』과『인문평론』의 세계관

1. 난과 예도—가람의 경우

선비와 예

어째서 난초였을까. 1930년대 한국문학의 발상법을 검토할 때 우리의 논의는 여기서부터 출발되는데 그 까닭은 이 물음 자체가 원초적이기 때문이다. 여기서 원초적이란 보편적 측면과 개별적 측면에 함께 걸리는 예(藝)의 감각에 관련된다는 뜻이다. 예의 감각을 통한 감수성의 문제는 생명의 섬세한 인식에 관련된다. 생명의 인식이란 일상적 의미에서의 삶과는 의미가 다르다. 이 생명의 인식 범주는 낭만적 이로니(romantische Ironie)로서의 인식 방법의 범주에서 벗어나는 것은 아니지만 설복체로 일관한 문장가들의 차원과는 현저히 다른 원리에 의거한다. 즉 바야흐로 문학의 문제인 것이다.

　이 점을 포괄적으로 살피기 위하여 다음과 같은 삽화에서 그 발단을 삼아봄직도 하다.

지용대인(芝容大仁)에게서 편지가 왔다.

"가람선생께서 난초가 꽃이 피었다고 22일 저녁에 우리를 오라십니다. 모든 일 제쳐놓고 오시오. 청향복욱(淸香馥郁)한 망년회가 될 듯하니 즐겁지 않으십니까." 과연 즐거운 편지였다. 동지섣달 꽃본 듯이 하는 노래도 있거니와 이 영하 20도 엄설한 속에 꽃이 피었으니 오라는 소식이다. 이날 저녁 나는 가람댁에 제일 먼저 들어섰다. 미닫이를 열어주시기도 전인데 어느덧 호흡 속에 훅 끼쳐드는 것이 향기였다.

옛 사람들이 문향십리라 했으니 방과 마당 사이에서야 놀라는 자 어리석거니와 대소 십수 분 중에 제일 어린 사란이 피인 것이요, 그도 단지 세 송이가 핀 것이 그러하였다. 난의 본격이란 일경일화로 다리를 옴초리고 막 날아오르는 나나니와 같은 자세로 세 송이가 피인 것인데 방안은 그윽히 향기에 찼고 창호지와 문틈을 새여 바같까지 풍겨나가는 것이었다. 우리는 옷깃을 여미고 가까이 나아가 잎의 푸름을 보고 뒤로 물러나 횡일폭의 묵화와 같이 백천획으로 벽에 엉크러진 그림자를 바라보았다. 그리고 가람께 양란법을 들으며 이 방에서 눌러 일탁의 성찬을 받으니 술이면 난주요 고기면 난육인 듯 입마다 향기로웠다.

– 『상허문학독본』, 백양당, 14~15쪽

이 인용 속에는 난초를 둘러싼 두 사람의 겉멋 들린 초심자(상허, 지용)와 진짜 대가와의 관계가 약간의 과장벽을 동반한 채 드러나 있다.

주지하는바, 위의 세 사람은 소위 1930년대 말기 한국문난의 주류 중의 한 가닥을 구축한 『문장』파의 핵심 인물들이다. 만일 문장파의 세계관이 한국문학의 중요 측면 중의 하나라는 명제가 성립된다면 소설에서 추천된 최태응, 임옥인, 허민이라든가 시에서의 조지훈, 박남수, 박목월, 박두진, 이한직 등이라든가 시조에서의 이호우, 조남령, 김상옥 등 『문장』 출신들의 작품 세계는 그들을 추천한 상허, 지용, 가람의 정신적 체질과 분리시켜 논의하기 어려운 것이다. 앞에서 1930년대 문단의 주류 중의 한 가락이라 했거니와, 당시 최재서 주간의 『인문평론』과 『문장』 두 잡지가 춘추시대를 이루었을 때 후자의 정신적 특질을 "『문장』은 온후한 선비다운 맛으로 구상된다. 젊은 패기는 없으나 장자의 풍모와 고담적(枯淡的)이다. 〔…〕 고전에의 미태 고의준순(古疑逡巡)하는 퇴조(退潮)를 난금(難禁)한다"(直言生, 「문예지의 포름」, 『매일신보』, 1940. 10. 17)라 규정한 한 견해에 첩할 수 있다. 여기서 '선비다운 맛'이라는 긍정적 측면과 '고전에의 후퇴'라는 부정적 측면이 동시에 지적되어 있거니와, 만일 이 두 측면이 민족사적(정신사적) 안목에서 그 위치를 재확정한다면 긍정적 측면이 더욱 큰 의미를 띨 수가 있을 것이다. 이 점에 대해서는 먼저 사후 처리의 일환인 광복 군정청 문교부에서 펴낸 중등용 국어 교과서와 관련시켜 볼 수 있다. 그 광범한 교과용 도서의 영향력을 염두에 둘 때 이 점은 매우 중요한 사실이다. 이 교과서의 원형은 한성도서에서 낸 이윤재 편 『문예독본』(상, 하)으로 추정된다. 가람, 노산, 문일평, 정인보, 현진건, 나도향, 상허, 수주, 주요한 등의 글과 『한중록』, 『홍길동전』, 『춘향전』, 고시조 등을 주축으로 한 이 책의 편집 태도는 다시 그 원형을 상허의 『문장강화』에서 찾아볼 수가 있는 것이다. 그리고 이 모두의 원초적인 문제적 개인은 가람이고, 그 가람의 핵심은 난 혹 예에 놓인다. 그리고 이 가람의 정신적 기조는 선비라는 한마디에 집약된다. 따라서 난이란 무엇인가의 물음은 '선비'와 '예'의 의미 관련 속에만 있었고 또 있는 것이다.

난―예의 생리

이러한 견해는 어쩌면 엄청난 단정법 혹은 하나의 도그마인지도 모른다. 그것은 어차피 정신사적 문맥에 속하는 것이기에 많은 쟁점을 유발하겠지만, 요컨대 가람에만 국한시킨다면 다소 논의가 유연성을 띨 수도 있을 듯하다. 가람이 해방 직후 미군정 문교부의 편수주임이었다는 사실(『가람일기 II』, 신구문화사, 562쪽)은 이 경우 깡그리 잊어도 좋을 것이다. 이럴 경우 우리는 다시 난이란 무엇인가라고 묻기로 한다.

> 동국에 없는 난초 비슷하다. '긔'일쏘냐 '북도는 이 한꽃이' 달른채로 국향이라 '속' 헤쳐 난심일진대 이 진란인가 하노라.
> ―『담원시조』, 을유문화사, 43쪽

위당은 이 자작시에서 중요한 두 가지 주석을 달아 놓고 있다. "이 시조 지을 때는 적의 중압이 바야흐로 심하야 우리의 정신을 거의 부지하지 못하게 되었으므로 빗대 놓고 이렇게 말하야 혹 감발(感發)되는 바 있을까 한 것"이라 함이 그 하나인데 진란(眞蘭)에 대한 상실감이 일제에 의해 빼앗긴 것의 대치물로 상정되어 있다. 다른 하나는 "우리나라에 난초가 없다. 이산운의 '동국무진란 지유사난자'(東國無眞蘭 只有似蘭者)라 한 시구가 있다"라고 토를 단 점이다. 이 지적은 우리에게 문제적인 것으로 파악된다. 당대 고문의 석학인 위당이 어쩌자고 한갓 묵객 이산운의 시구 하나로써 우리나라에 난초 없음을 단정했을까. 바로 이 점이 위당과 가람의 차이점으로 보인다. 가람의 고증에 의하면 이산운은 영조 때 박식한 시인이었으나, 만일 동국무진란이란 표현이 하나의 비유가 아니라면 무식을 드러낸 셈이 된다. 두 가지 이유에서 그러하다. 강희안의 『양화소록』(養花小錄)에는 호남 연안에 가품(佳品)이 있으며, 식물 조사에 70여 종이 나와 있는 터이다. 이런 사실을 몰각하고 이산운의 "이 시만 외는 이는 정말 우리나라엔 진란이 없는 줄로 알고 있으며"(『가람문선』, 신구문화사, 185쪽)라고 가람이 지적할 때 우리는 혹 이 지적이 위당의 위의 주석을 두고 한 말인지도 모른다는 추측을 할 수 있다. 물론 중요한 점은 이런 고증에 있지 않고 난의 속성이 과연 무엇이며 그것이 어째서 예의 차원에 속하며, 또한 그것이 이 시대의 정신사적 문맥의 선명한 발현인가를 검토하는 일일 따름이다. 이 검토에서 비로소 고증이 갖는 의미, 즉 난의 모든 속성을 타진함이 의미를 일단 갖는 것으로 볼 것이다. 이 점에서 보면 위당은 관념적임을 면치 못한다.

가람에게 난은 동양의 사군자인 매란국죽의 정수를 모은 것으로 보인다. 보통 죽을 무화(無花)라 하면(물론 꽃이 있긴 하지만) 매란국이 남는다. 이 중 국은 오상고절의 표본이긴 하나 가을에 연접해 있음과 동시에 희귀성이 보장되지 않는다. 남은 매와 난은 함께 기품의 생명적 감각화이다. 물론 매화의 절이나 난의 품과 향은 가람에게는 바라보는 자의 것이 아니라 기른 자의 생명의 연장에 놓인다. 가람이 "암향부동(暗香浮動)쯤으로 어찌 매화의 진적(眞的)한 아치고절(雅致高節)을 알았으리! 과연 그 아치고절은 기생수득도매화(幾生修得到梅花)의 경지에 이르러서야 될 것이 아닌가 ─ 만수(萬穗)가 다 조락(凋洛)하고 만뢰(萬籟)가 구적(具寂)한 동지의 긴긴 밤에 홀로 그 백화(百花)며 청향(淸香)을 대할 때 비로소 법열과 오도의 순간을 얻을까 한다"(『가람문선』, 191쪽)라고 말할 때 오도의 경지를 드러내는 것으로 보인다. 방관자의 심미 의식과 결정적으로 구분되는 점이 여기에서이다. 난을 두고 토로한 다음 구절에서 더욱 이 점이 확실해진다.

> 이렇게 심기 어려운 난초들을 우리나라에선 매란국죽이니 여입난지실(如入蘭之室)이니 하는 한자의 교양을 받아가지고 일찍 중국서 종종 난초를 이종하였으나 그 재배법을 몰라 거의 다 죽이고 말았으며 지금도 그러하여 내가 난초 재배한 지 30여 년에 이걸 달라는 이는 많았으나 주어도 기르는 이는 없었다.
> 이도 또한 오도이다. 오도를 하고서야 재배한다.
> ─ 『가람문선』, 신구문화사, 186쪽

이 오도가 예도와 완전히 접한 곳에 놓인 것, 그것이 가람에게 난의 모습이다. 그렇다면 가람은 한갓 난 재배전문가인가. 이 물음 다음에 예의 참뜻이 놓일 것이다. 만일 예도 그것이 반드시 인생에 대한 오도일 수 없다 할지라도 또한 그것과 분리시켜 논의하기 어려울 것이라면 가람의 인생으로서의 오도는 그의 시조에 대한 예도로 파악될 수가 있을 듯하다. 오도와 예도 사이에 구체적 예술양식 중의 하나인 시조가 놓이며 이것은 그에게 진실 전개의 매개항이다. 이 매개항의 획득은 시조의 혁신의 한 힘인 것으로 파악된다. 원래 시조는 가곡의 한 형태와 분리시킬 수 없다. 곡조가 결정적 요소가 아니었을지라도 이 요소의 힘을 완전히 배제할 수 없다. 그것은 양반사회의 질서관과 엄밀히 대응 관계에 놓여 있지만 개화 이후 그 곡조의 측면이 소멸된다. 양반사회의 기반 붕괴와 이 문제가 대응되고 있는 것이다. 이 곡조가 분리, 소멸된 후의 시조 양식은 물을 것도 없이 불구 상태이며 자칫하면 시조 양식 자체의 해체를 가져오게 된다. 그 분리된 넓은 뜻의 곡조 자리에 놓일 대치물의 발견만이 근대 이후 시조 양식의 사활 문제라 할 때 육당은 조선주의라는 관념을 그 대치물로 놓았다. 근대시조의 부활에서 육당의 이러한 태도는 크게 평가되어 마땅하다. 그러나 대치물로서의 이 관념은 관념이기에 아름답기는 하나 예의 감각화를 처음부터 거부하는 것이다. 1930년대에 들어 이 좌절 위에서 새로운 대치물을 찾은 것이 가람이며 그 대치물이 예도이다. 그것은 오랜 세월 난을 통한 생명의 촉각의 발견, 감지이다. 그 발견은 축제처럼 돌연 온 것이 아니라 생리 속에서 익혀온 것이며, 바로 생리라는 측면이 관념적 조작을 거부한 것이자 동시에 무방향성이라는, 헤겔 투의 표현으로는 자기 한계인 셈이다.

생명 그것의 섬세한 촉각의 파악이 관념이 아니라 생리적 직관이라는 사실을 증명하는 일은 매우 쉽다.

한 손에 책을 들고 조오다 선뜻 깨니
드는 볕 비껴가고 서늘바람 일어오고
난초는 두어 봉우리 바야흐로 벌어라
〔…〕

산듯한 아침 볕이 발틈에 비쳐 들고
난초 향기는 물밀 듯 밀어오다
잠신들 이 곁에 두고 차마 어찌 뜨리아
— 『가람문선』, 20쪽. 윗점은 인용자

윗점 친 부분이야말로 가람 시조의 핵심을 말해주는 것이다. 이를 설명하기 전에 『가람 시조집』의 평에서 "예술 그것이 완벽에까지 이른 것"으로 평가한 정지용과 비교해 볼 필요가 있다. 주지하다시피 정지용은 상허와 더불어 골동품과 이조백자의 피부에 감격할 줄도 알고 동저고리 바람으로 길을 다니고, 또한 뾰족집에도 드나든 참신한 감각파 시인이다. 그가 쓴 「난초」는 다음과 같다.

난초닢은
차라리 수묵색

난초닢에
엷은 안개와 꿈이 오다

난초닢은
한밤에 여는 담은 입술이 있다

난초닢은
별빛에 눈떴다 돌아 눕다

난초닢에
적은 바람이 오다

난초닢은

별빛에 눈떴다 돌아 눕다

난초닢은
드러난 팔구비를 어쩌지 못한다

난초닢에
적은 바람이 오다

난초닢은
칩다

― 『정지용 시집』, 건설출판사, 18~19쪽

이는 난초라는 사물에서 하나의 날카로운 감각을 보여 줌에 불과하다. 난초의 핵심이 꽃이나 향의 묘사로써 파악될 수 없음은 자명한 사실이다. 관찰자, 방관자의 자리에서는 이 이상 본질에의 접근은 불가능하다. 이에 비하면 가람의 난은 생명의 발현 방식이며 그 자체가 생리적이다. 가람이 난과 함께 한 걸음 나아가 사군자에서 일탈, 「수선화」라는 또 다른 예의 감각을 기른 것은 특징적이라 할 것이다.

풍지(風紙)에 바람 일고 구들은 얼음이다
조그만 책상 하나 무릎 앞에 놓아두고
그 위엔 한두 숭어리 피어나는 수선화

투술한 전복껍질 발달아 등에 대고

따뜻한 볕을 지고 누워 있는 해형수선(蟹形水仙)

서리고 잠들던 잎도 굽이굽이 펴이네

〔…〕

수선, 그것은 광음(光陰)을 그 속성으로 한다. 난이 예도의 생리를 구현한 것이라면 수선은 그 예도의 기층을 에워싸고 있는 어둠과 밝음의 접점에 위치한다. 가람 시조의 도처에 보석처럼 박힌 단 하나의 낱말을 찾는다면 윗점 친 '볕'이다. 그것은 '어둠'을 동시에 내포한다. 이 광음 속에 생명의 서식지가 있다. 수선 그것은 2월에 피고 2월 그 자체이다. 광음과 한기 속에 생명이 놓인다. '볕'이란 '빛'이라는 밝음의 세계와는 구별된다. '볕'이란 밝음과 함께 '온도'를 내포한다. '볕'에 대응되는 단 하나의 낱말을 한국어는 갖고 있지 않다. 그 대칭어는 다만 '어둠'이다. 그 대칭어는 다만 '어둠'에다 '차가움'을 합할 수밖에 도리가 없다. 생명의 서식지는 밝음도 어둠도, 또한 뜨거움도 차가움도 아니다. 이 네 가지 속성이 한순간에 마주치는 자리, 거기에만 생명이 가장 확실하게 포착된다. 은폐성으로서의 생명의 존재 방식, 가장 섬세한 것, 조그만 위치 변경에도 사라지는 것이 생명이 아니라면 생명의 자리는 아무 데서도 찾지 못하리라. 그 생명의 신호가 '향'이라는 불가시성의 존재물이다. 그 서향(瑞香)의 발산이다.

어두운 깊은 밤을 나는 홀로 앉았노니

별은 새초롬히 처마끝에 내려보고
애연한 서향의 향은 흐를 대로 흐른다.

밤은 고요하고 천지도 한맘이다
스미는 서향의 향에 몸은 더욱 곤하도다
어드런 술을 마시어도 이대도록 취하리

　　　　　　　　　　　　　　　　　－『가람문선』, 23쪽

　　생명이 깃들인 자리가 밝음과 어둠, 더움과 차가움의 접점이라면 생명의 확인 신호는 '향'으로 발현되며 그것이 생명의 가장 확실한 촉각이기에 생명체 이쪽의 세계에서는 거리감을 두지 않고 '취함'으로 나타난다. 감당하기 어려움이 취함의 양태라면 그것은 맹목이다. 취한 상태의 확인 신호는 끝내 안전치 않다(이 점은 졸저, 『한국문학사론고』, 법문사, 제2부 7장 참조).

닫힘과 열림의 양상

예도 그것이 가장 확실한 촉각이라 할지라도 맹목인 한에서는 안전치 않다. 사랑의 의지 또는 지향성이 닫혀 있기 때문이다. 이는 존재의 드러냄에 대한 성찰의 제거와 깊이 관련된다. 예술의 존재양식은 대지의 은폐성(Verborgenheit)과 세계의 드러냄(Offenbarung)의 긴장 위에 놓인다. 기교란 진리가 일어나 달리는 드러남과 비은폐성이 일어나는 영역에 속하며 이것이 시적인 것(etwas Poestisches)이다. 가람에게 이 긴장은 보이지 않는다. 정적 상태에서 생명을 가두고 있다. 난, 수선에서 인간존재에 대한 지향성(역사)을 외면한 자리에 숨어 있는 형국이라는, 곡조에 놓인 그의 시조의 대치물로서의 생명의 촉각은 그 한계성을 동시에 머금는다.

이로 볼진댄 시조의 새로움을 열었던 그의 예도는 긍정적으로 평가되지만 산문의 세계, 개진의 측면을 닫아버린 측면은 부정적으로 평가된다. 이 부정과 긍정의 측면은 『문장』과 그 파에도 함께 확대 적용될 것이다. '시적인 것'으로 대표되는 『문장』파의 정신적 기조 저음은 1930년대 말기의 한민족사의 정신사적 문맥을 해명하는 유력한 단서이며, 이 단서는 『인문평론』의 세계 개진으로서의 '산문적인 것'과 엄밀히 대응된다. 이 두 양상이 각각 긍정적인 측면과 부정적 측면을 동시에 갖는다는 사실의 확인은 실상 역사 인식의 방향성에 대한 안목을 요청한다. 선비 기질, 그것은 이 시대의 품위를 지키는 긍정적 측면이었으리라. 고전의 무게가 이를 감당하였다. 상허가, 또 많은 문인들이 골동품, 전통적·'조선적' 소재에 집착한 것은 위의 의미에서 보면 정신의 문제이고 따라서 골동품은 단순한 골동품일 수 없다. 신이 숨었던 시대, 혼의 좁힘의 시대, 그리고 민족어 자체가 성적(聖的) 원광(圓光)을 쓴 시대의 문맥에서는 더욱 그러하다. 이를 두고 대번에 귀족적 취미라고 단정하기 어려움도 이 때문이다. 이 모두의 가장 깊은 곳에 놓인 것이 난의 생명 감각이며, '생리적' 측면이다. 해방 후 '문협(한국문학가협회) 정통파' —필자의 용어—의 정신적 기저가 조연현의 지적대로 '생리적' 측면인 것이며, 이 주류는 그 한계에도 불구하고 엄연한 살아 있는 사실 중의 하나이다. 이로 볼진댄 난이나 매화 혹은 서화, 도자기, 골동품 등을 소재로 하여 쓰인 많은 이 부렵의 수필들은 일종의 '시적인 것'이며 정신적 문제이지 소재주의라 보기 어렵다. 설사 겉멋 들린 사람들의 것일지라도. 그러나 이 시대 이후에도 그런 소재주의에 따르는 경우를 우리는 왕왕 목도한다. 그럴 경우, 소재의 지난날의 원광 때문에, 그것에 기대어, 큰 실수 없는 글이 쓰일지는 모른다. 그 큰 실수 없는 글은 실상 고문투의 윗사람들의 힘일 뿐 자기의 힘은 아닌 경우가 많을 것이다. 이를 알아차리는 일이 전통의 의미이다. 전통은, 자기의 새로움의 소재를 측정하는 의식이기 때문이다.

2. 고전과 작위성—상허의 경우

고전—방법적 폐쇄

오도의 경지에 감히 이르지도 못한, 그런 능력도 노력도 기다림도 아픔도 지불하지 않은 주제에 겉멋만 들린 어중이떠중이들은 언제나 득실거리는 법이다. 위에서 든 지용, 상허 등도 그러한 부류의 하나로 볼 것이다. 말하자면 코와 눈만 갖고 다니는 족속들이면서 그것을 빙자하여 약간의 글재주에 보탬을 한 것, 그것은 진짜가 아니라 가화(假花)의 수사학(修辭學)을 넘지 못한다. 가령 "책만은 '책'보다 '冊'으로 쓰고 싶다. '책'보다 '冊'이 더 아름답고 더 冊답다"(『무서록』, 박문서관, 149쪽)라든가, 다음과 같은 문장이 여기에 해당한다.

말을 그대로 적은 것, 말하듯 쓴 것, 그것은 언어 녹음이다. 문장은 문장이기 때문에 따로 필요한 것이다. 언어형태가 아니라 문장 자체의 형태가 문장 자체로 필요한 것이다. 언어미는 사람의 입에서요, 글에서는 문장미가 요구될 것은 자연이다. 말을 뽑으면 아무것도 남는 것이 없다면 그것은 문장의 허무다. 말을 뽑아내어도 문장이기 때문에 맛있는, 아름다운, 매력이 있는 무슨 요소가 남아야 문장으로서의 본질, 문장들로서의 생명, 문장들로서의 발달이 아닐까? 〔…〕

언문일치는 실용정신이다. 일상의 생활이다. 〔…〕 예술가의 문장은 일상의 생활기구는 아니다. 창조하는 도구다. 언어가 미치지 못하는 대상의 핵심을 찝어내고야 말려는 항시 교교불군(矯矯不群)하는 야심자다. 어찌 언어의 부속물로 생활의 기구로 자안(自安)할 것인가!

－『문장강화』, 박문서관, 336쪽

이 인용 속에는 검토해 볼 만한 중요 사항이 담겨 있어 보인다. 첫째는 '책만은 책보다 冊으로 쓰고 싶다'라는 주장의 의미 관련이다. 언문일치 즉 민중어의 차원을 넘어서야 비로소 개성적 문장이 가능하며 이를 그는 또 문체라 부르고 있다. 말(민중어)의 차원과 문장의 차원을 엄격히 구분한 것, 그것을 실감으로 보여 준 것이 "책만은……"이라는 글로 이해된다. '말을 뽑아내어도 문장이기에' 남는 요소가 있어야 한다면 이 '요소'가 곧 문장의 문장다운 모습인 셈이다. 여기서 '말'이라고 그가 강조한 것은 민중어이지만 윗글의 전반적 톤으로 보면 그것은 의미 전달 기능에 대한 소박한 견해인 듯하다. 만일 의미 전달의 뜻을 약간이라도 분석적으로 고려했다면 언어의 의미 전달이 실로 다양하다는 점을 발견하게 될 것이다. 최소한의 뜻만을 전달하는 차원을 과학적 진술이라 한다면 정서적 의미 전달의 진술이라는 큰 영역이 따로 있음을 알 것이다. 극히 초보적인 아이버 암스트롱 리처즈(Ivor Armstrong Richards) 투의 이분법에서도 이 점은 명백하다. 과학적 진술과 정서적 진술이 함께 일상어의 세계인 것이라면 이 두 양상은 민중어 속에 동시에 엄연히 들어 있다. 그렇다

면 민중어 곧 '말'이라는 등식은 성립되지 않는다. 실상 그가 말하는 문장
이란 작위적으로 글을 만드는 측면을 주장하고 있을 뿐이다. 민중어의 젖
줄에서 새로운 전통을 부활시키려는 지향성이 아니라 어디까지나 개인
적 측면, 개성적 요소만을 부각시키려 했고, 이 지향성은 실로 강렬한 바
있다. 이 강한 비민중적 지향성은 가람의 난과 동질적인 선비 기질 혹은
고도의 결벽증이자 동시에 개성을 빙자한 귀족 취미이다. 『문장』파의 이
선민의식은 물론 1930년대라는 특정 시기의 정신적 분위기를 말해주는
것이라는 점에서는 의미를 띠는 것이다.

　　이런 상허의 태도가 가장 단적으로 드러나는 곳이 고전에 대한 그
의 태도이다. 실상 그는 고전에 대한 지향성을 당시의 시대적 상황의 대
치물로 상징하고 있었다. 시대적 일상성이란 기실 따지고 보면 산문성으
로서의 열린 세계이다. 이 열린 세계를 수용한다면 식민지 상황에서는 일
제와의 타협 혹은 식민지 체계가 승인됨이 필연적 현상이다. 이에 대처하
는 방법은 복고적 태도이고 고전에의 지향성이다. 그것은 논리가 아니라
심정적 차원 즉 '시적인 것'이라 할 것이다. 그런데 상허는 소설가이며 그
가 문장이라 한 것은 산문을 뜻한다. 이는 분명히 모순이 아닐 수 없다. 산
문이 일상성, 즉 생활의 차원이며 따라서 열린 세계인데 이를 지향한다
면 식민지 체제의 승인이라는 대로가 뻗어 있다. 산문성을 철저히 지향한
『인문평론』파가 친일 노선으로 함몰한 것은 이 문제를 거꾸로 드러내 보
인 것이다. 이런 함정에 빠지지 않으려면 산문성과 반대로 '시적인 것'으
로 나아가야 한다. 그것은 고전이라는 완결된(폐쇄된) 세계로 나아감을
뜻한다. 그런데, 문장이란, 산문이어야 한다는 명제가 엄연히 비석처럼
버티고 서 있다. 이 모순의 해결 방법이 상허에게는 다음처럼 해결된다.

첫째는 고전의 폐쇄성(Geschloßenheit) 그 완결성을 방법론상으로 상정한다. 이 불모성, 비번식성의 선택은 그에게는 현저히 자각적이다. 가령 그가 즐겨 소재로 택한 골동품, 서화 등등은 생산성, 번식성을 처음부터 거부하는 완결성의 세계이다. 그것은 근대적 생활과 무관한 것이며, 이 속에서 어떤 품위가 그 소재 자체에서 획득된다. 가람과의 차이점이 이것이다. 가람에 있어서의 고전은 난에서 보듯 자각적(방법적)이 아니라 생리적이었다. 이 차이점은 여러모로 음미될 만하다. 상허의 고전 지향성이 자각적이고, 완결성을 기저로 한다는 사실을 단적으로 보여 주는 것이 명문으로 소문난 「고완품(古翫品)과 생활」이라는 수필이다.

무슨 물품이나 쓰지 못하게 된 것을 흔히 골동품이라 한다. 이런 농(弄)은 물품에뿐 아니라 사람에게도 쓴다. 현대와 원거리의 사람, 그의 고졸한 티를 사람들은 골동품이라 농한다. 골동이란 말은 마치 '무용', '무가치'의 대용어같이 쓰인다. 그래 이 대용 관념은 가끔 골동품 그 자체뿐 아니라 골동에 애착하는 호고인사인신(好古人士人身)에까지 미친다. 골동을 벗하는 사람은 인간 그 자체가 현실적으로 무용, 무가치의 인이란 관념, 더욱 맹랑한 수작이 되어버린다.

'골동'이란 중국말인 것은 물론, '고동'(古董)이라고 하는데 실은 '고동'(古銅)의 음전이라 한다. 〔…〕 '古'자는 추사 같은 이도 얼마나 즐기어 쓴 여운 그윽한 글자임에 반해, '骨'자란 얼마나 화장장에서나 추릴 수 있을 것 같은, 앙상한 죽음의 글자인가! 고완품들이 '골동', '골'자로 불리어지기 때문에 그들의 생명감이 얼마나 삭탈을 당하는지 모를 것이다. 말이란 대중의 소유라 임의로 고칠 수는 없겠지만 나는 될 수 있는 대로

'골동' 대신 '고완품'이라 쓰고 싶다. 〔…〕

비인 접시요, 비인 병이다. 담긴 것은 떡이나 물이 아니라 정적과 허무다. 그것은 이미 그릇이라기보다 한 천지요 우주다. 남 보기에는 한낱 파기편명(破器片皿)에 불과하나 그 주인에게 있어서는 무궁한 산하요 장엄한 가람(伽藍)일 수 있다. 고완의 구극경지도 여기겠지만 주인 그 자신을 비실용적 인간으로 포로(捕虜)하는 것도 이 경지인 줄 알지 않으면 안 된다.

젊은 사람이 '현대'를 상실한 것은 늙은 사람이 고완경(古翫境)을 영유치 못함만 차라리 같지 못하다.

– 『무서록』, 박문서관, 243, 246쪽

'고'(古)자에 대한 집착의 근원은 앞에서 이미 지적한 바이거니와 이 반근대주의는 심정적 차원일 뿐 따라서 논리의 차원은 아니다. 이 '고'에의 승상이라는 심정적 지향성은 근대주의에 대한 반대명제일 때만 결락 부분을 의식하는 행위로서의 래디컬한 역동성을 띠는 것이다. 자각적인 까닭이 여기에 있거니와 또한 논리적인 전개가 아니라 심정적 자각이기에 시적인 것의 상태를 넘지 못한다. 반역사주의적인 까닭이다.

이러한 상태는 자칫하면 헤겔의 지적대로 '병적인 동경'이나 '미적 열광'으로 치달을 위험성이 있다. 독일의 낭만파나 악명 높은 야스다 요주로(保田與重郎) 중심의 '일본낭만파'의 파시즘적 미학의 본질이 이것이었다(橋川文三, 『日本浪漫派批判序説』, 未来社, 1975 참조). 이러한 위험성이 상허에겐 스며들 틈이 없다. 반근대주의의 바탕은 앞의 것들과 같으나, 상허에겐 반파시즘에의 대항 조치로 놓인 것이 심정적 정신이기 때문이다. 여기서 상허가 '고'(古)의 숭상에서 나아간 것은 고전의 완결성이었다. 떡이나 물이 담긴 그릇이나 접시가 아니라 그런 생활적인 것이 깡그리 제거된 자리, 즉 '비인 접시요 병'이다. 정적인 허무이다. 그릇이나 병은 물건이지 난과 같은 생명체가 아니다. 한순간에 정지된, 완결된, 폐쇄된 것일 뿐, 수정이나 보완이나 손을 댈 수 없는 세계이다. 그의 말대로 '비실용적' 상태이다. 여기서 문득 우리는 문장론에서 그가 "예술가의 문장은 일상의 생활기구는 아니다"라고 주장한 이유를 알게 된다.

상허의 고전이란 무엇인가 하는 물음에 대한 해답이 이상에서 이미 주어져 있다. 열린 세계, 진행 중인 세계, 그것이 그가 파악한 고전이다. 그에 의하면, 한국 산문의 경우, 고전은 판연히 이분법으로 갈라진다.

> 춘향이 하릴없이 따라온다. 치마꼬리 휘추겨 떡 붙이고 옥보 방신 완보
> 할 제 석경산로 험준하다 한단시상의 수릉의 걸음으로〔…〕
> ─『고본춘향전』초두 부분

이를 두고 상허는 "이런 문장을 산문으로 평가하려는 것은 마치 찬송가를 시로 평가하려는 것이나 마찬가지 잘못"(『문장강화』, 316쪽)이라 주장한다. 당연하다. 적층문학(積層文學)이고, 창(唱)하기 위한 것이기 때문이다. 정지되고 완결된 것이 아니라, 유동하며, 실상 아직도 쓰이고 있는 형편이다(『구운몽』은 이와 달리 기록성의 완결된 세계이다. 미학적 해석이 가능한 것은 『구운몽』 쪽인 것이다. 이 점은 졸고, 「완결의 양식과 출발의 양식」 참조).

그렇다면 고전에 산문은 없는가. 상허는 『한중록』과 『인현왕후전』을 들고 있다(이 둘은 가람 해설로 일찍이 『문장』에 연재된 바 있다).

계조비겨오서 경학하는 선비의 따님으로 볼때 배호심이 남다르시고 성행이 현숙자하오시기 드므오서 정헌공 받드오시기를 엄한 손같이 하오시고[⋯]

이를 두고 그는 "그 전아한 고치(古致)가 여간 향기롭지 않다"고 주장한다. 말하자면 주자학적 질서의 세계, 그 완결, 폐쇄성임을 우리는 느낀다. 조선조를 지배한 이 주자학적 질서관은 안정을 기반으로 한 정치적 이데올로기이다. 그것의 철학화인 천지인(天地人)의 질서가 인간에 그대로 적용된다. 오행사상의 빈틈없는 균형감, 그것이 인륜에도 그대로 적용된다. 완결성이다.

개성의 파탄

1930년대에 그가 왜 이런 전근대적 귀족적 취미에 함몰하였는가에 대해서도 이미 앞에서 논의되었다. 근대주의 곧 식민지 체계라는 등식에 대항하기 위한 자각적·방법론적 명제인 것이며, 이런 판단의 전제 위에서만 그것은 긍정적으로 평가될 수 있다. 즉 시대적 상황의 한도 내에서만 의미가 있는 것이다.

문득 우리는 여기서 이원조의 지적 한 토막에 대면할 수 있다. 흔히 상허의 글들이 전아유려하다고만 보는 것은 일면적 관찰이라 보았다. "상허의 사람됨이 넘나거나 게벽스럽지 않아 그 글도 착락(錯落)하거나 왕양(汪羊)한 구비는 적어도 조심해 보면 그 전아하고 유려한 베일 밑에 불끈불끈하는 정열과 흐무레녹은 풍자를 가끔 볼 수 있는 것이니 〔…〕만약 상허에게 고완이나 낚시질도 없었던들 〔…〕 그러나 이것은 상허를 위해서는 불행한 일이었는지 몰라도 우리 문장도(文章道)의 수립에 있어서는 불발(不拔)의 기초를 놓은 것이다"(『상허문학독본』 발문).

이러한 지적은, 우리의 논의 방식으로 바꾸면 그의 방법론이 시대적인 것의 자각적 현상으로 된다. 이 같은 시대적·정신사적 문맥의 극단에 민족어가 놓인다. 유일한 성적(聖的)인 것으로서의 '조선어'. 그 극단에까지 나아갔을 때 돌연 을유해방이 도래했다. 그것은 너무나 찬란하고 큰 음성의 신의 현현이었다. 이 빛과 소리에 눈멀고 귀먼 무리 중의 하나가 상허일 것이다. 전아와 유려의 베일 밑에 있던 '불끈불끈한 정열'이 솟아올랐을 때 그는 이데올로기를 택했다. 이 순간 그는 문인으로서의 종말을 고한다. 불행했을 때 그는 문장도를 어느 정도 수립할 수 있었다. 그 불행의 자리에 유토피아를 앉혀 놓았을 때 그의 문장도는 『소련기행』 같은 저속한 아희적(兒戱的) 치졸성으로 전락한다. 그 맹아가 실상 『문장강화』 속에, 더 자세히는 자각적 태도 속에 있었던 것으로 파악된다. 왜냐면, 생리적이 아니라 자각적인 것이라면 해방공간의 새로운 세계에 대한 대응 방식이 논리적이어야 했을 것이다. 열린 세계, 동적인 세계, 유동하는 세계, 민족 재편성의 혼돈 상태의 승인은 적어도 정치가 아닌 문인의 자리에서는 민중어의 차원임을 알아차려야 했을 것이다. 개성적·폐쇄적 닫힌 세계의 문장법, 그 체질을 한편으로 견지하면서 이데올로기의 선택으로 나간다면, 즉 민중어에 대처하지 못한다면 문학으로서의 파탄은 필정(必定)이리라. 이는 해방 후 거의 시를 못 쓰고 빈정거림 투의 산문에만 시종

한 『문장』파의 거목 정지용에게서도 선명히 볼 수 있다.

3. 역사·철학·시로서의 산하―낭만적 이로니로서의 문제점

국토 즉 정신

북쪽에 소월, 남쪽에 영랑, 중앙에 만해가 있듯이 백두산이 있고 한라산이 있고, 그리고 금강산이 있고 진달래의 약산동대(藥山東臺)가 있다. 아니다. 백두산이 있고 금강산이, 한라산이, 그리고 약산이 있기에 소월과 영랑과 만해가 있고, 그러기에 춘원과 육당과 박한영 선사가 있다. 이처럼 산하와 인물은 분리되지 않는다. 대개 우리의 국토 그것은 그 자체가 정신이기 때문이다.

> 조선의 국토는 산하 그대로 조선의 역사며 철학이며 시며 정신입니다. 문자 아닌 채 가장 명료하고 정확하고 또 재미있는 기록입니다. 조선인의 마음의 그림자와 생활의 자취는 고스란히 똑똑히 국토의 위에 박혀 있어서 어떠한 풍우라도 마멸시키지 못하는 것이 있음을 나는 믿습니다.
> ― 최남선, 『심춘순례』, 백운사, 권두언

육당의 진술을 알아차리기 위해서는 소위 일제 식민지 밑에서의 한국의 정신사적 문맥을 파악하는 노력이 필요하다. 거기에는 구태여 심오한 이론을 동원할 필요가 없다. 가시적인 현상 속에 모든 본질이 잠겨 있다는 현상과 본질의 관계에 대한 아리스토텔레스적인 고전적 견해에 머무는 것으로 족하기 때문이다. 그렇지만 우리에게는 또 하나의 기본적인 명제 정립이 엄격하게 고려된다. 이른바 동양문화권의 정신적 에토스가 그것이다. 나는 여기서 섣불리 동양적 자연관을 늘어놓고 싶지는 않지만 다음 한 가지 사실은 일단 검토하고 넘어가고 싶다.

매우 피상적 관찰의 범위를 벗어나지 못하는 견해이겠지만 서양과 동양의 자연 인식의 차이 중의 하나로 홍수 설화를 들 수 있다. 기독교적 자연관(이런 말이 있는지는 모르나, 그리고 기독교적 발상이 과연 서양적이 냐는 문제는 논의의 여지가 있을지라도)의 이해의 실마리로 우리는 우선 노아의 홍수 사건을 검토해 볼 수 있다. 노아 홍수 설화를, 아마도 인간이 자연 속에 무방비로 노출되어 있다는 것, 따라서 언제 자연이 인간을 파 국 속으로 몰아넣을지 모른다는 파국의 체험으로 보는 신화적 해석이 가 능하다. 즉, 자연과 인간의 적대관계로 볼 수가 있다. 그렇다면 인간이 살 아남기 위해서는 파국을 막아야 한다. 그 방법은 자연을 정복하는 길밖에 없다. 그 구체적 전개가 소위 바벨탑의 신화이다. 흙을 구워 벽돌을 만들 고, 역청을 만들어 탑을 쌓는다는 『구약』의 표현은 자연의 가공화 즉 자 연 정복의 단서인 것이다(노아 홍수 설화는, 성서해석학자들의 견해에 기 대면, 메소포타미아 지방의 홍수 설화의 차용이라 한다). 이와는 달리 동양 에서의 자연관은 자연과의 대립이 아니라 지극한 화해로 특징지을 수 있 다. 무위자연이라는 표현 속에 그 의미가 수렴되어 있다. 맹자의 호연지 기의 철학적 근거를 들 것도 없이 『시경』의 유명한 다음 구절이 자연관의 바탕을 이룬다. "솔개가 날아서 하늘에 닿고 물고기는 못에서 뛴다(鳶飛 戾天 魚躍于淵)." 『중용』 12장에는 이들 '군자지도'(君子之道)라 하여, 이 구절을 '언기상하찰야'(言其上下察也, 도가 하늘과 땅에 뚜렷이 드러남을 말함)라 규정하고 있다. 자연의 질서 그 속에 사람의 질서(도덕적 기반)가 놓여 있는 것이다. 퇴계는 이를 다른 말로 표현하고 있다.

> 하물며 천석고황을 고쳐 무삼하리
> ─「이런들 어떠하며……」끝 구절

자연의 가장 깊은 병으로 자리 잡은 것, 이 자연의 이법에 모든 모럴의 거점을 둔 것이다. "그리하여 알지 못하는 산들이 나에게 적대하여 있다"라고 읊은 릴케의 노래와 얼마나 다른가.

그러나 이러한 이해 방법이 혹 일리가 있다 하더라도 '산하 그대로가 조선의 역사이며 시며 철학이며 정신'이라는 주장의 이해에는 결정적인 것이 되기 어렵다. 그것은 차라리 역사철학의 과제에 속하는 문제이기 때문이다.

산하─이념의 가시화

산하를 철학으로 보는 정신사적 문맥이란 무엇인가. 쉽게 접근하기로 하자.

> 國破山河在   나라 망하니 산하만 있고
> 城春草木深   성 안 봄은 초목만 무성케 하도다

두보의 「춘망」의 한 구절로도 이 문제의 단서를 삼을 수 있다. 나라가 망했을 때 남는 것은 민족뿐이다. 그리고 그 민족은 개개의 생활인으로서가 아니라 이념으로서의 민족일 따름이다. 이 이념에로의 열망은 낭만적 이로니를 낳는다. 이 낭만적 이로니는 현실적 행동(가령 민족독립운

동)과 완전히 등가이다. 개개의 인간이든 집단으로서의 민족이든 형언할 수 없는 상실감 혹은 절망에 처했을 때 취하는 태도는 크게는 두 가지로 나눌 수가 있다(구태여 피아제의 발생적 심리학의 이론을 동원할 필요도 없다). 만일 현실적 행동이 불가능해진다면 이를 단념할 것이다. 그 역작용이 이념에의 갈망을 낳는다.

그것은 현실적 행동의 불가능에 비례하여 열망을 고조시킨다. 이 태도 혹은 기분(Stimmung)이 소위 낭만적 이로니이다. 심리적인 차원에서 볼 때 이 기분은 현실적 행동과 등가인 것이다.

육당, 춘원, 민세, 노산 등이 '조선의 산하' '하나의 신앙'의 차원으로 부각, 승화시키려 한 것의 정신사적 문맥은, 물론 많은 분석을 요하는 문제이지만, 일종의 이로니로 규정될 수 있을 것이다.

나는 조금 앞에서 '하나의 신앙'이란 말을 썼다. 낭만적 이로니가 그 극한에 도달한 것을 그렇게 말해본 것이다. 민족이란 개개의 생활인이 아니라 하나의 추상이다. 중요한 것은 언제나 추상이다. 그것은 근대적 합리주의로서의 시민 의식과는 처음부터 역방향선상에서 정립된다. 추상은 이념을 동경, 열망한다. 민족이라는 추상의 이념화가 자동적으로 설명된다. 이 열망, 지향성이 래디컬(과격화)하게 전개된다는 것은 낭만적 이로니의 특징이다. 그것은 일종의 신앙의 차원을 요구한다. 이념의 가시화 작용이 없이는 신앙이 성립되지 않는다는 일반적 사실을 이에 상정할 수 있다. 그렇다면 해답은 자명하다. 그 이념의 가시화가 국토, 그 산하인 것이다. "문자 아닌 채 가장 명료히고 정확하고 또 재미있는 기록" 그것이 국토이다. 불가시로서의 민족이라는 이데올로기와 가시로서의 국토는 이로써 완전히 대응되고 있다. 뤼시앵 골드망의 용어를 빌리면 동족성

(Homologie)인 셈이다.

　여기까지 우리가 인내심 있게 추구해 왔다면, 이 자리에서 우리는 대번에 그래서 어쨌단 말인가, 라는 강한 의혹을 누를 길이 없다. 그래서 몇 편의 금강산 또는 백두산 기행문이 겨우 남았단 말인가? 그 기행문이 설사 명문이라 치자. 그래서 겨우 기행문이 장르(subgenre)의 의미를 띤다든가 약간의 수사학으로서, 혹은 문장으로서 근대문학사에 약간의 보탬을 했다는 것인가? 신앙의 차원으로까지 승화시키려 한 그 열망의 의미는 어디로 갔는가?

　이러한 물음의 제기를 혹자는 일종의 지적 폭언이라 비난할 수도 있으리라. 약간의 수사학이나 문장력이나 기행문의 장르 성립이 그래도 문학사에 보탬이 됐다는 그것만도 실상 대단한 것이라고 혹자는 주장할지 모른다. 그렇다. 그러나, 어떤 점에서는 이 일련의 물음들은 그대로 남겨둘 필요가 있을 것이라 생각한다. '약간'이라는 부사가 '굉장히'라는 부사로 해석될 가능성을 고의적으로 미리 차단할 필요는 없겠기 때문이다. 왜냐면 지금 우리는 문학적 차원에서 이 문제를 논의하고 있을 따름이기 때문이다.

　혹 사람들의 오해가 있을지 모르거니와, 문학적 차원이라 했을 때 그것이 말장난일 수 없다는 점도 지적되어야 할 것 같다. 한갓 뱀의 발을 그리는 일이지만, 앞에서 거론된 낭만적 이로니의 한 측면을 부연해 두기로 한다.

낭만적 이로니

'자연으로 돌아가라'는 근대적 문제아 루소의 외침이 워즈워스, 콜리지 등 서구 낭만파 시인들의 미학의 골격을 이룬다는 것은 널리 알려져 있다. 그것은 농본주의적 사유의 문제이며, 그 사유가 하나의 주의 또는 사상의 문제인 한에서는 현실에서의 어떤 결락 부분을 메우려는 충동에 근거한다. 도시 상공업, 그 합리주의 문화에 의한 농촌 파멸이 하나의 악으로 의식될 때 그 극복의 이념화가 선명한 이미지로 부각되며 이 이미지의 강렬성이 곧 이데아로서의 급진성이다. 역사의 전진이 합리주의적 문화의 승리로 치닫는다는 것은 불을 보듯이 환한 일이다. 따라서 자연에의 이데아가 현실적으로 패배함은 필지의 현상으로 된다. 이 패배의 과정을 통해서 이데아의 현실적 효력을 떠나 차라리 이데아 자체의 순화(純化)를 행하는 일, 상상력에 의한 선명하고도 열렬한 자연의 시적 비전이 획득된다. 자연으로 돌아가라는 구호 속엔 반자연적인 악한 현실(도시 상공업, 근대화, 자본주의)을, 자연을 통해 극복하려는 지향성이 비전의 세계에는 응집적으로 표현된다. 이 응집성의 강도가 급진성을 띠면 띨수록 선열한 의미를 드러낸다. 그것이 미학이며, 시인 것이다. 현실에서의 패배를 다른 대치물로 극복하려는 의지이되, 그것이 현실에서의 패배라는 객관적 사실을 인정하지 않을 수 없는 태도, 그것이 낭만적 이로니이다. 프리드리히 슐레겔이나 프리데만의 교묘한 설명도 해석 나름이겠지만 헤겔이 묘파한 이 낭만적 이로니는 "현실과 절대자에의 갈망을 품으면서도 그러나 비현실적이며 공허하다—설사 내면적 순수성을 갖고 있더라도—는 이런 상태 속에서 병적인 동경과 미적 연관이 발생한다"(und mit dem Verlangen nach Realität und Absolutem dennoch unwirklich und leer, wenn auch in sich rein bleibt—läßt dir krankhafte Schönseligkeit und Sehnsüchtigkeit entstehen)는 구절로써 설명할 수가 있다. 그렇기 때문에 이러한 시적 비전은 아무리 현실 부정의 요인을 머금고 있더라도 현실적으로 그것이 이데올로기로 작용되지 않을 때 지극한 보수주의로 귀착된다. 또한 그 글의 시적 비전이 진보(근대화)에 동조하지 않는 내적 필연성에 의해 돋아난 것이기에 근대적 개인의 숨은 음성의 어떤 부분을 대변할 수 있고 나아가 전통의 상실을 포함한 의식적인 전통 부흥자이며, 이 점에 한정하여 보면 그들은 반근대주의자로 규정된다(이 점이 한국문학에서는 인생파 또는 생명파라든가 김동리, 조연현 등으로 대표되는 문협 정통파의 정신적 구조이다. 이 점에 대해서는 졸저, 『한국현대문학사』, 일지사, 제2장, 「한국소설의 미학적 기반」 참조).

한국에서 이러한 낭만적 이로니의 원리를 보다 가열시킨 특수한 요인이 있었다는 사실을 항시 염두에 둘 필요가 있다. 물을 것도 없이 그것은 국가 상실이라는 이념적인 결락 부분이다. 일제라는, 이 객관적 외부세계는 근대화, 근대주의 그것이다. 이에 대응되는 응전력이 반근대주의여야 함은 지극히 당연한 논리이다. 이 객관적 외부세계가 강하면 강할수록 이에 대처하는 응전력은 내면화된다. 이 내면화의 첫 단계가 소위 여기서 다루고 있는 역사, 시, 철학으로서의 산하이다. 그것은 금강산이고 백두산이다. 그 두 번째 단계, 즉 내면화의 극단적 양상이 시나 소설 속에 엄밀히 스며 있는 것이다. 그것은 장르 개념 속에 스며든 내면화이며, 박용철의 말을 빌리면, 시인의 "심두(心頭)에 경경(耿耿)한 불기둥이 밝히는 일"에 속한다. 문학작품의 논의는 이 내면화의 섬세한 감도를 측정하는 일로 된다. 프로문학과 민족주의문학이 그 정신적 구조상에서 등가를 형성하고 있다는 사실의 발견은 이런 문맥에서 비로소 가능한 것이다.

물론 여기서 우리가 문제 삼고 있는 것은 다만 첫째 단계의 것에 국한된다. 이 첫째 단계는 내면화의 첫 단계인 만큼 현저히 거칠고 쉽게 눈에 띈다. 겉으로 이념이 드러나 있는 형국이다. 기행문, 그것은 작가가 쓴 것(둘째 단계)이 아니라 문장가가 쓴 것이다. 육당을 위시한 이런 사람들은 본질적 의미의 작가일 수 없다. 그렇다면 문장가란 무엇인가. 이 물음에의 해답은 여기 수록된 이들의 글 속에 있다. 구체적으로 말해 그들이 거칠게 드러낸 이념에 있다. 정확히 말해 그들이 드러내는 이념의 방식에 있는 것이다. 그 방식의 논의는 적어도 정신의 문제이지 수사학의 차원은 아닌 것이다.

신앙과 그 내면화

금강산, 그것은 산이자 정신이다. 그리고 시이다. 백두산, 한라산, 그것도 같다. 특히 금강산은 선열한 시적 비전이며, 백두산 그것은 정신이자 역사 자체이다. 이 금강산에 낭만적 이로니가 침투되기 이전의 파악 방법 두 가지만 먼저 살펴 두기로 하자.

> ① 사층철사 더위잡고 망군대를 겨우 굴러올라 앉아
> 사면을 살펴보니 혈망봉 기괴하다.
> 차례로 맺힌 봉과 줄줄이 섰는 바위
> 곱거든 휘지 말고 휘거든 곱지 말지
> 휘고 곱고 높은 바위 반공중에 솟아 있어
> 주야를 불문하고 애럼이 없었으니
> 천지개벽 조판시에 아조 생긴 불국(佛國)일세

② 높을시고 망고대 외로울샤 혈망봉

하늘의 추이러 무사일을 사로리라

천만겁 지나도록 굽힐 줄 모르는가

어와 너여지고 너같은 이 또 있는가

개심대 고쳐 올라 중향성 바라보며

만이천봉을 역력히 혜여하니

봉마다 맺혀있고 끝마다 서린 기운

맑거든 좋(깨끗)지 마나 좋거든 맑지 마나

저 기운 흩어내어 인걸을 만들고자

형용도 그지없고 체세(體勢)도 하(많다)도 할샤

천지 삼기실제 자연히 되었마는

이제 와 보게 되니 유정도 유정할샤

①은 「금강산 완경록」(작자 미상의 불교계 가사, 정병욱 교수 발굴)의
일절이며 ②는 설명이 새삼스런 정송강의 「관동별곡」의 일절이다. 둘이
모두 금강산의 절정인 비로봉 부분을 노래한 것이다. ①의 연대를 알 수
없어 그 상호 영향관계는 추측할 도리가 없으나, 요컨대 ①에는 자의식이
스며들어 있지 않다. 그 드러냄의 방식이 가사라는 노래형에서 연유된 것
으로 분석된다. 자아와 외부세계는 하등의 균열이 없다. 한편 ②에는 가
사임에도 불구하고 작자의 자의식이 스며들고 있다. 산의 기운을 빌려 인
물을 만들고 싶다는 의지는 송강의 자의식으로 간주된다. 대개 그것은 송
강의 여정이 순수하지 않음에서 연유된다. 그의 여정은 왕정(王程)의 일
환이었기 때문이다(졸저, 『한국문학사론고』, 법문사, 제2장 「송강문학의 양

면성」참조). 그럼에도 불구하고 ①, ②는 함께 감정의 유로가 절제되어 있다. 의식적·작위적인 시적 비전을 부각하려는 측면이 없다. 그럴 필요가 없었기 때문이다. 즉, 이 숭엄한 자연에 대립되는 보이지 않는 이념의 구체적인 왕이나 성인이 엄존해 있었던 세계(사회)였기 때문으로 분석된다. 근대 식민지 시대의 결락 부분은 바로 이 왕, 성인(先王之道), 다시 말해 국가 개념의 상실에 놓여 있었다. 이 결락 부분에의 지향성에서 춘원, 육당의 금강의 미학에 놓여 있다. 따라서 그 미학에는 헛소리에 준할 정도의 시적 감정 유출이 드러난다.

③ 비로봉 올라서니 / 세상만사 우수워라 /

　산해만리(山海萬里)를 / 일모(一眸)에 넣어두고 /

　그따위 만국도성(萬國都城)이 / 의질(蟻垤)에나 비하리오

④ 처음 겪는 기쁨은 다시없는 높음으로써 삶을 받았습니다. 지상의 만물은 모두 눈 아래 깔리고 발아래 업디렀습니다. 상상봉, 또 그 위에 올라앉았으니 일성운한(日星雲漢)밖에 누가 다시 나로 더불어 높기를 겨누겠습니까 [⋯] 그게 어떻더냐구, 그렇지 엇대요, 맹자가 난언(難言)이라는 호연지기와 불타(佛陀)가 불가칭설불가사의(不可稱設不可思議)라 한 열반묘심(涅槃妙心)을 소소백백(昭昭白白)하게 설명하는 이라도 비로봉상의 대관진경(大觀眞境)에는 역일(亦一) 벙어리일 것을, 내 솜씨로 무어래요!

③은 춘원의 비로봉 부분이며 ④는 육당의 그것이다. ③, ④가 함께

지극히 래디컬한 표현이라는 점은 한눈에 알 수 있다. 그것은 근대적 사유인의 정신을 파악한 것일 수 없다. 근대의 합리적 정신이라면 금강산이 아무리 절묘하더라도 논리적 분석의 노력 앞에 놓임이 원칙일 것이다. 어째서 이들은 송강만큼의 자의식도 동반하지 않았는가의 의문을 앞에서 이미 여러 번 해명하였거니와 요컨대 육당, 춘원의 이토록 강렬한 시적 비전은 저 결락 부분의 깊이와 완전히 비례하는 것이다. 노산의 경우도 크게 보아 같다. 만국도성이 한갓 개미집에 불과하다는 인식, 일성운한에 닿았다는 인식은 근대문명에 대한 강렬한 역방향의 인식이다. 바로여기에 낭만적 이로니로서의 미학적 근거가 잠겨 있는 것이다. 금강산이 굉장하다, 그래서 어쨌다는 것이냐라고 스스로 물은 육당의 답은, 붓으로 안 된다는 것이다. 언어의 길이 끊어진 단계(언어도단), 그것이 미이다. 우리를 절망케 하는 것, 그것이 미다. 공포로 우리를 전율케 하는 것, 그것이 미이다. 언어의 길이 끊어진 단계, 그것은 벌써 선(禪)의 세계이자 종교의 차원이다. 금강산 그것이 여기서 비로소 신앙의 대상으로 된다. 이 철저한 현실도피가 도저한 힘으로 내면화로 전위될 때 문학의 세계가 열리는 것이라면, 이 신앙의 차원은 설사 문학보다 윗길일 수는 있어도 문학일 수는 없다. 한국민족주의 진영 쪽의 정신적 구조의 일단이 깊은 내면화로 전화되지 못한 것, 그 점이 곧 한국 근대문학 수준의 저하와 일치한다는 것은 다시 논의해 볼 과제일 것이다.

이 금강산에 비하면 백두산은 너무나 높았다. 거기에는 역사(인간의 손톱자국)가 없을 만큼 높았다. 처음부터 바라보는 대상 즉 신앙의 대상이었다. 새삼스레 신앙의 차원으로 승화시킬 필요가 없었다. 그러기에 민세는 처음부터 서술체 문장으로 썼다. 금강산에서 육당, 춘원이 '입니다'

체(說服體)로 나선 것과는 현저히 대조적이다. 이 백두산에 비하면 그것의 역사화가 묘향산이고 강화도이다. 빙허의 유려한 강화의 문장은 시간적·공간적 순서와 사적(史蹟)을 곁들인, 이른바 기행문의 정석에 속하는 글이다. 이미 여기까지에 이르면 생활인의 범상한 기행문으로 접근한다.

그러한 유형의 하나에 김억의 약산동대가 놓인다. 그의 전용어 '-외다'체로 쓰인 이 글들은 소월의 「진달래꽃」의 배경 설명으로는 유려한 것으로 볼 수 있다.

> 약산동대 여즈러진 바위틈에 외철죽
> 같은 저 내 님이
> 내 눈에 덜 믿겨든 남인들 지나보랴,
> 새 많고 쥐 꾀인 동산에 오조 간 듯
> 하여라.

작자 미상의 시조 중의 하나이다. 소월의 절창 「진달래꽃」이 이로 볼진댄 어찌 우연이랴. "아무리 약산동대보다 더 좋은 아름다운 곳이 있다 하더라도 약산이 있는지라 비로소 영변이 알려진 것이외다"라고 강변하는 작자의 주장은 음미될 사항이다. 이것은 이미 이념으로서의 산하가 아니라 그 이념의 내면화의 일종에 해당된다. 소월의 「진달래꽃」, 그것이 산하의 내면화의 가장 깊은 곳이다. 문학은 여기서 비로소 탄생된다. 소월은 지명을 시화하기 위해 많은 노력을 기울인 바 있다. '욍십리', '제불포', '나무리벌' 등이 시구 속에 포함되어 있다. 그러한 것들은 어째서 보편성으로 승화되지 못하고 유독 약산동대만이 승화되었는가. 그 해답은 김억의 글 속에 있다. 이 글은 재음미하는 이유가 바로 여기 있거니와, 어떻게 한갓 구체적 지명이 보편성을 획득하느냐의 문제가 문학의 고유한 영역이라면 이 자리에서부터 우리는 문학 원론으로 나아갈 수 있으리라.

끝으로 나는 이 자리에서 석전산인(石顚山人) 박한영(朴漢永)의 「금강산유기제사」에 접할 수 있음을 특히 적어 두고자 한다. 육당의 『심춘순례』 속에는 두 군데 석전산인이 나온다. 육당은 석전과 함께 길을 떠난 것이다. "석전의 고우(故友)요 근처의 아사(雅士)라 하기에 좀 우로(迂路)요 되지마는 와동이란 데를 찾아가……"라는 구절과 "석전사(石顚師)의 옛날 주석지(住錫地)라 하여 주승(住僧)이 기어이 점심이라도 먹고 가라 하는 것을……"의 대목이다. 대체 그는 누구인가. 인명사전을 들추기란 지극히 쉬운 일이다. 그러나 몇 줄의 사전적 인물 요약이 무슨 도움이 되랴. 그렇다면 한때 나라 불교계의 거물이었던 석전이란 누구인가. 육당의 막역한 친구일 뿐인가.

崔君不是競詩聲	육당은 시의 명성을 다투는 처지가 아니지만
故國神遊最有情	정신만으로 고향 그리는 일에 가장 의미있도다.
門閉黃昏花似雪	문 닫은 황혼녘 꽃은 눈송이오
與飛蝴蝶醉江城	나르는 나비 더불어 강성에 취하도다.

– 「제 백팔번뇌」 중의 일부

이는 육당의 시조집 『백팔번뇌』(1926) 발문 첫머리를 장식한 시이다 (발문은 넷인바 석전, 벽초, 춘원, 위당의 순으로 되어 있다). 그 석전이 이번엔 춘원의 「금강산유기」(1924)의 제사(題辭)를 썼다. 내가 이 석전의 문장을 두고 명문이라 하면 아마도 사람들은 웃으리라. 그러나 육당이나 춘원의 문장과는 그 격이 다르다는 점은 지적할 수 있다. 물론 제사니까 구투를 지녔다고 할지 모른다. 그렇지만 이것이 단순한 구투일까. 그 격의 풍김은 어디서 연유하는 것일까. 훼손되지 않은 문장이기 때문이다. 섣부른 계몽주의에 나선 사람들(육당, 춘원)도 원래는 이런 문장이 바탕이었을 것이다. 그런 그들이 계몽주의에 몸을 맡기자 서서히 훼손되어 갔다. 연설체 혹은 설복체로 그들이 나아간 것은 필지의 현상이었다. 설복체는 사색에서 떠날 때 비롯되는 것이다. 사색에 임할 때 철학이 탄생된다면 설복체 문장의 한계는 명백하다. 진정한 문학도 설복체에서 벗어날 때 비롯되는 것이라면 문장의 시대적 한계나 그 맡은 바 몫을 새삼 느낄 것이다. 실상 나는 석전의 이 제사에서 "춘원군의「금강산유기」는 특히 사미(四美)가 구족(具足)한 줄 알것다"의 사미를 드러내는 방식을 문제 삼고 싶었다. 신문장 일류(춘원)가 그 하나요, 이청조(李淸照) 일류(춘계내군 즉 춘계는 춘원의 아내, 이를 북송의 여류시인에 비유)가 그 둘이요, 사학자 이우(二友)가 그 셋이요(이우란 가람과 박현환을 뜻함.『가람일기 I』, 신구문화사, 1923. 8. 189쪽. 가람의 자세한 일기에 의하면 춘원의 부인은 금강산에 간 것이 아니고 석왕사에서 만난 것으로 되어 있다), 시승(詩僧) 일류인 석전 자기가 그 넷이다. 그는 육당과 백두산을 순례하였다. 육당은『백두산 근참기』(1929)를 저술하였지만 석전은 이러한 남김이 없는 것 같다. 대개 불립문자는 문학보나 윗길일 수 있어서 문학일 수 없기 때문이다.

한편『인문평론』지는 물론 월간 순문에이시안, 인문 곧 휴머니티(Humanity)를 내세웠다. 또 '창작'보다 '비평'(논문)에 주력한 것으로 최재서가 주간 및 발행자였다. 1939년 10월 창간되어 1941년 4월에 종간되었다. 창간호에서 16호까지 평론 236편, 시 69편, 소설 48편, 희곡 7편이었다. 호마다 '시국적인 것'에 초점을 맞추어 다루었고, 그러니까 '친일적'이 아닐 수 없었다. 태평양전쟁이 일어났고, 중일전쟁 또한 한창이었다.

특집 「교양론」, 「프로이트 특집」, 「세대적 특징」, 「인간문제」, 「소설론」, 「문학적 직업문제」, 「동양문학의 재반성」, 「해외단편론」, 「현대지나 시조」, 「희곡특집」 등이 실렸다. 특히 「해외단편특집」 속에 노벨상 관계 불란서 단편 「구라파 문학의 장래」 등, 외국문학에도 열려 있었다.

창간호 목차로 보면 아래와 같다.

「건설과 문학」(권두언·주간)

「문화에 있어서의 전체와 개인」(서인식)

「비평정신의 상실과 논리의 획득」(이원조)

「모더니즘의 역사적 위치」(김기림)

「성격에의 의혹」(최재서)

시편

「오랑캐꽃」(이용악)

「공동묘역」(김기림)

「표박하는 혼」(임학수)

논문편

「발자크 연구」(김남천)

「전쟁과 조선문학」(박영희)

「일본전쟁문학의 일고」(백철)

「유연20년」(배호)

「이효석론」(이원조)

「실험소설」(임화)

「자유의지론」(최재서)

「야초전」(정래동)

「근대일본문학의 전개」(최재서)

번역

「나치스 독일의 문학」(R. 헨릭센)

「산중독어」(유진오)

창작란

「제일과제일장」(이무영)

「번뇌하는 잔룩 씨」(안회남)

「일표의 공능」(이효석)

「흥보씨」(채만식)

「9월의 창작평」(임화)

이어서 기타, 총 230쪽의 큰 잡지인 셈이다. 그러나 제3권 1호(1941. 1)에 오면 사정이 아주 노골화된다. 곧 '친일' 성향이 그것. 권두언에 1. 성수만세(聖壽萬歲), 2. 황군(皇軍)에의 감사, 3. 문학정신대, 4. 작품의 명랑화. 이런 권두언은 주간 최재서가 쓴 것이다. 새로운 시기 곧 전형기를 맞은 평론계의 향방을 문제 삼은 「전향기의 평론계」도 물론 최재서가 썼다. 그리고 1941년 4월호를 끝으로 폐간한다. 최재서는 『인문평론』을 잇는 『국민문학』을 창간(1942. 11)하여 1945년 2월호까지 내었다.

대체 최재서란 인물은 누구인가. 황해도 해주고보를 나와 경성제대 영문과 제3회 졸업생이었다. 그는 수재여서 조선인으로서는 최초로 경성제대 강사로 임명될 정도였다. 영문학과 주임인 사토 기요시(佐藤淸) 교수의 총애를 입은 최재서는 문학 비평계에 뛰어들어, 당시로서는 난해하기 짝이 없는 이상의 「날개」와 박태원의 「천변풍경」을 「리얼리즘의 확대와 심화」(1936)로 명쾌히 해명했던 것이다. 드디어 최재서는 『국민문학』을 창간하여 광복 직전까지 펴냈다. 모두 일문(日文)으로 된 이 『국민문학』은 따지고 보면 경성제대 교수, 동문, 후배 들의 합력으로 된 것이었다.

최재서가 창씨개명한 것은 놀랍게도 1944년 1월이었다. 실상 창씨개명은 1939년에 이루어졌던 것. 해방이 되었을 때 최재서는 3년 동안 근신했고, 그 후로는 셰익스피어 연구로 일관하며 연세대, 동국대 등에서 교수 노릇을 했다. 『인문평론』이란 그리고 보면 인문학 비평, 그리고 저절로 '친일'로 행하지 않을 수 없었다. 『문장』지와 거의 반대 현상이라 할까. 좌우간 일제 말기 이 두 월간지의 역사는 우리 문학사에 길이 남을 것이다.

2장 _ 철학과 문학의 충돌─얻은 것과 잃은 것
임화와 신남철의 경우

1. 카프 전주 사건과 임화의 윤리 감각

카프 문학사에 있어 1935년만큼 중요한 계기는 없다. 겉모양으로 볼진댄, 첫째 카프 해산(5. 21)을 들 수 있다. 둘째는 서기장 임화와 간부 김팔봉을 제한 카프 문사 23명의 기소가 이루어진 이른바 전주 사건(1934. 6~1935. 12)을 들 수 있다.

카프(Korea Artista Proleta Federatio, 에스페란토 성어)는 혁명 후의 소련의 RAPP, 이에 이어진 일본의 NAPF와 같은 계보이며 이 사실의 의의는, 한국문학이 세계에로 이어지는 첫 번째 사례라는 점이다. 1925년 8월에 결성된 카프가 무려 10년의 곡절 끝에 드디어 해산의 운명에 처해진 것이었다. NAPF도 그러했듯 객관적 정세(천황제 파시즘)의 악화로 치안유지법의 강화와 더불어 강력한 공권력으로 말미암아 카프도 법적으로 기소 대상이 된 것이었다(카프 문사 중 첫 번째 기소자는, 1931년 8월의 제1차 검거 사건 때의 김남천 하나였다). 이에 언급했듯 이 전주 사건의 내막을 들여다보면 무엇보다 눈에 띄는 것이 서기장 임화의 부재이다. 중앙

임화

신남철

위원인 김팔봉의 부재는, 총독부 기관지 『매일신보』 사회부장이라는 직함이 작용했을 수도 있으나 (실상 김팔봉은 전주에까지 붙들려 갔으나 기소되지 않고 풀려났다) 어째서 총책이라 할 임화가 빠졌을까. 다음의 기록이 이에 대한 모종의 암시를 드러내고 있다.

그중에서도 특히 임화가 풀려오지 않은 데 대해서 이야기가 많았다. 참으로 임화는 여러 가지 재주를 가지고 있는 사람이었다. 임화는 자기 신변이 위급해질 때는 일부러 졸도를 하는 조화를 부렸다. 그때만 해도 일경들이 임화를 검거해가지고 경성역까지 나왔는데 역전에서 갑자기 쓰러져 졸도를 했기 때문에 연행하지 못하고 역전에 있는 세브란스 병원에 입원을 시키고 경관만 전주로 내려왔다는 것이다. 그밖에도 임화에 대한 이야기는 많았다. 더구나 카프 사건이 있는 동안에 그는 전처인 이귀례와 이혼을 하고 마산에 가서 이현욱과 결혼을 하여 편안히 지낸다는 이야기 등, 많은 뜬소문을 낳고 있었다. 어쨌든 이 카프 사건에 서기장인 임화가 빠졌다는 것은 세상의 의혹을 살만한 일이었다.

– 백철, 『문학자서전 상』, 박영사, 313쪽

뜬소문이라고는 하나, 누구보다 임화와 돈독한 우정을 유지해 온 백철의 기록임에 주목할 것이다. 1935년도에 일어난 이러한 사건들은, 서두에 말했듯 어디까지나 카프 문학사 내부의 사건에서 벗어난 것은 아니며 따라서 국소적인 사건성으로 규정될 성질의 것이다. 그러나 이 전주 사건으로 말미암아 벌어진 다음 두 가지 사건성은 카프 문학사와는 비교도 하기 어려운 것이 아닐 수 없다. 곧, 한국근대문학사의 과제이기에 그러하다.

첫 번째의 사건성은 유진오의 소설 「김강사와 T교수」(1935)이다. 카프 전원이 옥중에 있는 만큼 카프 문학은 공백기라 할 수 있을까. 적어도 문학사적 관점에서 보면 「김강사와 T교수」 일편이 카프 문학 공백기를 온몸으로 떠받치고 있는 형국이었다.

두 번째는 임화의 신문학사 연구이다. 이 글은, 임화의 신문학사 연구에 이른 곡절과 그 성과, 그리고 그 한계점을 살펴보기 위해 쓰였거니와 또 그것은 보성중학 중퇴생 임화와 저 일본제국이 여섯 번째로 세운 경성제대의 수재급 철학도 신남철과의 대결에 다름 아니었다. 이 대결의 최종 단계인 임화의 「신문학사의 방법론」(1940)은 이 대결의 산물이 아니면 안 되었다. 임화의 오기와 재능 그리고 형언할 수 없는 낭만적 열정의 결정체인 「신문학사의 방법론」이 휘황할 수밖에 없는 곡절은 여기에서 왔다. 곧, '문제발견형'인 임화가 '체계건설형'으로 전환하는 바로 그 장면이다. 한편 헤겔을 원문으로 읽었던 경성제대 출신 신남철과 가까스로 일어를 해독할 수 있었던 보성중학 중퇴생 임화의 합작물이기에 견고하면서도 동시에 그것은 또 제한적일 수밖에 없었디.

2. 경성제대의 신문학사론 개입에 대한 임화의 방어기제

'신경향파의 대두와 그 내면적 관련에 대한 한 개의 소묘'라는 긴 부제가 달린 신남철의 「최근 조선 문학사조의 변천」(『신동아』 1935. 9)은 카프 서기장 임화에겐 운명적인 사건성이었다. 이 운명적이라 함에는 그에 상응하는 설명이 뒤따르지 않을 수 없다. 신남철의 이 논문으로 말미암아 임화가 자기의 논리를 강화하거나 변경했다면 여기에다 감히 운명적이라 표현하기는 어려울 터이다. 경성제대의 아카데미시즘에 대한 한 재야 문학자의 오기의 분출이라 해도 사정은 마찬가지라 할 것이다. 운명적이라 함은 논리와 오기를 초월한 곳에서 가능한 것이라 믿기 때문이다. 마침내 논리나 오기 또는 신념을 반성하고 송두리째 새로운 모색을 향해 방향 전환하는 그런 계기를 가리킴을 두고 운명적이라 부른다면 이것 역시 임화의 경우엔 적절하지 않다. 임화에 있어 운명적이라 함은 그다운 면이 따로 있었음에 관련된다. 결론부터 말해 신남철의 이론에 맞서고 이를 물리치고자 하는 노력의 강도에 따라 임화는 저도 모르게 스스로의 신념, 논리, 열정 등을 잃어 왔다는 사실이다. 신남철을 논리적으로 또 열정적으로 격파하면 할수록 스스로의 논리와 열정과 역비례하는 현상에 이른 것이었다. 신남철을 의식하면서 자기주장을 하면 할수록 어느새 신남철 따위란 안중에 없었다. 그러나 그 논리의 끝에는, 나아갈 출구가 막혀 있었다는 사실이야말로 운명적인 것이라 하지 않을 수 없다. 「개설 신문학사」의 거창한 시도가 가까스로 이해조 언저리에서 한 발자국도 나아갈 수 없음이 이 점을 새삼 말해 준다.

신남철의 논문이 임화를 야기시킨 것은 세 가지 측면에서 고찰된다.

하나는, 신남철의 논리 자체의 강점을 들 수 있다. "일정 개인의 자기 자신을 응시하며 반성하는 단계에 이르게 되었다는 것은 그의 일생을 통하여 한 개의 커다란 사실이 아니면 아니 된다. 왜 그러냐 하면 모든 개인 인간이 그네 자신을 반성한다는 것은 객관화의 작용을 할 수가 있다는 것은 그의 부단한 교양적 향상의 인간적 노력을 경(經)한 뒤가 아니 되는 때문이다"(『신동아』, 1939. 9, 6쪽).

이렇게 글을 시작한 신남철은 '개인'의 자리에 '신문학사'를 그대로 대입시켜 논리를 전개했다. "조선의 문학사—더욱 최근의 소설 '신문학' 발생 이후의 문학사를 뒤적거려 본다고 할 것 같으면 우리는 상술한 바와 같은 개인 인간의 반성 자각의 과정을 아주 범례적으로 간취할 수가 있다고 생각한다"라는 전제에서 그는 이인직 이래 이광수에 이르는 문학사를 분석했다. 그가 기댄 이론은 김태준의 『조선소설사』, 김팔봉의 평론들이었거니와 일단 『무정』, 『개척자』 등으로 대표되는 이광수의 문학적 업적을 평가함에서 그는 출발했다. 이광수의 문학이 사실상 '진보적, 경향적 요소'를 많이 간취했음도 사실이라 이는 어디까지나 끝내 개인의 생활 개선의 영역에서 벗어나지 못한 것, 다시 말해 당시의 사회적 계급 분화의 개인주의적, 상인적, 유물주의적 표현에 불과했다고 보았거니와 이러한 견해는 상식적인 것이어서 유독 경성제대 아카데미시안의 안목이라 할 것이 못 된다. 정작 신남철다운 발언은 신경향문학에 대한 평가에서 왔다.

그러면 왜 이 소위 '신경향파'의 출현이 역사적인 특질을 가지고 있는 것이었던가? 이 신경향파라고 하는 것은 비상히 유치한 수법, 졸렬한 취재, 미숙한 문장, 초보적인 자각적 의식을 자기도 시를 쓰고 소설을 지었는데도 불구하고 그것이 이광수 등의 개인적, 상인적 문학작품보다 낫다는 것은 그 수법, 그 문장, 그 취재에 있어서가 아니라 사회적인 소위 '목적의식적' 개조운동과의 연관과에 있어서 우위를 가졌다는 것이다. 이 점에 대하여 논자는 문학적 작품으로 그것과 개조운동과는 별개의 것이 아니냐고 말할는지 모른다. 물론 양자는 별개의 것으로 구분될 수가 있다. 그러나 모순적 그룹과의 항쟁이 바야흐로 개시된 때에 있어서 문학작품을 평가하는 리히트슈누어(Richtschnur, 인용자)가 신흥하는 그룹의 역사적 임무에 의하여 규정되는 것은 아주 자연일 뿐 아니라 또한 필연적인 것이기도 한 것이다. 이것은 신흥하는 그룹의 이론적 무기로서의 과학급 과학성의 우위가 제대의 전통적 이론급 '과학'에 대하여 주장하는 것과 동일한 이치에 속하는 것이다. 환원하면 신흥과학 급 방법은 구래의 과학 급 방법보다 우월하다는 이론과 일치하는 것이다. 나는 이곳에서 이러한 과학론의 '아·베·체'를 이야기할 한가를 가지고 있지 않으나 이 신흥과학의 우위성과 동일한 정도의 이 '신경향파'라는 것의 사회적 우위성을 주장할 수 있는 것이었다.

- 『신동아』, 1939. 9, 7쪽

위의 인용에서 드러나는 논리적 운동 방법에 주목할 것이다. 처음부터 끝까지 '과학'에 매달려 있다는 것. 그것도 위에서 내려다보는 조감도적 시선이라는 것. '아·베·체'를 뛰어넘은 논리라는 것. 그리고 헤겔을 원어로 읽는 독법이라는 것 등으로 말미암아 '과학'의 제시임을 과시해 놓았음이다. 요컨대 경성제대의 아카데미시즘이 과시하는 '높은 교양', '엄정한 과학적 태도', '풍부한 문헌' 등을 은연중에 과시해 놓은 형국이라 할 것이다. 그러나 임화의 안목에 따르면 저러한 신남철의 논조란, '높은 교양'이라든가 '엄정한 과학적 태도'도 아니며 '풍부한 문헌'이기는커녕 한 개의 속학서생(俗學書生)에 지나지 않는다. 어째서 그러한가, 이 점에 대해 임화는 실로 단호하여 마지않았다. 그것은 '높은 교양'은 물론 '엄정한 과학적 태도'가 한갓 겉모양이요, '엄정한 과학적 태도'에서 한참 벗어난 것이었다. 바로 '이원론의 함정'에 빠졌던 것인 만큼 어찌 과학적 태도일까 보냐. 이 지적이 갖는 의의의 중요성은 필설로 다하기 어려운 무게를 지닌 것이었는데, 왜냐면 경성제대의 아카데미시즘에 대한 한 가지 비판이었던 까닭이다. 신남철 비판에서 이러한 도약은 임화의 자존심에서 나온 것이기에 한층 값진 것이었다. 임화가 비판한 대목은 이러했다.

문학의 예술성과 사상성을 이분하는 이원론, 신경향과 문학에서 과거한 모든 문학의 예술적 진화를 관찰하지 못하고 그 세계관적 일변만을 평가하려는 모든 종류의 기도는 필연적으로 '잃은 것은 예술이오, 얻은 것은 이데올로기'라 하는 유명한 박영희적 멘셰비즘과 일치하고 또 그의 사상적 발상지가 아니면 안 된다. 왜 그러냐 하면 부르주아적 문학이 프로문학에 비하면 그 내용사상에는 뒤떨어지더라도 문학적 기술적으로는 아직도 우월하다는 이론은 결국 예술과 정치에 있어서 전혀 이원적인 분리의 사상으로 일관되는 것으로 프로문학 십년의 역사에 있어서 이데올로기와 함께 상반(相伴)하여 발전히는 예술을 이해하지 못하는 자이며 드디어『고향』에까지 도달한 예술적인 고도의 수준을 마치 사상과는 무연한 것으로 관찰하든가, 그렇지 않으면『고향』에까지 이른 도

정에 사상적인 발전만을 간취하고 그와 함께 진화해 올, 그리고 그것 없이는 불가능한 예술적인 발전을 전혀 무시하는 이론이기 때문이다.

이러한 점에 있어 박영희적 이론의 비판자로 나선 김기진 씨나 혹은 그의 새로운 대변자 신남철, 이종수(경성제대 영문과 출신 비평가—인용자) 양 씨나 모두 박 씨의 이론과는 종이 한 장 상이(相異)로 결국 한 가지 이원론 사관의 모태에서 자란 쌍아에 불과한 것이다.

– 「조선신문학사론 서설」, 『조선중앙일보』, 1935. 11. 13

일원론자인 임화는 그 역사 발전의 일원론적 이론을 증명하는 신문학사를 개괄하기 위해 장대한 논문 「조선신문학사론 서설」(『조선중앙일보』, 1935. 10. 9~11. 13)을 썼다. 전언에서 그는 이렇게 이 논문의 의도와 그 전개에 있어 불가피하게 길어진 까닭을 제시했다.

이 글은 신경향파 문학의 역사에 대한 전혀 부당한 수삼(數三)의 논문을 비판의 대상으로 하는 국한된 목적으로 기초된 것이 의외의 방면으로 벌어지고 길어져서 전혀 발표의 사정에 의하여 불손한 제목을 붙이게 된 것이다. 그러므로 이곳에서 '사론'(史論)에 상응하는 풍부한 내용을 기다린다면 적지 않은 실망을 가질 것을 미리 말해두는 바이다. 필자 와병한 지 연여(年餘)에 하등의 자료도 없이 단지 낡은 수첩 일 개의 힘을 빌려 이 소설(小說)을 여지(旅地)에서 적었으므로 독자는 충분한 양해 끝에 보아주시길 바란다. 오직 우리들의 문학사 연구에 대한 필자 연래의 소회의 일단을 기술할 기회를 얻은 바이니 독자의 연구에 자(資)함이 있으면 만행이라 생각한다.

– 「조선신문학사론 서설」, 『조선중앙일보』, 1935. 10. 9

전언에서 강조된 것은 동기를 밝힌 점이다. '수삼의 논문'에 대한 반
박문의 성격을 띤다는 것. 구체적으로 김팔봉, 이종수, 박영희 등으로 말
할 것 같으면 그 역량이랄까 능력이 진작부터 드러나 있는 만큼 또 카프
진영 내의 동지이기에 하등의 새로움이 없었다. 다만 이들 구카프계와는
한 차원이 다른 임화의 세대 감각의 낙차가 있을 따름이었기에 논쟁의
대상이 될 수 없었다. 그러나 신남철의 개입은 이와는 사정이 달랐다. 임
화의 처지에서 보면, 이는 외부의 개입이며 그것도 강력한 내정간섭이 아
닐 수 없었다. 이 강력한 외부란, 쇼펜하우어나 헤겔을 또는 칸트를 원어
로 읽은 경성제대 아카데미시즘이었던 것이다. 카프 서기장이었던 임화
의 처지에서 보면 견디기 어려운 모욕이 아닐 수 없었는데 그 강도는 카
프를 추어올릴수록 비례하는 것이었다. 여기에는 이론을 넘어서는 윤리
적 문체가 개입되었음을 간파할 수 있다. 객관적 정세에서 볼 때 계급사
상에 기초한 신경향파란 1933년을 시점으로 괴멸되었다고 할 때 문제는
그다음 장면에서 온다. 그 사상의 뿌리내림에 관련된 사안이야말로 사상
과 문학의 대상인 까닭이다.

종교의 경우도 예술의 경우도 그럴 테지만 사상의 경우도 그렇거니와
그러한 것이 지하 깊이 정말로 뿌리를 내리는 것은 운동의 융성기가 아
니라, 오히려 쇠퇴기이다. 프롤레타리아 운동도 예외가 아닌 것은 시방
여기서 새삼 말할 것도 없다. 그것이 도무지 그렇게 믿어지지 않는 것은
운동의 흥융기에는 극좌적 언사를 놀리다가 형세가 불리하자마자 일찌

감치 입을 닫고 보신술을 구사하는 무리뿐이다.

— 花田清輝, 「プロレタリア文学批判をめぐって」, 柄谷行人, 『近代日本の批評 上』, 福

武書店, 1990, 131쪽에서 재인용

이미 한 시기의 유행이 정리되어 공연하게 입에 올릴 수 없는 시기 이후에 가서야 비로소 마르크스주의가 지하 깊게 진짜 뿌리를 내릴 성질의 것이라면, 알게 모르게 임화는 이 사실을 직감했을 터이다.

카프 해산(1935. 5) 이후야말로 카프 문학이 지하 깊이 진짜 뿌리를 내릴 것이라는 신념이랄까 직관이 없었더라면 신남철에 대해 저토록 격렬히 또 민감히 반응했을 이치를 찾기 어렵거니와 이 믿음 또는 직관의 강도를 한층 높인 것이 경성제대라는 외부의 개입이었다. 임화가 감히 '신경향파 문학의 역사에 대한 전혀 부당한 수삼의 논문'이라 한 이유는 여기에서 왔다.

이러한 현상을 일러 신념이랄까 직관이라 했거니와 또 거기에는 논리적 차원도 섞여 있었겠지만 임화의 경우엔 한층 복잡했다고 볼 것이다. 윤리적 차원이 그것이다. 카프의 문사 거의 전원이 기소되어 옥살이를 하는 상황 속에서 정작 당시의 서기장이었던 임화 자신의 빠졌음이란 어떤 논리로도 해명될 수 없는 사건이 아닐 수 없다. 이 문제를 보상할 수 있는 일은 다름 아닌 카프 문학의 뿌리내림에 공헌하는 길밖에 다른 방도가 있을 수 있을까. 카프 문학이 지하에 깊이 또 진짜로 뿌리를 내리게 하는 방도란 무엇일까. 이 물음에서 윤리적 감각이 논리에로 연결되는 통로란 없는 것일까. 임화가 고심참담 애써서 여기까지 이르렀을 땐 이미 신남철 따위란 안중에서 사라진 연후였다.

그것은 신문학 연구의 길이 아니면 안 되었다. 이 발견이야말로 한국근대문학사의 획을 긋는 사건이자 임화 자신의 전향의 핵심이 아닐 수 없다. 이를 두고 전언에서 '불손한 제목'이라 했다. 「조선신문학사론 서설」이 어째서 '불손한' 제목일까. 임화는 사론에 상응하는 공부 부족을 들었다. 병을 앓고 있다든가, 집도 절도 없이 떠돌아 나그네 처지에서 썼다는 등등의 핑계는 한갓 수사학에 지나지 않을 터이다. '불손한 제목'일 수밖에 없는 것은 그의 정직성에서 나온 것이어서 액면 그대로일 터이다. 사론(史論)만은 확실하게 갖고 있지만 이를 정립하고 체계화하기엔 역부족인데도 감히 「조선신문학사론 서설」이라 했던 만큼 불손하기 짝이 없는 노릇이 아닐 수 없었다.

이 불손함에서 벗어나는 길, 당당하고 나아가 '숭고한 제목'이 되기 위한 방도는 무엇인가. 두 가지 방도뿐이었다. 자료 확보가 그 하나. 다른 하나는, 이 점이 중요하거니와 체계화(방법론)가 그것이다. 이른바 '체계건설형'을 가리킴이며 이는 바로 '문제발견형'과 맞서는 것이다. 전자는, 노력만 하면 어느 정도 극복할 수 있는 사안이지만 후자의 경우는 사정이 판연히 달랐다. 헤겔, 마르크스를 원문으로 읽는 아카데미시즘의 영역인 까닭이다. 거기 경성제대가 큰 산맥으로 가로막고 있었다.

3. 경성제대 예과의 두 기관지 ─ 『청량』과 『문우』

신남철(1907~1958?)이 경성제대 법문학부 철학 선공으로 입학한 것은 1928년이었다. 대학 학제에 따라 학부에 앞서 예과(2년제)의 학력이 요망되었다. 조선에 고등학교를 단 하나도 세우지 않았던 탓에 제국대학 입

학의 필수요건인 고등학교에 준하는 제도가 자체 내에서 세운 방편상의 학제를 일러 예과라 했다. 초기엔 2년제였으나 뒷날(1939)에 3년제로 고침으로써 고등학교 3년제에 맞추었던 것이다. 경기도 경성부(서울)에서 구한말 관리의 장남으로 태어난 신남철이 중앙고보(사립)를 나와 이 예과에 든 것은 1926년 4월이었다. 이 예과 초대부장인 조선사 전공의 오다 쇼고(小田省吾) 교수의 신중한 어법에 주목할 것이다. 곧 일본 학생, 조선인 학생이란 용어 대신 일어 상용 학생, 조선어 상용 학생으로 구분해 부르길 권장했다. 이 사실은 식민지에 세운 대학이 국제적 성격을 띠게 될 수 있는 가능성을 내포한 것이기도 했다. 경성제대 교수로 있다가 본토 도호쿠제대(東北帝大)으로 전출한 헌법학 교수 기요미야 시로(淸宮四郎)의 증언에 기대면 경성제대가 '국제적 훈련' 기관임을 본국에 가서야 비로소 깨칠 수 있었다고 했다(『紺碧遙かに』, 720쪽). 일어 상용 학생과 조선어 상용 학생의 구별은 따지고 보면 궁극적으로는 글쓰기의 이중성으로 규정될 성질의 것이 아닐 수 없다. 요즘의 표현으로 하면 이중어 글쓰기(bilingual writing)가 그것이다. 그러나 이러한 원칙이 경성제대의 제도상에서 공적으로 반영될 성질의 것은 아니었다. 제국대학 설립 목적이 "국가의 수요한 학술 및 응용을 교수하며 아울러 그 온오를 연구하며"에서 보듯 '국가'를 대전제로 한 것이었다. 경성제대도 이 원칙에 입각했던 만큼 제국 일본의 인식 범주 내에서의 학문이며 또 인력 양성이었다(경성제대가 특히 '황국(皇國)'의 길에 기초하여 충량유의의 환국신민을 연성함에 힘쓴다'라는 조항을 삽입한 것은 1940년이었다). 이 때문에, 이중어 글쓰기란 어디까지나 내면상의 전제로 인식되었다.

경성제대 예과의 교지인 『청량』(1925년 창간)은 물론 국어(일어)로 되어 있었다. 예과생은 누구나 투고할 수 있는 지면이기에 조선어 사용 학생도 대거 이에 참가했다. 유진오는 창간호에 번역시 「두견에 부치는 노래」를 발표한 것을 시작으로 논문 「슈르를 찾아서」(2호) 및 창작시(3호)도 발표하였다. 이효석의 번역시 「찢어진 아이」(2호), 창작시 「겨울의 시장」(3호), 박동일의 한시 세 편(2호), 이재학의 「시장의 구가」(2호) 등도 실렸다. 이 경우 그들의 일어 글쓰기란 당연히도 내적 갈등을 겪었음에 틀림없다. 일단 조선어로 사고한 마당에서 일어로 번역했다고 볼 것이다. 그러나 이러한 설명으로는 사안이 제대로 파악된 것이 아닐 터이다. 유진오, 이효석 등의 경우라면, 그들이 공부한 글쓰기의 원천이 서양어로 된 작품이기에 그것을 일어로 번역하면 되는 글쓰기로 볼 수 있기 때문이다. 원전인 외국어의 판독 역시 일어 교육 및 사전을 통해 이루어진 것이기에 모국어인 조선어가 감히 개입할 틈이 없었다고 볼 것이다.

바로 이 장면이 1940년대에 와서는 한국 문인의 이중어 글쓰기의 원점이었던 것이다. 이른바 일어 창작에 나아간 김사량, 유진오, 이효석, 김종한 등에 대해 '이중어 글쓰기'에서 '창작적 이중어 글쓰기'(Bilingual creative writing)에 걸치는 과정을 무시하고 건너뛴 논의란, 따라서 매우 천박한 것일 수밖에 없다(졸저, 『문학사의 새 영역』, 강, 2007, 제1부 참조). 이 점에 국한시켜 볼 때 『청량』지에 임하는 조선 학생은 일본인 학생에 비해 매우 유력한 처지에 섰다고 할 수조차 있다. 그 증거로 내세울 수 있는 것이 문우회에서 낸 동인지 『문우』(1924)이다. 유진오의 『청량』의 경우처럼 훨씬 쉬웠을 수도 있다. 일이사전으로 원전에 접했기에 당연한 결과라 할 것이다. 그러나 일어사전으로 접한 원전을 조선어로 바꾸기란 실로 어려운 사안이 아니었을까. 또 다른 이중어 글쓰기가 거기 잠복해 있었다. 일상적 수준의 모국어를 세련된 문학적 언어로 끌어올리는 노력이 알게 모르게 요망되었던 까닭이다. 다른 하나는, 이러한 노력이 막바로 '조선어 글쓰기'로 표출함이다. 이른바 세련된 조선어의 창작에 나아가기의 길이 열릴 수 있었다. 이 모두는 이른바 '문학적 현상'이라 규정된다.

예과의 공적 기관지 『청량』과 조선인 학생만의 동인지 『문우』(연 2회)의 맞섬이란, 문학사적 시선에서 보면 '창작적 이중어 글쓰기'의 공간이자 시간이었다. 이 시간과 공간에서 하나의 전형적 인물이 철학 전공의 신남철이었다. 예과 시대란, 『청량』과 『문우』를 관통하는 아주 중요한 시대적 에피스테메(épistémè)에 관련되었음을 직간접으로 드러낸 것이며 이를 두고 문학적 현상이라 부를 것이다(『말과 사물』에서 푸코가 내세운 '에피스테메'는 희랍어 '학적 지식' 뜻에 이어진 것으로 헤겔의 독사(doxa)에 대치시킨 것. 지의 연속성을 부정하는 이 용어는 그 자체의 모순으로 인해 잠시 사용된 것. 오늘의 표현으로 하면 세대 감각에 가까운 것). 그것은 새로운 출발점이자 나아가 그 총칭이기도 했음을 염두에 둘 때 그 한복판에 유진오, 이효석이 우뚝 서 있었고, 그 연장선상에 신남철이 설 수 있었다. 원서로 헤겔, 하르트만을 읽어야 하는 멍에를 짊어진 철학도 신남철이지만 이 '문학적 현상'에서 끝내 이탈하지 못했던 점에서 그는 '문제적 개인'이라 하지 않을 수 없다. 임화와의 충돌도 여기에서 온 필연적 현상이었다.

4. 이중어 글쓰기의 훈련 과정

『청량』과 『문우』란 이중어 글쓰기의 증폭 현상을 빚어내는 실험장에 다름 아니었다는 점에서 볼 때 이 현상은 국민국가에 기초한 한국근대문학사에서는 하나의 사건성이다. 조선어를 가로지르는 이 현상의 중요성은 국민국가의 인식을 넘어서는 데서 온 것이기 때문이다. 거창하게 말해 '언어 횡단적 실천'의 장에 비견될 수도 있는 것이어서 조선어학회 사건 (1942. 10. 1) 이후의 글쓰기의 상황과 더불어 금일의 연구 과제의 하나인 것이다(리디아 리우,『언어 횡단적 실천』, 민정기 역, 소명출판, 2005를 염두에 둘 것).『문우』란『청량』없이는『문우』일 수 없고 그 반대도 성립된다. 유진오나 이효석에 있어 이 두 가지 매체가 동시적이었듯 그 후배들의 경우도 사정은 같았다. 예과 제3회 입학생 신남철의 창작소설「된장」(『문우』4호, 1927. 2)은 유진오의 소설「여름밤」과 나란히 실린 것이다.

"무덥은 여름의 어느날이었다. 순호는 불빛이 내려 쪼이는 거리를 걷고 있었다. 다 찢어지고 땀이 배어서 고약한 냄새가 물신 물신 나는 학생복 아래 바지와 보기에도 거북하고 훗훗한 무명 적삼에"라고 서두를 삼은 이 소설은 숨 막히는 서울의 20세기적 근대 속에서 가난 속에서 사랑을 찾아 헤매다 절망에 빠져 죽는 시골 출신 학생 선주와 살아남은 순호의 모습을 다룬 것이거니와, 이 비참한 현실을 고치기 위해서는 사랑과 계급투쟁이 있을 뿐이라는 것을 선주라는 친구를 통해 드러낸 작품이다. 선주가 남긴 유서에 적힌 것은 '죽음과 삶'에 대한 견해였는바, 햄릿의 견해도 사도 바울의 견해도 수용할 수 없다는 것으로 되어 있다. 이 점에서 촉발된 순호는 넉 달 뒤 어느 날 하얼빈 역에 내린 것으로「된장」은 끝났다. 그러면「된장」이란 무엇인가. 노동판에서 죽어 가는 노인을 발견한 주인공이 그네의 신발을 팔아 먹이를 구하고자 할 때 이를 본 어린이가 자기의 양식인 된장 한 주먹을 내놓는다는 것에서 제목이 유래되었다. 습작인지라, 미숙하기 짝이 없는 것이지만 이 작품에서 주목되는 것은 다음 두 가지. 군데군데 시를 삽입했음과 주제의 모호성이다. 계급투쟁도 아니지만 가난에 대한 자연주의적 폭로 소설도 아닌 것. 이에 신남철다운 점을 찾는다면 '삶과 죽음'에 대한 막연한 사유라 할 것이다. 철학이란 궁극적으로는 '삶과 죽음'에서 출발하여 또 여기에로 수렴되는 것이기에 이에 유의했다고 볼 수도 있지만 또 그것이 '시적인 현상=문학적 현상'에 온 것으로도 볼 수 있다.

『문우』 5호(1926. 11)에 신남철의 두 편의 시 「동무들아」와 「현실의 노래」가 목차에 들어 있지만, 전자는 삭제되었고 후자만 실려 있다. 1926년 7월 11일에 쓴 「현실의 노래」엔 'Song of The Open Road─이 소시편을 Walt Whitman이 본다고 하면'이란 부제가 거창하게 달려 있으며 '반역', '생의 투쟁', '진리' 등의 추상어로 채워져 있다. "현실의 눈알은 달어서 빨갛고 / 환상과 결핍에 떠는 그 육체는 / 침침한 그늘에서 헤매인다"에서 보듯, 형상화와는 거리가 멀다.

이러한 글쓰기가 보편어인 서양어를 매개로 한 일어 글쓰기를 가로지르는 현상이 『청량』에서 벌어졌고, 그것의 한 전형성이 신남철에 의해 이루어졌음이야말로 그가 훗날 임화와 부딪칠 운명적 계기를 마련해 준 것이다.

신남철 글쓰기의 다음 행보는 『청량』에로 향했는바, 먼저 시 한 편을 들 수 있다.

조용한 개울 따라 포플러가 서 있는 농가의 석양 속에 어머니의 유방이 이끌고 있고, 남편은 땀 흘려 일하는 가족. 반딧불이가 날고, 매미는 잠들 때까지 울기를 그치지 않는다. 생명의 신비와 존엄이 여기 있다. 여기에다 신남철은 고도함에서 사막을, 흡사 투사의 눈을 앞에다 걸어 놓았

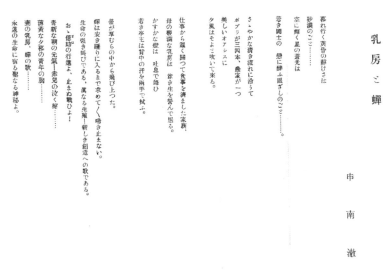

乳房 と 蟬

申
南
澈

暮れ行く黄昏の静けさに
砂漠のごと……
空に輝く星の蒼光は
若き闘士の 愚に餞ふ眠ざしのごと……。

さゝやかな清き流れに沿うて
ポプラが三四本、農家が一つ
美しいオアシスに
夕風はそよ〳〵吹いて来る。

仕事から歸つて食事を濟ました家族、
母の豐滿な乳房は 欲き生を營んで居る。
かすかな燈は 吐息で舞ひ
若き亭毛は背中の汗を兩手で拭ふ。

螢が厚むらの中から飛び上つた。
蟬は安き眠りに入るまで求めてく囁き止まない。
生命の強き叫びである、萬なる生瀧━新しき創造への歌である。

おゝ、億劫の行進よ、止まぬ戰ひよ!
青新な朝の元氣━赤兒の泣く解━
藹黄な夕客の青年の胸━
妻の乳房、蟬の歌……
永遠の生命に宿る聖なる神秘よ。

「유방과 매미」, 『청량』 5호, 1928. 9. 236~238쪽.

다. 철학적 사유의 입구처럼 관념의 발을 늘어뜨린 형국이라 할 것이다. 바로 이 연장선에서 보편어를 가운데 둔 일어의 글쓰기가 시도되었다. 「쇼펜하우어를 통해 본 무상감」(「Schopenhauerを通して見たる無常感」, 『청량』, 5호)이 그것이다. 엿본 것이 아니라, 아주 깊이 또 충분히 본 무상감이란 무엇일까?

(1) 쇼펜하우어의 생애와 그 성격 (2) 철학적 개관 및 인생 (3) 무상감의 본질과 투쟁 (4) 생사와 자살 (5) 세계관과 나 등으로 서술된 이 장문의 논문이 탈고된 것은 1928년 1월이거니와, 다음에서 인용된 저자의 고백에 따르면 이 논문은 예과 두 해 동안 무르익은 사색의 결과이자 총량이다.

이상에서 내가 말한 바와 같이 무상감을 갖고서 바로 평화와 안식을 얻고자 한다. 혹자는 평화와 투쟁과의 모순당착을 말할지 모르나 나에게는 그 모순의 있음에서 전체로서의 것에 대해 거리낌 없다고 여긴다. 그것은 '부분은 단지 서로 모인 것의 전체로 이루어진다'라고 하는 것이 오류인 까닭이다. 그러나 부분은 그 속에 전체성을 머금고 있다고 말하는 것도 가능하므로 나는 이상과 같이 생각하고 있지만 성숙한 것이라고는 단언하지 않는다(훗날 어떻게 전개하여 맺을까도 모르겠다). 〔…〕 내가 쇼펜하우어에서 얻은 것은 그의 철학에 의해 주어진 '무상감', '시화'(詩化), '투쟁'의 셋이다.

어째서 칸트도 헤겔도 아니고 하필 쇼펜하우어여야 했는가에 대한 답변도 위의 고백 속에 들어 있거니와, 당시 일본 철학계가 이에 하이데거를 향하고 있는 마당이었고, 헤겔, 마르크스 독해가 그 무게 때문에 쉽사리 접근하기 어려웠음을 감안할 때 예과생 신남철의 마음을 끌어당긴 것은 막연하기 짝이 없으나 그 때문에 매력적인 '무상감'이었을 터이다. '무상감'과 '투쟁' 한가운데에 '시'(詩)가 바둑알처럼 박혀 있었음에 주목할 것이다.

신남철의 예과 생활 두 해의 총결산이 쇼펜하우어에 있었음이란, 다르게 말하면 '시' 곧 '시적 현상'으로 요약될 성질의 것이다. 과연 쇼펜하우어 철학의 본질이 그러했는지의 여부와는 상관없이 예과생 신남철이 혼자서 그렇게 생각했다는 점이 중요하다. 본과에 진학할 때 철학 전공으로 나간 곡절도 여기에서 왔다. 철학이라 했을 때 그것은 물론 문·사·철을 가리킴이거니와, 이 중 철학이 유독 보편어에 기준이 놓였음을 강조할 필요가 있다. 문학이란 개별어에 사(史)라 해도 보편사 이전의 개별사에서 출발하지만 근대의 철학이란 독일 관념론의 중심체에서 크게 벗어날 수 없는 영역이었다. 보편어(독일어)에서 일본어로 번역되는 과정에 사색의 제2차성에 있었다면 조선어 상용자인 신남철에 있어 철학이란 과연 무엇이었을까. 사색의 제2차성에까지도 그는 오를 수 있었을 터이며, 문·사·철 쪽에서도 어느 수준에서 가능했을 터이다. 이 제2차성을 모국어의 차원으로 이끌어 들이는 과정을 사색의 제3차성이라 한다면, 이에 상응하는 것이 경성제대 조선인 학생의 아카데미시즘의 성숙도에 다름 아니었을 터이다. 그 성숙도를 재는 측도가 학술종합지『신흥』(1929~1937, 총 9권)이었다. 이 과정에서 신남철은 문·사·철을 횡단하는 또 다른 이중의 글쓰기를 감행했음에 주목할 것이다. 보편어와 일본어 사이를 횡단하는 이중의 글쓰기에서 이번엔 보편어와 모국어 사이를 횡단하기에 이르렀는데, 이데올로기론을 비롯 조선어학연구회와 철학연구회에 관여, 「조선연구의 방법론」 같은 조선학 연구에로의 횡단이 이를 잘 말해 준다.

신남철이 학부를 졸업한 것은 1931년이며 졸업논문은 「브렌타노에 있어서의 표상적 대상과 의식과의 관계에 대하여」였다. 후설의 현상학을 통해 인식론에 나아갔음을 암시하고 있다. 후배이자 해방공간에서 함께 활동한 마르크스주의자 박치우의 졸업논문이 「니콜라이 하르트만의 존재론에 대하여」였음도 의미심장한데, 존재의 인식론에 대한 반동에 기울어진 하르트만의 참신성은 하이데거에 열린 문이기도 했다. 박치우가 이론과 실천의 일치를 내세운 점도 이와 무관하지 않을 것이다(이들의 졸업논문에 대해서는 손정수, 「신남철, 박치우의 사상과 그 해석에 작용하는 경성제국대학이라는 장」, 『한국학연구』 제14집, 2005 참조). 신남철의 대학 3년의 총결산이 현상학이었음은 어쩌면 자연스런 귀결이었을 터이다. 쇼펜하우어에 이어 그는 '무상감, 시, 투쟁'을 보였거니와 그 연장선에 현상학이 있었다. 지향성과 의식의 관계라는 현상학의 초기 모습이 쇼펜하우어를 읽은 신남철을 끌어당겼던 것이다. 여기에서 빚어진 것이 '시적인 현상'의 과잉이었다. 이데올로기를 논함에도 흥미를 끌 수 없었고, 조선학에 기웃거려 보아도 매력의 샘은 고갈되기 마련이었다. 철학과를 나왔으나 그는 어느 한 곳에 매진할 수 없었는데 이중성 횡단에만 자신의 역량을 키웠음이 이 사정에 관여된다. 철학을 '시적 현상'의 일환으로 밀고나가기가 어째서 신남철의 그다움일까. 임화와의 논쟁 직전까지의 신남철의 언동에서 그 해답이 찾아진다.

5. 이중어 글쓰기의 전개―철학과 문학의 횡단

대학을 마친 신남철은 공부꾼의 유행에 따라 대학 조수로 남았고, 동아일보 학예부 기자(1933~1936)를 거쳐 해방 때까지 중앙고보 교원으로 있었다. 이에 그는 본령인 철학에 대한 매력을 서서히 잃어 갔다. 「현대철학의 Existenz에의 전향과 그것에서 생하는 당면의 과제」(『철학』 2호, 1934)가 박치우의 「위기의 철학」과 함께 실렸지만 기껏해야 보편어에 접해 이를 일어 매개 없이 모국어로 번역한 것에서 넘어설 수 없었다. 그가 저널리즘에 몸담고 할 수는 것이라곤, 시류적 글쓰기(「교육자로서 조선여성에게」, 「정여사 독창회를 앞두고」 등)에서 벗어날 수 없었거니와 이 시류적 글쓰기의 대상으로 제일 만만한 것이 '문학'이었다. '문학적 글쓰기'가 제일 만만하다고 함에는 설명이 없을 수 없다.

저널리즘의 글쓰기란 원리적으로 넓은 뜻의 '문학적 글쓰기'의 영역이거니와 거기에는 미학이라는, 인간 본능에 기초한 견고성과 숭고함을 겸한 무게가 놓여 있는 것이기도 한 만큼 아무리 철학 전공자라도 이것에도 곁눈질하지 않을 수 없었다. 더구나 신남철은 이중어 횡단의 자질을 충분히 실천해 온 경력자였음에랴. 망설임이 있을 수 없었다. '나는 철학자이지만 문학자이기도 하다'라고 만천하에다 대고 외칠 수조차 있었다.

철학에는 명랑성이 없다. 철학적 과학으로서의 세계란―유물론은 보통의 의미에 있어서 명랑성이 아니라 명확성을 가지고 있다. 그것은 논리적 확실성이고 철학은 새삼스럽게 사회적 의도를 운위할 여지를 가지지 않았다. 철학은 변혁의 세계관 설이나 끝으로 문체적 정미(整美)를 가질 수가 있다. 그러나 그것은 절대적으로 필요한 것이 아닐 것이다. 칸트나 헤겔의 문장은 실로 난삽하다. 문학적으로 그것을 음미하는 이가 있다면, 아마도 여러 가지로 그 불비를 참아낼 것이다. 그러나 그들의 저작은 철학에 있어서의 고전으로 움직이지 못할 확고한 지위를 가지고 있다. 이에 반하여 딜타이의 저작은 문장에 있어서 퍽 유창하다. 철학에 있어서의 문학적인 작품이라 하겠다. 대개 철학적 저작이 문학적으로 씌어있는 때는 로맨틱할 때가 많다. 딜타이에 있어서도 로맨틱한 색채가 농후하다. 철학에 로맨틱한 색채가 있을 때는 보통 레벤(人生)이라든가 미적 감성이라든가 또는 사변적 소모적인 요소가 포함된다고 생각한다. 문학적 철학이라고 하는 수가 있는 것도 그 까닭이라 하겠다. 이 문학적 철학에 대하여 철학적 문학이라는 것이 있을 수가 있다. 괴테의 『파우스트』라든가 니체의 저작 또는 하이네의 산문 등은 이 부류에 집어넣을 수가 있다고 생각한다.

  ―「철학과 문학」, 『조선일보』, 1933. 2. 26.

칸트도 헤겔도 마르크스도 아닌, 현상학에서 출발한 신남철의 속내가 잘 드러난 장면이거니와 신남철의 선 자리는 다음 두 가지로 정리될 수 있다. (1) 진짜 철학인 칸트, 헤겔, 마르크스 등의 독일 고전 철학 (2) 딜타이로 대표되는 현상학적 계보 및 괴테, 하이네. 이 가운데 신남철은 (2)에 지향성이 놓였다고 볼 것이다. (1)에는 미학이 없고 '진'이 있을 뿐이며 따라서 명확성이 전부라면 (2)에는 명랑성으로서의 '미'가 깃들어 있거니와 이 속에는 딜타이와 같은 '문학적 철학'과 괴테나 하이네 같은 '철학적 문학'이 든다. 결국 신남철이 그리워한 것은 '문학적 철학'과 '철학적 문학'의 양다리 걸치기에 다름 아니었는데 이 이중성은 예과 시대에 연마한 이중성의 연장선상에서도 설명될 수 있다.

이러한 마음의 흐름은 무엇보다 그에겐 자연스러웠음에 주목할 것이다. '무상감', '시', '투쟁'으로 표상되는 쇼펜하우어와 여기에다 현상학적 공부가 모락모락 그의 철학적 성숙을 가져왔기 때문이다. 임화를 자극한 논문 「최근 조선 문학사조의 변천」도 이 연장선상에 놓인 것인 만큼 자연스런 현상이었다. 임화가 그토록 흥분하여 "그곳에 표시된 씨의 철학적 교양을 조선 지고의 것으로 자처하고 있는 모양이나 우리들이 보는 바는 한 개의 속학서생의 이원적인 사관에 의해 재단된 비참한 죽은 역사의 형해뿐이어서 하등의 '높은 교양'도 '엄정한 과학적 태도'도 또한 '풍부한 문헌'도 발견할 수 없는 것"(『조선중앙일보』, 1935. 11. 13)이라 했을 때도 신남철은 한마디 반론도 펴지 않았음이 그 증거이다. 신남철은 어디에서도 '풍부한 문헌', '엄정한 과학적 태도', '높은 교양'을 내세운 바 없지 않았던가. 그럼에도 임화가 이런 것을 내세워 공격한 것은 일종의 선입견에서 왔다. 무엇이 임화로 하여금 이런 선입견을 일으켰으며 그 결과는 어떠했을까. 이 물음 속에 신남철과 임화의 행보가 역사 속에서 멀어지고 또 가까워질 계기를 장만해 놓고 있었는데 당연히도 당시의 두 사람은 이 사실을 짐작도 하지 못했다.

6. '잠언을 저작하는 인간'에 이른 길

신남철이 두 번째로 문단을 엿본 것은 「고인의 정신과 현대」(『조선일보』 1937. 8. 3~7)이다. '어떤 작가에게 주는 편지'라는 부제가 이 글의 문제적인 점이었다. 편지 형식으로 된 이 글의 수신자는 과연 누구였을까.

> (A) 그 언젠가 실학도가 군에게 관하여 무슨 글을 썼을 때 군은 사소한 지엽의 문구에 구애되어 인신공격 비슷한 것을 쓴 것을 보았다. 나는 군에게 아니, 그 언젠가 군의 예술적 방향이 뚝뚝 듣는 수필을 읽고 그 이름을 확실히 기억해두었던 군에게 퍽 큰 실망을 느끼었다. (8. 4)

> (B) 군의 인생, 세계관 즉 사물을 보는 법이 가장 단적으로 표명되었다고 할 수 있는 군의 단편집과 이 원리와를 한자리에 놓고 본다면 그것은 너무도 자기추구를 감행한 나머지 그만 자기망각을 한 것이 아닌가 한다. (8. 6)

문단인이라면 편지의 수취인이 단편집 『달밤』(1934), 『까마귀』(1937)의 작가 이태준이라는 사실을 금방 알아차릴 수 있다. 당대 최고의 단편작가이자 몰락해 가는 조선적 인물상을 그린 이태준을 두고 일개 철학도인 신남철이 오만불손하게도 '군'이라 부르면서, 시대적 고민 없는 작가로 혹평했을 때 무엇보다 놀란 것은 저널리즘 쪽이었다. 이 역시 신남철의 선 자리인 '문학적 철학'과 '철학적 문학' 틈에서 나온 것이어서 정작 신남철에 있어선 자연스런 현상이었다. 니체를 통해 현대를 어떻게 살 것인가의 문제 앞에 고민하고 있다는 신남철의 자기 고백의 일종인 까닭이다.

그러나 저널리즘은 큰 반응을 보였다. 문단은 「작가와 비평가의 변」(『조광』, 1937. 9)에서 이태준을 내세웠다. 이태준의 반응은 (1) '인격 모독' (2) 철학에 대한 거부 반응으로 요약된다. "문예에 있어서는 철학(사상)적이라는 이보다 예술적이 되어야 한다는 태도는 언제나 변치 않을 것"(59쪽)이라고 이태준이 주장했을 때 '문학적 철학'과 '철학적 문학'의 이중성에 노출된 신남철과의 낙차가 뚜렷해졌다.

신남철은 이번에도 이태준을 무시한 채 「문학과 사상성의 문제」(『조선일보』, 1938. 5. 15~21)에로 나아갔다. '창작활동과 미의식'이라 부제를 단 이 평론에서 다시 한 번 문학과 사회적 시대적 관계를 내세웠다. "예술가의 창작적 실천은 세계와 인간, 사회와 자아와의 모든 부면에 있어서의 관계의 인식과 교섭의 근거를 탐색하는 것"(5. 21)이라는 이 논법이 드디어 일제 말기에 이르렀을 때는 어떤 양상을 보일 것인가. 한갓 중등학교 교사인 신남철도 이 역사적 미래를 올바로 판단할 능력이 없었다. 달리 말해 당대를 살아가는 지식인으로서는 원리적으로 그 누구도 그런 혜안을 가질 수 없었다. 중일전쟁(1937)에서 태평양전쟁(1941)으로 가파르게 변혁되는 격동기를 사상적으로 대처하기란 그가 형성해 온 사상의 틀 속에서만 가능한 사안이어서, 제3자의 눈이나 객관적 안목으로 대처할 성질의 것이 아니었다. 그렇다면 그토록 시대적 사회적 고민을 강조하며 심미주의자 이태준을 비판한 신남철은 어떻게 처신해야 했을까? 신체제를 진단하는 시류에 참여하여 「문학의 영역」(『매일신보』, 1940. 11. 27~29)을 자진해서 쓴 것은 자연스럽다. 이 사실을 그가 본격적으로, 그러니까 철학적으로 논의한 것이 역작 「전환기의 인간」(『인문평론』, 1940. 3)이었다.

　중세의 종교적 정체를 넘어 이른 문예부흥기야말로 인류사에서 최대의 진보적 변혁이라는 딜타이의 말을 서두에 내건 이 논문에서 신남철은 문예부흥기에서 근대에 이른 세계사를 상세히 분석하고, 여기에서 두 개의 인간형을 이끌어 냈는바, 인정(완성)된 시대의 인간형과 과도(전형)기의 인간형이 그것이다. 철학적 용어로 하면 능산적(能産的) 세계의 인간형이다. 전자는 사회관계 속에서 파묻힌 객체화된 인간이고 후자는 주체적으로 새로운 역사사회를 모색하는 인간으로 된다. 이를 도식화하면 브루노와 스피노자, 칸트와 헤겔에 각각 대응된다. '비유적으로 말해 역사는 운명이다'라는 논법으로 하면 헤겔은 프러시아의 국가적 안정에 힘입고 변증법을 내세워 운명을 조금도 무서워하지 않았고 친근해했지만, 오늘날(1940년대)와 같은 공전의 전환기에 있어서는 그 누가 이 운명을 무서워하지 않으랴. 이러한 전환기에서는 어떻게 사는 인간이어야 할까. 이 장면에서 신남철은 철학자다운 해답을 제시해 놓아 인상적이다. (1) 주체적 인간형 (2) 객체적 인간으로서의 민중형이상학적 인간형 (3) 잠언(箴言)을 저작(詛嚼)하는 인간형의 세 가지가 그것이다. 현대의 정치문화적 동향에 대한 과학적 예견 밑에 전폭저으로 진리 인식의 진보를 위하여 싸우는 인간이 (1)이라면 폴크메타피직(folkmetaphysic) 존재인 쇼펜하우어적인 것이 (2)이다. 민중이기 때문에 통속적인 일상세계의 시사적 담화를 내포하고 형이상학이기 때문에 일정한 논리적 계보를 찾으려고 하는 지식적 흥미의 모색성을 나타내는 인간이기에 '필연적 악'이라 한다. 민중이기 때문에 지배되고 교육되고 격려되며 형이상학자이기 때문에 회의하고 고민한다. 이들은 추종하고 신뢰하면 좋다고 생각하면서도 그 반면에 신화를 얘기하고 역설을 이끌어 내어 '그러나'(Aber)와 '혹은'(Oder)이라는 접속사로써 그들의 정신적 동요를 함축적으로 표기한다. 이 속에서 그들은 운명의 심연에 임한 전율을 느끼는 것이다. 전환기의 필연적 악인 운명이 아닐 수 없다. 헤겔인즉 어찌하랴.

창백한 인텔리로 대표되는 민중형이상학과는 별도로 (3) 잠언을 지각하는 인간을 신남철은 표나게 내세웠다. 전 시대의 인간(창백한 인텔리층)은 '지금'(1940)에 와서는 대부분 (3)에 흡수되었으며 따라서 (3)이야말로 가장 알맞은 인간이라고 신남철은 확신한다고 했다. 그렇다면 '잠언을 지각하는 인간'이란 어떤 것일까.

잠언이라고 하면 물론 그것은 원래 구약성서 중 솔로몬의 어록이라고 하여 전하여지는 것이다. 그러나 이곳에서 나는 그것을 의미하는 것이 아니라, 이론상 실천상 또는 신앙상 역사적 경험에 의하여 무상의 권위를 가지게 된 준칙, 면제, 또는 공리되는 일반적 견해를 나는 그대로 채용한다. 이러한 잠언을 저작하는 것이니 여러 가지 맛이 날 것이다. 울크고 불러가며 잘 소화가 될까 어떨까를 생각하며 씹을 것이다. 가지가지의 반성과 회고와 음미로써 자기의 처신할 준비와 방법을 생각할 것이다. 그러므로 그 행위는 그 역사적으로 확증된 준칙에서 벗어져 나지 않으라고 할 것이요, 따라서 '명철보신'하는 자랑 무난한 생활태도를 견지하라고 할 것이다. 우선 잠언을 저작하는 인간형태의 제일 징표는 '명철 보신한다'는 것이다.

미증유의 파시즘이라는 '회의하면서 투쟁하기'가 이 인간의 특징이 며 이런 인간형은 인류사상 역사적 조건에서 형성됐다고 그는 단언한다. 그것은 '청량 명석한 예지적 저작태' 곧, '명철보신', '양지양능'(良知良 能)이 아닐 수 없다. '명랑한 희망'을 가진 인간의 출현이 아닐 수 없다. 이 것은 '근대의 특징은 생의 긍정이었다'고 단언한 딜타이의 주장에 대비 시켜 보면 그 낙차의 어떠함이 감지될 것이라고 하여, 신남철은 이 '잠언 을 저작하는 인간'이 '신화'에도, '선체'에도 또는 '진실한 사실'에도 돌아 갈 수 없는 고민(투쟁)하는 인간이라 결론지었다. 그래 봤자 자기 말대로 '명철보신'의 인간형이겠지만 그것이 철학적 반성에서 나온 것이기에 범 연한 것과는 구별된다고 믿었다. '사색일기'라는 표찰을 단 「형극의 관」 (『인문평론』, 1940. 10)에서 '우선 살자 그리고 난 뒤에 사상(思想)하자' 와 '진리는 이겨라, 그리고 지구는 멸망하라'를 머리에 내걸었다. 서인식 의 「사색일기」에 비하면 거의 사색의 포기 상태에 빠져 있었음이 잘 드러 나 있다. 요컨대 이는 명철보신하는 많은 '창백한 인텔리'에 대한 자기고 백적 표현에 해당된 것이었다. 신남철의 이에 대한 독창적 자부심은 실로 막대한 것이어서 파시즘이 물러난 해방공간에서도 글자 하나 수정하지 않고 그대로 반복했다(「전환기의 인간」, 1948, 180~198쪽). 원리적으로 보 아, 해방공간의 대전환기도 일제 말기의 대전환기와 동일한 것이 아닐 수 없었다. 「동양정신의 특색」(『조광』, 1942. 2. 5)도 신남철의 명철보신하는 장면의 하나에 다름 아니었다.

7. 아마카스의 '예술론'과 방법론의 완성

경성제대의 아카데미즘에 형언할 수 없는 큰 콤플렉스를 지닌 비평가 곧 임화가 신남철의 신문학사 개입에 과민한 반응을 보인 것에는, 그만한 곡절이 객관적으로 있었다. 그 결과 임화는 '체계건설형'으로의 변신이 가능했다. 이는 일종의 사상적 드라마가 아닐 수 없다. 첫째, 카프 전주 사건에 관련된 윤리적 과제. 앞에서 언급한 바와 같이 거의 카프 전원이 기소되어 재판을 기다리는 마당인데 그 서기장인 자신이 빠졌다는 것 때문에 바위 같은 윤리적 과제의 짐을 지지 않으면 안 되었다. 그 기회를 신남철이 제공한 형국이었다. 혼신의 힘으로 임화는 신남철을 격파하지 않으면 안 되었는데, 그 에너지는 어디서 흡수해야 했을까. 물을 것도 없이 신문학사에 대한 지식이 아닐 수 없었다. 신남철로서는 엄두도 낼 수 없는 신문학에 대한 지식, 가령 박영희적 경향과 최서해적 경향, 그리고 이기영의 『고향』에 대한 평가 등이 그것이다. 「조선신문학 서설」이 그토록 길어진 이유이기도 하다. 둘째, 이 점이 중요하거니와, 신문학사란 이인직에서 따져도 30여 년의 역사적 실천을 가진 분야라는 점. 이에 비할 때 경성제대 아카데미시즘(1926년 개교)이란, 1935년의 시점에서 보면 채 10년도 못 되는 소년기에 지나지 않았다. 비유컨대 어른과 아이의 대결이 아닐 수 없고 보면 승리는 불문가지이다. 그가 신남철을 향해 거침없이 '속학서생'이라 논박한 것은 이러한 믿음에서 왔다.

　셋째, 신문학에 대한 애착. 문학에 혼신을 바쳐 온 문사의 처지에서 보면, 이에 대한 장외인의 간섭에 거부반응을 갖는 것은 크게 이상한 일이 아니다. 이 울타리 지키기란, 일종의 방어 의식이 아닐 수 없다. 그만큼 문학의 큰 비중을 갖고 있었음을 반증한 것이기도 하다. 카프 서기장의 자존심이 이에 작동했다고 볼 것이다.

그러나 임화의 신남철에 대한 공격의 화살이 부메랑이 되어 스스로에게 향할 줄을 임화는 상상도 못했던 것이다. 망설임도 없이 신남철을 두고, (1) 높은 교양 (2) 엄정한 과학적 태도 (3) 풍부한 문헌 등이 없는 '속학서생'에 지나지 않는다고 몰아붙였거니와 외부의 간섭을 거부하기 위해 임화 자신이 신문학사를 쓰지 않을 수 없게 되자 바로 (1), (2), (3)이 그의 발목을 잡았던 것이다. 신문학사 연구에 나아가면 갈수록 그 연구가 깊어지면 그에 비례하여 (1), (2), (3)이 시퍼렇게 눈을 뜨고 그를 직시하고 있었다. 이 시선에서 임화는 한시도 벗어날 수 없었다. 그가 작심하고, 혼신의 힘으로, 그리고 최초로 쓴 통사인 「개설 신문학사」(1939. 9. 2~1941. 4)는, 기껏해야 신소설의 이해조 언저리에서 중단되었음이 움직일 수 없는 증거이다. 무엇보다 임화는 '엄정한 과학적 태도'가 요망되었고, '풍부한 문헌'이 요망되었고, '높은 교양' 또한 필수적이었다. 맨주먹과 다름없는 곳에서 제도로서의 신문학사 30년, 작품으로서의 신문학 30년, 그리고 사회의 반영론으로서의 신문학 30년의 기술이란 한갓 시인이며 문제발견형인 비평가 임화로서는 아무래도 무리였다. 그것은 열정이나 오기와는 별개의 것이었다.

이 「개설 신문학사」의 집필 과정에서 임화가 통렬히 깨친 것은 그 방법론 곧 '과학'이었다. 「신문학사의 방법론」(『동아일보』, 1940. 1. 13~1. 20)이야말로 임화가 치러 낸 고민의 결정체요 독창성이 남뿍 깃들인 도달점이었다. 그것은 1935년 이후 5년간의 실천 속에서 얻어진 붉은 열매였다.

이 논문의 첫 줄에서 그는 망설임도 없이 이렇게 썼다. "신문학사의 대상은 물론 조선의 근대문학이다. 무엇이 조선의 근대문학이냐 하면 물론 근대정신을 내용으로 하고 서구문학의 장르를 형식으로 한 조선어문학이다"라고. 시적 리듬조차 갖춘 이 규정이야말로 그 후 많은 논란을 불러일으키기도 했지만 후세에 끼친 영향은 막대하다. 내용과 형식의 일치에 고전적 진리를 보는 헤겔적 도식도 선명한 단호함이었기에, 신남철식의 표현으로 하면, 하나의 '준승'(Richtschnur)에 해당된다. 근대를 문제삼은 한 신문학사는, '이식문학사'에서 벗어날 수 없다는 것. '환경'을 따로 설정한 것이야말로 이 방법론의 불가피성이라 할 것이다. 이를 아래와 같이 표현해 볼 수 있다.

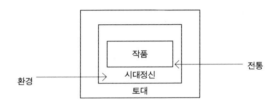

시대정신, 토대, 전통 등과는 별도로 '환경'을 설정한 것은 일종의 보편성(히폴리트 아돌프 텐의 종족·시대·환경의 삼박자)과는 별도의 일탈로서 신문학을 온몸으로 살아온 임화의 실감이 빚은 보편성 위에 조립하는 일반성이라 할 것이다. 메이지 다이쇼 시대의 이식문학사로서의 신문학이 실감으로 방법론화했다는 점에서 평가될 때 이 자리는 단연 임화의 성숙성(체계건설형)이 아닐 수 없다. 그러나, 이 투명한 논리성에 이르기 위해 임화는 값비싼 대가를 치르지 않으면 안 되었는바, 현재를 살아가는 전망의 부재가 그것이다. 그가 구축한 논리(체계건설)가 아무리 정치, 견고하더라도 그것은 어디까지나 과거를 위한 장치에 속한 것이었다. 당장 현실을 돌파해 나갈 그런 것의 부재에서 얻어진 것인 만큼 영락없이 그는 헤겔 도당이 된 형국 곧, 미네르바의 부엉이 신세라고 할 성질의 것이었다.

이 현실, 미래 전망의 부재가 임화를 구해 주었지만 동시에 또 그로 하여금 길 잃은 고아로 만들기에 모자람이 없었다. 우선 '잠언적 저작'에 나아간 신남철의 '명철보신'에서 임화는 비껴갈 수 있었다. 죽어라고 과거에 매달려 미네르바의 부엉이 노릇으로 한 치 앞을 알 수 없는 전형기를 넘길 수가 있었다. 이것은 전형기를 짐짓 모른 척하는 경우와는 구분된다.

전형기에 눈을 감음으로써 신문학사의 방법론을 '높은 교양', '풍부한 문헌'에서 그리고 '엄정한 과학적 태도'에서 수립할 수 있었지만 그것이 미네르바의 생리에서 유래한 것이기에 영락없는 헤겔 도당에 접근할 수 있었다. 여기에도 임화를 몰아넣은 것은 정작 헤겔의 『법철학 서설』이 아니라 특출한 헤겔의 해설자 아마카스 세키스케(甘粕石介, 1906~1975) 덕분이었다. 교토제대 철학과를 나와 유물론연구회(1934)에 참가한 『헤겔철학에의 길』(1934)의 저자인 아마카스의 역작은 유물론전서의 하나인 『예술론』으로 되어 있으나 실상은 '예술학'의 수준에 있었다. '학'이라 했을 때 문예학 곧 시류적 비평 수준이 아니라 과학을 가리킴이었다. 예술의 학문적 논의 및 정립이란, 그것도 유물론에서는 어떻게 가능한가. 또 그 실천개념이 원론과 어떤 관계에 놓이는가를 밝힌 이 저서가 당시의 최고이자 최초의 업적으로 평가되거니와 임화를 지탱한 것은 이 수준

높은 저서에 접함으로서 비로소 가능했다. 예술대학 또는 예술학에 임화가 닿을 수 있었기에 「신문학사의 방법론」을 비롯 『문학의 논리』(1940)의 수준 높은 평론들에 이름에 큰 도움이 되었다. 특히 후자의 제8장 「조선적 비평의 정신」, 「비평의 고도」, 「의도와 작품의 낙차와 비평」 등은 오늘의 수준에서 보아도 참신한 것이어서 그 전에 쓴 자신의 어떤 비평과도 선을 그을 수 있었다. 아마카스의 유물론전서의 『예술론』이란 임화에 있어서는 이른바 '인식론적 단절'에 해당된다.

아마카스가 이 책의 서언에서 밝힌 바에 따르면 무엇보다 '유물론=과학'이라는 점이다. 이 경우 문제적인 것은 부르주아의 과학과 유물론의 과학의 구별에서 왔다. 흔히 과학이란 현실의 개별적 사상(事象)을 추상하고 일반화하며 예술은 반대로 현실의 개별적 사상을 추상하지 않고 그 대물을 오히려 가장 개별적인 것으로 파악한다고 하나 이런 주장은 부르주아 예술론에나 타당한 것이지 유물론에 오면 사정이 다르다는 것이다 (『芸術論』, 三笠書房, 1935, 154쪽). 어떻게 다른가를 이 책은 상세히 밝히고 있어 인상적이다.

생물학자라면 생물의 본질을 외면적 형태에서가 아니라 내면적 해부학적 생리학적인 것에서 찾는다. 그것은 진화론을 도입할 때 비로소 가능하다. 이와 마찬가지로 예술에 있어서도 유물론에 입각할 때 비로소 과학이 될 수 있다. 아마카스가 헤겔과 자기를 구별하기 위해 '미학'이라 하지 않고 '예술과학' 또는 '예술학'이라 한 것도 이 때문이다. 공들인 논문인 「문예이론으로서의 신휴머니즘에 대하여」(1938. 11)에서 임화는 바로 위의 『예술론』의 서론을 인용했거니와 당대 최고의 유물론적 예술론자이자 동시에 헤겔 전문가인 아마카스는 실천 문제에 있어서도 그 방향을 지시했다. 물론 임화가 접한 이론가들은 크로폿킨, 누시노프 등이 있지만 결정적인 것은 아마카스에서 왔다. 이 사실의 중요성은 어디에서 오는가.

이 물음 속에는 임화가 얻은 것과 잃은 것의 동시성의 관련이 내포되어 있으매 임화 연구에서는 결정적인 것이 아닐 수 없다. 임화의 얻은 것은 과연 무엇이던가. 경성제대 아카데미시즘을 향해 임화가 '속학서생'이라고 규정하며 분노를 폭발시켰을 때 거기엔 전주 사건에 대한 윤리 감각이 크게 작용했다. 이 윤리 감각이 신남철을 향해 폭발했을 때 임화는 그 뒷감당해야 할 처지에 놓이지 않으면 안 되었다. '높은 교양', '엄정한 과학적 태도', '풍부한 문헌'이 아카데미즘의 준승이라면, 임화 자신은 반드시 이 준승에 입각해야 비로소 신남철을 격파할 수 있는 사안이 아닐 수 없다. 오기라든가 분노 따위란, 신문학사 30년의 어른이 취할 행위일 수 없고 보면 장차 신문학사를 써야 할 임화 자신이야말로 엄청난 부담을 짊어진 형국이었다.

혼신의 힘으로 임화는 「개설 신문학사」를 쓰기 시작했다. 무엇보다 그는 '풍부한 문헌'을 확보해야 했고 또 그것은 어느 수준에서 가능했다. 그는 자료 수집의 광고를 내기도 했다. 『만세보』, 『신청년』, 『장미촌』, 『창조』, 『폐허』, 『조선지학』 등등에(『인문평론』, 1941. 1, 100쪽 참조).

문제는 '엄정한 과학적 태도'에 있었다. 이것이 확보되면 '높은 교양'은 문체로서 결정할 수 있을 터였다. 이 대목에서 임화를 어느 수준에서 구출해 준 것이 헤겔적인 것이고, 직접적으로는, 앞에서 본 유물론전서의 하나인 아마카스의 『예술론』이었다. 그 결과가 바로 고명한 논문 「신문학사의 방법론」이었다. 이 논문이 '높은 교양'의 성취임은 새삼 말할 것도 없다. 얻은 것이 이러한 과학이자 원론이며, 그 때문에 잃은 것은 무엇이었던가. 과학이고 원론이란, 어디까지나 추상적이자 시공을 초월한 것이라면 그 때문에 생생하고 격변하는 전환기의 현실과는 멀어질 수밖에 없었다. 유물론이 현실적이자 실천적 측면에 일관된다고 아무리 주장하더라도, 과학은 이에 반응하지만 황혼처럼 한발 늦은 것이 아닐 수 없다. 이 과학이란 늪에 빠져 허우적거리면 그럴수록 현실에 눈돌릴 여유가 줄어들었다. 실제로 임화가 전형기에서 맹목에 가까운 태도를 취한 것은 이 과학 덕분이었다. 다시 말해 「개설 신문학사」에 깊이 빠질수록 현실에는 맹목적일 수밖에 없었다. 인류사에 있어 미증유의 전형기를 맞아 신남철이 전전긍긍하며 '잠언을 저작하는 인간형'에다 자기 자신의 '명철보신'의 처세술을 펼친 것에 비해 임화는 얼마나 다행스러웠던가.

그렇지만, 이 다행스러움엔 엄격한 규정이 따로 있을 때에야 그 의의를 갖는다. 바로 '엄정한 과학적 태도'에 또 '풍부한 문헌' 수집에 또 '높은 교양'에 이른다는 규정이 그것이다. 임화는 어떠했던가. 「개설 신문학사」는 가까스로 신소설의 이해조에서 길이 막혀버렸던 것이다. 참담한 실패가 아닐 수 없다. 스스로 '속학서생'이 된 형국이었다. 비유컨대 맹목의 두더지의 형상이었다. 얻은 것이 있다면 잃은 것도 있는 이치에 따르면 설사 과학에 미달했더라도 거기에 이르도록 몸부림칠 수도 있었다. 이 과학이 '신체제'의 아귀에서 그를 구출해 준 것인지도 모를 일이다. 그에게는 '명철보신'하는 경성제대 아카데미시즘의 '잠언을 저작하는 인간'을 안 출현해 낼 만한 힘이 부족했다고 볼 것이다. 바로 여기에 해방공간에서 신남철·임화의 새로운 관계가 이루어질 수 있었음은 하나의 사상사적 사건이 아닐 수 없다.

8. 임화, 신남철에 길을 묻다

8·15 해방이란 무엇인가. 조금은 시적인 표현이지만 '도적같이 임하였다'고 할 수도 있다. "선동정치가 중에서 해방이 다 된 후 제법 자기만은 그 시대가 올 줄을 미리 안 것처럼 말하는 자가 있지만 그는 민중을 속여 인기를 얻자는 더러운 야욕에서 나는 말"(함석헌, 『성서적 입장에서 본 조선역사』, 성광문화사, 1950, 279쪽)인지도 모를 일이다. 적어도 신남철에겐 이 말이 적용되기 어려운데 왜냐면 그는 파시즘이 물러난 해방공간에서도 '잠언을 저작하는 인간'의 유효성을 표나게 내걸었기 때문이다. 임화는 어떠했던가.

> 홍분에 이루어지지 않는 잠을 억지로 한잠 자고 깨자 8월 16일 새벽, 나는 임화 군의 방문을 받았던 것이다. 임 군은 그때 청량리에서 조금 더 간 회기동인지 이문동인지 동문동인지에 살고 있어서 시내에 볼 일이 있어 드나들 때면 가끔 내 집에 들러 잡담을 하다가 가곤 하던 터였다. [⋯] 그날 아침 임화는 몹시 바쁜 태도로 현관에 들어서자마자 구두도 채 벗기 전에 '자 인제 우리도 일을 해야지' 하였다. [⋯] 그러자 그 자리에 최용달(崔容達) 군이 나타났다. 임화에게 지령을 내리는 사람이 결국 최용달 군이었던가.
>
> - 유진오, 「편편야화」, 『동아일보』, 1974. 5. 4

이 기록에서 감시되는 것은 임화에게도 해방은 도적처럼 왔음이다. 그는 최용달의 휘하에 들어 있었다. 함흥고보 출신 최용달은 경성제대 법학문학부 법학 전공의 제2회 졸업생으로 이강국, 박문규, 유진오 등과 더불어 조선사회사정연구소를 함께 조직한 민첩한 수재형 학도였다. 최용달이 내세운 노선은 '부르주아 민주주의 혁명'이었는데 이는 조선공산당 박헌영의 이른바 8월테제에 의거된 것이었다. 임화는 재빨리 최용달 산하에 들어갔고, 그의 임무는 해방 정국에서의 문화담당책이었다. 참으로 민첩하게도 임화는 조선문화건설본부를 조직했고, 이를 총지휘하는 위치에로 솟아올랐다(졸저, 『임화 연구』, 문학사상사, 1989, 제17장). 38세의 임화의 역량을 만천하에 드러낸 것은 제1회 전국문학자대회인 '건설기의 조선문학'(1946. 2. 8~9)에서이다.

보고연설의 총론 격인 「조선민족문학건설의 기본과제에 관한 일반보고」를 쓴 임화는 '일반연설'과는 별도로 '특별보고'를 했다. 이 사실은 크게 강조될 성질의 것이 아닐 수 없는데, 그와 맞섰던 '속학서생'인 신남철을 이끌어 냈음에서 왔다. 뿐만 아니라, 이 대회의 참석자(2월 9일, 84명) 중 이태준 다음으로 신남철이 그것도 문인 자격으로 참석하고 있었다. 박치우의 「국수주의의 파시즘하의 위기와 문학자의 임무」와 신남철의 「민주주의와 휴매니즘」이 어째서 '특별보고'로 군림해야 했을까. 경성제대 철학과 출신의 이 두 논객의 역사 안목이 해방공간의 전환기를 어떻게 파악하고 있으며 그 방향 제시는 무엇일까. 이러한 물음은 임화의 갈등을 새삼 드러낸 것이어서 인상적이다. 이들은, '속학서생'이 아니라, '높은 교양', '엄정한 과학적 태도', '풍부한 문헌'의 소유자라는 인식, 요컨대 헤겔을 마르크스를 원서로 읽음에 대한 임화의 새로운 인식의 표명에 다름 아니었다. 그만큼 임화가 다급했음을 읽어 낼 수 있는 대목이기도 하다.

최용달의 지시대로 '물론 부르주아 민주주의 혁명이지' 하고 유진오 앞에서 '언하에 대답'했지만, 과연 이 명제가 가리키는 바가 무엇인지 임화가 '언하'에 단언할 수 있었다고 보는 것은 일종의 환상에 가깝다. 신문학사 연구에 몰두함으로써 현실과 담을 쌓은 두더지였던 임화가 '부르주아 민주주의'(훗날 '진보적 민주주의')를 언하에 깨칠 이치가 없기에 경성제대에 기댈 수밖에 없었다고 봄이 훨씬 이치에 맞다. 이강국, 박문규, 최용달 등 진짜 이념으로 무장한 이들은 이끌어 들이지 않고 박치우, 신남철을 영입한 것은 이 대회의 성격에서 왔다. 문·사·철의 범주인 철학 쪽이 민첩하다고 판단했음에서 왔을 터이다. 그러나 임화의 이러한 조치는 겉치레임을 명민한 임화는 직감했음에 틀림없다. 이유는 지극히 단순했다. 박치우, 신남철이라 해서 해방 정국의 방향성을 명쾌히 지시할 재간이 없다는 사실이 그것이다. 박치우, 신남철이 아니라 그 누구도 미증유의 해방공간을 헤쳐 나갈 쇠기둥 같은 설계도를 내세울 수 없었다.

이 장면에서 임화의 시적 직감이 번득이었음에 주목할 것이다. 어떤 이념이나 설계도도 본인 자신의 몸부림에서 얻어진다는 사실. 임화의 그 몸부림이 놓인 곳이 바로 민족/계급의 모순성이었다. 여태껏 임화가 해온 문학과 그 실천이란 '조선문학', 정확히는 '조선민족문학'이었다. 그러나 해방공간에서는 이것으로는 도저히 헤쳐 나갈 수 없었는데 계급성이 민족성으로 혹은 나란히 등장했음이 그것. '일반보고연설'에서 그가 행한 「조선민족문학건설의 기본과제에 관한 일반보고」는 계급성이 제거된 민족성 일변도를 내세운 것이었다. 이것은 계급성을 상위에 두는, 부르주아 민주수의 혁명 노선과는 상용될 성질의 것이 아니었다. 임화의 몸부림은 여기에서 왔고, 드디어 그는 이 모순성을 풀 수 있는 실마리를 찾아내기에 이르렀다. 고명한 논문 「민족문학의 이념과 문학운동의 사상적 통일을 위하여」(『문학』, 제3호, 1947. 4)에서 그가 찾아낸 것은 "민족해방 없이 계급해방은 없다"였다. '민족'이나 '계급' 대신 임화는 '인민'을 내세웠다(12쪽). 인민의 문학이야말로 민족문학과 계급문학을 잇는 고리에 해당되기 때문이다. 이 문제는 북로당의 최고 이론분자인 안함광에게서도 동시에 제기된 바 있다.

> 민족문학은 계급적 현실의 본질을 민족생활의 전적 발전과의 연계 위에서 포착 형상화함에 있어서 아무런 주저도 가지지 않았다는 점에 있어 계급문학과 공통되어지면서 다른 한편에 있어서는 그 당면적인 방향과 목적이 무산계급 독재정치의 실현에 있는 것이 아니라 진보적 민주주의 국가 수립에 있는 점에 있어 그것과 구별되어질 뿐이다.
>
> – 안함광, 「민족문학재론」, 『한국 근대문학과 민족–국가 담론 자료집』

임화와 거의 접근된 것이기도 했지만 거기에는 근본적 현실의 낙차가 존재했다. 안함광의 입장은 '무상몰수/무상분배'를 기본으로 하는 토지개혁(1946. 2)이 뒷받침했음에서 보증되고 있었다(졸저, 『북한문학사론』, 새미, 1969). 이 낙차가 운명적임에는, 시인의 직감도 무력했던 것이다. 1947년 가을 월북한 임화는 북로당 이념과 건너뛸 수 없는 거리 앞에 서지 않으면 안 되었다. 이 거리를 참고 견딘 것은 6·25의 징조였을 터이다.

9. 반백의 중년신사의 노래—'너 어느 곳에 있느냐'

6·25가 났을 때 임화는 재빨리 서울에 왔고, 「너 어느 곳에 있느냐」를 소리 높여 읊었다. 부제로 붙은 '사랑하는 딸 혜란에게' 향해서만이 아니라 '그리운 서울'에 대한 노래에 다름 아니었다(혜란은 실제로 첫째 부인 이귀례와의 사이에 난 딸 이름이다).

> 이마를 가려 / 귀밑 머리를 땋기 / 수집어 얼굴을 붉히던 / 너는 지금 이 / 비참한 눈보라 속에 / 무엇을 생각하며 / 어느 곳에 있느냐 // 머리가 절반 흰 아버지를 생각하며 바람부는 산정에 있느냐 / 가슴이 종이처럼 얇아 / 항상 마음 아프던 엄마를 생각하여 / 해저므는 들길에 섰느냐 [⋯]
> ―『너 어느 곳에 있느냐』, 문화전선사, 1950. 7, 34~35쪽

이것은 정치도 예술도 아니고 시에 불과하다. 원래 시인인 임화는 제자리에 돌아온 것이다. 「네거리의 순이」 계열의 시인 임화의 제자리 찾음이란 통렬한 아이러니가 아니면 안 되었다. 과학이나 역사의 길을 찾아 떠났음에 대한 통렬한 자기 복수였기에 그러하다. 그가 미제 스파이란 죄명으로 처형된 것은 1953년 8월 6일이었지만 실상 그가 '너 어느 곳에 있느냐'로 역사와 정치에 통렬한 결별을 고한 지 3년 뒤의 일이기도 했다.

한편 해방공간에서는 물론 월북해서도 한결같이 '잠언을 저작하는 인간'이었던 신남철은 어떠했을까. 1947년 월북한 그는 「실용주의 철학은 미제침략의 사상적 도구」(『근로자』, 1955. 11. 25)를 썼고, 김일성대학 충원 대상으로 기록되어 있음으로 보아 김일성대학 교수였음을 알 수 있

다(정종현, 「신남철과 '대학' 제도의 안과 밖」, 『한국어문학연구』 54집, 2010).
'잠언을 저작하는 인간'이었기에 가능한 신남철에 비해 시인의 직관에
의거한 임화는 죽음에 마주쳐야 했다. 그러나 그 죽음은 그가 향한 시적
복수 이후의 일이었기에 오히려 그다운 것이라 할 것이다.

　서울에 온 임화는 그가 읊은 시에서처럼 "머리가 반백에 가깝게 흰
머리가 더 많았고 〔…〕 얼른 보면 50이 넘은 노신사의 풍모"(백철, 『문학자
서전 하』, 박영사, 404~405쪽)였다. 이 모든 현상을 가르는 준승(리히트슈
누어)이 '잠언을 저작하는 인간'의 여부에서 온 것이었다고 할 때 신남철
은 임화에 의해 그 모습이 뚜렷하고 임화는 신남철에 의해 그 모습이 한
층 선연하다. 이 점에서 두 사람은 말의 깊은 곳에서 맞수였고 그 계기가
'신문학사'에서 왔기에 문학사적 사건이라 할 것이다.

3장 _ 해방공간의 두 단체
문학가동맹과 청년문학가협회

1. 해방의 감격과 두 좌담회

김동리에 의해 주도된 조선청년문학가협회의 의의를 유연성 있게 말하기 위해서는 조선문학가동맹의 결성 과정과 그들에 의해 기획된 전국문학자대회와 그 주변을 검토할 필요가 있다. 엄밀히 말해 그것의 대타 의식으로 전국문필가협회가 성립되었으며 그 전위 부대의 성격을 띠고 등장한 것이 청년문학가협회인 까닭이다.

앞에서 살펴본 바와 같이 최용달의 지령으로 재빨리 조직된 임화 중심의 조선문학건설본부(1945)에 대한 대타 의식으로 나온 것에는 다음 두 가지 단체가 있었다. 이기영, 한설야, 한효, 박아지, 윤세평(규섭) 등 카프 비해소파 중심의 프로예맹(1945. 9. 30)이 그 하나. 종로 YMCA 회관에서 창립된 이 단체의 중앙위원으로는 한설야, 서기장은 윤기정으로 되어 있으며, 이보다 먼저 조직된 조선프로문학동맹(9. 17, 서린정 임시 회관)의 집행위원장으로는 이기영, 서기장은 박석정으로 되어 있었다. 그 이념은 구카프의 강경 노선의 회복, 곧 「예술 행동도 계급적 진리의 인식과 실천

뿐」(『예술운동』 창간호, 1945. 12, 123쪽)에 있었다. 이기영, 한설야 등 주축급 문인이 부재하는 마당에서 주로 한효, 윤기정 등에 의해 만들어진 이 단체가 임화, 이원조, 김남천 주도의 문학건설본부와 대립적임은 거듭 말할 필요가 없다. 후자가 민족과 계급의 절충 노선(인민민주주의 민족문학론)이라면 전자는 오직 계급문학 일변도였던 것이다. 그럼에도 불구하고 이 두 단체는, 좌익이라는 큰 테두리에 드는 것인 만큼 어떤 방법으로든 통합이나 정리나 요망되었다. 장안파가 박헌영 주도의 조선공산당에 흡수되는 과정에서 문제 해결의 실마리가 주어졌다. 38선 저쪽에 있던 이기영, 한설야, 한재덕이 12월께 서울에 나타나지 않으면 안 되었다. 봉황각의 좌담과 아서원의 좌담이 그 전말을 엿보게 하는 뚜렷한 자료이다(김윤식, 『해방공간의 문학사론』, 서울대출판부, 1989 참조). 한설야 일행의 서울 방문이 낳은 결과가 바로 조선문학동맹(1945. 12. 13)이다. 프로예맹과 문학건설본부의 통합으로 만들어진 조선문학동맹은 김태준, 권환, 이원조, 한효, 박세영, 이태준, 임화, 김남천, 안회남 등 12명을 뽑아 전국문학자대회(1946. 2. 8~9)의 준비위원으로 삼았으며 233명의 문인 포섭을 겨냥하였다. 1946년 1월 20일 현재 가입 문인은 120명이었고 정작 대회 당일에 참가한 문인은 모두 91명이었다. 이 대회에서 토의를 거쳐 43 대 28의 표결에 의해 확정된 것이 이른바 남로당 외곽 단체인 조선문학가동맹이다.

2. 전국문학자대회와 문학가동맹

이 대회의 규모라든가 내용이라든가 표정은 『건설기의 조선문학』(백양당, 1946. 6)에 상세히 수록되어 있거니와, 다음과 같은 점에서 세인의 이목을 끌기에 모자람이 없었다.

(1) 조선의 신문학 이래 최대 규모의 문인 모임이라는 점.

(2) 나라 찾기로 요약되는 조선문학의 이념이 나라 만들기의 문학으로 전환하는 역사적 고비에 섰다는 점.

(3) 문학과 정치의 결합 형태의 구체화라는 점.

문학의 목표가 (1) 일제 잔재 소탕 (2) 봉건적 잔재 청산 (3) 국수주의 배격 (4) 진보적 민족문학의 건설 (5) 국제 문학과의 제휴로 수립된 것이 이 대회의 성과였고 이 중 핵심 사항은 (4)이다. '혁명적 로맨티시즘을 계기로 내포한 것'만이 진보적 리얼리즘인 만큼 진보적 문학론은 당연히 이를 가리키며(김남천, 「새로운 창작 방법에 관하여」, 『건설기의 조선문학』, 164쪽) 따라서 그것은 사회주의적 사실주의의 범주를 의미하는 것이다. 표나게 내세운 민족문학의 본질이 이러하다면 그것은 프로예맹 측의 계급성을 한편으로 흡수하면서, 광범위한 민족성을 포용하고자 하는 절충적 성격을 띤 것이라 할 만하다. 민족성과 계급성의 모순을 어떻게 극복하는가에 해방공간의 문학상의 최대의 고민거리가 있었다. 이 고민거리의 해결이 임화에서 이루어진 것은 1947년 초이며 북쪽의 안함광에 의해 이루어진 것은 이보다 조금 앞섰다(김윤식, 『북한문학사론』, 새미, 1995. 참조).

조선문학가동맹의 중앙집행위원장에는 홍명희, 부위원장에 이기영, 한설야, 이태준이 뽑혔으나 이기영, 한설야는 북쪽으로 간 뒤여서 겉으로 드러난 최고위원으로는 이태준뿐이고 실세는 임화를 포함한 이원조, 김남천, 박찬모, 김태준, 김영석 등이었다. 이 대회의 준비위원 측에서 심사를 거쳐 명단을 확정했고, 그중 이 대회에 참석한 문인 명단을 보면 다음과 같다(대회장 입장순).

이원조, 한효, 김광균, 홍구, 김대균, 조허림, 권환, 이약슬, 최태응, 김오성, 피천득, 김기림, 신석정, 정원섭, 박찬모, 이봉구, 박영준, 윤복진, 한봉식, 이종수, 조남령, 이한직, 민병휘, 김영건, 이주홍, 정민우, 오장환, 박계주, 김소엽, 홍효민, 박세영, 임서하, 장열모, 지봉문, 허준, 유운경, 윤세중, 박석중, 김태준, 김철수, 박노춘, 엄흡섭, 안준식, 김만선, 이동규, 박아지, 안동수, 송완순, 송남헌, 김남헌, 임화, 이원조, 임원호, 이지용, 곽하신, 이용말 김용호, 김태오, 김장한, 이명선, 조벽암, 조운, 현덕, 이흡, 김영석, 유치환, 박치우, 김태진, 박서민, 임병철, 최병화, 신고송, 김상훈, 김이식, 김달진, 여상현, 기일출, 최향주, 박노아, 박영호, 정비석, 윤승한, 김삼규, 강형구, 이기영(李基榮), 김상완, 함세덕, 서명호, 지하련, 노천명, 윤기정

이상이 첫날(7일)의 참가자 명단이며 그 이튿날의 참가자는 전날과 대동소이하나 다만 한효, 서정주, 이병기 등의 얼굴이 추가되어 있다.

이러한 명단에서 빠진 문인들은 어떻게 되었을까. 고의적으로 빠뜨려졌거나, 거부당했거나, 미처 연락이 닿지 않았거나, 기타의 이유로 분석해 볼 수 있지 않을까 한다. 당초 주최 측이 233명을 가입 목표로 삼았으며 예비 소집(1946. 1. 20)에 120명이 응하였으나 정작 대회 참가자는 91명 안팎을 넘어서지 못하였다.

이 대회에 참가하기 위해 시골서 올라온 변산반도 출신의 서정시인

신석정은 이 대회를 두고 그야말로 감격적으로 읊어 마지않았다.

태양을 의논하는 거룩한 이야기는

항상 태양을 등진 곳에서만 비롯하였다.

달빛이 흡사 비오듯 쏟아지는 밤에도

우리는 헐어진 성터를 헤매이면서

언제 참으로 그 언제 우리 하늘에

오롯한 태양을 모시겠느냐고

가슴을 쥐어뜯으며 이야기하며 이야기하며 가슴을 쥐어뜯지 않았느냐?

그러한 동안에 영영 잃어버린 벗도 있다

그러는 동안에 멀리 떠나버린 벗도 있다

그러는 동안에 몸을 팔아버린 벗도 있다

그러는 동안에 맘을 팔아버린 벗도 있다

그러는 동안에 드디어 서른여섯 해가 지나갔다

다시 우러러 보는 이 하늘에

겨울밤 달이 아직도 차거니

오는 봄엔 분수처럼 쏟아지는 태양을 안고

그 어느 언덕 꽃덤풀에 아늑히 안겨보리라.

― 「꽃덤풀」, 『신문학』 2호, 1946. 6, 128쪽

이 시는, 전국문학자대회의 첫날을 끝내고 시인들만 따로 모인 술자리에서 시골서 올라온 신석정이 노래 대신 낭독한 작품이었다(이용악, 「전국문학자대회 인상기」, 『대조』, 1946. 4, 171쪽).

그러나 이러한 서정시는 그야말로 서정시의 일종에 지나지 않는 것. 임화의 경우에서 보듯, 8·15 직후부터 이념을 향한 투쟁이 치열하게 작용하고 있었던 것이다. 시골서 갓 올라온 신석정의 심정이 이러했을 수도 있지만, 그것은 그가 이 대회의 정치적 성격에 전적으로 무지했음을 드러낸 것에 다름 아니었다. 만일 그 대회가 이 시인이 보듯, 혹은 염원하듯 그렇게 황홀한 경지였다면 이 대회에 참석하지 않은 많은 문인들의 존재를 무슨 수로 설명할 수 있을까. 이 대회에 참가하지 않은 문인들이란, 이 대회의 참가자들만큼 불순하지 않은 사람들이라는 설명이 적절할까. 1945년 12월 현재의 사태를 다음처럼 파악한 시인 이용악이 오히려 솔직했다고 볼 수 있다.

이미 아모것도 갖지 못한 우리
일제히 시장한 허리를 졸러맨
여러 가지의
띠를 풀어 탄탄히 돌을 감자
나아가자 원수를 향해 우리 나아가자
단 하나씩의 돌맹일지라도 틀림없는
꼬레이어의 이마에 던지자
    -「나라에 슬픔 있을 때」 마지막 연, 『신문학』 창간호, 1946. 4, 124쪽

3. 북조선예술총동맹의 성립

전국문학자대회 참가자들의 정신 구조를 문제 삼지 않고는 이 대회의 역사적 성격을 이해할 수 없게 되어 있다. 이 대회의 개최 시기가 해방 이듬해 2월이라는 점에 주목해야 한다. 송진우, 여운형의 암살이 이미 있었고, 미소공동위원회를 둘러싼 정치적 대립의 첨예화는 삼척동자라도 알아차리는 시점에 와 있지 않았던가. 기껏해야 91명 전후한 문인들이 참가한 대회의 의의를 어느 정도 정확히 이해하기 위해서는 다음 두 가지 사실을 검토하지 않으면 안 된다.

북조선예술총동맹의 성립이 그 하나. 최명익을 회장으로 유항림, 주영섭, 김동진, 오영진 등 순수파로 이루어진 평양예술문화협회가 먼저 생겼으며, 비문학적 청년들로 구성된 프로예맹이 이어서 조직되었는데 군의 조정으로 전자는 해체되고 말았다(오영진, 『하나의 증언』, 중앙문화사, 1952, 207쪽). 1946년 초에 이르러 선전부장 김창만의 지도 아래 당 중심의 예술가들을 주축으로 북조선예술총동맹이 만들어지기 시작했다. 철원에서 이기영이, 함흥에서 한설야가, 해주에서 안함광이 평양으로 모여들었으며 한편 서울의 프로예맹 소속 박세영, 박팔양, 윤기정, 안막, 연안의 김사량 등이 평양 중심주의 노선에 합류하였다. 1946년 3월 25일에 조직된 북조선예술총동맹은 진보적 민주주의에 입각한 민족예술문화의 수립을 이념으로 내세웠으며, 규약 일부를 개정한 것이 1946년 7월 17일이었고 전체 대회를 연 것이 같은 해 10월 13, 14일이었다. 이때부터 명칭이 북조선문학예술총동맹으로 확정되었다. 위원장에 이기영, 부위원장에 안막, 중앙상임위원에 이기영, 한설야, 안막, 이찬, 안함광, 한효, 신고

송, 한재덕, 김사량, 선우담이었으며, 얼마 지나지 않아 한설야가 이 조직을 실질적으로 장악하여 그의 몰락 때까지 약 20여 년간 유지되었다. 이는 구카프계가 김일성 중심으로 등장한 항일혁명문학 전통보다 우위에 있었음을 말해 주는 것이기도 하다. 유일사상으로서의 주체문예가 60년 대 중반에 등장하여 오늘에 이르기까지 한설야로 대표되는 구카프계의 세력권이 북조선문학예술총동맹의 중심 세력이었다 함은 또한 다음 두 가지 사실을 뚜렷이 보여 주는 것이기도 하여 주목된다. 그 하나는 이념상의 차이이다. 이른바 남로당 외곽 단체인 임화 중심의 조선문학가동맹과 북조선문학예술총동맹과의 대립 의식이 뚜렷하게 드러났는데, 양자는 구카프계라는 점에서 같은 뿌리를 갖고 있지만 구카프계 내의 해소파냐 비해소파냐라는 점에서 구별되었다.

다른 하나는, 이 점이 중요하거니와, 평양 중심주의와 서울 중심주의의 차이가 그것이다. 이념의 차이 못지않게 지역주의가 크게 작용하였다. 이념이 냉전 체제의 산물이자 카프 시대에 이루어진 이념상 차이의 산물이라면 지역상의 차이에서 오는 이 평양 중심주의란 사상이자 사상 이상의 것이었다. 문학예술에 있어 이 지역주의란 어떤 이념보다 원초적이며 심층적인 것이기 때문이다.

4. 전조선문필가협회의 성립

전조선문필가협회의 성립 또한 북조선예술총동맹과 더불어 전국문학자대회에 대한 대타 의식의 소산이었다. 전조선문필가협회의 전신은 중앙문화협회이다. 최용달과 임화가 재빨리 조직한 문학건설본부가 8월 17일에 그 틀이 잡혔을 때, 이에 대항하여 조직된 것이 중앙문화협회(8. 18)이다. 그러니까 임화의 조직보다 한 달이나 늦은 것이다. 그 중심 구성원은 김광섭, 김진섭, 박종화, 이하윤, 양주동, 오상순, 유치진, 김영랑, 오종식, 이헌구 등 20여 명이었다. 세칭 해외문학파가 중심이 된 이 조직이 적선동 성업회관에 사무소를 마련하고 양주동, 서항석, 김환기, 안석주, 허영호, 심재홍, 유치진, 서원출, 이선근, 오시영, 조희순 등을 포섭하면서 활동한 내용은 무엇이었을까.『중앙순보』간행,『해방기념시집』(1945. 12),『독립정신』,『일본패전의 진상』,『한일합병의 이면 비밀문서』(미간) 등의 출판이었으며, 정치적으로는 반탁운동의 선봉으로 활동한 것이었다.

이 조직은 임화의 조직에 비하면 늘 뒤처져 있었으며, 그 대타 의식으로 성립된 것이었음이 판명된다. 장안파가 박헌영파에 흡수되는 것을 앞뒤로 하여 임화 등이 프로예맹과 합류, 문학동맹을 만들고, 찬탁의 선봉에 서고, 마침내 전국문학자대회(1946. 2. 8~9)를 열어 조선문학가동맹으로 조직 정비에 나서자, 이에 대항하기 위해 중앙문화협회는 발전적 해소를 감행하지 않으면 안 되었다. 중앙문화협회의 발전적 해소로 탄생한 것이 민족 진영 문화단체의 전국적 규모 조직인 전조선문필가협회이다.

민족 진영이라 할 경우 구체적으로 무엇을 가리키는가. (1) 대한국민대표 민주의원의 선전부 (2)『동아일보』,『한성일보』등 민족 진영의 언론기관 (3) 중앙문화협회 등의 세 가지 세력권을 아우르는 것이다. 민족 진영의 언론인, 문인 등의 복합 단체가 제1차 준비위원회를 가진 것이 1946년 2월 20일경이었다. 국일관에 모인 이 회의에는 설의식, 이선근, 이하윤, 이헌구, 함상훈 등이 참석했고, 그 실무 일체를 중앙문화협회에 일임하였다(이헌구,「해방 4년 문화사, 문학편」,『민족문화』창간호, 36쪽). 단체명이 잘 말해 주듯이 순수 문인이라기보다는, 언론인 중심의 광범한 구성원인 만큼 이 조직이 지닌 힘은 실로 막강한 것이었다. 문학가동맹이 이 조직에 감히 맞설 수 없었는데, 바로 여기에 '문학가'와 '문필가' 간의 성격 차이가 있었다. 문학가동맹이 이 단체와 맞서기 위해서는 조선공산당의 힘을 빌리지 않고는 어림도 없는 일이었다. 문필가란 실상 언론 기관 및 우익 정당의 선전부를 총망라한 것이기 때문이다.

결성 대회의 취지서와 강령은 다음과 같다.

취지서

8월 15일 이전에 우리는 일본 군국주의 앞에서 해골의 춤을 추며 소위 '황도'의 폭풍 아래 밀려서, 조국과 역사를 버리고 살아 왔다. 이 비애의 도탄 속에서 비록 준비 없이 받아들인 해방이나마 삼천만 민중에게 잊어버렸던 민족적 각성을 깨우쳐, 자주·독립의 길을 열어 주었음에 열광하지 않을 수 없다. 이로써 학정은 끝나고 민중은 열광하였으나, 오랫동안 민중을 떠났던 지도자들은 조선이 나아갈 목표를 한 곳에 두지 않고, 따라서 민중의 사상을 삼분 사열케 하여 드디어 비약이 도리어 실추로 전화하려 하고, 피의 의식으로써 간망하던 독립은 지도자의 입에서 정권화되고, 민중의 정열에서 멀어진 듯한 감도 없지 않으니, 실로 8·15 이후의 조선 정당사는 진리를 은폐한 기록이 아닐 수 없게 되었다.

물론 세계의 정세가 단순치 않고 사상의 계열이 복잡한 가운데서 억압되었던 36년의 모두가 숨김없이 폭발되는 해방 후의 사태가, 모색을 거치지 않고 간단히 정돈되기 어려움은 이미 예상한 바였으나, 국권을 게

울리하여 빼앗겼던 죄의 36년을 잊어버리고 독립의 전후가 공에 밝지 못하고 사에 어두워, 환경에 대한 민속한 철리가 감행되지 못한 채, 세계가 주시하는 백일의 태양 아래서 외적과 싸우지 못한 용기를 다하여 동족끼리 피비린 암투를 계속함을 일삼아, 어느덧 우리는 일본의 독점을 떠나 연합국 사이에 끼인 듯하나, 이것이 과거의 역사적 과오를 건국 초기의 위대한 역사적 현실에 반복됨이 아니라 하며, 만대에 누릴 통일 국가 건설에 일대한사라 아니하랴! 이에 문필을 가진 우리들은 붓을 반드시 정당의 칼로 삼음이 아니나, 민중의 여론에 지표가 서지 못한 이 혼란된 사태에 처하여 이미 각성되었고, 또 각성되려는 문화인의 현대적 정치의 정세를 다시금 순화하여 태극기 깃발 아래에 삼천만의 정열을 집중시키고, 공의를 형성하여 한결같이 인권이 존중되고 자유가 옹호되고 계급이 타파되고 빈부가 없는 가장 진정하고 가장 민주적인 국가관, 세계관을 밝혀 세계와 인류에 공통된 민족국가 이념 위에, 역사가 중단되었던 조국을 재건하려 함이니, 세계에 빛나는 한 민족, 한 국가로 자처할 이 국민 문화의 형성은 소파벌의 독재도 용납되지 않을 것이요, 계급적이기도 허용되지 않을 것이요, 전체에의 반동도 묵인되지 못할뿐더러, 논리에 있어서 모순이 없고, 이 성격에 있어서 준철하며 감성에 있어서 폐극하여 스스로 자주·자율하는 고귀한 도덕성이 요청되어야 할 것이다.

이에 전조선문필가협회가 한 번은 반드시 통일된 민족국가를 건설하려는 민족적 숙명 아래서 역사적·현실적 필연성을 띠고 탄생하는 바이니, 우리는 어디까지든지 민주주의의 공식적 정당 강령화를 님어서 생명에 부딪치고 다시 생활의 이념이 되어 정치로 향하여 가는 진정한 민주주의 문화를 건설하려 한다. 전도가 다난하니 강호 제현의 아낌없는 편달

만이 우리를 정로에서 벗어나지 않게 하리라고 믿는 바이다.

강령

○ 진정한 민주주의 국가 건설에 공헌하자.

○ 민족 자결과 국제 공약에 준거하여 즉시 완전 자주 독립을 촉성하자.

○ 세계 문화와 인류 평화의 이념을 구명하여 이의 일환으로 조선 문화를 발전시키자.

○ 인류의 복지와 국제 평화를 빙자하여 세계 제패를 꾀하는 모든 비인도적 경향을 격쇄하자.

5. 범보 김정설, 맨 앞에 서다

한편 결성 준비위원 명단은 다음과 같다.

김정설(범보), 이선근, 박종화, 양주동, 김진섭, 설의식, 이시목, 임병철, 안재홍, 장도빈, 이병도, 정인보, 이관구, 윤백남, 이종영, 이봉구, 김동인, 정지용, 함상훈, 오상순, 홍양명, 변영로, 김용준, 손진태, 이희승, 양재하, 송석하, 김계숙, 김준연, 고재욱, 채동선, 이하윤, 안종화, 박경호, 조윤재, 안호상, 이양하, 황신덕, 장덕조, 박승호, 김광섭, 이헌구, 허용호 등 43명 (무순)

문인보다 언론인 중심이었음이 이 명단에서 확연히 드러난다. 특히 맨 앞에 놓인 김정설이 주목되는데, 그가 바로 김동리의 맏형 범보이기 때문이다. 어째서 범보가 이 준비위원 명단의 맨 앞자리를 장식할 수 있었을까. 비록 무순으로 배열된 명단이라고는 하나, 이것이 암시하는 바는 매우 크다고 할 수 있다. 이렇게 보면 그 막내아우가 훗날 조선청년문학협회의 중심인물이었음은 결코 우연이라 하기 어렵다.

한편 이 단체의 추천 회원 명단(무순)을 보면 다음과 같다.

김태오, 노량근, 박영종, 김소운, 임학수, 최정우, 지봉문, 조지훈, 현동엽, 이봉구, 김영진, 이서향, 김계숙, 김현구, 윤복진, 김조규, 석인해, 박노홍, 신석초, 구본웅, 이병규, 박용구, 안병소, 안석영, 박기채, 이갑섭, 배성룡, 김정실, 연태원, 강욱중, 이종모, 심학진, 정근양, 정문기, 명주완, 고봉경, 신기법, 모윤숙, 민영규, 설정식, 김영수, 정지용, 홍명희, 최명익, 최병화, 임춘길, 이운곡, 서항석, 정인승, 안호상, 함병업, 최예순, 김해강, 김대균, 홍환, 한흑구, 이상범, 김기창, 함화건, 공기영, 안종화, 홍노작, 정진석, 이시진, 김림, 오억, 김정설, 우승규, 도봉섭, 문인주, 김용관, 현상윤, 고봉경, 안호삼, 박계주, 조경희, 박노갑, 박종화, 신석정, 곽하신, 최영수, 김선기, 조풍연, 채만식, 허보, 허준, 최정희, 홍호민, 현덕, 엄흥섭, 김동석, 김말봉, 최봉칙, 윤석중, 함대훈, 변영만, 이극로, 최현배, 이숭령, 현상현, 최두수, 황순원, 최이권, 최의순, 최자혜, 이규도, 김사량, 유항림, 이승규, 신구현, 이규택, 정홍일, 이승만, 노수현, 김상필, 이경석, 임동혁, 김재훈, 박태준, 이영세, 전창근, 최인규, 남궁훈, 이상남, 이상호, 이관구, 심성국, 전진한, 한치진, 현희운, 양재하, 성인기, 여세기, 문동표, 정인익, 오기영, 강정택, 김양하, 김석환, 이성봉, 조헌영, 김사일, 백남훈, 최규동,

김기권, 손정규, 이인기, 정규창, 박태원, 배호, 김기림, 송남헌, 양미림,

윤규섭, 장덕조, 유치환, 백기만, 장만영, 허용호, 송지영, 이형우, 조영출,

조수원, 이대용, 최인화, 염상섭, 정현웅, 고희동, 이순재, 김세형, 현제명,

이규환, 이병일, 이정순, 설의식, 김영의, 이정섭, 한보용, 홍종인, 최윤식,

이선근, 이봉집, 조동식, 방신영, 박술음, 서정주, 신남철, 김동명, 임병철,

오상순, 윤태웅, 양주동, 이병기, 홍일호, 조남령, 오종식, 황의돈, 김동인

함형수, 김오남. 이재욱, 유정준, 박팔양, 윤희순, 방발, 이문희, 이혜구,

김영화, 박승희, 김정혁, 남정준, 고재욱, 유형기, 신경순, 문장욱, 성백선,

안동혁, 이갑수, 김윤기, 이병규, 김활란, 박종홍, 김광균, 계용묵, 김영석,

안회남, 윤태영, 이양하, 이용악, 이선희, 이소엽, 김동림, 송석하, 진덕규,

방인근, 이해문, 박화성, 이규원, 송돈식, 장정심, 길진섭, 최재덕, 이일,

박영근, 이상훈, 박승진, 정파산, 박명환, 백남교, 황신덕, 김형원, 변동욱,

박극채, 이헌구, 최규남, 문원주, 김법린, 박인덕, 김명선, 김동길, 김광섭,

백석, 최영해, 이종수, 이홍종, 정래동, 박영준, 양재하, 손진태, 서원출,

홍기문, 전숙희, 한정동, 백철, 전홍준, 손우성, 김용준, 임학선, 황석우,

이승학, 홍봉진, 박노아, 한설야, 이홍직, 곽복산, 박순천, 김준연, 장동명,

윤행중, 심형필, 윤일선, 김온, 김두헌, 채관석, 박재민, 김삼규, 김동리,

김내성, 영근순, 이한직, 장서언, 이원호, 조희운, 이원수, 김병제, 유춘섭,

김상기, 이무영, 임옥인, 이성표, 최인준, 조연현, 이응수, 이종우, 홍득순,

계정식, 전형철, 전영택, 신정언, 이병표, 이건혁, 노익환, 박승호, 진승록,

고영환, 김한용, 김정진, 유한상, 이태규, 최범술, 조병희, 김상용, 김윤식,

김광주, 이근영, 이하윤, 신백수, 장영숙, 진우촌, 조벽암, 황문철, 주요섭,

최태응, 이병도, 곽행서, 박노경, 방종현, 김정한, 이효상, 김환기, 이쾌대,

채동선, 장후영, 장도빈, 유진오, 임봉영, 이인, 이훈구, 안자산, 백인제, 김상열, 이승기, 김동화, 이호성, 김진섭, 김진수, 윤영춘, 이시우, 조용만, 정비석, 정열모, 피천득, 이흡, 장기제, 오시영, 김성근, 장도환, 신진순, 고재걸, 김북원, 임서하, 문세영, 최근배, 이마동, 박경호, 김용준, 이동규, 김병호, 유자후, 홍양명, 김용채, 이길용, 김병호, 장현철, 이창수, 김하징, 최삼열, 최희영, 조석봉, 이희목, 이희승, 조허힘, 조윤제, 조운, 장익봉, 윤곤랑, 전무길, 함세덕, 채정근, 김옥근, 이별철, 박노춘, 김성태, 이경희, 유치진, 김승구, 권명수, 이동욱, 하경덕, 손봉조, 김광근, 차상찬, 양근환, 이성규, 이정복, 변영태, 김윤경

6. 민족주의 진영 문필가의 세력 범위

450여 명에 달하는 이러한 추천 회원 명단을 여기에 보인 것은 다음 네 가지 의미를 읽어 내기 위해서이다.

(1) 해방공간에서의 조선공산당과 그 주변 인물을 제외한 문화예술인 특히 언론인의 총명단에 해당된다는 점.

(2) 문학자의 숫자가 워낙 적어서, 문학 단체로서의 구실을 전혀 할 수 없다는 점.

(3) 추천 회원인 까닭에 본인의 승낙 의사와는 전혀 무관하다는 점. 한설야의 이름이 끼여 있다든가 서울에 아직 오지도 않은 염상섭이 들어 있다든가 문인 중의 상당수가 문학가동맹에 소속된 인물이라는 점 등.

(4) 김동리와 관련지어 본다면 맏형 김정설이 이 단체의 중요 인물이란 점 이외에도 해인사 그룹의 인맥인 김범린, 최범술(다솔사 주지)이

포진되었음이 판명된다.

3월 13일 오후 1시 YMCA 회관에서 열린 이 대회의 내빈으로는 김구 주석을 비롯 조소앙, 안재홍 등이 참석했으며, 예정 시간보다 30분 늦게 준비위원 박종화의 개회사를 시작으로 대회가 진행되었다. 박종화의 개회 선언, 김광섭의 취지서 낭독, 이헌구의 경과보고에 이어, 민주주의 건설에 있어 문필가의 사명에 대한 조소앙의 축사, 국제화 속에 민족문화에 대한 안재홍의 축사, 원세훈의 축사 등이 있었다. 또한 안호상, 홍양명, 안석주, 채동선, 도상봉 등의 문화 정세 보고가 잇따랐다. 임원 선출의 결과를 보면 다음과 같다.

○ 회장 : 정인보

○ 부회장 : 박종화, 채동선, 설의식

○ 총무부 : 이헌구, 김광섭, 이하윤, 오종식

○ 분과위원장 : 안호상(학술), 이선근(언론), 안석주(연예), 이종주(미술), 김진섭(문학), 이홍렬(음악), 현정주(체육)

○ 명예회원 : 김규식, 조소앙, 안재홍, 변영만, 장도빈

이 대회에서는 또한 세계 문필가에게 보내는 메시지도 채택하였다. 정치가의 참석이라든가, 메시지 보내기라든가, YMCA 강당 사용 등의 면에서 보면 조선문학가동맹 측의 모방으로 볼 수 있을지 모른다. 앞서가는 문학가동맹 측의 뒤를 따르는 방식이라고나 할까. 이 점에서 보면 문학인만으로 구성된 문학가동맹과 우익의 모든 문화언론인이 총동원된 단체인 전조선문필가협회가 일대일로 맞서는 형국으로도 볼 수 있었다. 그렇

지만 조직의 성격에서 보면 문필가협회 쪽이 두 단계 앞서 있었던 것으로 분석된다.

(1) 우익의 문학 단체가 만들어지기 전에 문필가협회라는 종합 단체가 만들어졌다는 점. 곧 문필가협회는 (가) 문학자, (나) 예술가(음악, 미술, 연극), (다) 언론인 등 세 가지 단체의 합동이었다는 사실에 비추어 보면 좌익의 문학가동맹보다 앞서 있었다고 볼 수 있다.

(2) 좌익 측이 전조선문화예술연맹을 조직하게 되자 이에 맞서기 위해 우익 측이 전국문화단체총연합회(26개 단체, 1947. 2. 12)를 만든 것으로 본다면 좌익의 모방이랄까 대항 의식의 산물이었음이 판명된다. 이 경우 유의할 점은 전국문화단체총연합회에 와서 비로소 언론인이 배제되었다는 사실이다.

이러한 사실에서 확인되는 것은, 전조선문필가협회의 성격이란 좌익의 총집결체인 민주주의민족전선(약칭 민전, 1946. 2. 15. 결성)에 대응되었음이 분명하다는 것이다.

7. 청년문학가협회와 임정 노선

그렇다면 어째서 우익 측의 문학인은 독자적 단체를 만들 수 없었던가? 이 의문의 해답은 문학가동맹 속에 고스란히 들어 있었다. 좌익의 문학 단체 속에 중간노선의 문학자까지 모두 포함되어 있었던 것이다. 문학가동맹에 가담하지 않은 문인으로는 소위 해외문학파가 유일하게 남았는데, 이들은 창작에 종사하는 인물들이기보다는 처음부터 언론 쪽에 뿌리를 내린 문필가였다. 우익에 속하는 젊은 문인들의 경우 해외문학파와는 너무도 세대 차이가 났을 뿐 아니라 순수 창작에서도 한발 물러난 경우였기에 도무지 어울릴 수가 없었다. 청년문학가협회라는 순수 문학인 중심의 단체가 탄생할 수밖에 없었던 이유는 바로 이것이다. 문학가동맹과 대응될 수 있는 단체의 필요성이 김동리에게 주어진 역사적 사명이라 할 것이다. 그렇지만 김동리 중심의 청년문학가협회는 홀로 설 수가 없었다. 그럴 힘이 없었다. 보호자로 엄연히 문필가협회가 중심 세력인 언론인 측이 있었던 까닭이다. 김동리의 이 단체가 만만치 않은 세력권으로 문단에 크게 솟아오른 것도 우익 언론계의 막강한 실세의 뒷받침이 있었다는 사실에서 비로소 그 실상이 설명될 수 있다.

이에 대해서는 서정주의 기록에서 다음 두 가지 사실을 지적할 수 있다.

하나는 임시정부 선전부와의 관련성. 1946년 1월 무렵 『춘추』에 작장을 갖고 있던 서정주가 중국에서 돌아온 김광주의 전화(999번)를 받고 찾아간 곳은 임시정부 선전부였다. 호화로운 이 건물은 원래 재벌 최창학의 소유였으며, 이 속에 한국청년회라는 것이 있었다. 서정주의 기록을 그대로 옮기면 다음과 같다.

거기 한국청년회라는 것이 결성되자 나는 김광주와 함께 아주 거기 머무르게 되었다. 글 쓰는 사람으론 우리 둘 외에 김동리, 이한직이 가담했고, 지금의 신민당 위원 장준하, 정우회인가의 김익준 의원, 마라톤의 손기정, 대사 엄요섭 등이 이때 이 한국청년회의 간부들이었다. 〔…〕 이 한국청년회란 해방 직후 생겨난 우익의 청년 단체들 가운데 가장 우세했던 단체들—서북청년회, 건국청년회, 기독교청년회 등의 대표자들을 간부로 해서 만든 것으로 그 본부는 바로 임시정부 청사 안에 있었으니만큼 임시정부의 지도하에 움직였다.

우익들한테도 한동안 꽤 무서운 것이기도 했다. 내 학교 때의 동기였던 이영을 선봉장으로 해서 공산당 본부니 전국노동자농민단체 평의회니 하는 굵은 공산주의자들의 집합소가 자주 큰 타격을 받아야 했고, 지방의 지부들도 생겨난 곳만은 좌익의 활동이 거의 불가능하게 만들었으니 말이다.

– 『서정주 문학전집 3』, 일지사, 1972, 251쪽

작가 겸 비평가인 김광주는 임시정부 선전부의 실력자였다. 환국 당시의 임정 선전부는 엄항석이 책임자였고 문화부는 김상덕이 맡고 있었다. 선전부나 문화부의 성격을 분명히 알 수 없으나, 국내의 문학인을 포섭하는 임무만은 김광주 몫이었던 것 같다. 해방공간 문학계의 문제적 인물로 부상한 김광주는 과연 누구인가. 김평으로 불리는 김광주는 1910년 경기도 수원 태생이며 상해 남양의대를 중퇴(1933)하고 임정에 가담 독립운동에 투신했으며, 국내에 투고하기 시작한 것은 시 「우후」(1932), 소설 「장발노인」(1933) 등부터이다. 평론으로도 「중국프로문예」(1931), 「문예와 선전」(1932), 「중국 여류작가론」(1934) 등을 주로 『조선일보』, 『동아일보』 등을 통해 발표한 바 있다. 요컨대 중국 현대문학의 소개 면에서 뚜렷한 두각을 드러내 「한숨짓는 양자강」(1936) 등에서 드러나듯 창작 또한 중국을 배경으로 한 조선인의 삶을 다룬 것들이있나. 임시정부 환국(1945. 11. 23)과 더불어 귀국한 김광주의 소속은 임시정부 선전부였다. 임시정부 선전부라는 막강한 배경을 업은 김광주의 활동은 참으로 눈부

신 바 있었다. 그는 『문화시보』(1947), 『예술조선』(1947)의 편집인이었으며, 무엇보다도 『경향신문』의 문화부장(1946. 10. 6)과 편집부국장 등을 역임한 바 있다. 해방공간에서 그는 창작보다 평론에 주력하였으며, 김동리 중심의 조선청년문학가협회의 주요 논객으로 군림하였다.

서정주의 위의 기록에서 알 수 있는 또 다른 사실은 한국청년회 문인으로는 서정주, 이한직 그리고 김동리가 가담했다는 점이다. 김동리, 최태응 등이 이 단체의 문화 및 선전에 대해 자문하는 역할을 맡았다고 조연현은 적었다(『내가 살아온 한국 문단』, 현대문학사, 1968, 22쪽). 김동리의 해방 후 첫 번째 공적인 직장이 경향신문사 문화부(차장)였다는 점은 그가 김광주 밑에 있었음을 새삼 말해 주는 것이다. 3년 위인 김광주와 김동리 사이에 어떤 이념상의 갈등이 있었는지는 헤아리기 어려우나, 김동리는 이 경향신문 시절을 다음과 같이 적고 있다.

이 신문은 내가 기대했던 것과 좀 다른 노선을 걷기 시작했다. 정치면은 그런대로 우익에 가까웠으나 문화면은 분명히 좌익에 기울어져 있었다. 뿐만 아니라 정지용(주필) 자신이 신문을 시작하기 이전보다 완연히 그쪽으로 기울어져 버린 것이다. 따라서 나와는 거리가 먼 신문이 되어 버렸다. 나는 일체 신문사에 가지 않았다.

– 김동리, 「횡보 선생의 추억」, 『고독과 인생』, 백만사, 1977, 249~250쪽

『경향신문』의 창간에 관여한 김동리의 처지에서 보면 주필 정지용과의 관련에서 비롯된 것이었다. 가톨릭계의 이 신문 창간에 주필로 내정된 정지용이 김동리를 통해 편집국장으로 염상섭을 모시고자 하였다. 정

지용이 김동리를 알게 된 것은 김범보를 통해서이거니와, 만주에서 귀국한 염상섭은 아직 아무런 직장이 없었다. 1946년 초여름, 38선을 넘어 귀국한 염상섭이 정착한 곳은 돈암동이었다. 우연히 지나다 문패를 보고 김동리가 찾아가 인사를 나눈 바 있었다. 정지용을 두고 김동리는 "형제와 같이 가깝게 지내던 사이"(앞의 책, 249쪽)라 했거니와, 정지용이 주필을, 대선배 작가이며 존경해 마지않던 염상섭이 편집국장으로 출발하는 경향신문의 문화부장으로 김광주가 발탁되었다는 것은 무슨 곡절일까. 어째서 그 문화면이 좌경화되어 갔으며, 그 때문에 김동리가 흥미를 잃었다 함은 또 무슨 사정이었을까.

이러한 물음에는 분명한 해답을 찾기 어려우나, 만 1년 만에 정지용과 염상섭이 물러났다는 것만은 분명하다(김윤식, 『염상섭 연구』, 서울대 출판부, 1987 참조).

8. 『민주일보』와 청년문학가협회

청년문학가협회의 배경에 임시정부의 선전부가 놓여 있었다는 사실을 밝히기 위한 자료로는 위의 서정주의 기록만으로는 물론 부족하며, 따라서 한갓 추측의 영역에서 크게 벗어나지 못한다. 이와 같은 범주에 속하는 또 하나의 증언을 보면 청년문학가협회와 『민주일보』와의 관련성을 알 수 있다.

앞에서 살펴본 바와 같이 진조신문필가협회의 총무진은 중앙문화협회(이승만 지지 세력)의 상임위원인 이헌구, 김광섭, 이하윤, 오종식 등이었다. 이들이 『민주일보』의 편집을 도맡았다는 사실을 눈여겨보지 않으면 안 될 것이다. 1946년 6월 10일에 창간된『민주일보』는 편집인 이헌구, 편집위원 이헌구, 김광섭, 오종식, 신경순, 안석주 등이며, 사장은 엄항섭(임시정부 선전부장)이었다. 또한 명예사장으로는 김구 주석 다음 자리에 있는 좌우 중간노선의 김규식 박사였다. 김동리의「순수문학의 정의」(1946. 7. 11~12)가 실린 것도 이 신문이었다. 요컨대 김구 노선을 표방하는 대변지로 출발한 것이『민주일보』였으나 어느덧 중간노선으로 바뀌어, 편집진들이 일시에 파면을 당하기에 이른다. 편집인 이헌구의 기록을 보면 다음과 같다.

중앙문화협회의 상임위원이요 문필가협회의 총무 진영을 맡은 이들이 거의가 1946년 4월에 창간되는『민주일보』편집 진영의 책임을 지고 입사하게 되었으며 사원으로는 대부분 청년문학협회의 중견 간부였다. 이 신문사에 있으면서 미약한 대로 문화 내지 문학 활동에 이바지했으며 이것이 다시 발전되어 1947년 4월에는 이 진영 거의가 그대로『민중일보』로 옮겨왔고(실상은 파면되어, 조연현 기록) 문총을 중심으로 새로운 문화 내지 문학 활동을 피나는 노력으로 전개해 왔다.

– 이헌구,「전조선문필가협회」,『해방문학 20년』, 정음사, 1971, 139쪽

이로써, 문필가협회가 임시정부 선전부 문화 담당 세력이었음이 분명해졌다. 이 사실은 저널리즘을 통해 정치적 감각을 중심점에 놓았음을 웅변으로 말해 준다. 문필가협회 역시 이 점에서는 문학가동맹 측과 한 치도 다르지 않았던 것이다.

이 문필가협회 중에서 문학 쪽으로 범위를 축소시킨 것이 이른바 김

동리 중심의 청년문학가협회였으며, 이것이 기대고 있었던 것도 임시정부 선전부였음을 위의 이헌구의 기록이 말해 주고 있다. 『민주일보』편집진이 문필가협회 총무진이라면 그 아래의 사원이 김동리, 조지훈, 최태응, 임서하, 박용덕, 조연현 등 청년문학가협회의 중견 간부였다 함은 주목할 만한 대목이다. 그것은 이중적인데, 하나는 정치적 성격 곧 임시정부 선전부 성격을 띤 것이요, 다른 하나는, 이 점이 중요하거니와, 문학적 성격 곧 중앙문화협회가 지닌 구세대의 성격과 길항하는 그들 나름의 독자성이 그것이다. 이헌구, 김광섭으로 대표되는 구세대의 문학관과 김동리, 조연현으로 대표되는 신세대의 문학관 사이에는 정치적 노선으로는 해결될 수 없는 문학관의 차이가 뚜렷한 만큼, 두 단체는 조만간 부자지간에서 벗어나 대립하거나 일탈하게 되어 있었다. 훗날 김동리 중심의 청년문학가협회가 이른바 한국문학가협회(문협) 정통파를 이루어 이헌구, 김광섭 중심의 문총파와 대립하게 되는 것은 이로 보면 당연한 사실이 아닐 수 없다.

9. 청년문학가협회의 창립

청년문학가협회의 문학적 이념이란 무엇인가. 이 물음은 다음 두 가지 측면에서 고찰할 수 있다. 그 하나는, 문학가동맹 측과의 대타 의식으로서의 문학관 수립과 그것의 관철이며, 해외문학파의 문학관과의 차이성을 드러내는 것이 그 다른 하나이다. 특히 후지의 측면에 관해서 아직도 별다른 내막이 밝혀져 있지 않은데 무슨 까닭일까? 좌익과의 대결로서의 김동리, 조연현, 조지훈의 이론만이 크게 부각된 나머지, 문필가협회의 간부 격인 해외문학파와의 차이성에 대한 그들의 투쟁은 크게 가려져 있었기 때문이다. 그렇다면 좌익과의 대결과 구세대와의 대결에 결정적인 논리는 무엇이었을까. 김동리에 의해 정립된 '구경적 삶의 형식'으로서의 문학관이 그 무기였다. 이 무기는 좌익을 겨냥했을 때도 유효했지만 구세대 견제용으로도 유효했다. 양날을 가진 칼의 구실을 한 이 문학관의 일반적 명칭이 '순수문학'이었다. 구세대 중에서도 박종화만이 예외적 존재로 문협 정통파에 의해 받아들여진 것도 이러한 사정과 관련이 있다.

청년문학가협회의 창립 대회가 김구 주석의 참석 아래 YMCA 강당에서 열린 것은 1946년 4월 4일 하오 1시였다. 신문에 발표된 명단에는 명예회장이 최명익으로 되어 있으나 이는 한갓 형식적 절차에 지나지 않았다. 「신세대의 정신」(1939)을 쓴 김동리가 세대 논쟁에서 신세대의 대표적 존재로 최명익, 허준 그리고 자기를 내세웠음을 염두에 둔다면 이러한 형식적 절차에도 아주 의미가 없는 것은 아니었다. 추대 위원에 홍명희, 정지용이 포함되어 있는 것은 형식적 절차에 지나지 않았다. 또한 이 명단에 서정주가 빠져 있는 것 또는 문학가동맹 대회 명단에 그가 끼여 있는 것도 김동리와의 친분으로 보아 크게 문제될 일이 아니다. 그렇다면 청년문학가협회의 실세와 그 정확한 명단은 무엇일까. 1947년 4월에 간행된 기록을 보면 그 명단은 다음과 같다.

조선청년문학가협회

소재 : 서울시 중구 남산동 2가 1번지

창립 : 1946년 4월 4일

임원 : 명예회장 박종화, 회장 김동리, 부회장 유치환, 김달진

시부 : 박두진, 조지훈, 서정주, 박목월, 유치환, 이한직, 양운한, 조인행

소설부 : 최태응, 임서하, 계용묵, 김동리, 황순원, 홍구범, 유정춘

희곡부 : 김송, 홍용택, 김광주, 박용덕, 이정호, 이동

평론부 : 한묵조, 조연현, 곽종원, 이문대, 이정호, 민영균, 이향, 임긍재

아동문학부 : 박영종, 송남헌, 서연목, 박두진, 김종길, 이원섭

고전문학부 : 조지훈, 성낙훈, 김달진, 이해문, 장상봉, 홍영의

외국문학부 : 이한직, 김광주, 여세기, 한묵조, 이종후, 송욱

서기국 : 임서하, 홍구범, 박용덕

이 명단에서 주목되는 것이 명예회장 박종화의 등장이다. 실질적인 회장은 당연히 김동리이지만 어째서 명예회장으로는 이헌구도 김광섭도 될 수 없었는가. 회장 김동리는 그 이유를 스스로 드러낸 바 있어 인상적이다.

그가 다른 어떤 선배 작가보다도 (1) 지속적으로 작품을 써왔다는 것 (2) 민족 불멸의 사상에 투철하다는 것(「월탄과 그 〈민족〉」, 『문학과 인간』, 233~234쪽)을 내세웠다. 본격적인 박종화론에서 김동리는 박종화의 민족주의 문학이 민족 불멸의 신념과 그 실천에 있다는 것과 그것은 또 유교와 깊은 관계에 있었다는 것을 규범과 상정(常情)이라는 두 가지 말로 요약한 바 있다. 곧 "유교 윤리의 표리 양면인 규범과 상정은 시의 통음방일(痛飮放逸)을 기회마다 절음정진(節飮精進)으로 내지시키고 부부자자의 실천은 다시 〈민족〉으로 발전하여 오늘의 민족주의 문학을 성취시킨 것"(「상정으로서의 〈민족〉」, 『현대문학』, 1961. 12, 178쪽)이라 볼 때,

김동리에게 있어 문학적인 선배로서는 박종화밖에 없음을 새삼 천명한 것이라 할 것이다. 문인으로서 존경할 수 있는 단 하나의 선배라 함은, 골동품의 모습으로서가 아니라 현역 작가여야 하며, 또 그것은 통흠방일의 기상을 기회마다 절음정진으로 대치시키는 생활인으로서의 자세를 가리키는 것이기도 하다. 그가 서울신문사 사장(1949. 6. 15~1954. 4. 18)에 나아갔고, 김진섭과 더불어 김동리가 그 출판국에 입사한 사실도 이러한 측면을 암시하고 있다고 볼 수 있다.

요컨대 박종화는 김광섭, 이헌구 등 이른바 해외문학파의 무국적 상태라든가 그들의 창작에 대한 단절성과는 근본적으로 달랐다.

10. 청록파 3인과 시 낭독 ─ 「어서 너는 오너라」

회장 김동리의 처지에서 볼 때 이 단체의 핵심은 시의 박두진, 조지훈, 박목월, 서정주, 유치진, 소설의 황순원, 임서하, 홍구범, 평론의 조연현, 곽종원, 희곡·외국문학의 김광주, 이한직으로 요약될 것이다. 이러한 점을 엿볼 수 있는 자료로는 『대동신문』의 자매지로 1946년 3월 18일에 창간된 주간 『청년신문』(편집발행인 이광철)의 청년문학가대회 기념 특집호(제3호, 1946. 4. 2)를 들 수 있다.

(1) 선언서, (2) 김동리의 「조선문학의 지표」, (3) 이정호의 「신문화건설의 봉화」, 조연현의 「문학의 위기」, (4) 조지훈의 「겨레 사랑하는 젊은 가슴엔」, 박목월의 「임」, 박두진의 「새벽 바람에」, (5) 임서하의 「고독」(꽁트), (6) 「우리들의 주장」(최태응, 김광주, 조지훈, 조인행, 곽종원, 임서하, 석경진, 조연현, 유동준, 김동리, 조상대, 강학중, 곽하신, 홍구범) 등으로

구성된 이 특집호에서 주목을 끄는 것은 김동리와 조연현의 평론인 (2)와 (3)이다. 청록파 3인의 시들인 (4)는 대회장에서 낭독되기도 했다(박목월, 박두진의 시 낭독이 있었다고 손소희는 기술하고 있다. 『한국 문단 인간사』, 49쪽).

겨레 사랑하는 젊은 가슴엔

한 송이 꽃보담도 한 치의 칼을……

뼈 아픈 어둠 속에 입술을 물며

불타는 나의 혼이 나의 청춘이

여기 방황하는 몸짓 속에

울며 외친다. 그 울음 구천에 사모치도록

꽃과 새와 바람도

조상을 근심하여 웃지 않는 곳

겨레 위하여 사랑 앓는 가슴에

끓어 오르는 이 피를 네가 듣느냐

겨레 배반하는 스승과 벗들을

다시 배반하고

혼자라도 가야 할 길이 있나니

병든 생명의 녹슨 칼날에

불타는 영혼이 무찔릴지라도

온 겨레 우러르는 나의 하늘에

무슨 회한인들 남길 것이랴

인류 문화 오천 년 낡은 역사 위에

새로운 태양이 솟아 오는 날

내 눈물에 내 영혼이 다시 씻기리

아아 나라 사랑하는 젊은 가슴엔

한 송이 꽃보담도 한 치의 칼을

   – 조지훈, 「겨레 사랑하는 젊은 가슴엔」

"겨레 배반하는 스승과 벗들을 / 다시 배반하고 / 혼자라도 가야 할 길이 있나니"라고 조지훈이 읊었다면, 박목월은 임과 하늘이 절로 비칠 그런 거울을 만들기 위해 눈물로 바위를 갈고 있는 인간 의지를 노래하고 있다.

내사 애달픈 꿈꾸는 사람

내사 어리석은 꿈꾸는 사람

밤마다 홀로

눈물로 가는 바위가 있기로

기인 한밤을 눈물로 가는 바위가 있기로

어느날에사

어둡고 아득한 바위에

절로 임과 하늘이 비치리오

   – 박목월, 「임」

이러한 인간 의지의 논리화가 다름 아닌 문학을 선택한 '구경적 삶의 형식'으로 정립되는 것이며, 속칭 순수문학에 속하는 것이었다.

이에 비할 때 박두진의 문학관은 퍽 희망적이었다.

칼날 선 서릿발 짙푸른 새벽

상기도 휘감긴 어둠은 있어

하늘을 보며 별들을 보며

내어 젓는 백화(白樺)의 손길.

저마다 몸에 지닌 아픈 상처에

헐떡이는 헐떡이는 산길은 멀어

봉우리엘 올라서면 바다가 보이리라.

찬란히 트이는 아침이사 오리라.

가시밭 돌사닥 찔리는 길에

골마다 울어 에는 굶주린 짐승

서로 잡은 따스한 손이 갈려도

벗이어 우린 서로 부르며 가자.

서로 갈려 올라가도 봉우린 하나

피 흘린 자욱마다 꽃이 피리라.

– 박두진, 「새벽 바람에」

"서로 갈려 올라가도 봉우린 하나"라고 박두진은 읊었다. 그러기에 저마다의 흘린 피란 고귀한 것이 아닐 수 없다. "피 흘린 자욱" 그것이 작품인 까닭이다. 만일 그 피 흘린 것이 기껏해야 정치적 과제에 일방적으로 봉사하거나 하수인 구실을 한 것이라면 거기 향기로운 꽃이 필 까닭이 없다고 이 시인은 생각했는지도 모른다. 시인 박두진의 시적 출발점 자체가 「해야 솟아라」에서 보듯 기독교적 부활과 광명을 향한 내밀한 외침이거니와 「새벽 바람에」도 그러한 경향의 연장선상에 있다고 볼 수 있다. 실상 박두진이 청년문학가협회 창립 총회에서 읊은 시는 「새벽 바람에」가 아니라 「어서 너는 오너라」였다(『가정신문』, 1946. 4. 4).

복사꽃이 피었다고 일러라. 살구꽃도 피었다고 일러라. 너의 오래 정들이고 살다 간 집, 함부로 짓밟힌 울타리에 앵도꽃도 오얏꽃도 피었다고 일러라. 낮이면 벌떼와 나비가 날고 밤이면 소쩍새가 울더라고 일러라.

다섯 뭍과, 여섯 바다와, 철이야, 아득한 구름 밖 아득한 하늘가에, 나는 어디로 향을 해야 너와 마주 서는 게냐.

달 밝으면 으레 뜰에 앉아 부는 내 피리의 서러운 가락도 너는 못 듣고 골을 헤치며 산에 올라, 아츰마다 푸른 봉우리에 올라서면, 어어이 어어이 소리 높여 부르는 나의 음성도 너는 못 듣는다.

어서 너는 오너라 별들 서로 구슬피 헤어지고 별들 서로 정답게 모이는 날, 흩어졌던 너의 형 아우 총총히 돌아오고, 흩어졌던 네 순이도 누이도 돌아오고, 너와 나와 자라나던 막쇠도 돌이도 북술이도 왔다.

눈물과 피와 푸른빛 깃발을 날리며 너는 오너라…… 비둘기와, 꽃다발과 푸른빛 깃발을 날리며 너는 오너라…….

복사꽃 피고, 살구꽃 피는 곳, 너와 나와 뛰놀며 자라난 푸른 보리밭에 남풍은 불고, 젖빛 구름 보오얀 구름 속에 종달새는 운다. 기름진 냉이꽃 향기로운 언덕, 여기 푸른 잔디밭에 누워서, 철이야 너는 너는, 뇔 뇔 뇔 가락 맞춰 풀피리나 불고, 나는, 나는, 두둥실 두둥실 봉새춤 추며, 막쇠와, 돌이와, 북술이랑 함께 우리, 우리, 옛날을, 옛날을, 뒹굴어 보자.

박두진의 이 시가 문학가동맹 주최 전국문학자대회(1946. 2. 8~9)에 참가하기 위해 시골서 올라선 순수서정시인 신석정의 「꽃덤풀」과 등가임을 한눈에 알아볼 수 있다. 그만큼 상징적인 사건으로 이 시가 가로놓여 있었다. 일제 말기 변산반도에 묻혀 초승달을 노래한 신석정과 시흥 근처의 금융조합에 호구지책을 걸고 「도봉」을 바라보며 「배암」을 비롯하여, 발표의 기약도 없는 여러 작품을 친구 이상로에게 보내는 편지 속에 담았던 박두진(김윤식, 「박두진과 김훈」, 『근대시와 인식』, 시와시학사, 1992)이 이처럼 서로 마주 바라볼 수 있었던 것은 어떤 이유에서일까. 일목요연한 해답이 주어진다. 서정시 본래의 존재 방식이 그러한 까닭이다.

11. 김동리의 '민족혼'설

이러한 시적 표현과는 달리 평론은 언제나 논쟁적이고 따라서 결사적이지 않으면 안 되었다. 김동리의 주장이 다음처럼 절대적이었음은 이 때문이다.

12, 3년 전 나는 처음으로 「화랑의 후예」란 소설을 낸 일이 있다. 그리고

지금 이 글을 쓰고 있다. 그 동안 한 사람의 작가로서 오매간에 내가 품어온 오직 한 가지 염원은 '민족혼의 구현' 이것뿐이다. 그러므로 비록 정치적 의도에의 민족혼의 파괴를 모략한다 하더라도 그는 족히 나의 문학 분야의 족이 될 것이며 동시에 모든 의미에 있어서의 나의 적일 것이다.

정치적인 것과 문학적인 것의 구별이 있을 수 없다는 이 단호한 논리는 "문학은 나의 종교다. 나의 생명의 구경이며 나의 존재의 근거다. 그러므로 나는 나의 문학의 신도일 뿐 여하한 권위에도 예속되지 않는다"(홍구범)는 주장보다 훨씬 구체적이다. 논적을 눈앞에 둔 투사의 자세인 까닭이다. 또한 그 논리는 "문학하는 사람으로서의 나는 아무런 주의도 주장도 없다. 좋은 작품을 쓰기 위해서 반드시 무슨 주의나 주장을 가져야 한다는 것을 나는 인정하지 않는다"(조연현)는 논법보다도 구체적이다. 문학(작품) 제일주의로 요약되는 조연현의 당시의 주장이 적극성을 띨 수 있었던 것은 그가 자신이 시인임을 전제로 해서였을 것이다. 그는 장차 비평가로 평생을 걷게 될 자신을 상정하지 않았던 것이다. 그러한 그가 비평으로 나아가게 되면 사정이 크게 달라진다. 비평도 작품이어야 한다는 것, 좋은 비평이란 그러니까 좋은 작품(문학)이어야 한다는 것을 그는 증명해야 했던 것이다. 과연 비평도 창작(작품)일 수 있으며, 더구나 좋은 작품일 수 있을까. 이 장벽 앞에서 그는 지속적으로 고민하지 않으면 안 되었다. 그가 매달린 도스토옙스키는 해답을 주지 않았다. 다만 고바야시 히데오(小林秀雄)의 비평에 대한 자의식 주변을 끊임없이 맴돌 수밖에 없었지만, 바로 이 점에서 그는 우리 근대문학에서의 최초의 비평가일 수가 있었다(『한국 근대문학사상 연구 2』, 아세아문화사, 1994, 제5장 참조).

　　홍구범의 종교설, 조연현의 작품설보다 김동리의 '민족혼'설이 좀 더 구체성을 띠었다면 정치적 적과 문학적 적을 일원론으로 파악한 점에서 비롯된 것이다. 이 차이는 크다면 한없이 큰 것이며 작다면 또 한없이 미미한 것일 수도 있다. 결과론에서 보면 이 사정은 다음처럼 파악할 수 있다. 정치와 문학 일원설의 경우, 정치적 적의 소멸은 곧 문학적 적의 소멸에 다름 아닌 만큼, 정부 수립과 더불어 닥친 좌익의 소멸은, 정치적 적의 소멸이자 문학적 적의 소멸에 해당되는 것. 맞설 수 있는 대상의 소멸만큼 용사에 있어 고통스러운 것이 없는 법, 김동리는 「황토기」에서 이를 다룬 바 있거니와, 정부 수립 이후의 김동리에겐 허무의 늪에서 허우적거리는 억쇠의 운명이 입을 벌리고 있었다. 이에 대처하기 위해서는 두 가지 방도를 상정할 수 있었는데, 하나는 창작으로 나아가는 길이다. 그렇지만 그 창작의 세계는 궁극적으로는 「황토기」의 재판에 지나지 않는 것이기에 작가 김동리는 이를 피할 수밖에 없었다. 물론 그는 그 나름의 몸부림을 쳤는데, 장편 『해방』(『동아일보』, 1949. 9. 1~1950. 2. 16)이 그러한 사례에 해당된다. 이른바 대상의 소멸로 나아가는 중간 단계를 보여 주는 것이 『해방』의 참다운 창작 의도이다. 대상을 극복하는 길, 적을 격파하는 맹렬한 투쟁의 단계를 『해방』은 어떻게 보여 주고 있는가. 이 작품의 첫 장은 서울 중구 동아여자대학관에서 숙식을 하던 교원 이장우가 한밤중 대한청년회의 중심인물이자 친구인 우성근의 피살 소식을 전화를 통해 연락받는 장면에서 시작된다. 이 작품에서 해방 정국의 좌우익 투쟁과 테러 사건, 범인 찾기 그리고 또 여자관계 등이 얽혀 가는 소설적 육체를 제거하고 남는 것은 무엇이겠는가. 적(대상)을 싸워 이기기로 집약시킬 수가 있다. 『해방』의 마지막 장인 「십자가 윤리」에서 작가의 이러한 사상이 인민당의 하윤철과 주인공 이장우의 토론에서 뚜렷이 제시된다.

이장우 두 개의 세계! 자네 이 두 개의 세계란 무슨 뜻인지 아는가?

하윤철 미국을 대표로 하는 자본주의 세계와 소련을 대표로 하는 공산주의 세계란 말인가?

이장우 그렇게 말해도 되지. 자네가 말하는 좌익이니 우익이니 하는 것은 결국 이 두 개의 세계를 의미하는 거야. 그렇다면 단순히 우리 민족에 국한된 좌우익만이 아니요 38선만이 아닐세. 이것은 지극히 평범하고 상식적인 말 같지만 동시에 지극히 근본적이요 원론적인 판단이란 것을 알아야 해. 왜 그러냐 하면 이것이 현실이기 때문이야. 현실은 이와 같이 '두 개의 세계'의 싸움이란 것을 알아야 돼. 우리가 정치를 한다는 것은 이 '두 개의 세계'의 싸움에 뛰어드는 것뿐이야. 그 어느 '한 개의 세계'에 가담하여 다른 '한 개의 세계'에 싸우는 것이야.

하윤철 이 '두 개의 세계'를 동시에 지양한 '제3의 세계'의 출현을 상상할 수는 없는가?

이장우 자네와 같은 이상이나 희망으로는 가능하겠지. 그러나 가장 현실적이요 구체적인 방법은 그 어느 '한 개의 세계'가 다른 '한 개의 세계'를 극복하는 길밖에 없어.

－『동아일보』, 제149회분

만일 극우파인 이장우를 작가의 분신으로 본다면, 위의 대목에 내포된 의미가 뚜렷해진다. 좌냐 우냐를 일단 결정했다면 그것이 냉전체제의 산물이든 아니든 극단적으로 나아갈 수밖에 없다는 것, 상대방을 싸워 이기는 길밖에 없다는 것, 바로 여기에 극우파의 논리가 숨어 있었다.

12. 어째서 제3의 길은 없는가

그렇다면 제3의 길은 없는가. 한때 김동리는 이 중간노선을 모색한 바 있었다. 김병규와의 논쟁의 일환으로 씌어진 「본격문학과 제3세계관의 전망」(『문학과 인간』, 원제 「순수문학과 제3세계」, 『대조』, 1947. 8)이 이에 해당된다. 김동리가 말하는 이른바 제3휴머니즘이란 "자본주의 사회의 모순과 결함을 근본적으로 시정하는 일방 마르크시즘 체계의 획일적 공식적 메커니즘을 지양"(『문학과 인간』, 129쪽)함에서 성립된 것이었다. 그러나 이러한 논리는 현실과는 너무나 동떨어진 추상론에 지나지 않았기에 아무런 비판적 힘도 발휘할 수 없었다. 극우냐 극좌냐의 그 한쪽 편에 서는 것이 '현실적인 것'이었고, 따라서 싸워 이기는 길만이 '현실적인 것'이었다.

여기까지 생각이 미치면, '현실적인 것'에 이르기 곧 좌익 편에 서느냐 우익 편에 서느냐를 결정함에 어떤 논리가 작용하는가라는 물음만큼 결정적인 것은 없는데, 참으로 어이없게도, 또는 당연하게도 김동리의 대답은 명쾌하기 이를 데 없다. '운명'이 그 해답이었다. 이 사실을 드러내기 위해서 김동리에게 『해방』이란 장편이 필요할 정도였다.

인민당(공산당) 편에 선 하윤철이 극우파 이장우에게 이렇게 묻는다. 어째서 너는 미국 편에 섰느냐고. "민주주의의 표준으로 본다면 미국이 60퍼센트라면 소련은 그 절반인 30퍼센트만을 인정할 수 있다"(제150회)는 것이 이장우의 대답이다. 게다가 소련은 우리와 지리적으로도 이데올로기적으로도 가까운 만큼 민족국가 건설의 처지에 있는 우리로서는 미국보다 거리를 두고 멀리해야 할 조건까지 첨가된다. 이장우의 이러한 주장이 얼마나 상대적인가는 자명하다. 소련이 60퍼센트, 미국이 30퍼센트라고도 볼 수 있기 때문이다. 따라서 극우파와 극좌파의 이러한 논리적 토론은 50퍼센트의 설득력밖에 없는 것이다.

여기까지 이르게 되자, 두 사람은 이른바 '현실적인 것'의 본질을 묻지 않으면 안 될 골목에 이르게 된다.

하윤철 바로 말하면 나는 양쪽이 꼭 같애. 30퍼센트 대 30퍼센트 혹은 60퍼센트 대 60퍼센트, 나는 이쪽도 저쪽도 아니야.

이장우 그럼 자네 인민당에는 왜 관계했어? 인민당은 완전히 공산당의 한 개 외곽 정당이 아닌가?

하윤철 인간관계야. 몽양 선생도 알지만 또 그 밑에 내 친한 친구가 있었어……. 어쩌면 자네와 나는 무슨 말이라도 흉금을 털어놓고 할 수 있을 것 같애. 이렇게 맘속에 있는 대로 이야기해 본 것은 해방 후 첨이야…….

– 『동아일보』, 제150회분

이상의 대화에서 분명해지는 것은 다음 두 가지 사실이다.

(A) 좌와 우의 대립 구도가 설정되고 그것에 가담한 이상, 상대방(적)을 극복하는 길밖에 다른 방도가 없다는 논리. 이래도 좋다든가 적

당히 타협한다든가 제3의 논리 모색이란 전혀 있을 수 없다는 이 논리는 끝장을 보고야 만다는 극좌 또는 극우의 논리이다. 바로 이것이 주인과 노예의 변증법(헤겔)의 성립 근거이다. 상대방을 쓰러뜨렸을 때 '나'는 '나'를 승인해 주는 대상의 소멸에 직면하여 허무 앞에 전면적으로 노출되며, 그 때문에 향락(Genießbarkeit)에 빠져 「황토기」의 억쇠와 득보의 세계에 함몰되는 것이다. 여기에서 벗어나는 길은 새로운 대상 찾기밖에 없는데, 그것은 예술일 수도 이데올로기일 수도 혹은 조직일 수도 또는 도박일 수도 있을 것이다. 대상이 소멸되었을 때 김동리가 보여 준 창작이라든가 문협의 조직이라든가 『문예』지의 경영이라든가 도박 등이 이에 각각 대응되는 것이라 할 수 있다(김윤식, 「주인과 노예의 변증법 — 김동리론」, 『한국문학』, 1995 가을호 참조).

(B) 그러나 무엇보다 주목되는 것은 극좌나 극우라는, 이른바 냉전 체제로도 불리는 이 구도의 선택이 '운명적'이라는 사실이다. 여기서 '운명적'이란 지정학적인 것이 아니라 바로 '인간'으로 요약되는 이른바 인정(人情)주의를 가리킨다. 하윤철이 인민당으로 들어간 이유는 순전히 "인간관계" 때문이었던 것. 극우파인 이장우의 경우도 사정은 똑같다. "맘속에 있는 대로 이야기해 본 것은 해방 후 첨"이라 하여 내놓은 그 말이 바로 '진실'이라고는 할 수 없다. '인간관계'란 새삼 무엇이겠는가. 어째서 그는 아버지이고 맏형이며 아우이고 스승이며, 이웃이고 가족이며, 동네 사람이고 친구인가., 그것은 순전히 '우연성'에 의해 이루어진 관계일 터이다. 운명에 다름 아닌 것이다. 김동리가 청년문학가협회를 결성하면서 다음과 같이 선언했을 때도 사정은 마찬가지였다.

나는 지금부터 제1선에 나서서 봉건적 폐습과 일제적 잔재를 소탕하려
는 사람의 하나가 되겠다.

－「조선문학의 지표」, 『청년신문』, 1946. 4. 2.

이러한 선언이 아무리 정치한 논리로 무장되었다 할지라도 그 근본
에 있어서는 '인간관계'로 규정되는 것이었다. 그에 관련된 인간들 곧 맏
형 범보를 비롯 서정주, 조연현, 곽종원, 김광주 등이 그러한 관계를 보여
주고 있다.

13. '작품'설의 조연현

한편 조연현의 경우는 어떠했던가. "이 시대의 문학적 위기를 극복, 타개
해 가는 유일한 길은 문학을 정치에서 독립시키고 주의에서 분리시키는
도리밖에 없는 것"(「문학의 위기」, 『청년신문』, 1946. 4. 21)이라고 조연현
이 말할 때, 그것은 '문학(작품)' 제일주의를 직접적으로 가리키는 것이
다. 작품이냐 아니냐에 대응되는 것이 그에겐 극우냐 극좌냐였다. 물론
훌륭한 작품이냐 저열한 작품이냐에 극우냐 극좌냐가 대응되는 것이기
도 하였다. 요컨대 조연현의 극좌를 향한 대항 의식이 아무리 강렬하고
또 빈틈없을지라도 그것은 위의 기본 틀에서 벗어나는 것이 아니었다. 이
점에서 그것은 김동리의 저 '인간관계'에 엄밀히 대응된다. 김동리의 '인
간관계'가 김동리 문학의 원점이자 귀착점이고, 이를 인간성 옹호의 문
학이라 규정하여 평론집 『문학과 인간』(1948)으로 집약하였으며, 또 그
로 말미암아 더 나아갈 수 없는 골목에 부딪혔던 것과 마찬가지로 조연

현 역시 막다른 골목에 부딪힐 수밖에 없었는데, '비평의 작품화' 가능성 여부가 그것이었다. 작가인 김동리에게는 이런 극복 대상이란 당초에 없었지만 조연현에겐 그렇지 않았다. 적(대상)이 소멸된 단계가 오자, 조연현이 적과 싸우던 모든 논리와 수사학과 힘이 '좋은 작품' 여부로 응축되었던 것이다. 그 자신이 좌익보다 좋은 작품을 써야 했다. 그러나 막상 좋은 작품은커녕 작품조차 쓸 수가 없었는데, 왜냐하면 '비평'이란 작품이 아니었기 때문이다. '비평도 문학(작품)이 될 수 있는가' 이것이 그의 인간관계이었다. 만일 비평이 작품일 수 없다면, 김동리나 조지훈과는 달리 전문직 비평가로 나선 조연현이야말로 설 자리가 없게 되는 것이다.

문인 축에 끼일 수 없는 신세로 전락할 운명에 놓이게 됨을 깨닫자 조연현은 초조해지지 않을 수 없었다. 「비평의 논리와 생리」(『백민』, 1949. 3), 「비평인의 비애」(『경향신문』, 1950. 2. 1~4) 등이 이 사실을 입증하고도 남는다. 이 점에서 조연현은 비평의 예술화를 시도한 한국 최초의 문인이다. 비평의 자의식을 자각한 것은 그의 이러한 위기의식에서 왔다.

물론 그의 비평적 자의식은 매우 소중한 것이기는 하나, 원리적으로는 실패하게 되어 있었다. "비평이 타인을 소재로 하여 자기 자신을 말하는 것"(고바야시 히데오)이라 하더라도, 대상을 전제로 한 제2창작에 지나지 않는 만큼 순수 창작에 이를 수 없기 때문이다. 비평은 비극을 연출할 수 있는 자격이 영원히 금지된 영역에 놓여 있기 때문이다. 이 사실에 절망한 조연현에게 가능한 길은 문학사 서술이라는 사이비학문화, 잡지 경영이라는 편집인의 기능화 그리고 문단 조직화 등으로 나아가기였다. 내상 상실 앞에 놓인 김동리의 길과 조연현의 길이 마침내 맞설 수밖에 없는 것은 이러한 문맥에서 설명될 수 있다.

14. 청년문학가협회의 활동 양상

논리의 밑바닥에 놓인 진실이 '인간관계'에 있었다는 사실의 발견만큼 당연한 것이 없고, 이 점에서 김동리의 인간주의 문학의 위치가 확정되는 것이라면 그것은 청년문학가협회의 구성 원리라 할 수 없을까. 이 단체의 '인간관계'를 엿볼 수 있는 또 하나의 자료로서, 이 단체의 활동 양상을 엿볼 필요가 있다. 청년문학가협회가 창립된 1946년 3월 이래, 한 해 동안 치러 낸 행사는 어떠했던가. 그들은 '예술의 밤' 개최를 비롯 조선시인상 제도를 만들었고, 문학연구정례연구회를 수시로 행하였다.

○ 제1회(4.6) : 김동리 「민족문학의 정의에 대하여」, 조지훈 「민족시의 기술 문제」

○ 제2회(4.15) : 서정주 「순수정신의 영구성」, 최태응 「본격소설로서의 순수성」

○ 제3회(6.19) : 좌담회 「순수문학과 경향문학에 대하여」(박목월, 박두진, 김달진, 김동리, 최태응, 조지훈 외 35명)

○ 제5회(7.29) : 서정주 「휴머니즘에 대하여」, 박두진 「근대시로서의 동양시」

○ 제6회(8.13) : 김동리 「청년운동으로서의 문학운동」, 조지훈 「애국시와 청년운동」

○ 제7회(8.25) : 조연현 「조선문학의 현상」, 임긍재 「순수문학의 정통성」

○ 제8회(9.15) : 문학합평회 「일년간의 소설」, 「일년간의 시」(참석자로

양주동, 서정주, 조지훈, 오상순, 변영로, 최태웅, 박종화, 김동리, 조연현, 조지훈, 이정호)

이러한 회합이 이루어진 곳이 민주일보사였다. 을지로2가(청계천 쪽)에 있는 일제시대 피혁회사 건물에 민주일보가 차려졌으며, 편집국장 이헌구, 정경부장 오종식, 사회부장 김광섭, 문화부장 김광주(당시 임시정부 선전부 차장), 문화부 차장에 김동리, 사회부 기자에 조연현이었다(김윤성, 「좌와 우, 그리고 우리의 해방문단」, 『한국문학』, 1995 여름호, 258쪽).

1년 동안 행한 문학연구정례연구회의 이러한 행사는, 그 발표문이 신문 잡지에 발표될 것을 전제로 한 것으로 보이는데, 왜냐하면 이 모임에서의 토론을 거쳐야 보다 확실한 것으로 보이기 때문이다.

한편, 이 단체가 설정한 조선시인상은 '예술의 밤'(1946.6.20, YMCA)의 개최와 더불어 발표되었는데 제1회 수상자로는 유치환이 뽑혔다. 경기여고 합창단(기자경, 김순애 등이 참가)과 더불어 '예술의 밤' 행사를 여는 마당에서 회장 김동리는 다음처럼 감격적으로 그 의의를 밝혔다. 가히 명문이라 할 것이다.

과거 36년간 백귀가 난무하던 시절엔 말할 것도 없고 해방이 되었다고 해도 정당 파쟁으로 낮과 밤이 오는 소란 속에서 한가한 강촌 산촌에서 묵묵히 건국의 초석을 다지는 일면 고고와 순수를 생활해 오는 김영랑, 유치환, 박목월 시인들과 백조 시대 이래 우리 시단의 정통과 권위를 지켜 오다 일인들의 발악과 창궐이 그 절정에 달해 있던 한 시절 차라리 준엄한 침묵으로서 이에 응해 오던 오상순, 변영로, 박월탄, 홍노작 등의 선배들이 모두 한자리에 모이게 되었다는 것은 시인뿐 아니라 우리 민족 전체의 일대 성전이라 하겠다. 더구나 시와 음악과의 관계를 무대상에서 실험하기 위하여 악단의 권위 여러분과의 합작 제전을 연출하려는 것이다.

- 『민주일보』, 1946. 6. 20

민주일보사와 대한연구가협회가 후원한 '예술의 밤'의 입장권은 당일 낭독 시 35편으로 된 『순수시선』(4×6배판, 정가 15원)으로 대치되어 그 의의를 보태었다. 한편, 청년문학가협회 시부와 '8월 시회'의 공동 주최로 된 조선시인상 제도는 다섯 차례나 모임을 가진 끝에(1945~46) 결정된 것이다. 시단 공로상에는 오상순, 변영로, 홍사용, 박종화 등을 뽑기도 하였다(『문화』 1호, 『민주일보』, 1946. 6. 22).

제2회 청년문학가협회 전국 대회가 열린 것은 1947년 10월 5일이었다. 서정주의 개회사에 이어 경과보고가 있었고 설의식, 고희동, 오상순 등의 축사에 이어 토의 사항으로 임원 개선, 규약 등이 있었다. 이때 새로 선출된 임원은 다음과 같다.

○ 명예회장 : 박종화
○ 회장 : 유치환
○ 부회장 : 서정주, 김달진
○ 시문학부장 : 박두진
○ 소설문학부장 : 최태응
○ 희곡문학부장 : 김광주

전국문학자대회 보고 연설 장면 1

전국문학자대회 보고 연설 장면 2

○ 평론문학부장 : 곽종원

○ 아동문학부장 : 박영종

○ 고전문학부장 : 조지훈

○ 외국문학부장 : 여세기

○ 사무국장 : 조연현

○ 출판부장 : 유동준

– 『부인신문』, 1947. 11. 7.

여기에도 김동리의 이름은 빠져 있다. 청년문학가협회 창립 당시 그가 실질적인 우두머리였음에도 불구하고, 회장으로 나서지 않았음을 상기할 필요가 있다. 제2회 전국 대회에서도 사정은 마찬가지이다. 그는 항시 초월적이었다. 경향신문 문화부장의 자리에 있었던 것은 그의 정세 판단의 저널리즘적 민첩성을 새삼 말해 주는 것이다.

모든 행위의 참된 동기가 인간(인정)에서 비롯된다는 이른바 인간중심주의 사상은 이처럼 현실적이자 초월적인 것이었다. 인간성 옹호란 곧 개성 옹호에 다름 아니며, 또 그것은 아주 범속하기 짝이 없는 인정(인간적 사귐)에 여지없이 환원되는 것이기도 하였다. 초월로서의 개성 존중 사상과 일상으로서의 상민(常民)의 감정은, 예수와 사반으로 환원되는 것이기도 하였다. 문학적으로 그것은 백조파의 원로 월탄 박종화로 수렴되는 것이기도 하지만 현실적으로는 서울신문 사장 박종화로 수렴되는 것이기도 하였다. 가장 이상적인 것이 가장 현실적이었음을 민감하게 판단할 수 있는 감각이야말로 김동리의 저널리즘적 성격이기도 했다.

4장 _『나무들 비탈에 서다』논쟁
백철과 황순원

1. 고전적 창작 방법 대 실험적 창작 방법

문학의 이론이란 새삼 무엇인가. 그것은 백철·김병철 공역의 『문학의 이론』이 아니면 안 되었다. 문학의 이론을 대표하는 비평가로는 의식적이든 아니든 좋든 싫든 백철이 되지 않으면 안 되었다. 그는 (1) 현장비평, (2) 문학사, (3) 미학, (4) 문학의 이론 중 (2)와 (3)을 그의 전매특허로 갖지 않으면 안 되었다. (2)가 『조선신문학사조사』로 대표되었다면, (4)는 『문학개론』(1947), 『세계문예사전』(1955)과 그 연장선상에 있는 르네 웰렉과 오스틴 워렌의 『문학의 이론』 번역으로 대표된다. 한 손에는 저 불패의 무기인 『조선신문학사조사』를, 다른 한 손엔 뉴크리티시즘의 변형인 『문학의 이론』을 쥔 거인 백철 교수가 탄생한 것이었다. 이 순간 (1)을 일삼던 전반기의 비평가 백철은 종언을 고했다. 그 대신 탄생한 것이 교사 백철이었다. 후반기 백철의 탄생이었다. 이 두 명의 백철형(型)은 엄밀한 기하학적 대칭을 이루고 있다. 이 대칭의 구조와 위치 및 현장의 풍경을 한꺼번에 보여 주는 사례의 하나가 1960년 말에 일어난 황순원·백철

논쟁이다.

1960년의 창작계를 총평하는 자리에서 백철은 문학사적 전환기를 전제하고 최대의 문제작으로 최인훈의 「광장」을 내세웠다. 이 작품을 논의하기 위한 준비 단계로 백철이 내세운 것이 황순원의 장편 『나무들 비탈에 서다』였다. 두 회에 걸친 「전환기의 작품 자세」(『동아일보』, 1960. 12. 9~10)의 첫 회는 『나무들 비탈에 서다』에 할애되었는바 그 부분을 보이면 다음과 같다.

우선 황순원 씨의 장편 『나무들 비탈에 서다』(『사상계』 연재)에 대해서 몇 마디 소감을 적어본다. 이 작품은 어려운 시대를 걸어가는 인간들을 그렸다. 전란과 실망의 시대, 그 속에서 수난을 하는 젊은 남녀들. 그리고 끝에 가서 비탈을 끝까지 걸어가려는 듯한 여주인공의 작은 의사 표시 같은 것, 그것은 좋다!고 생각한다. 이 작품에서 감명된 것은 특히 첫 장면들이다. 즉 '형태', '동호' 등의 주인공들. 그들이 수색대로서 적군이 지나간 촌락을 수색하는 데서부터 동호의 회상이 '추파령 전방'의 전투 장면으로 넘어가는 대목의 전후까지 약 20페이지에 걸친 대목은 생기를 띠었다. 서스펜스의 긴장한 장면 전개, 적은 대화를 활용해서 장면의 전환 등. 그리고 작품의 결구조건으로선 하반 뒤에 가서 '형태'와 '숙이'와의 장면에서 첫머리의 촌락장면 등을 이메지로 연락시킨 것과 '선우상사'가 죽을 때의 되풀이한 대사 등의 효용을 다 중요시한다.
하지만 정말 작품의 효과란 작품의 여러 가지 조건을 전체적으로 종합해서 얻어지기 때문에 이 전체성에선 불만스럽다. 작자로선 이제 비로소 그 전란을 작품화할 시기라고 봐서 이 장편을 구상한 줄 알지만 첫째로 그 전란에 대한 체험적인 폭과 깊이가 새 구상과 질에 해당한 것이 아닌 듯하다. 이런 작품 세계면 벌써 젊은 작가들의 작품들이 실험들을 한 것이 아닌가 보는 것이다. 인물형들의 설정과 종착도 예를 깨뜨리지 못하고 차라리 기성형들이다. 가령 "…… 대체 언제 어디서 누구 땜에 이런 무능자가 되지 않으면 안됐느냐 말야, 응?" 등을 반문하는 형의 인물들.

그러면 작품적인 결구에 있어선 충분히 유기적인 연속과 종합을 했는가 하면, 작가가 작품 구성을 하는 데 있어서 평면성을 피하고 전후 내외 관계를 입체적으로 묶으려는 노력은 눈에 띄지만 요는 그 조건들이 충분히 유기적인 관계에서 된 것이 아니고 틈새가 많이 벌어져서 어수선한 인상을 준다. 인물들의 등장 퇴장 심리적인 것에 대한 행동적인 해결 등의 사이에는 모순과 거리가 눈에 뜨인다. 사건들을 투입시키는 데서도 필연을 결한 데가 적지 않다.

가령 거리를 가는 여자(숙이)의 구두 뒤꿈치에 신문지 조각이 묻어 다니는 것의 묘사, 또는 몇 군데의 성장면의 묘사 등에는 적지 않게 트리비얼리즘을 범하였다. 끝으로 주제적인 것과 관련하여 사건의 해결인데 비탈을 걷게 할 바엔 내쳐서 4·19적인 가파른 비탈에까지 세워보는 것이 필요치 않을까 하는 생각이다. 이것은 강요는 아니다. 하지만 기왕 근래의 위기적인 현실의 무대로 쓸 바에는 그 무대가 여기까지 연장되는 것이 필연성이 아닌가 보기 때문이다. 그렇게 되었다면 결말이 크게 극화되는 조건도 생기고 막을 내리는 대사도 이 작품의 것과 같이 여자의 작은 목소리의 것이 아니고 좀 더 큰 암시를 던진 것이 되있을지 모르다고 느껴졌다.

– 백철, 「전환기의 작품 자세」, 『동아일보』, 1960. 12. 20

이에 대한 잡문 안 쓰기로 소문난 작가 황순원의 반론은 다음과 같거니와 그 전문을 그대로 옮기는 것은 백철의 현장비평의 어떠함을 이 글이 썩 잘 드러낸 것으로 보이기 때문이다.

지난 12월 9일자 『동아일보』 석간에 게재된 백철 씨의 「전환기의 작품 자세」라는 글 속에 내 졸작 『나무들 비탈에 서다』에 대한 평문을 읽고 작자로서 몇 마디 하지 않을 수 없어 붓을 들기로 한 것이다. 비평가란 인상비평이건 분석비평이건 간에(뉴크리티시즘도 예외일 수 없다) 우선 대상 작품을 이해하는 데서부터 시작되는 걸로 나는 알고 있다. 이 지극히 상식적인 이야기를 여기 해야 하는 것은 다름 아니라 백철 씨는 남의 작품을 이해는커녕 그 줄거리조차 제대로 붙잡지 못하고 있기 때문인 것이다. 예를 들면 씨의 상기 글 가운데 "……선우상사가 죽을 때의 되풀이한 대사……" 운운한 구절이 있는데, 대체 『나무들 비탈에 서다』라는 작품 속 어디에서 '선우상사'가 작자도 모르게 죽는다는 말인가. 죽지도 않은 그가 죽으면서 되풀이한 대사는 또 어떤 것이었단 말인가.

그리고 씨의 글 가운데 이런 구절은 또 어떻게 된 것인가. "가령 거리를 가는 여자(숙이)의 구두 뒤꿈치에 신문지 조각이 묻어 다니는 것의 묘사……" 이 부분이 묘사가 "트리비얼리즘을 범했다"는 씨의 평어로 보아 이 대목을 씨는 꽤 정독한 것으로 본다. 그러고도 거리를 가는 여자를 '숙이'로 오인하고 있는 것은 대체 어떻게 된 일인지 그 영문을 알 길이 없다. 적어도 '숙이'는 이 소설의 여주인공이다.

이를 거리를 가는, 이름도 없이 등장하는 여자와 혼동하고 있다는 사실은 씨가 얼마나 남이 작품을 헛 읽는다는 증좌가 아니고 무엇인가. 아니이 문제는 백보를 양보하여 씨의 착각이나 오독이라 해두자. 이보다는 씨가 이 콘텍스트에서 "트리비얼리즘을 범했다"는 평언이 문제다. 원래 소설에서 주제 전개와 관련된 인물의 성격을 나타내기 우한 어떠한 사소한 사건의 묘사도 결코 씨가 말하듯이 "트리비얼리즘을 범한" 것은 아니다.

이 작품의 어떤 부분이 어떻게 해서 "트리비얼리즘을 범한" 것이 되는지 그 구체적인 예를 씨가 항용 애용하는 듯한 어휘대로 코멘트해주기 바란다.

다음에 또 한 가지, 『나무들 비탈에 서다』 전편을 통해서 가장 빈번히 나오는 주인공의 이름, 즉 '현태'를 두 번씩이나(씨가 씨의 짧은 글 속에서 쓴 두 번 다) '형태'라고 한 것은 어찌된 일인가. 이것은 혹시 신문사의 오식일는지 모르나(사실 그렇게 됐기를 바란다) 만약 그렇지 않다면 씨는 남의 작중 인물의 창씨개명을 제멋대로 해도 무방하다는 불순한 생각의 소유자이거나 기억력 상실자로밖에 볼 수 없다.

일언이폐지하고 위에 든 예 같은 것은 아마 중학생 정도의 지능지수를 가진 사람이면 누구든지 남의 작품을 읽고 씨처럼 엉뚱한 이야기는 하지 않으리라고 보는데 씨의 생각은 어떤가.

이래가지고서야 씨의 아무리 문예비평가적인 어휘들—"새 구상과 질"이 어떠니, "인물형들의 설정과 종착"이 어떠니, "작가가 작품 구성을 하는 데 있어서 평면성을 피하고 전후 내외의 관계를 입체적으로" 어떠니 하고 상투어를 나열해 보았댔자 무슨 소용이 있단 말인가.

끝으로 한 가지만 더 이야기하고 그만두겠다. 씨는 "주제적인 것과 관련하여 사건의 해결인데, 비탈을 걷게 할 바엔 내쳐서 4·19적인 가파른 비탈에까지 세워보는 것이 필요치 않을까 하는 생각이다. 이것은 강요는 아니다. 하지만 기왕 근래의 위기적 현실을 무대로 쓸 바에는 그 무대가 여기까지 연장되는 것이 필연성이 아닌가 보기 때문이다." 했는데 나는 이 구절을 읽고 아연실색하지 않을 수 없었다.

씨가 내게 강요하건 안 하건 간에 이런 망언을 어떻게 할 수 있는가. 『나무들 비탈에 서다』가 금년 정월 『사상계』에 발표되기 시작했을 때는 이미 작품 전체의 구상이 완료돼 있었던 것이다. 따라서 처음부터 이 작품은 4·19와는 관계없는 하나의 독립된 작품인 것이다. 물론 앞으로 내가 4·19와 관련된 작품을 새로 쓸는지는 모른다. 그러나 씨의 어처구니없는 주문대로 이 작품과 4·19를 마구 가져다 붙일 수는 도저히 없는 것이다. 작가란 스카치테이프일 수는 없기 때문이다.

가령 도스토옙스키에게 다음과 같은 것을 주문한다고 하자. 어째서 당신은 『죄와 벌』에다 『카라마조프가의 형제』를 덧붙여서 좀 더 위대한 소설을 만들지 않았는가. 이 주문을 들은 도스토옙스키는 무어라 대답을 할 수 있을 것인가. 모르긴 몰라도 그저 어이없어 웃는 수밖에 별도리가 없을 것이다.

제발 앞으로 다시는 이런 문제를 가지고 이렇게 원고지에다 잉크를 묻히는 일이 없었으면 좋겠다.

– 황순원, 「비평에 앞서 이해를」, 『한국일보』, 1960.12.15

첫째, 작품을 정독하지 않았다는 것. 뉴크리티시즘과 얼마나 동떨어져 있는가를 특별히 지적, 이를 느낄 수 있는 대목이다. 아무리 장편이라도 줄거리도 주인공 이름도 파악하지 못했다 함은 분명 변명의 여지가 없는 것이지만, 중요한 것은 그러니까 백철의 시선에서 보면 별로 비난받을 성질의 것이 못 된다. 중단 없이 현장비평을 해온 백철로서는 정독 따위란 대수롭지 않은 물건이었다. 그만큼 소설을 매달 열심히 읽은 자도 없으며 이를 괴발이든 개발이든 월평으로 써낸 비평가도 백철을 빼면 신문학 생긴 이래 그 아무도 없었다. 이 점에는 누구나 탈모해왔기에 그는 계속 그렇게 할 수 있었다. 요컨대 하나의 암묵적인 양해 사항이 아니었던가. 백철은 이 점에 대해 무관심할 수조차 있었다.

둘째, 트리비얼리즘 여부에 관한 것. 이 점에 관해서는 작가와 비평가 사이에 견해 차이가 있을 수 있는 만큼 논전으로 될 만하다.

셋째, 6·25와 4·19의 관계에 관한 것. 원리적으로 보아 이 점은 논쟁거리가 될 만한 것이다. 개작 문제에 관련되기 때문이다. 그러나 중요한 것은 정작 개작 여부에 있지 않고 그 부당성을 설명하며 논거로 든 사례에서 있다. 곧 도스토옙스키에게 어째서 그대는 『죄와 벌』에다 『카라마조프가의 형제』를 덧붙이지 않았는가라고 강요할 수 있는가.

이상의 세 가지 반론에 대한 백철의 반응은 어떠했을까.

첫 번째 것은, 백철로서는 약간의 비난을 받을 정도이지 결코 심각한 것은 아니었다. 저널리즘에 민감히 반응하여 온갖 현장비평을 해온 그로서는 위에서 지적한 바와 같이 크게 문제될 것은 아니었다. 그는 첫 줄에 이렇게 썼다

작품평이나 그 논에서 우리가 중심을 두고 시비를 가릴 것은 그것이 작품의 질적인 것, 구체적으로 그것의 스트럭처 등을 통하여 작품의미를 올바르게 인식 파악했는가 못했는가를 따져보는 일이요, 활자화된 한

인물의 이름(내 글씨 탓인지 식자공의 잘못인지는 동아의 교정부에 가서 다시 조사를 해봐야 알겠다)으로서 '현태'가 '형태'로 나와 있다든지 '선우 2등 상사'가 '선우상사'로 되어 있다든지 하는 것 같은 말단적인 논란으로 되어질 것이 아니다.

— 백철, 「작품은 실험적인 소산」, 『한국일보』, 1960. 12. 18

둘째, 트리비얼리즘에 대해서는 이렇게 응수했다.

예의 트리비얼리즘 이야기인데 나는 그 여자(여주인공) 구두 뒤꿈치에 붙어 다니는 신문지 조각의 구체적인 묘사를 트리비얼리즘이라고 지적했다. 여기에 대해서 작가는 예스인가 노우인가 명답하면 그만이다. 아직 작가는 납득이 안 가는 모양이다. 황 씨는 그 구체적인 사실을 코멘트하라 했다. 좋다, 나는 이 작품에 대하여 전면적 분석을 하여 작가가 만족하도록 구체적인 데이터를 제시할 용의가 있다. 지금 당장은 연말인 때문에 충분한 지면을 얻을 수가 없어 여기선 구체적인 일을 못한다.

— 백철, 「작품은 실험적인 소산」, 『한국일보』, 1960. 12. 18

중요한 일인데도 지면 탓으로 돌려 훗날을 기했다. 일종의 요령이라할 수도 있겠으나 문제 자체가 승패가 날 논쟁이라 하기 어려운 점이 지적될 수 있다.

셋째, 도스토옙스키 문제. 여기에 대해서 백철의 반격은 썩 여유 있는 것으로 되어 있다.

나중으로 또 하나 황 씨는 자신의 소설작법을 합리화할 생각으로 멀리 '도스토옙스키'를 증인석에 초대했는데 이것도 좀 착각을 한 것 같다. 황 씨의 의견이란 내 말대로 하면 『죄와 벌』과 『카라마조프가의 형제』를 한데 붙여놓으면 더 위대한 소설이 될 것이라는 말인가 반문인 것인데 결국 황 씨가 반증하려고 한 것이 무엇인가. 그 두 작품이 주제나 제재성에서 서로 필연의 연락이 된다는 말인가. 또는 작품적인 의도에 공통성이 있다는 말인가. 혹은 같은 작가의 작품들이면 어느 것이나 서로를 가져다 야합을 시킬 수 있다는 이야기를 내가 했다는 말인가. 그리고 '도스토옙스키'의 작가적 위치나 그 작품 성격인데 황 씨도 알다시피 그는 현대적인 문학의 선구가 된 사람으로서 당시 서구의 '리얼리스트'들과 달라서 인물의 성격 행동 묘사를 내부적인 의식에서 동기를 찾은 사람이며 그만큼 작품의 수법도 다른 사람들과 같이 재단을 짜고 감을 말아놓듯이 쓴 것이 아니라 퍽 실험적인 수법을 취한 작가로 알고 있다.

그는 1870년 10월부의 편지에서 『악령』을 쓸 때의 이야기를 고백하여 "나는 연구할 때까지 연구하고 완전히 구상된 것으로 알고 있었는데 다음에 정말 '인스피레이션'(지금 말로는 아마 절박한 이미지의 파악)이 왔기 때문에…… 이미 쓰기 시작했던 것을 삭제하기 시작했다…… 나는 이 일 년 간째 버리고 변경하는 일밖에 하지 않았다. 적어도 10회는 '플랜'을 바꾸고 전혀 다시 처음부터 쓰기로 하였다……." 운운 여기서 '도스토옙스키'의 작품적인 수법도 암시가 되는 것 같다.

기왕이면 '플로베르'와 같이 작품을 쓰기 시작할 때는 벌써 끝의 행구를 예상하고 쓴다는 창작관을 표시한 사람의 예를 들 것이지 하필이면 '도스토옙스키'를 그 증인으로 택했을까. 하여튼 나의 경애하는 황순원 작가의 문학에 대한 지성이 이렇게 도도하고 그 소설작법이 이렇게 고전주의(!)적인 데 대하여 나도 한번 '아연실색'해 본다.

– 백철, 「작품은 실험적인 소산」, 『한국일보』, 1960. 12. 18.

'아연실색'이란 표현으로 마무리된 이 장면은 말끝마다 서구 문예사조를 달고 다니며 전가의 보도인 양 휘두르는 백철 비평의 오만하고도 허풍스러운 대목이다. 겉으로는 4·19를 내세웠지만 이 논쟁의 핵심에 놓인 것은 창작 방법론이었음이 판명된다. 만일 도스토옙스키가 위대한 작가라면 그의 끊임없는 실험성에 있다는 것이 백철 비평관의 예리함이었다. 『악령』을 쓰는 마당에서 도스토옙스키는 이렇게 말해 놓지 않았던가. "나는 연구할 때까지 연구하고 완전히 구상된 것으로 알고 있었는데 다음에 정말 인스피레이션이 왔기 때문에 이미 쓰기 시작했던 것을 삭제하기 시작했다. 나는 이 1년간 빼버리고 변경하는 일밖에 하지 않았다. 적어도 10회는 플랜을 바꾸고 전혀 다시 처음부터 쓰기로 하였다"(1870. 10의 편지에서)라고. 여기까지 이르면 황순원·백철의 논쟁의 양상은 실상 플로베르와 도스토옙스키의 창작 방법의 논쟁, 다시 말해 '고전적 창작 방법' 대 '실험적 창작 방법'으로 확대되었음이 판명된다. 작가 황순원도 이 점을 알아차렸기에 다음 같은 말로 논쟁을 마무리 지었다.

아무래도 우리의 이 '대화'는 싱겁게 된 것 같다. 그 원인은 "소설작법이 이렇게 고전주의(!)"인 작가 황순원 때문인지 그렇지 않으면 "항상 새로움(?)을 모색하고 추구해 마지않는" 비평가 백 씨 때문인지는 모를 일이나 여하간 백 씨가 앞으로 자기의 잘못을 솔직히 시인하고 나오지 않는

한 이 '대화'는 이 이상 끌고 갈 필요가 없을 것이다.

– 황순원, 「한 비평가의 정신 자세」, 『한국일보』, 1960. 12. 21.

2. 황순원의 강박관념과 백철의 글쓰기 전략

이 논쟁에서 드러난 중요한 것은 황순원 창작 방법의 특성이다. 『나무들 비탈에 서다』를 통해 이 특성이 선명히 드러났다. 소설 『나무들 비탈에 서다』가 황순원 소설에서 유독 의미 깊은 것도 바로 이러한 창작 방법론의 관련에서 왔다. 요컨대 이 작품은 황순원 소설작법의 '전형성'에 해당되었던 것이다. 그렇다면 『나무들 비탈에 서다』를 단행본으로 만들 때의 아래와 같은 세 차례에 걸친 개작이란 또 무엇인가. 혹시 그것은 이런 논쟁과 관련된 것이었을까. 이런 의문은 대작가 황순원 문학론에서는 자주 던져 볼 필요가 있다.

> 연재가 작가에게, 저에게 불편한 것은 등장인물 같은 것을 중간에 고칠 수가 없다는 것입니다. [⋯] 잡지에 발표할 때에는 초고요, 이것을 단행본으로 발간할 때 수정을 가하면 재고라고 불러둘까요. 그리고 전집에 수록할 때 마지막 손질을 하여 결정판을 만드는 심정.
>
> – 「황순원 씨 신동아 인터뷰」, 『신동아』 제3권, 제4호, 1966.4, 177쪽

개작에 유독 민감한 까닭은 과연 무엇일까. 이 물음에 대한 한 연구자의 해명이 정곡을 찌르고 있다. 다음 두 가지 이유를 이 연구자가 들었는바 하나는 "이데올로기적 억압에 의한 심리적 강"이며 다른 하나는

"완성도 높은 작품을 지향하는 투철한 작가의식"이다(박용규, 「황순원 소설의 개작 과정 연구」, 서울대박사논문, 2005, 6쪽). 전자에 대해서는 그가 국민보도연맹에 가입한 사실(『조선일보』, 1949. 12. 2)에서 어느 정도 설명될 수 있다. 반공을 국시(國是)로 하는 대한민국 정식정부(김동리의 언어)에서 작가 활동을 해야 했던 전향자 황순원의 처지에서 보면 이데올로기적 과잉 반응은 필연적이었으리라. 『문예』 창간호(1949. 8)에 황순원의 소설 「맹산할머니」가 실렸을 때 용공적(容共的) 편집이라 하여 주간 조연현이 당국에 불려간 사실도 있었다(『조연현 전집 1』, 어문각, 248쪽). 민감한 작가이면 그럴수록 이에 대한 과잉 반응이 증대되었을 터이다. 그러나 이것만으로는 개작에 대한 집요성이 모조리 설명되지 않는다. 위의 연구자가 지적한 대로, '완성도'를 향한 강박관념이야말로 본질적인 황순원식 지향성이었을 터이다.

이 논쟁에서 중요한 것은 승패에 있지 않고 백철식 글쓰기의 특징의 생생한 드러남에서 찾아진다. 무엇보다 선명한 것은 극대화와 극소화의 구성법이다. 장편이자 연재소설 『나무들 비탈에 서다』를 논의함에 있어 백철은 구체적 장면(여주인공의 구두, 전투 장면, 선우상사의 죽을 때의 대사 등)을 제시했다. 현장비평에 임하는 한 누구도 이런 극소화의 장면을 피할 수 없게 되어 있다. 현장비평이란 현미경의 자리에서만 비로소 기능한 까닭이다. 발표 당시의 작품이란 한결같이 사소하고 사적인 현상들이지만 그 대신 생생하여 비린내가 풍기게 마련이다. 이 점에 제일 오래 그리고 전문적으로 임해 온 백철에 있어서는 이것이 글쓰기의 제일 중요한 기둥의 하나가 아닐 수 없다. 이 왜소하고 사적이고 개별적이며 따라서 일시적인 월평 나부랭이를 그대로 두지 않는 놀라운 비결을 백철은 갖고 있었는데 바로 극대화의 시선 도입이 그것이다.

　한없이 멀고 길고 아득한 글쓰기. 곧 서구 문학사조 및 서구 작가의 시선 도입만큼 백철을 그답게 하는 것은 없었다. 게오르그 브라네스의 19세기 서구 문예사조를 비롯, 20세기의 서구 작가들에 대한 지식을 백철은 전가의 보도처럼 휘둘렀다. 참을 수 없이 짧은 호흡, 현미경의 글쓰기로서의 현장비평인 월평을 쓰는 극소의 세계에다 바로 이 극대의 세계를 대치시킴으로써 기묘한 권위를 창출해 내는 것이야말로 백철 비평의 매력이자 힘이며 또한 그 가치였다. 현미경과 망원경을 동시에 사용함으로써 백철은 글쓰기를 일삼았기에 그의 비평에는 그림자가 있을 수 없고 동시에 밀도랄까 질이란 당초에 없었다. 한없이 긴 호흡이고 참을 수 없이 짧은 숨결이 있을 뿐이었다. 그가 '웰컴! ○○'라 외칠 때 그것은 망원경의 번득임이었고, 이 크고 벙벙한 이불로써 갓 태어난, 그래서 아직도 온기가 남아 있는 벌거숭이 작품을 에워싸게 했다. 그 두 울림 속에서 또 다른 기묘한 메아리가 쳤다. 누구도 흉내 낼 수 없는 백철 글쓰기의 매력이 거기 있었다. 허윤석의 「해녀」, 김성한의 「무명로」, 박영준의 「우정삽화」, 이무영의 「연시봉」, 박몽구의 「1947년」 등을 다룬 1950년도 2월 소설평에서 백철은 발자크와 프루스트로도 모자라 톨스토이, 도스토옙스키, 체호프, 모파상까지 동원했고(「소설의 질」, 『국도신문』, 1950. 2), 한무숙의 「환상」, 염상섭의 「가두점포」를 논할 땐 매슈 아널드, 졸라, 지드까지 동원했다(「현실성과 시사성」).

　이 백철식 극대화가 극히 상식적인 수준이었음도 사실이었다. 전문가의 견해가 아니기에 그만큼 설득력을 갖출 수가 있었다. '사람은 생물이다'라는 논의에 해당되는 것이어서 절대로 틀린 명제는 아니지만 그러나 이 명제는 아무런 구체성을 갖지 않는다. 한없이 지루한, 지겨운 글쓰기가 여기에서 온다. 다르게 말해 하나마나한 것이었다. 그렇지만 그 효과는 실로 컸다. 백철이라는 시시한 한국인의 말이 아니고, 저 세계 최강의 나라의 것이었고 따라서 절대 권위의 탈을 쓴 형국이었다. 독자를 안심시킬 수 있는 권위는 여기에서 왔다.

3. 백철 뉴크리티시즘의 의의와 한계

백철은 황순원과의 논쟁 전에 신세대 비평가 이어령의 도발에 구세대 대표 격으로 응답한 바 있다. '이 적막한 한국 문단의 침체가 누구에게서 비롯됐는가를 당신들이야말로 잘 알고 있을 것이다'라는 식의 이어령의 발언은, 1930년대 한국문학의 실적으로 보면 일종의 폭언이자 명예훼손에 해당된다. 그러나 해방공간과 6·25의 문단 현실에서 보면 당연한 비판이라 할 만하다. 체계적으로 자국의 문화 및 문학을 배우지 못하고 6·25로 인해 한길 가에 버려진 신세대의 처지에서 보면, 스스로 족보 없는 고아로 자처할 수밖에 없었다. 신세대에 있어 한국문학 중 그래도 소금장수 얘기에서 벗어난 것으로 보이는 것은 「날개」(1936)의 이상 정도였다. 이어령의 첫 평론이 「이상론」(『문리대학보』, 1955. 9)이었음은 그 때문이다. 사실 백철은 이어령의 평론 「현대시의 환위와 환계」(『문학예술』, 1956. 10), 「비유법 논고」(『문학예술』, 1956. 11)를 정식으로 문단에 추천한 인물이라 그가 이어령과 '세대의 대결'을 펼쳤다는 점이 더욱 흥미롭다. 그때는 백철이 10개월 동안 미국에서 체류하다가 귀국한 1958년 말이었다(이어령과 백철은 사제 관계였다. 문리대에 문학 특강으로 나온 강사는 백철·조연현 등이었고, 학점은 없었다. 최일남 증언, 2007. 12). 비록 10개월에 불과하지만 뉴크리티시즘을 현지에서 체험하고 귀국한 백철은 신·구세대의 공통점을 암시하고자 했다.

> 결국 이군과 같은 신세대와 나와 같은 낡은 세대가 하는 일에 있어서 뭣이 달라야 하고 뭣이 공동과제로 되느냐 하는 것은 결국 두 세대는 같은 분모 위에 놓여진 두 가닥의 분자들, 세대론 대립하고 시대로서 공통된 것, 따라서 역사적인, 현실적인 의미에서나 문학사적인 현대문학의 재건창조에 있어서나 우리는 먼저 말한 전통의 문제 등을 비롯하여 의외로 공동작업에 착수할 일도 많은 것으로 느껴지는 것이다. 이것은 내가 결론적으로 신·구 두 세대의 의미있는 협조론을 말하고 있는 것이 아니다. 나는 여기서도 두 세대가 결정적으로 대립되는 면은 그대로 전제하고 있다. 필경 우리 두 세대는 밭을 경작하는 방법에선 타협 없이 대립되는 반면에 그러나 필경은 두 세대는 황무지를 개척하고 있는 터전에선 공동작업을 하고 있다는 의식이 필요하다는 것이다.
>
> – 「반항과 공동의 의식 – 친애하는 이어령 군에게」, 『자유문학』, 1958. 12, 134쪽

신·구세대의 차이점과 공통점의 바탕 위에서 해야 할 공동작업이란 무엇인가. 물을 것도 없이 전후문학의 건설이다. 문제는 그 방법론이겠는데, 백철에 있어 그것은 곧바로 뉴크리티시즘이었다. 19세기의 문예사조에 바탕을 두고 저널리즘에 민감한 반응을 보이며 살아온 백철의 안중에는 최재서·김기림·이양하 등의 분석주의는 없었다. 인상비평에 시종한 그로서는 아카데믹한 서구 이론에 대해서는 거의 무지했다. 이 점에서 보

면 신세대의 무지와 동격이라 할 것이다. 이런 백지 상태의 백철이 이미 한물 지난 것으로 평가받는 뉴크리티시즘에 체험적으로 부딪혔을 때의 놀라움이란 얼마나 굉장했을까. 흡사 신대륙의 발견에 견줄 만했을 터이다. 본바닥에서는 이미 한물 지난 이론으로 평가받고 있었지만 백철로서는 현지에서 난생처음 생생하게 경험한 것이 뉴크리티시즘이었다. 막연히 듣기만 했던 뉴크리티시즘의 실상을 직접 목격한 충격은 흡사 채프먼 역 호머의 작품을 처음 읽고 놀란 키츠의 형국이었을 터.

> 그때 나는 느꼈다 새로운 유성(流星)이 시계에 헤엄쳐 들어왔을 때의 어
> 느 하늘의 관찰자처럼(The felt I like some watcher of the skies when a
> new planet swims into his ken)(…).
> — John Keats, "On First Looking into Chapman's Homer"

백철은 세계 최강국 대학 강단에서 이렇게 느껴 마지않았다. 언제나 서양의 위대한 사상을 웰컴! 하며 받아들이기에 급급했던 식민지 평론가 백철이 아니었던가. 이제 난생처음 본바닥에 부딪혔던 것. 이러한 생생한 체험을 갖고 귀국한 문과대학장 백철은 또 하나의 새로운 유성을 보았다. 그가 가르친 바 있는 이어령이었다. 세대의 대결이자 동시에 공동 의식의 지평이 저만치 보였다.

4. 얕게나마 도랑 파서 물꼬 트기

이러한 백철의 극대화의 변종이 그의 『조선신문학사조사』였다. 현재 탄

생되는 어떤 작품도 이광수의 『무정』이나 이상의 「날개」 또는 이효석의 「돈」이나 채만식의 『태평천하』의 그늘 아래 있다고 백철이 주장할 때, 이에 대해 불평하는 사람은 있어도 반박하는 사람은 아무도 없었다. 그가 묘사한 뉴크리티시즘에 대해서도 사정은 같았다. 뉴크리티시즘의 행방을 문제 삼는 마당에서 그는 이렇게 우회할 수조차 있었다.

아다시피 한국의 문학비평은 일찍이 이광수의 작품 선후평에서 싹이 텄지만 그것이 더 확실한 문단적인 기능을 하기 시작한 것은 1920년대에 와서 그러니까 자연주의 신경향파 문학 등의 시기와 함께, 가령 주요한 등이 『개벽』지 등에 문예시평을 쓰면서 생활문학을 논한 사실을 예거하면서 그 초기의 과정을 말할 수 있겠는데, 특히 이 1920년대에 있어서 비평의 시대라고 할 수 있는 시기는 그 후반기, 즉 프롤레타리아문학의 전성기에서라고 지목을 하게 된다.

그런데 여기서 프롤레타리아문학비평은 말할 나위도 없고 이광수, 주요한 등의 비평관들을 다 넣어서, 총괄적으로 그때 한국비평의 기능을 어디다가 치중해서 본 것인가 하면 한 마디로 해서 사회적인 계몽선전이었던 것이다.

여기 참고삼아서 프롤레타리아문학시대의 대표적인 비평관과 그 작품평의 예시를 하나씩만 해본다. 이 두 개는 다 1927년도의 것들, 그러니까 프로문학이 목적의식론을 내세우면서 소위 제2기의 문학으로 방향 전환을 하던 시기의 것들이다.

– 「뉴크리티시즘의 행방」, 『세대』, 1966. 2, 88쪽

극대와 극소의 방법론으로 백철 비평이 구성되었다는 사실만큼 핵심적인 것은 따로 없다. 그것은 백철 비평의 균형 감각을 가리킴이자 동시에 백철 비평의 초점 없음, 밀도 없음을 가리킴이다. 그리고 중요한 것은 이러한 비평의 효용성이다. 이식문학으로 출발한 신문학사 이래 한국의 저널리즘과 그 수용층인 독자에겐 이런 비평이 체질에 맞았다는 사실을 지적할 수 있다. 요컨대 제도화되었던 것이다.

그러나 이러한 효용성도 종말을 고할 시기가 왔다. 뉴크리티시즘 도입과 함께 그 시기가 찾아오기 시작했고 그러한 징후가 황순원과의 논쟁, 그리고 「광장」의 출현이다. 1960년대 문학이 등장하자 이어령은 전후세대의 옹호자이자 동반자로까지 변신했고, 구세대 백철의 비평은 서서히 종말에 이르지 않으면 안 되었다. 한없이 지겨운 망원경은 그것대로, 참을 수 없이 짧은 현미경은 현미경대로 분리되는 시기가 온 것이다. 백철이 머무를 수 있는 곳은 문과대학장 자리뿐이었다. 그것은 그가 증오한 길이기도 했다. 그의 전반기가 비평가 되기였다면, 이 후반기는 교사 되기의 길이었다. 이에 선택의 여지는 없었다. 비평가 되기를 증오하고 또 무시하며 교사 되기에 혼신으로 나아가기가 있을 뿐이었다. 그는 이 일을 정직히 '이론적인 일'이라 했다. 단행본으로는 마지막 저술인 『한국문학의 이론』(정음사, 1964)에서 그는 나름대로 근대문학과 고전문학의 독자적 이론 구축을 시도했지만 미완으로 그치고 말았다. 그 전말을 이렇게 적어 마지않았다.

내 주변 가까이 있는 동료나 동지들이 근년에 내가 하는 이론적인 일에 대하여 어떤 평가를 하는 것인지 나는 알지 못하고 있다. 혹시 여기서 내

가 의사 표시를 하는 것이 나를 보고 있는 이들의 평가와는 아주 어긋나
는 것인지 모른다고 생각하면 두려움도 크다.

만일 내가 하고 있는 이론(理論) 일에 어떤 문학운동적인 의욕 같은 것
이 이어져 있었다고 하면 그것은 운하를 작업하고 있는 사람들의 의식
같은 것이다.

그러나 다시 생각하면 내가 하고 있는 일이 그렇게 엄청난 커다란 작업
이 아니리라. 내 깐에는 힘을 다해서 해보는 것이지만 그와 비례하여 그
결과는 아주 적은 것밖에 되지 못하는[…].

5장 _ 『세대』와 『사상계』
1960년대 지식인의 현실과 이상 인식

1. 『세대』의 등장

월간 종합지 『세대』가 창간된 것은 1963년 6월이었다. 6·25 중에 창간된 월간 종합지 『사상계』와 『세대』는 어떤 성격을 지녔을까. 이런 물음은 1960년대와 1970년대의 이 나라 지식인을 어떻게 양분하게 되었는가를 밝히는 지름길이 아닐 수 없다.

오종식이 편집인 겸 발행인으로 되어 있는 『세대』의 창간사 키워드는 '세대교체'이다.

요즘 세대교체하면 유행어처럼 되어 있다. 유행어란 것은 부평같이 뿌리를 받지 못하고 표류하다 사라지고 말기가 일쑤다. 세대교체란 명제가 그러한 유행현상에 그치지 않고 우리 사회에 있어서 절실한 요청이라면 그것은 뿌리를 박아서 성장하고 결실하여야 할 것이다.

세대교체가 한 시대의 요청일 때는 어떠할까. 자연성장에만 맡길 수 없다. 왜냐하면 그것은 '역사적 성격'이니까. 곧 '새 세대'의 역사적 사명에 있기 때문이다. 그렇다면 그 사명감은 어떻게 가능한가. 당연하게도, '열린 창'이 필요하다. 세계를 향해 열려 있어야 하고, 세계사에 관해 열려 있어야 한다. 특히 그 세계사에서 '혁명'을 주목해야 한다.

이런 각오와 자세로 『세대』지를 낸다고 했을 때 그 이면에 있는 것은 『사상계』를 겨냥한 것이었다.

2. 『세대』 창간호 분석

『세대』의 창간호에서 우리는 다음의 세 가지 감추어진 요인을 알 필요가 있다.

첫째, 편집 및 발행이 오종식으로 되어 있으나 이는 단지 겉모양일 뿐, 그 뒷면에는 고대 재학 중인 신인 평론가 이광훈이 있었다는 것. 편집 에필로그(창간호)에 '勳'은 이를 가리킴이다. 실상 『세대』는 군사혁명 주체 세력의 지적 대변인으로 인정되는, 30대 중반의 중령 신분으로 최고회의 공보 비서를 거쳐 국세청장과 상공부 장관을 역임한 이낙선의 주도와 재정적 힘으로 이루어진 것이었다. 같은 고향 출신의 친척 이광훈이 실무를 담당했고, 오종식은 이낙선의 친구였다. 이낙선이 『사상계』를 향해 포문을 연, 직접적인 대상은 함석헌이었다. 이로써 그는 월남 지식인의 대표 격인 장준하, 신상초, 김준엽 등 민족적 민주주의를 내세운 『사상계』에 맞섰고 이광훈이 이들과 공개 논쟁을 벌였다. 그 결과는 무승부이지만, 현실 군사성권과 재야와의 관계인 만큼 일정 수준에서 균형이 유지될 수 있었다. 한편 이낙선은 박정희와 황용주, 두 사람 관계의 연락 노릇도

했다.

둘째, 신동문의 시 「죽어간 사람아 6월아」가 첫 장 화보 속에 실렸다는 점.

죽어간 사람아,
죽어간 친구야,
우리는 이렇게
십년을 더 살았다네.
저기 저, 강과 들
그리고 산과 나무는
봄이 되면 다시 솟곤
또 솟곤 해서
예처럼 푸르지만
'어머니!' 마지막 한마디도
다 못하고 숨지는 네 손을
가슴에다
스쳐가 빨간 예광탄,
아름답도록 처절하던
비정의 그 순간은
아직도 그날처럼 아릿한데,

십년을 뭐라고
우리는 살아 있다네

죽어간 친구야,

죽어간 사람아,

　이 시가 무슨 큰 의미를 갖는 것은 아니다. 물론 '세대교체'의 의미가 스며 있긴 해도 『세대』와는 직접적인 연관성이 없다고 볼 것이다. 문제는 시인 신동문의 편집 안목과 문학사적 관점이 아닐 수 없다. 두루 아는바, 최인훈의 『광장』(『새벽』, 1960~1961)을 싣도록 알선한 것은 월간 종합지 『새벽』의 편집장 신동문이었다. 600매 중편급의 소설을 흥사단 기관지 『새벽』에 싣게 한 것이었다. 「광장」이 하나의 문학사적 사건이라면, 이 과정에서 신동문의 공적을 무시할 수 있겠는가.

　시인이라 문학 및 문화 감각에 예민한 신동문은 군사 쿠데타의 현실을 이렇게 드러낸 바 있다.

　혹자는 말할 것이다. 군인의 총칼 앞에서 어찌 감히 요구할 수 있느냐고. 그러나 그것은 근본적으로 잘못 생각하고 있는 것이다. 군인의 적이 국민이라는 말이 되기 때문이다. 결코 그런 것이 아니다. 군인도 국민의 일부분이며 그들의 충성과 상통하는 것이다. 그들이 총칼로써 정권을 독차지한 것이 아니라 총칼로써 무능한 자들이 희롱하는 정권을 빼앗아서 국민에 주려고 하는 것을 우리는 지레 겁을 먹고 달라는 말을 못했다고 생각할 수밖에 없다. 만약에 국민이 정권을 요구하는데 군인들이 총칼로 거부했다면 그것은 그야말로 가공할 독재가 아닐 수 없다.

　– 신동문, 『행동한다 그러므로 존재한다』, 솔, 2004, 33쪽

「광장」을 세상에 나오게 한 것은 신동문의 공적이라고 이광훈은 두 차례에 걸쳐서 증언했다(안경환, 『황용주―그와 박정희의 시대』, 까치, 2013; 『이광훈 문집 3』, 민음사, 2012, 63쪽).

최인훈의 『회색의 의자』(『회색인』의 원제)가 『세대』 창간호부터 연재되기 시작했는데, 이광훈은 편집인의 자격으로 이 소설의 연재 이유를 다음과 같이 밝혔다.

> 최인훈 씨는 「광장」의 작가로 너무나도 유명하다. 듀진체프는 "빵만으로는 살 수 없다"고 외쳤다. 그것은 두 개의 조국 아래서 혐오를 느끼고 마침내 중립국을 택하고 나서 드디어 자살하고 마는 한 인텔리 석방 포로의 이야기다. 작가는 밀실에서 광장으로 나갔다가 다시 "광장에서 패하고 밀실로 물러간" 사상적 한 코스모폴리탄의 모습을 우리 앞에 보여주었다. 주인공은 역사와 대결하는 순간에 그 승부를 뛰어넘는 하나의 대답이 될 것이다. 작가는 "이번엔 역사와 현실 아래 사상적 대결을 시도하는 그리고 저항하는 한 젊은이의 모습을 보여주려고 합니다."라고 그 의도를 간단히 피력한 바 있다. 〔…〕 씨의 날카로운 작가의 시선 앞에 투영된 오늘의 착잡한 사회적 현실을 씨는 "회색의 의자"에서 어떻게 우리 앞에 보여줄지 벌써부터 독자와 함께 기대해본다.
>
> ─『세대』 창간호, 1963. 6, 310쪽

자전소설 『화두』(1994)에서 이 사정, 즉 작가로서의 그의 '회색스러운' 성격 형성의 기초가 되었음을 선연히 볼 수 있거니와, 한편 그를 가르치는 역사 교사는 역사란 "계급투쟁"이라고 간파하여 이를 주입시키고

자 했다. 정신적 망명가족인 독고준은 당연히 현실 앞에 저항과 타협을 동시에 오갈 수밖에 무슨 도리가 있었겠는가.

『세대』의 성격과 위상도 이와 다르지 않았다. 박정희 군사정권을 받아들여야 했고, 그 때문에 이상적 지식인(자유인)과의 갈등이 불가피했다. 이 갈등과 모순을 동시에 수용하는 길, 그것은 색깔로 치면 '회색'이 아닐 수 없다. 『사상계』가 자유지식을 표상한 것이라면 『세대』는 현실과 이상을 동시에 수용하는 형국이었다. 아니, 동시 수용이라는 말엔 어폐가 있을 수 있다. 『세대』는 현실에 적극적인 무게를 두고 있었기 때문이다. 곧 '회색'이 아니라 '초록색'이었다.

3. 『사상계』의 위상

『사상계』는 창간(1953) 이후 "지령 200호를 맞이하는 마음"을 이렇게 피력했다.

> 지난 사반세기 기간에 민주주의의 촛불이 멸렬한 적도 여러 번이었지만 『사상계』의 존립의 환경이 처량한 모습으로 운명(殞命)의 순간순간만을 기다리고 있는 것 같을 뿐 아니라 『사상계』가 유일한 지성인의 종합지로서 출범하였던 당시 생각하였던 정론(正論)의 실절은 아득한 예 이야기로 사라지고 염치없이 황색주의·상업주의·도색주의의 대소잡지 경영주들의 제품들이 언론계와 서점가에 범람 난무하고 있는 가운데 200호의 기념호를 맞이하게 되었으니 우리 동인들은 더 말할 것도 없고 무수한 애독자 제현들의 심정도 금석지감을 금할 수 없으리라 짐작하고

도 남는다.

- 『사상계』, 1969. 12, 12쪽

이 글은 편집 발행인 부완혁이 쓴 것이다. 이때는 『세대』가 창간된 지 6년이 지난 시점이다. 그들은 『세대』를 안중에 두지 않은 표현으로 일관했다. 그럴 만한 이유가 따로 있지 않았다면 이렇게까지 나서지는 않았을 것이다. 표면상으로는 판매부수를 들먹일 수도 있을 터이다.

잘 알려졌다시피 『사상계』는 초라한 개인잡지로 출발했지만 1950년대 중후반 급속하게 성장, 7만 부라는 판매부수를 기록했던 월간지이다. 대중잡지 『아리랑』이 8만 부 판매까지 선전했으나 『사상계』에 대적할 바 못 됐고 이념적 선명성이라면 예컨대 『청맥』이 훨씬 뚜렷했지만 『사상계』가 한국전쟁 이후 제1, 제2 공화국을 통과하는 짧지 않은 세월 동안 사상적이고 정치, 사회, 문화적인 권한을 선도한 매체였다. 『사상계』는 대통령 선거 막후교섭을 주도하는 등 실제 활동으로도 정치적 변동에 관여했지만 무엇보다 변동을 이끌고 지지할 만한 공론의 기틀을 형성한 데 성공했다. 각 일간신문의 판매부수가 10만 부 미만이던 무렵 『사상계』는 고등학교 1학년 때부터 『사상계』 잡지를 구독하는 사례가 드물지 않았을 정도로 폭넓은 독자층에 호소했고 곳곳에서 독서 모임을 낳을 정도로 조직적 효과까지 발휘했다.

- 권보드래, 『1960년을 묻다─박정희 시대의 문화 정치와 지성』, 천년의상상, 2012, 333쪽

그렇지만 이것은 출판, 독자 간의 현상적 관찰이지 그 뒤에 도사리고 있는 진짜 정치라 할 수 없다. 그렇다면 그것은 무엇일까. 권보드래 씨의 연구에 따르면 그것은 세계와의 연결성이다. 1966년 시인 김수영은 이런 시를 썼다.

빌려드릴 수 없어. 작년하고도 또 틀려.

눈에 보여. 냉면집 간판 밑으로—육개장을 먹으러—

들어갔다가 나왔어—모밀국수 전문집으로 갔지—

매춘부 젊은애들, 때묻은 발을 꼬고 앉아서 유부우동을 먹고 있는 것을

보다가 생각한 것 아냐. 그때는 빌려드리려고 했어. 관용의 미덕—

그걸 할 수 있었어. 그것도 눈에 보였어 엔카운터

속의 이오네스꼬까지도 희생할 수 있었어. 그게

무어란 말이야. 나는 그 이전에 있었어. 내 몸. 빛나는 몸.

그렇게 매일 믿어왔어. 방을 이사를 했지. 내

방에는 아들놈이 가고 나는 식모아이가 쓰던 방으로

가고. 그런데 큰놈의 방에 같이 있는 가정교사가 내

기침소리를 싫어해. 내가 붓을 놓는 것까지

자리에서 일어나는 것까지 문을 여는 것까지 알고

방어작전을 써. 그래서 안방으로 다시 오고, 내가

있던 기침소리가 가정교사에게 들리는 방은 도로

식모아이한테 주었지. 그때까지도 의심하지 않았어.

책을 빌려드리겠다고 나의 모든 프라이드를 재산을 연장을 내드리겠다

고.

그렇게 매일 믿어왔는데, 갑자기 변했어.

왜 변했을까. 이게 문제야. 이게 내 고민야 지금도 빌려줄 수 있어. 그렇

지만 안 빌려줄 수도

있어. 그러나 너무 재촉하지 마라. 이 문제가 해결

되기까지 기다려봐. 지금은 안 빌려주기로 하고

있는 시간야. 그래야 시간을 알겠어. 나는 지금 시간

과 싸우고 있는 거야. 시간이 있었어. 안 빌려주

게 됐다. 시간야. 시간을 느꼈기 때문야. 시간이

좋았기 때문야.

시간은 내 목숨야. 어제하고는 틀려졌어. 틀려졌다는 것을 알았어. 틀려

져야겠다는 것을 알았어. 그것을 당신한테 알릴 필요가 있어. 그것

이 책보다 더 중요하다는 걸 모르지.

그것을

이제부터 당신한테 알리면서 살아야겠어 ─ 그게

될까? 되면? 안되면? 당신! 당신이 빛난다.

우리들은 빛나지 않는다. 어제도 빛나지 않고,

오늘도 빛나지 않는다. 그 연관만이 빛난다.

시간만이 빛난다. 시간의 인식만이 빛난다.

빌려주지 않겠다. 빌려주겠다고 했지만

빌려주지 않겠다. 야한 선언을

하지 않고 우물쭈물 내일을 지내고

모레를 지내는 것은 내가 약한 탓이다.

야한 선언은 안 해도 된다. 거짓말을 해도

된다.

안 빌려주어도 넉넉하다. 나도 넉넉하고,

당신도 넉넉하다. 이게 세상이다.

– 김수영, 「엔카운터지(誌)」, 『거대한 뿌리』, 민음사, 1974, 134~137쪽

"거짓말을 해도 된다" 그러나 "야한 선언은 안 해도 된다"는 그 사이에 『엔카운터』가 있다는 것, 곧 '프라이드'이자 '재산'이고 '연장'인 것으로 1950, 60년대 이 나라 지식인의 마음가짐인 것을 김수영은 읊었다. 이를 어찌 "빌려드릴 수" 있겠는가. 결코 없다.

『사상계』에 번역 기사가 실린 총 36개의 외국 잡지 중 하나인 『인카운터』(김수영식 표기법으로는 '엔카운터')의 창간호에는 파리에 본부를 둔 '문화자유회의'(Congress for Cultule Freedom)의 집행위원장인 드니 드 루즈몽이 등장한다. 요컨대 『인카운터』가 문화자유회의의 기관지 형국이었다. 6·25가 터졌을 때 문화자유회의에는 세계적 규모의 지식인 석학들(카를 야스퍼스, 라인홀드 니부어, 버트런드 러셀, 자크 마리탱 등)이 참여했을 정도였다. 이러한 문화자유회의가 몰락하게 된 것은 무슨 까닭이었을까.

문화자유회의가 북대서양조약기구(NATO) 및 마샬 플랜의 문화적 대응물로 불린 것은 〔…〕 비–공산주의적 좌파(Non–Communist Left)의 집

결처 역할을 하기도 했다. 〔…〕『사상계』와 문화자유회의의 관련은 어떤 것이었을까? 차근차근 따져보자면 창간 초기부터 『사상계』 지면에서 문화자유회의의 흔적을 찾아보는 것이 어려운 일은 아니다.

— 권보드래, 『1960년을 묻다』, 350쪽

문화자유회의의 한국 지부의 몫을 수행하던 『사상계』의 세계에로의 지향성은, 또한 세계성의 변모를 따를 수밖에 없었다.

CIA의 재정 후원 — 문화자유회의가 무너진 것은 결국 이 추문 때문이었다. 〔…〕 문화자유회의의 파국은 자유주의적이고 심지어 좌파적이지만 반-전체주의라는 노선에 동참한 지식과 사상의 시효가 만료됐음을 고지하는 사건이었다.

— 위의 책, 367쪽

『사상계』도 이런 세계적인 흐름에 따라 위기에 직면, 내리막길을 걷는다. 사명은 끝난 것이다. 환상은 현실 앞에 전면 노출되지 않으면 안 되었다. 그렇다면 『사상계』는 현실 앞에서 어떤 태도와 방도를 강구한 것일까.

4. 두 잡지의 통일론 비교

『세대』의 등장은 『사상계』와 맞서는 출판 현실의 직접성이었다. 장준하, 함석헌, 선우휘 등 '이북' 의식으로 뭉친 『사상계』인 만큼 이들의 의식 변모는 불가피했다. 그중에서도 학병 세대에 속하는 「불꽃」(1957)의 작가 선우휘의 태도를 주시할 필요가 있다. 작가이자 막강한 『조선일보』의 주필이었기 때문이다. 여기에 대해서는 학위논문 「1950년대 후반 문학과 『사상계』 지식인의 담론의 관련 양상」(김건우, 서울대대학원, 2001)이 심도 있는 분석을 보였다.

> 1950년대 후반 소설에서 '건설과 참여에의 의욕'을 보여주던 선우휘가 60년대 중반의 소설 「십자가 없는 골고다」에서 '무력한' 인물을 보여주게 된다는 것은 어떤 의미를 가진 것인지 알아보아야 한다. 현실은 '깜짝 놀랄 청중'을 필요로 하지만 그런 행동은 칠성이가 보여준 것처럼 돈키호테적인 것일 수밖에 없다는 사실은 60년대 중반 선우휘 '세대'의 지식인의 눈에 비치는 한국 사회의 이 시기의 핵심을 꿰뚫는 것이다.
> – 김건우, 「1950년대 후반 문학과 『사상계』 지식인의 담론의 관련 양상」, 144쪽

가령 『사상계』에 실린 함석헌의 논문을 두고, 그것이 필화 사건을 겪을 것인가 아닌가에 대해 두 사람이 내기를 한다. 지식인들은 함석헌이 순교자가 되기를 원했지만, 본인도 당국도 그렇게 하지 않았다. 지식인들의 꿈일 뿐 현실은 순교자가 되기가 불가능하다는 것. 이것이 선우휘의 시각이었던 것이다. 곧 1960년대 중반 한국 사회는 더 이상 과거의 『사상계』가 수행했던 공통 영역으로서의 지식인 담론의 장이 불가능해진 셈이다. 선우휘는 자기 세대의 감각으로 보고 있었던 것이다. 이제 나라 문학은 '계몽'이 불가능한 곳에서 새로이 출발하는 수밖에 없었다. 계간지 『창작과비평』(1965)과 『문학과지성』(1970)은 이러한 기반 위에 선 것이었다.

그렇다면 『사상계』와 맞선 『세대』는 어떠했던가. 이 문제에 대해 하

나의 답변을 내놓는 사람이 안경환 씨다.

> 이 사건으로 2개월 동안 자진 휴간한 『세대』는 이듬해 1965년 6월호에 이병주의 중편 「소설·알렉산드리아」를 게재함으로써 일약 스타 작가의 탄생에 기여한다. 이 작품은 중립, 평화통일론을 신문 사설로 쓴 지식인 이 감옥에서 보낸 편지를 주축으로 플롯이 전개되는 일종의 '사상 소설'이었다. 작품의 주인공에 필화 사건으로 감옥에 갇혀 있는 황용주를 대입시켜도 무방했다.
>
> – 안경환, 『황용주 – 그와 박정희의 시대』, 까치, 2013, 433쪽. 밑줄은 인용자

이병주와 황용주, 둘은 각각 통일론으로 감옥에 갔다. 군사정권의 '현실'은 황용주에게 징역 1년, 집행유예 3년, 자격정지 1년을 선고한다. 하지만 실제로는 거의 반년 만에 출소한다. 이병주의 경우는 어떠했던가. 혁명재판소는 통일론을 사설로 쓴 그에게 징역 10년을 선고한다. 이후 그는 2년 7개월의 실형 기간 동안 서대문 형무소에 수감되어 있었다.

여기서 문제는 무엇인가. 통일론이 아닐 수 없다. 6·25를 겪은 남측은 이를 붙들고 심리적 균형을 취한 셈이었다. 그렇다면 『사상계』는 어떠했던가. 『사상계』에는 통일론이 없었다. 그들의 통일론은 '남한 지배 야욕'으로 비쳐질 우려가 있었기 때문이다. 그랬다가는 혁명 세력(현실)과 대한민국 국민들이 가만히 있을 턱이 없다. 그렇다면 이제 어째야 할까. 그 한 가지 길은 통일론을 은밀히 내면화하는 것인데, 그것은 자유민주주의, 문화민주주의, 민족적 문화주의 등으로 제시된다. 『사상계』 발행인은 창간 20주년 기념호에서 다음과 같이 자체 평가했다.

첫째 『사상계』는 이 정권의 독재와 박정권의 군정 종식과 부정부패 방지를 위해 싸워왔다.

둘째로 4·19혁명을 지원, 5·16쿠데타를 반대했다.

셋째 한일협정체결이 졸속주의로 흐른 결과 위헌매국의 혐의마저 있다고 지적하며 그 무효화를 위해 투쟁했다.

넷째는 월남에 파병함에 있어 그 시기에 그렇게 짧은 현역장병을 파견해서는 안 된다고 반대하였다.

다섯째로 매판과 독점경제를 배격하고 대중의 소득향상과 복지 증진을 위해 싸워왔다.

여섯째로 민족문화의 진흥을 찬성하고 저속외세 문화의 모방을 배척하였다.

일곱째로 자유문학의 족적을 계승하여 이 나라 문학의 발전을 촉진하여 많은 신인 작가와 중견작가에게 등용의 문호를 열어주었다. 독립 문화상 제도가 바로 그것이었다.

여덟째 항상 새로운 사조와 문예작품의 소개, 도입에 힘써왔다.

아홉째 우리 역사와 전통의 현대적 해석에 주력하였다.

열째 민권 특히 언론의 자유를 수호하고 부정부패의 적발, 비판하는 데 앞장섰다.

– 『사상계』, 1969. 12. 28쪽

보다시피 온통 정치 중심의 싸움이었던 것으로 보인다. 요컨대 뿌리 없는 언론의 한 전형적 형식이어서 뿌리 없는 지식인들의 환상적 온상 노릇을 했음이 판명된다.

5. 황용주=이병주

『세대』는 어떠했던가. 이병주를 통해 살펴보기로 하자. 필자의 조사에 의하면 학병으로 끌려갔던 이병주는 훗날 만일 살아서 귀국한다면 노예, 곧 개와 돼지가 되어 살아가겠다고 곳곳에서 썼다. 그 자신의 설명에 따르면, 귀국 후 교원 노릇을 그만둔 것도 이 자의식이 학생 앞에 계속 서게 할 수 없었다는 것이다. 그런데 그는 『관부연락선』(1970)을 연재할 때 작가 소개란에 사진과 함께 "와세다대학 재학시에"라고 적었다. 필자는 두 차례 방일하여 와세다대학의 자료를 검토해 보았으나 그런 자료는 전혀 없었다. 그는 단지 메이지대학(明治大學) 전문부 문과 별과(別科)를 1943년 9월에 졸업하고 학병으로 끌려갔던 것이다. 시간적으로 어찌 와세다대학을 다닐 시간이 있었으랴. 이런 사태 앞에 서면 다음 두 가지 사실을 전제할 수 있다. 하나는 그가 사기꾼이라는 것. 다른 하나는 『관부연락선』은 한갓 허구이자 소설이라는 것.

교원 노릇을 그만둔 이병주는 부산의 『국제신문』 주필과 편집위원으로 활약했다. 이 과정에서 그는 '중립통일론'을 주장하는 논설로 혁명군부에 맞서 싸우다 징역 10년을 받고 실형 2년 7개월 동안 서대문 형무소에 있었다. 얼핏 보면, 드물게 행동하는 지식인이 아닐 수 없다. 그러나 혁명재판소 판결문을 대하면, 또다시 실로 난감한 일에 봉착한다.

> 1945년 8월 1일자로 일본군 소위에 임관되었다.
>
> ─ 혁검형 제177호, 한국혁명재판사편찬위원회 엮음, 『한국혁명재판사』 제3집, 1962

이것이 그가 말하는 노예의 사상인가. 자기를 팔아먹은, 그야말로 개·돼지보다도 못한 인간은 아닐 것인가. 그는 온갖 노력으로 간부 후보생에 들고 육군 소위로 임관되었음이 엄연한 사실로 드러난 것이다. 이 사실만으로도 필자는 무척 난감하였는데 더욱 난감한 일이 또 불거졌다.

그런데 사람일이란 알 수 없는 거야. 그랬던 이병주가 75년의 '사상전환'("본인의 무지 탓으로 남로당에 가입하여 국가와 사회에 해악을 끼쳤고 경거망동했던 행위를 충심으로 반성하고 철저한 자기비판을 거쳐 대한민국의 충실한 국민으로 탈바꿈하고자 그 뜻을 공표합니다" 이런 뜻을 「유럽기행」과 『중앙일보』에 담아냈다)을 기점으로 해서 급속도로 박정희 군부세력에 접근해요. 그는 박정희의 종신대통령제의 법적 기틀을 닦은 유신헌법을 선포한 어느 날 박정희의 자서전을 쓰기로 했다고 나에게 말하더라고.
이병주에 대한 나의 우정과 기대가 컸던 만큼 그의 입에서 이런 고백을 듣는 순간 나는 큰 방망이로 뒤통수를 얻어맞은 것 같은 현기증을 느꼈어.
– 리영희, 『대담』, 한길사, 2005, 391쪽

박정희 군사 쿠데타의 영관급 장교로 독재권력 중층부에 진입했지. 서울시장이 된 김현옥이 이병주에게 경제적으로 온갖 혜택을 주었고 용산 청과시장 특혜를 받아 그 안에 큰 저택을 꾸몄어.
– 위의 책, 590쪽

이병주, 그는 군부에 깊이 관여하고 싶어 했다. 일본군 육군 소위가 된 '실력'이 아닐 수 없었다(이광훈의 증언에 의하면 그가 졸병으로 입영했을 때 이병주가 찾아와 사단장을 움직여 전선신문 기자직을 마련해 주었다. 필자 문책). 이 사실 앞에 필자는 또 난감할 수밖에 없었다. 그렇다면 그는 진정 사기꾼인가? 결코 그렇지는 않을 것이다. 이 모든 것은 그가 허구를 가지고 세상을 보았기 때문이 아니었을까.『관부연락선』은 학병 유태림을 주인공으로 내세웠지만 그것은 물론 허구였다. 소설인 만큼 스토리, 플롯, 여러 등장인물 등도 허구일 터이다. 그러나 거기에는 주인공의 모델이 된 절대적 인물이 있었다. 바로 황용주.

박정희와 대구사범 동급생인 황용주는 진짜 와세다대학 문과에 다녔고, 진짜 간부 후보생이 되어 일본군 육군 소위가 된 인물이다. 또한 귀국 후 그는 교편도 잡았지만 부산일보 사장 및『세대』의 편집위원으로 대활약을 했는데,『세대』에 실린 그의 논문의 핵심은 통일론이었다. 이 때문에 필화 사건을 일으켜 약 반년간 옥살이를 했고, 동시에『세대』는 자진 휴간에 들어간다. 1965년 6월에 복간된『세대』는 이병주의 중편「소설·알렉산드리아」를 수록함으로써 일약 스타 작가의 탄생에 기여했다. 이 '사상 소설'은 옥중에서 편지 형식으로 아우에게 전해진 내용을 중심으로 펼쳐진다. 이 과정에 대해『세대』편집장 이광훈과「광장」을『새벽』지에 추천한 신동문 등의 증언이 남아 있다.

한편 앞서『황용주―그와 박정희의 시대』에서 인용한 "작품의 주인공에 필화 사건으로 감옥에 갇혀 있는 황용주를 대입시켜도 무방했다"(434쪽)라는 안경환의 주장에 대해 이병주의 주장도 들어 보아야 공평할 터이다. 이병주는 어떤 생각으로 '황용주=이병주'가 성립된다고 보았을까.

정직하게 고백하면 나는 일본인뿐만 아니라 같은 동포를 대할 때도 진실의 내가 아닌 또 하나의 나를 허구했다. 예를 들면 '일본인으로서의 자각'이니 '황국신민으로서의 각오'니 하는 제목을 두고 작문을 지어야 할 경우가 누차 있었는데 그런 땐 도리 없이 나 아닌 '나'를 가립(假立)해 놓고 그렇게 가립된 '나'의 의견을 꾸미는 것이다. 한데 그 가립된 '나'가 어느 정도로 진실의 나를 닮았으며 어느 정도로 가짜인 나인가를 스스로 분간할 수 없기도 했다. 그런 점으로 해서 나는 최종률을 부러워하고 황군을 부러워했다. 그러니 마음의 움직임 자체가 미리 미채를 띠고 있는 것이 아니냐는 이사코의 말은 정당한 판단이었다.

자기변명을 하자면, 어떻게 저항할 것인가 하는 그 방법을 찾지 못할 바엔 저항의 의식을 의식의 표면에 내세울 필요가 없다는 체관(諦觀)이 습성화되어 버렸다고 할 수도 있다. 생활의 방향은 일본에의 예종(隷從)으로 작정하고 있으면서 같은 조선 출신 친구 가운데선 기고만장하게 일본에의 항거를 부르짖고 있는 자들의 반발을 느끼고 있는 탓도 있긴 했다.

– 이병주, 『관부연락선』, 동아출판사, 1995, 508쪽

「소설·알렉산드리아」를 쓰는 마당에 작가는 이렇게 선언했다.

어떤 사상이건 사상을 가진 사람들은 한 번은 감옥엘 가야 한다고 생각한다. 사상엔 모가 있는 법인데 그 사상은 어느 때 한 번은 세상과 충돌을 일으키기 때문이다.

– 『세대』, 1965. 6, 334쪽

바로 주인공 황용주를 자기에 '가립하여' 드러낸 것. 작가 약력에서 와세다대학 불문과에 입학했으나 학도병으로 중국에 끌려갔다가 1964년 3월에 귀국했다고 한 것은 터무니없는 거짓말이지만 '가립된' 것이기에 별 수 없는 것이다.

이처럼 이병주는 자기변명을 해놓고 있을 뿐 아니라 이를 정당화했다. 마찬가지로 훗날 대하소설 『지리산』(1978)과 또 『허망과 진실』(1979)에 와서는 '모난 사상'을 부정하고 대신에 허망한 정열이라 규정했다.

지금까지 『세대』와 이병주의 관련 양상을 조금은 상세히 검토했거니와, 이로써 그 전체상이 부상되었다. 이는 황용주가 그 중심에 있었기에 가능한 것이다.

6장 _『현대문학』과 『문학사상』

1. 『현대문학』을 통해 본 한국문학사

민족문학론으로 표상되는 해방공간

이 나라 근·현대문학사를 문제 삼을진댄 아무리 대범한 시선일지라도 다음 두 가지 '공간' 개념에서 자유로울 수 없을 터입니다. 조선어학회 사건(1942. 10) 이후의 이른바 '이중어 글쓰기 공간'(1942. 10~1945. 8, 필자의 용어)이 그 하나라면 다른 하나는 저 해방공간(1945. 8~1948. 8). 우선 '공간'이라 규정한 점에 주목할 터입니다. 과거, 현재, 미래라는 구분이 벌써 공간적 개념으로 변질되었기에 이를 물리치고 순수지속을 내세운 베르그송의 생각과는 달리 우리가 말하는 공간이란, 구체적 역사 전개의 불확정성에 국한된 개념에 가깝습니다. 불확정성이라 했거니와, 무엇에 대한 불확정성인가 하면 물을 것도 없이 그것은 국민국가주의와 관련됩니다. 근(현)대문학이란 새삼 무엇이뇨. 국민국가의 언어 곧 국어로써 하는 이데올로기의 심미적 글쓰기를 가리킴인 것. 이 확고부동한 시선에 선나면 위의 두 공간은 매우 불안정하여 일종의 소용돌이랄까 때로는 진공상태의 느낌을 갖게 하기에 모자람이 없어 보입니다.

먼저 해방공간부터 잠시 살펴볼까요. 이 공간의 지향성은 나라 찾기에서 벗어나 나라 만들기에 놓여 있었다고 범박하게 말해집니다. 나라 만들기 과제에서 선택될 수 있는 가능성의 중심이 다음 셋으로 떠올랐지요. (A) 부르주아 단독독재 국가형, (B) 노동계급 단독독재 국가형, (C) 연합독재(인민연대) 국가형 등이 그것들. 단일성으로서의 일사불란한 나라 찾기에 익숙해진 그동안의 문학 쪽에서 보면 이 세 가지 선택의 가능성에 직면했을 땐 혼란이 불가피해졌을 터입니다. 신탁통치를 둘러싼 혼란이 이를 잘 말해 주고 있습니다. 그러나 어느 쪽을 선택하든 문학 및 문화 쪽의 처지에서 볼 때 분명한 것이 뚜렷이 있었지요. '민족'이란 개념이 그것입니다. (A), (B), (C) 어느 쪽을 선택하든 문학(문화)이 설 수 있는 좌표는 '민족문학'이었습니다. (A) 쪽에 선 박종화(김동리)도, (B) 쪽에 선 안함광도 그러했고, (C)(남로당) 쪽에 선 이원조(임화)도 한결같이 내세운 깃발은 민족문학(문화) 건설이었습니다.

해방 이래 이 땅에 속출한 모든 문화단체 또는 개인들의 예외 없는 슬로건은 민족문화(또는 민족문학)를 건설하자는 일임에 지나지 않았다. 그러나 아무리 많은 문화단체 또는 문화인들이 아무리 거리마다 골목마다 민족문학을 건설하자고 외쳐봐야 그러한 슬로건의 되풀이만으로써 민족문화 민족문학이 건설되는 것은 아니다. 혹자는 이 표어를 정치선전에 남용하였고 혹자는 이것을 개인 기업에 도용했을 뿐이다. 민족문학 건설의 광휘 있는 위업은 아직도 난마와 형극 속에 놓여 있을 뿐이다.

－『문예』창간사, 1949. 8

김동리가 쓴 이 창간사가 지닌 몇 가지 의의에 주목할 필요가 있습니다. 해방공간의 성격 규정이 당사자에 의해 나름대로 행해졌음이 그 하나. 둘째는 이러한 해방공간의 정치적 성격이 1949년의 시점에서 일단 정리되었다는 것. 셋째는, 이 점이 중요한데, 표어나 구호에서 작품 창작으로의 질적 전환이 모색될 단계에 이르렀다는 것. 종합문예지 『문예』의 출현은 적어도 표면상으로는 정치적 구호로서의 민족문학론이 작품(창작)으로서의 민족문학론에 대응되는 것이라 해도 크게 어긋나는 판단은 아닐 터입니다. 『문예』가 지닌 의의가 문학사적 평가를 가능케 하는 것은 이 점에서 옵니다.

『문예』의 출현이 대한민국 정식정부(김동리의 용어)가 수립된 지 만 1년 뒤인 1949년 8월임에 먼저 주목할 것입니다. 남한 단독정부 수립이 1948년 8월 15일이며 북한의 조선민주주의인민공화국 수립은 1948년 9월 9일입니다. 남한 단독정부가 수립되었다고는 하나, (A), (B), (C)의 선택 문제는 상당한 혼선과 내부 조정이 불가피했는바, 그 주된 원인은 미소 양극체제와 (C)의 행방에서 왔습니다. (C)로 말해지는 이른바 남로당(조선공산당 후신)의 행방 곧 잠재적 소멸 현상에서 대한민국 정식정부도 조선민주주의인민공화국 정식정부도 완전히 자유로운 처지일 수 없었던 것입니다. 남로당이 지향하는 민족문학이 은밀히 내면화되어 (A)와 (B) 속으로 잠복했던 것입니다. 4·19 이후 그 내면화와 징후가 서서히 분출됐고, 1960년대와 1970년대를 지나 1980년대에 와서는 팽팽한 창작의 긴장을 야기하였던 것입니다. 해방공간이 민족문학론이 성치적 구호의 차원에서 요란하고도 화려한 집중적 조명 아래 놓였다면 그 이후의 민족문학론은 작품으로 내면화되어 치열하고 은밀한 조명 아래 전개되었지요.『문예』의 출현이 대한민국 정식정부의 정치적 이념의 구호가 창작으로 전환하는 계기에 해당한다 함은 이런 사정을 가리킴입니다.

여기서 밀린 계기에 한 번 더 주목할 것입니다. 계기란 어디까지나 계기에 국한된다는 사실을 염두에 둔다면 어떠할까요. 본격적인 전개 및 활성화는 주어진 계기의 다음 단계에 오는 법입니다.『문예』가 그 계기에 해당된다면 그 활성화의 주역은 무엇일까.『현대문학』이 그 주역이라 할 것입니다. 이 글은,『문예』의 계기적 몫과『현대문학』의 활성화의 몫을 주간 조연현을 중심에 놓고 검토함과 동시에 4·19 이후 계간지 출현 이전의 문단 및 문학사적 판도 변화를 엿보기 위해 쓰입니다.

김동리와 조연현이 선 자리

『문예』의 등장이 지닌 의의를 문제 삼을진대, 맨 먼저 전제되는 것은 그것이 대한민국 정식정부와 직결되었다는 점과 대한민국 정식정부의 문학 단체인 한국문학가협회(이른바 문협)의 기관지라는 점입니다. 사장에 모윤숙, 주간에 김동리(훗날 편집고문), 편집책임 조연현으로 출발한『문예』와 실질적으로 그 운명을 같이한 조연현은 다음 세 가지 사실을 지적한 바 있습니다.

첫째, 모윤숙이 사무실을 얻었다는 것(남대문로2가 7번지의 건물. 정부 귀속재산인 이 4층짜리 큰 건물의 관리를 맡았음을 가리킴).

둘째, 미 공보원으로부터 용지 무상원조를 받았다는 것(이 용지 무상원조는 훗날『문학예술』과『현대문학』에도 이어졌음).

셋째, 운영 경비는 모윤숙이 부담했다는 것.

어째서 모윤숙은 "정부 귀속재산인 큰 건물"(조연현의 표현)의 관리를 맡게 되었을까. 이 물음에 조연현은 이렇게 적었지요. "이런 세 가지 조건의 구비는 모여사가 해방 직후부터 각종의 정치 무대에서 활동했음으로써 이루어진 정치적 배경의 힘에 의한 것이라고 볼 수도 있지만 중요한 것은 역시 모여사의 순문예지에 대한 욕구와 그 활동력이었다고 볼 것"(『조연현 문학전집 1』, 어문각, 224쪽)이라고. 이러한 조연현의 모윤숙에 대한 평가가 그대로 조연현, 김동리에게 적용된다는 사실을 놓치면 사태의 진상 대부분을 놓치게 될 터입니다. 모윤숙이 해방 직후부터 각종 정치 무대에서 활동했음과 그로 인한 정치적 배경(실세인 이승만 계보)을 누구보다도 정확히 파악할 수 있었던 문사에 김동리, 조연현이 있습니다. 이는 그들 역시 해방 정국의 정치 무대에 가장 민감히 끼어들어 활동했음을 가리킴이기도 합니다.

사천읍 양곡조합 서기 신분으로 해방을 맞은 김동리가 곧바로 상경치 않고 사천읍 청년회장을 했다는 것. 상경 후 첫 번째 글이 신탁통치에 관련된 정치문건인 시사평론 「제5호 성명의 내용과 선전」(『동아일보』 1946. 4. 22~4. 23)이라는 것. 또 그가 당시로서는 가장 힘이 셌던 임시정부 산하 청년 단체인 한국청년단체에 소속되어 있었다는 것 등을 직시할 필요가 있습니다(졸저, 『해방공간문단의 내면풍경』, 민음사; 『서정주 문학전집 3』, 일지사; 『김동리 대표선집 6』, 삼성출판사). 뿐만이 아닙니다. 좌익 쪽의 문학 단체에 맞서 우익 쪽의 조직체인 전조선문필가협회 결성 준비위원(43명)의 맨 앞자리에 김동리의 맏형 범보 김정설(훗날 국회의원 역임)이 서 있었다는 것. 좌익의 전국문학자대회(1946. 2. 8~9)에 맞서 전조선문필가협회가 YMCA 회관에서 전국 대회(1946. 3. 13)를 열었을 때 내빈으로 김구 주석을 비롯 조소앙, 안재홍 등이 참석했다는 것 등등을 놓쳐서도 안 됩니다. 여운형이 참석한 좌익의 제1회 전국문학자대회의 수순을 그대로 뒤따른 우익 단체의 이러한 행위가 정치적 활동에 다름 아니었으므로 주목할 것입니다.

　좌익 쪽의 정치 감각 및 조직력이 늘 앞섰다는 사실에서 지적될 수 있는 것은 여러 가지이겠지만 그중의 하나로 그것이 김동리에게는 방법론에 대한 자각 사항이었음을 들 수 있을 것입니다. 좌익의 이론을 방법론으로 삼아 그 긴장력이 그의 이론을 활성화시켰던 것으로 보이기 때문입니다. 좌익 쪽의 조직력이 일방적으로 앞서거나 우세한 상황은 그만큼 김동리의 논리를 굳세게 단련시킬 수 있었지요. 전조선문필가협회(450명)에서 순수 문학인을 분리시켜 조선청년문학가협회(1946. 4. 4)를 조직함으로써 김동리는 좌익의 조선문학가동맹과 맞서고자 했고, 후자의 강력한 사회과학 이론이자 정치적 실천의 무기인 마르크스주의를 무화시킬 수 있는 극단적인 처방전을 마련할 수 있었던 것입니다. 곧, '구경적 생의 형식으로서의 문학론'이 그것. 불교에서 도입한 공(空)의 개념을 가지고 마르크스주의가 지닌 사상적 거점과 그 실천력을 단숨에 물리치고자 했습니다. 1930년대 말에 소위 카프 문학의 대표 작가 격인 유진오와 맞섰던 청년 논객 김동리의 입장이 해방공간에서 우익의 제일 힘센 이데올로기로 군림할 수 있었던 것은, 그가 마르크스 사상을 일종의 시대적 풍조, 좋게 말해 유행 사상으로 파악했음에서 가능했던 것입니다. 오늘날의 표현으로 하면 마르크스 사상이란 일종의 패러다임, 에피스테메 또는 시대적인 시나리오의 일종이어서 항구적인 것이 못 된다는 것. 그렇다면 뭐가 항구적이냐. 그것은 고래로 해오는 인간의 일상적 삶(가족, 인류, 생활 등등)이라는 것이죠. 자연 곧 한국인의 그냥 살아온 방식을 가리킴이지요. 「무녀도」(1936)가 한국인의 전통적인 생사관을 다루었다는 점에서 드러나듯. 시대적 유행성과 관련이 적은 삶의 고층(古層)이 이에 잘 해당 됩니다. 이러한 고층에의 지향성이 팽팽한 긴장을 동반할 수 있었던 것은 바로 마르크스주의가 지닌 강력함이 아닐 수 없지요. 그것이 절대성에 가 까운 과학으로, 실천 사상으로 군림하면 그것에 비례하여 김동리의 고층 도 절대성의 색깔을 띨 수 있었던 것입니다. 말을 바꾸면 마르크스주의가 절대이듯 자연 고층도 절대라는 것, 김동리는 이 사실을 종교적 직관력으 로 파악했지요. 색즉시공, 공즉시색(色卽是空 空卽是色)이 그것. 고층이 공(自性)이라면 마르크스주의란 색(현상, 시대성)에 지나지 않는 것. 마찬 가지로 마르크스주의가 공, '본질'이라면 고층이란 한갓 색(현상)에 지나 지 않는 것. 그런데, 깨달음의 경지에 선다면 '색즉시공'이라는 것이죠. 그 러니까, 다르게 말하면 김동리와 마르크스는 등가라는 것. 김동리의 정 신사란, 방법적으로는 마르크스주의와의 대결이며 그의 창작은 그 에너 지의 분출이라 할 것입니다. 실상 일제 말기 사천읍 양곡조합 서기인 김 동리는 자기의 주장에 따르면 자기 마당을 파고 거기에 마르크스 선집을 묻었다가 해방 뒤에야 파낸 바 있습니다(『밥과 사랑과 그리고 영원』, 사사 연, 1985, 103쪽). 자기만큼 마르크스 사상을 잘 아는 자 없다고 우기는 것 도 이런 곡절에서 말미암지요. 이러한 김동리식 착상의 패기란 실상 해 인사 그룹(다솔사)으로 말해질 수 있는 김범보, 김범린(문교부 장관), 백 성욱(내무부 장관), 최범술 등의 사상적 맥락과 이어지는 것이기도 하지 만 보다 중요한 것은 김동리의 종교적 직관력이라 할 것입니다. 절대성에 가까운 당시의 마르크스 사상에 맞설 수 있는 방법이란 이 길밖에 없었 던 것입니다. 민족주의(국민국가주의)란 것도 이 고층에 비해 한갓 유행

사상에 지나지 않음을 직감했기에 김동리는 자기의 문학을 '구경적 생의 형식'이라 규정했던 것이지요. 훗날 그가 여기에다 민족문학의 기틀을 세우고자 했을 때, 그것이 얼마나 공허한 구호(표어)에 떨어졌는가는 그 자신이 잘 알고 있었지요. 제3의 휴머니즘 따위가 그것.

김동리의 저러한 절대적 사상이 종교적 직관의 산물임을 시적 직관으로 파악한 비평가가 당시 면도칼로 소문난 조연현입니다. 같은 우익 진영의 평론가 조연현이 저러한 김동리의 문학관을 두고 그것은 종교이지 문학일 수 없다고 정면으로 비판한 것은 「문학의 영역」(『백민』, 1948. 8, 집필은 5월)에서지요. 이에 대해 김동리는 퍽 충격을 받은 것으로 보이는데, 자기의 평론을 단행본(『문학과 인간』, 1948)에 수록할 때 보충적 설명 및 일부 수정을 했음에서도 이를 엿볼 수 있습니다.

조연현이 내세운 명제는 이러했지요. 문학이란 종교가 아니고 '사상'이라는 것. 사상이란 새삼 무엇이뇨. 무엇보다 그것은 '사상성'과 구별됩니다. 사상성이란 마르크스주의 같은 특정 이데올로기를 가리킴이라면 그가 말한 사상이란 인생관이나 세계관의 실존적 가능성을 형성하는 것, 곧 그 자체의 '실현 목적 없음'으로 특징된다는 것입니다. 다르게 말하면 사상이란 작가가 지닌 '생리'라는 것. 이 생리가 이후 조연현 비평의 키워드로 됩니다.

조연현의 '생리'란 새삼 무엇일까. 이 물음은 매우 중요한데, 왜냐하면 비평의 작품화를 시도한 최초의 장면인 까닭입니다. 논리로서의 비평이란 마르크스주의, 민족주의, 또 최재서의 해석학 등등이 기왕에 있어 왔지요. 작품을 정확히 분석하고 이를 논리적으로 해석하기가 그것. 그렇다면 그것은 학문(과학)이지 비평이라 할 수 있을까. 이런 물음을 처음으로 발설한 문사가 바로 조연현입니다. 이 사실은 강조되어야 마땅한데, 왜냐하면 비평이 '문학이냐 아니냐'에 걸리는 과제를 안고 있기 때문이지요. 시, 소설, 희곡과 더불어 비평도 문학으로서 독자성을 가질 수 있기 위해서는 과학(논리)에서 벗어나 그 너머에 있는 데까지 가야 합니다. 형상화의 범주 말입니다. 이를 조연현은 '생리'라 불렀던 것. 비평이란 이래도 좋고 저래도 좋다는 식일 수 없는 '온몸으로 말하는 것', '몸부림으로서의 비평'이라 그가 말한 것은 이를 가리킴인 것. 조연현의 이러한 생각이 저 일본 비평가 고바야시 히데오에게서 촉발되었음도 사실이지요. 요컨대 조연현 비평 시야 속엔 김동리가 대상화되었던 것이죠(졸저, 『해방공간 문단의 내면풍경』, 민음사, 제7장).

　김동리에 대한 조연현의 이러한 대상화가 가능했던 시기에 주목할 것입니다. 청년문학가협회의 최고 이론분자인 김동리에 대해 조연현이 비판적 안목으로 대할 수 있었던 것은 앞에서 본 대로 1948년 5월경입니다. 대한민국 정식정부 수립을 석 달 앞둔 시기이자 그들의 정면의 적이었던 문학가동맹 쪽이 월북(1947년 가을)한 지 여러 달이 지난 시점이라는 것. 그만큼 사색의 여유가 얻어진 시기입니다. 또 하나 중요한 것은 이 무렵 남한 단독정부 수립을 위해 유엔 감시 아래 국회의원 선거(5월 1일), 제헌국회 개원(5월 31일)이 행해졌다는 것. 이는 과연 무엇을 의미하는 것일까. 국회에서 이승만이 대통령으로 선출된 것은 7월 20일이었습니다. 정치적 실세가 김구 노선에서 이승만 노선으로 확고해졌음을 가리킴이겠지요. 모윤숙의 정치적 입지가 커졌던 것도 이와 무관하지 않습니다. 순문예지 『문예』가 대한민국 정식정부의 정치적 실세와 문학적 실세의 결합의 산물이라 말해질 수 있는 근거는 이로써 충분할 것입니다.

그렇다면 어째서 『문예』의 출현이 대한민국 정식정부가 수립된 지 무려 1년이나 지난 뒤에나 가능했을까. 또 어째서 정면의 적인 남로당의 월북 이후 무려 두 해나 지난 시점이라야 했을까.

대한민국 정식정부 · 문협 정통파 · 『문예』

대한민국이 수립되었을 때 그 이념을 지지하던 문인들의 처신은 대략 다음 셋으로 정리됩니다.

(1) 정부기구 속에 들어가 활동한 부류: 김광섭(대통령 비서실), 오종식(사회부 차관), 김영랑(공보부 국장), 서정주(문교부 예술과장), 유동준(서울시장 비서실) 등.

(2) 언론기관에 들어가 활동한 부류: 여기엔 상당한 설명이 없을 수 없지요. 해방공간의 언론기관 대부분을 좌익 쪽에서 장악했다는 사실과 이는 표리의 관계에 있습니다. 그렇다면 해방공간의 언론계의 분포는 어떠했을까. 『서울신문』을 비롯 그 산하에 있는 『신천지』, 『주간서울』 등 큰 언론기관을 좌익 쪽이 장악하고 있었지요. 『해방일보』를 비롯한 기타 신문도 그러했지요. 이에 맞선 우익 쪽은 어떠했을까. 『민주일보』(이헌구, 오종식, 김광섭, 김광두, 김동리, 조연현, 홍구범), 『민중일보』(상동), 『민국일보』(김동리, 조연현), 『동아일보』(서정주), 『경향신문』(오종식, 김동리) 등에 각각 소속되어 있었지요. 요컨대 이들 문인은 좌익 문사 못지않게 기자로서의 정치 감각을 갖추고 있었던 셈. 책상에 앉아 원고지나 메우는 문인이 아니라 정치 최전선의 활동가라 할 것입니다. 조연현 등이 새 정부 조직 발표 직후 사회부(장관 전진한)의 실세가 되어 사회부 조직 인수에 나아갔음도 그가 대한노총의 선전부장이었던 사실과 무관하지 않습

니다(『조연현 문학전집 1』, 239쪽).

좌익 쪽이 월북했다 하나 아직도 그 세력의 잠재력이 언론기관에 깊이 배어 있기에 이를 장악하는 것이 큰 과제였던 것입니다.

(3) 순문예지를 가져야 한다는 방향으로 나선 부류: 그동안 우익 쪽의 잡지 『백민』의 휴간이 가져온 발표지의 공백이 실감되었기에 새로운 돌파구가 소망되었지요. (1)도 (2)도 많건 적건 (3)에 접속될 수 있었다고 볼 것입니다. 왜냐하면 앞에서 보았듯, 대한민국 정부 수립으로 말미암아 문학이 맡았던 정치적 쟁점이 적어도 표면상으로는 불가능해졌기 때문입니다. 이데올로기적 논쟁의 에너지가 창작으로 향할 수 있는 여유가 찾아왔다고 볼 겁니다.

그렇다면 어째서 (3)의 실세로 조연현이 그 중심부에 놓일 수 있었을까. 이 물음의 중요성은 어째서 조연현이 최장수 순문학지이자 전후문학의 주된 발표 무대였던 『현대문학』의 주간으로 군림할 수 있었는가를 묻는 일이기도 함에서 찾아질 터입니다.

『문예』의 창간이 모윤숙의 정치적 역량의 산물임은 앞에서 적었거니와 어째서 사장 모윤숙은 주간 김동리, 편집책임 조연현으로 정했을까. 추측건대, 좌익에 맞섰던 최고 이론분자라는 점, 그중에서도 김동리 쪽의 비중이 컸다는 것, 그다음으로는 실무자로서의 조연현의 위치가 고려되었을 터입니다. 김동리의 주간 자리는 창간호에 그치고 말았지요. 이는 좌익 쪽이 장악했던 최대의 언론기관 『서울신문』과 『신천지』를 이 무렵에 가서야 비로소 박종화 등 대한민국 정식정부 지지자들이 장악할 수 있었음에서 말미암았지요. 그 막강한 자리에 김동리(서울신문 출판국 차장)가 요망되었던 것입니다. 그 뒤 『문예』 고문 자리에 있긴 했으나, 6·25

를 겪고 수복 후 마침내 종간되기까지 조연현이 실세로 군림했지요.

그렇다면 조연현의 어떤 점이 『문예』를 나름대로 순문예지의 궤도에 올려놓게끔 했을까. 정리해 보면 대략 다음과 같습니다.

첫째, '사상'으로서의 문학관. 김동리처럼 종교적 직관 쪽이 아니라, 시적 직관 쪽에 섬으로써 조연현은 이른바 '순문학적인 것'으로 나아갈 수 있었다고 볼 것입니다.

둘째, 이 순문학적 잣대로 문단 구성원의 재편성을 겨냥했다는 것. 『문예』 창간호에서 이 두 가지 점이 잘 드러나 있어 인상적입니다. 소설의 경우 「임종」(염상섭), 「비탈길」(최정희), 「청계천변」(김광주), 「맹산할머니」(황순원), 「슬픔과 고난의 광영」(최태응), 「옛 마을」(허윤석), 「농민」(홍구범) 등이 실렸거니와, 4천 부 발행의 이 잡지가 10여 일 만에 매진되었지요. 이들 창작 수록으로 말미암아 조연현은 정보기관에 호출당했다고 알려져 있습니다. 이유는 용공적 편집이라는 것. 염상섭, 최정희, 황순원의 작품이 이에 해당된다는 것. 이 경우 '해당된다' 함은 작가의 소속 및 성향을 가리킴인 것. 환갑을 맞이하는 나이에 병으로 죽는 한 인간을 그 아우의 시선으로 그린 「임종」이란 누가 보아도 일종의 노인성 문학이어서 이데올로기와는 무관한 작품이며, 돌림병으로 죽어가는 노파를 다룬 소품 「맹산할머니」는 작가의 주장에 따르면 1943년도에 써두었던 것으로 「황노인」(1942), 「독짓는 늙은이」(1944) 등의 계열에 속하는 작품이지요. 「비탈길」도 사정은 마찬가지. 그럼에도 이 셋을 용공주의자로 고발했다면 응당 거기엔 나름대로의 의미가 없을 수 없지요. 염상섭의 경우부터 볼까요. 문학가동맹 중앙집행위원회가 1946년 11월 8일자 결의한 임원 구성엔 부위원장에 이병기, 위원에 염상섭, 채만식, 박태원 등이 있습니다. 뿐만 아니라 장편 『효풍』(1948)으로 염상섭은 신문기자를 주인공으로 내세워 이른바 남로당 노선을 긍정적인 시선으로 날카롭게 부각하였으며, 경향신문 창간 때 편집국장으로 입사했다가 만 1년 만에 주필 정지용과 함께 밀려난 바도 있습니다. 오늘의 시선에서 보면 중간 노선 또는 중도파이겠지만, 부르주아 단독독재 국가형(A)의 처지에서 보면 용공주의자로 지목될 수도 있었을 터입니다. 황순원의 경우는 어떠했을까. 일본인이 경영하는 양조장의 수석 종업원이 8·15를 맞아 적산 관리에 대한 정치적 감각 앞에 파멸해 가는 과정을 심도 있게 다룬 「술 이야기」(『신천지』, 1947. 2)를 비롯, 이른바 10월 항쟁을 우회적으로 다룬 「아버지」를 문학가동맹 기관지 『문학』(1947. 2)에 발표한 바 있어 자칫하면 오해를 살 수도 있었을 터입니다.

동경대지진(1923)을 배경으로 조선인 학생을 소재로 한 「비탈길」을 쓴 최정희의 경우는 어떠했을까. 임화의 처인 작가 지하련과의 친교로 말미암아 최정희 역시 그러한 오해의 계기가 주어졌을지도 모릅니다.

이들 작품을 대한민국 정식정부의 기관지 격인 『문예』에 실은 조연현의 견해는 어떠했을까. 기관원 앞에서 그가 한 변론을 그대로 보이면 이러합니다.

그 세 작가는 좌익에 가담한 일이 없고, 설사 가담한 일이 있었다 해도 전향하면 과거를 묻지 않는다는 것이 정부의 방침이다. 이 세 작가의 과거에 허물이 있었다 해도 이들의 작품을 게재하는 것은 용공이 아니라 징부의 포섭정책과 일치되는 행위다. 더욱이 이 세 작가는 역량 있는 대표적인 작가들이다. 순문예지가 이 세 작가의 작품을 싣는 것은 당연한 일이다. 다만 이 세 작가들에 대한 오해가 있을 수 있다면 해방 직후의 저 혼란기에 있어 대공(對共)투쟁에 적극적으로 참여하지 않았다는 것일 것이다. 지금 그것이 무슨 문제가 되는가.

– 『조연현 문학전집 1』, 248~249쪽

『문예』가 대한민국 정식정부를 대표하는 순문예지임에 틀림없고 그 것이 문학의 본래적 기능인 순문학적 작품성에 중점을 둔다고 했지만, 보다시피 창간호에서부터 이런 문제가 발생했음이란 새삼 무엇을 가리 킴일까요. 이런 물음엔 여순반란사건(1948. 10. 19)을 들어서 설명해 볼 수 있습니다. 대한민국 단독정부가 성립된 지 두 달 만에 벌어진 이 사건 의 상징적 의의는 대한민국 정식정부에 대한 도전 또는 거부 반응에 다 름 아니었다는 점에서 찾아집니다. 문총(전국문화단체총연합회, 1947. 2. 12 결성. 임화 중심의 조선문화단체총연맹 약칭 '문련'에 맞서기 위한 우익 문화예술인의 총집합체. 이 가운데 문학 단체는 김동리, 조연현, 유치환, 서정 주 중심의 청년문학가협회였음)이 민족정신 앙양 전국문화인총궐기대회 (1948. 12. 12~28)를 연 것은 여순반란사건이 지닌 의의, 곧 대한민국 정 식정부가 정치적으로 성립되었지만 정신적·사상적인 면에서는 아직도 그 기초가 희박하다는 "무서운 불안감"(조연현의 표현)을 말해 준 것이죠.

이 궐기대회엔 300여 명이 참가했으며(『조선일보』, 1948. 12. 21 예보) 그 여섯 개의 결의 사항 중 다섯 번째 항이 특히 주목할 만합니다. "특히 모모 일간신문은 제1면에 있어 대한민국 정부에의 협력을 가장하고 있 으나 문화면에 있어서는 악랄과 파괴, 교란에 적극 협력하고 있으며 잡지 『신천지』, 『민성』, 『문학』, 『문장』, 『신세대』와 출판사 백양당, 아문각 등은 소위 인공(人共) 지하운동의 총량이며 심장적 기관이 되어 있음을 지적한다."

이 궐기대회의 결과는 어떻게 되었던가. 『민성』, 『문학』, 『문장』(속간된 것), 『신세대』 등과 백양당, 아문각 등이 문을 닫았다는 것. 또한 서울신문사의 전면적 개편(사장 박종화), 국어 교재의 전면적인 개편(문교부장관 안호상) 등도 이 궐기대회 결정서의 힘이었다고 볼 것입니다. 이에 관여했던 참가자 한 사람의 기록을 조금 옮겨 볼까요.

> 그것은 아직도 남로당 계열이 국내의 모든 중요한 문화기관을 전단하고 있다는 것을 처음으로 대외적으로 명시해놓았기 때문이다. 이 대회가 종료된 직후 문총계의 문화인들에게 수백 통에 달하는 남로당 계열들의 협박장과 공갈장이 쇄도한 것을 보아도 이 결정서가 얼마나 반민족적 반국가적 파괴세력에 대한 무서운 선언이 되었는지를 알 수 있을 것이다. 〔…〕 이 결정서는 그 뒤에 곧 현실적 효과를 거두었으니 그것은 서울 신문의 개편과 결정서에 지적된 각 기관의 자숙이었다.
> – 조석제, 「해방문단 5년의 회고 4」, 『신천지』, 5권 1호, 322쪽

이러한 사실을 두고 미루어 볼 때 초기의 대한민국 정식정부란 몹시 불안하고, 또 남한 단독정부에서 크게 벗어나지 못했음을 알 수 있습니다. 다르게 말해, 핵심분자의 월북이 이루어졌음에도 남로당의 잔존 세력이 얼마나 크고 뿌리 깊고 대단했는가를 웅변하고 있습니다.

이 궐기대회의 여세를 몰아 생겨난 것이 이른바 문협 정통파입니다.

문협 정통파란 무엇인가. 두 가지 신문 보도를 잠시 엿볼까요.

민족문화의 진정한 발전을 위하여 전문필가협회 문학부와 한국청년문학가협회에서는 일반, 무소속 작가 급(及) 전향문인을 혼합한 문단인의 총집결체로서 새로운 한국문학가협회를 오는 17일 남대문 일가 문총회관에서 결성한다는데 준비위원과 추천회원은 다음과 같다.

－『조선일보』, 1949. 12. 13

동아일보를 보면 준비위원장은 박종화, 부위원장에 김진섭, 염상섭, 서정주 등 위원 18인, 추천회원에 김동인, 이무영, 정지용 등 155명으로 되어 있습니다. 이하윤 사회로 17일에 열린 이 대회의 임원은 다음과 같습니다. 위원장 박종화, 부위원장 염상섭, 김진섭, 각 분과위원장 서정주(시), 김동리(소설), 유치진(희곡), 백철(평론), 양주동(고전), 이인수(노동문학), 윤석중(아동), 사무국장 박목월(『동아일보』, 1949. 12. 19).

이를 주도한 김동리는 한국문학가협회를 "대한민국 정식정부와 함께 이루어졌다"(『해방문학 20년』, 정음사, 145쪽)라고 규정했습니다. 여기에는 커다란 정치적인 자부심과 함께 사상사적 정신사적 문학사적 의의가 담겨 있습니다.

대한민국 수립과 더불어 남로당 핵심분자인 임화, 이원조, 이태준 등이 월북했다고는 하나, 그 잔존 세력이 남아 있었음은 엄연한 사실이 아닐 수 없지요. 정부는 이들을 국민보도연맹(1949. 4)이라는 제도 속에다 묶어 관리했습니다. 전향한 공산주의자를 선도, 규제하기 위해 일제가 만든 사상보호관찰법(전주 사건 이후 카프 문인들은 이 법에 묶여 있었음)과 유사한 법체계를 가진 국민보도연맹(오제도 검사 전담)엔 정지용, 백철 등 상당수의 문인들이 묶여 있었지요. 소위 전향 문인들입니다. 정지용이

「소설가 이태준 군 조국의 서울로 돌아오라」(『이북통신』, 1950. 1)란 글을 발표한 것도 이와 관련된 사항일 터입니다. 뿐만 아닙니다. 해방 직후부터 좌·우 어느 쪽에도 가담하기를 싫어해 온 일군의 문인들도 보이지 않는 하나의 세력으로 있었지요. 소위 중간파라는 것. 이 속엔 '우파적 중간파'도 있었고 '좌파적 중간파'도 있었지요. 천도교적인 백철은 우파적 중간파의 대표적 세력입니다(졸저, 『해방공간 문단의 내면풍경』, 제9장 「백철이 선 자리」). 또 있습니다. 소위 초월파가 그것.

이러한 세 갈래를 염두에 두면서 한국문학가협회가 주축이 되어 대동 단체를 이루게 됩니다. 곧 (1) 문필가협회 및 청년문학가협회 소속 전원 (2) 전향 문인(보도연맹 가입자) 전원 (3) 중간파 전원 (4) 기타 공인된 모든 문인. 과연 그 결과는 어떠했을까.

"이런 자리에 그때까지 한 번도 출석한 바 없는 고 염상섭 선생이 입장했을 때는 모두들 박수를 퍼붓기도 했다"(『조연현 문학전집 3』, 262쪽)라는 기록도 있고. "한국문학가협회는 대한민국 정식정부의 수립과 더불어 이루어졌다. 이것은 그 이루어진 시기의 동일성을 말함이 아니라 그 정신적 내지 역사적 성격을 가리키는 것"(『해방문학 20년』, 145쪽)이라는 김동리의 말도 있습니다.

이 장면에서 잠시 보도연맹 가입자의 반응을 엿보기로 합니다.

제일 먼저 전향 성명을 신문 광고란에 발표한 사람은 박영준 씨였다. 계속해서 이무영, 이봉구 기타 제씨를 선두로 인하수, 정지용, 김기림, 정인택, 김용호, 설정식 기타, 김동석 씨를 제외한, 문맹의 전원이 과거의 과오를 청산하고 대한민국에 충성을 다할 것을 선언, 공포하였던 것이다. 여기에는 물론 정치적 압력과 일시적인 보호책으로 전향을 표명한 사람이 반드시 없다고는 말할 수 없었던 것이다. 그것은 〔…〕 보도연맹을 통해서만 그들의 전향을 형식적으로만 표명하면서 신변의 보호망을 받으려 급급해갔었기 때문이다.

– 조석제, 「해방문단 5년의 회고」, 『신천지』, 1950. 2, 219쪽

이 단체의 성립으로 말미암아, 적어도 표층적으로는 대한민국 속의 단일 문인 단체가 이루어졌고, 그 대변지의 몫을 한 것은 최대 종합지 『신천지』(김동리 관장)와 순문예지 『문예』(1949. 8~1954. 3, 통권 21호, 조연현)였습니다. 이러한 문단적 판도는 6·25가 발발하기 반 년 전의 상황이었지요.

『현대문학』의 창간사가 의미하는 것

6·25란 무엇인가. 우리가 그냥 6·25(동란)라 하고, 북한에서는 조국해방전쟁, UN 쪽에서는 한국전쟁이라 부르며, 참전한 중국 쪽에선 항미원조전쟁(抗美援助戰爭)이라 하는 이 전쟁을 가운데 놓고 문학 쪽에서 정리할 경우엔 전중문학과 전후문학으로 나누기도 합니다.

전쟁을 다룬 문학이 전중문학의 기본 소재이겠고, 그 기본 주제가 휴머니즘이며 또 그것은 자연히 반전사상을 내포하게 되어 있습니다. 6·25가 대리전쟁(proxy war)이냐 계급적 내전(內戰)이냐를 문제 삼기 전에 우선 전쟁에서 인간이 죽어 간다는 점에 문학적 초점이 놓이겠고, 문인들이 종군작가단을 구성, 종군기에 나아감도 이와 무관하지 않겠지요. 미미하더라도 탈이념을 기초로 한 체험문학, 기록문학 등이 전중문학의 기

본항인 까닭입니다. 그러나 전후문학이라 규정했을 땐 사정이 크게 달라집니다. 이데올로기의 내면화가 불가피해지기 마련인 까닭입니다(졸고, 「한국문학과 6·25」, 『한국문학평론』, 2003, 가을·겨울호).

6·25 이후의 전후문학이 지닌 특징으로 제일 먼저 내세울 수 있는 것은 이데올로기의 내면화와 그 깊이라 할 것입니다. 사상사의 과제이기보다 정신사적 과제라 할 이 내면화의 깊이란 새삼 무엇일까. 상세히 검토할 자리가 아니기에 요점만 지적한다면 그것은 다음 두 가지로 요약될 것입니다.

첫째, 문학이란 오직 작품으로 말한다는 것. 이를 창작 제일주의라 부를 것입니다.

둘째, 창작의 기본적 주체란 개인이기에 앞서 집단이라는 것. 여기서 말하는 창작의 주체란 골드망적인 의미에 가까운 개념입니다(뤼시엥 골드망, 『현대사회와 문화창작』, 천의상 옮김, 기린문화사, 1982). 작가란 자기가 소속된 집단의 세계관을 제일차적으로 반영한다는 것. 전후문학의 단계에 와서 비로소 한국문학의 세계문학의 일환으로 웅비할 수 있게 된 계기도 이와 무관하지 않습니다. 반공 사상이나 분단 문제나 피난민의 일상적 삶을 다루는 어떤 한국문학도 그 창작 주체가 유년기에서부터 체험적으로 영향 받은 자기 소속 집단의 분위기랄까 습속이랄까 입김이랄까 나아가 이념들과 분리시켜 논의하기 어렵습니다. 현실적으로 1천만 이산가족이란 말이 있지 않습니까. 올바른 이론이라든가 틀린 이론이기에 앞서 각자가 지닌 기질, 지속하는 기분에 보디 많이 좌우되는 것이 창작이라 할 것입니다. 왜냐하면 6·25 이후의 한국의 어떤 작가도 많건 적건, 알게 모르게 이데올로기의 체험적 분위기에서 자유로울 수 없었기 때문입니다. 이 점을 놓치면 어째서 한국 전후문학이 4·19를 겪고 저 1970, 80년대의 위대한 리얼리즘을 성취할 수 있었는가를 설명할 수 없을 터입니다. 그렇다면 과연 전후문학은 어떻게 전개되었을까. 이 물음에 대한 해답의 한 부분이 순문예지 『현대문학』에 걸쳐 있습니다. 그것은 또 『현대문학』 옆에 『문학예술』, 『자유문학』 등이 공존했음에서 한층 분명히 드러나게 됩니다.

한 번 더 6·25란 무엇인가, 라고 묻고 나가기로 합시다. 이런 물음을 문학적인 물음으로 바꾸면 당사자 개개인에게 6·25란 무엇인가로 될 것입니다. 인민군과 함께 서울에 들어온 남로당계 문인들은 형식상 두 갈래로 분류됩니다. 안회남이 서기장으로 되어 있는 문학가동맹이 그 하나. 백철을 비롯한 최정희 등은 한청빌딩에 차려진 이 단체에 모여서 새로운 교육을 받았지요(백철, 『문학자서전 하』, 박영사, 403~404쪽). 한편 문학가동맹의 상위 기관인 문련의 중심 세력인 임화, 이태준, 김남천(서기장)이 또한 군림했습니다. 소좌 계급장을 단 김사량이 궁지에 몰린 노천명의 간청을 외면한 채 종군기자로 낙동강 전선을 향했을 때(『노천명 전집 2』, 솔, 1997, 458쪽), 한강을 건너지 못한 김동리, 조연현은 어떻게 되었을까. 훗날 김동리는 이렇게 적었지요. "당시만 해도 나는 공산분자들에 의해 가장 주목되고 미움을 받는 인물"(『밥과 사랑과 그리고 영원』, 사사연, 1985, 224쪽)이라고. 그는 또 적어 놓았습니다. 다락방에 숨기도 했고, 신설동 동남쪽의 들판에 숨기도 했고, "사람 그림자만 안 보이면 들판의 호박넝쿨이고 억새풀이고 어디든지 들어가 엎디거나 쪼그리거나 했다"라고. 이런 고비 넘기기는 조연현도 마찬가지였다고 알려져 있습니다. "조국도 문학도 『문예』도 이제는 다 끝장이 난 것일까. 나의 피난 보따리 속에 가장 귀중한 것으로 간직되어 있는 『문예』지의 원고들도 이제 휴지처럼 쓸모없이 되고 마는 것일까"(『조연현 문학전집 1』, 265쪽)라고 그는 적었고, 또 『문예』가 그의 목숨을 구해 주었음도 감동적으로 적어 놓았습니다. 수복 직전인 27일 아침 왕십리에 스며든 국군에 의해 인민군 패잔병으로 오인된 조연현을 구한 것은

조연현, 1977년의 모습

『문예』 6월호에 실린, 백영수가 그린 조연현의 초상화 덕분이었던 것입니다. 이쯤 되면 『문예』란 그에겐 단순한 문예지가 아니라 문학 자체이자 목숨과도 같은 것이라 할 만하지요. 훗날 조연현은 자기의 비평관을 이렇게 요약한 바 있습니다.

비평이란 누가 뭐라고 어렵게 풀이해도 그것은 자신의 인생적 경륜이 다른 그것과의 교섭이나 충동에서 빚어지는 문학적 산물이다. 이 때문에 중요한 것은 언제나 자신의 인생적 경륜이지 무슨 주의나 무슨 방법이 아니다. [⋯] 문제는 상대방을 극복하기 위한 필사적인 자신의 역량의 발휘다. 비평의 이와 같은 양상은 우리가 살아가는 일상의 모습 바로 그대로다. 별안간 6·25 동란에 직면했을 때 그것에서 무사할 수 있는 어떤 편리한 생활의 방법이 있었는가. 우리는 사력을 다하여 6·25와 대결했을 뿐이다. [⋯] 개인도 그랬고 국가도 그랬다. 이것이 6·25에 대한 우

리의 진정한 비평이다.

ㅡ『조연현 문학전집 4』, 17쪽

6·25 직후 도강파(渡江派)와 비도강파(인민군 협력파)의 정치적 공방도 문제적이거니와, 이와는 별도의 현상인 김동리, 조연현의 6·25 체험이란 새삼 무엇인가. 그들이 소속된 집단이 문학의 제일의 자리, 곧 창작의 진정한 주체임을 일층 분명히 한 것입니다. 올바른 이론이라든가 틀린 이론이기에 앞서는 문제, 곧 각자가 지닌 기질, 지속하는 분위기, 일상적 삶의 감각, 요컨대 생리적 측면의 의의가 크게 자각된 것입니다. 이러한 현상은 박남수, 김이석, 원응서 등의 월남 문인들에게도. 김광섭, 이헌구, 김팔봉, 유치진 등 해외문학파 중심의 구세대 문인들에게도 적용될 수 있을 터입니다. 문예지 『현대문학』, 『문학예술』, 『자유문학』이 각각 이에 대응되고 있음이 그 증거의 하나일 터입니다.

우리가 보통 말하는 전중문학과 구별되는 소위 전후문학이란 1950년대 한중간 『현대문학』, 『문학예술』, 『자유문학』의 등장과 더불어 시작됩니다. 그 맨 앞에 섰던 것이 『현대문학』임은 주지하는바, 1955년 1월에 창간되어 결호 없이 오늘에까지 이르고 있습니다. 대한교과서주식회사와 문화당(여기서 『조선교육』, 『소년』 등 두 잡지를 내고 있었음)의 사장인 김기오(金琪吾, 호는 우석(愚石), 경남 언양 사람, 1955년 5월 사망)의 출자로 주간 조연현, 편집장 오영수, 사원 김구용, 임상순, 박재삼 등으로 출발했지요. 『현대문학』의 출현 및 그 의의는 과연 무엇일까. 다음과 같이 정리해 볼 수 있을 것입니다.

첫째, 6·25를 겪은 뒤의 이른바 전후문학의 첫 번째 발표 무대라는 것.

둘째, '한국 현대문학 건설'이라는 목표를 뚜렷이 제시하고 이를 지속해 갔다는 것.

셋째, 문협 정통파의 준기관지의 성격을 한동안 고수했다는 것.

그중에서도 『현대문학』의 기본 이념이 '한국 현대문학 건설'에 있다 함에 결정적인 무게중심이 놓여 있습니다. 창간사를 쓴 주간 조연현은 『문예』의 창간

『현대문학』 창간호

사를 쓴 김동리와는 달리 '민족문학'이란 말은 단 한마디도 내비치지 않았고, '민족문학'이 들어설 자리마다 '현대문학'이란 말을 바둑돌처럼 놓았던 것입니다. 그렇다면 그 알맹이는 무엇인가.

본지는 본지의 제호가 암시하는 바와 같이 한국의 현대문학을 건설하자는 것이 그 목표이며 사명이다. 그러나 본지는 이 '현대'라는 개념을 순간적인 시류나 지엽적인 첨단의식과는 엄격히 구별할 것이다. 본지는 현대라는 이 역사상의 한 시간과 공간을 언제나 전통의 주체성을 통해서만 이해하고 인식할 것이다. 〔…〕 그러므로 아무리 빛나는 문학적 유산이라 할지라도 본지는 아무 반성 없이 이에 복종함을 조심할 것이며 아무리 눈부신 새로운 문학적 경향이라 할지라도 아무 비판 없이 이에 맹종함을 경계할 것이다. 고전의 정당한 세승과 그것의 현대적인 지양만이 항상 본지의 구체적인 내용이며 방법이 될 것이다.

– 「창간사」, 『현대문학』, 1955. 1, 13쪽

'민족문학'이란 개념을 물리친 것이 6·25인 만큼 6·25 이후의 문학이란 해방공간의 글쓰기의 중심부이자 강박관념인 '민족문학 글쓰기'의 초극을 의미하는 것. 이에 상응하는 새로운 판을 짜야 했던 것. 그 새로운 판을 조연현은 "전통의 주체성"에 입각한 "현대문학"으로 규정했습니다. 이로써 조연현은 김동리와 다른 자기 변별성을 확보할 수 있었고 동시에 문협 정통파의 기본 노선도 세울 수 있었지요. 일석이조의 전략이었다고나 할까요. 김동리와 변별하면서도 김동리가 주축이 된 문협 정통파의 노선 지키기야말로 조연현이 선 강인한 비평관이었고, 이것이 이른바 '전통의 주체성'의 정체입니다. 이 미묘한 균형 감각 유지에 승패가 달렸던 것이죠. 다음 에피소드를 통해서도 이 점이 어느 정도 설명될 수 있습니다. 그것은 다름 아닌 단체와 개인 문제. 『현대문학』이 창간된 지 3개월 뒤, 미국의 민간단체인 '아세아재단'의 용지 원조를 받은 바 있습니다. 『현대문학』은 문학 단체가 아닌 만큼 용지 원조에 난점이 있었지요. 그럼에도 『현대문학』에 용지 원조가 주어진 것은 단체의 시대에서 개인의 성실성으로 생각의 틀이 크게 바뀌었음을 가리킴이라 볼 것입니다. 단체의 중심에 서왔고 그런 단체의 조직분자였던 조연현의 입에서 이러한 말이 나올 정도에까지 이르렀고, 또 그것이 수용될 수 있을 만큼 시대는 변해 있었지요.

해방 이후 지금까지 문화적인 성과나 업적을 남긴 것은 단체가 아니고 성실한 개인이었다. 단체는 하나의 현실적 세력은 될 수 있으나 단체의 결의나 행동이 한 개인의 성실한 양심이나 식견보다 우월할 수 없는 것이 현재의 문단 실정이다. 문화적인 성과는 막연한 단체보다도 오히려 구체적인 개인의 능력과 양심에 기대해야 한다.

－『조연현 문학전집 1』, 329쪽

이러한 신념이『현대문학』의 기본 편집방침이었다면 이것이 어떻게 문협 정통파와 공존할 수 있었을까. 그 균형 감각은, 결국은 작가 김동리와 조연현의 대결 또 시인 서정주와 조연현의 대결이자 공존 감각에 귀착됩니다(졸고, 「문예지의 이념과 그 문학사적 의의」,『발견으로서의 한국현대문학사』, 서울대출판사, 1997). 이러한 이중적 공존 감각을 갖게끔 강요한 외부적 상황도 고려될 것입니다. 그 첫 번째가 월남 문인 집단의 거대한 세력권입니다. 다르게 말해 볼 수도 있습니다. 김동리, 서정주 사이에서 변별성을 확보하고자 하는 조연현이지만 이들 셋을 싸잡아 문협 정통파로 바라보는 시선이 둘 있었는바, 그중 하나가 월남 문인 집단의 대변지『문학예술』입니다.

『현대문학』의 시선에서 바라본『문학예술』,『자유문학』

종합교양지『사상계』의 영향권에서 벗어난『문학예술』이 나름대로의 체제를 갖추고 등장한 것은 1955년 6월(3호) 이후로 볼 것입니다.『주간문학예술』(1952, 부산)이『문학과예술』로 표제를 바꾸어 창간호를 냈지만 1954년 2호밖에 내지 못했고, 아세아재단 용지 원조 이후에 가서야 월간지, 곧『문학예술』로 등장했던 것입니다. 분량도 얄팍한 통권 33호(1954. 4~1956. 12)로 단명했던 이 잡지의 특색은 무엇이었던가. 현저한 외국문학(모더니즘계)의 수용을 우선 들 것입니다. 33호를 통틀어 창작의 24퍼센트, 평론의 50퍼센트가 외국 작품이었지요. 이 잡지의 중심인물인 영문학자 원응서는 이렇게 적고 있습니다.

우리가 외국문학 편집을 위해 다달이 구입한 문학지 혹은 종합지로서는
영어로 된 것은 『아틀랜틱』, 『파티즌 리뷰』, 『런던 매거진』, 『인카운터』
이고, 프랑스어로는 『프레브』, 때로는 독일어의 『모나트』지를 구입했다.
이런 외국지들을 내부에서 읽고 가려내기도 하고 혹은 외부 인사들에게
위촉하여 편집에 도움을 받았다. 여기에 손을 도와준 분으로 박태진, 김
수영, 곽소진, 김용권 제씨와 '뉴·디렉션'의 장서를 빌려준 맥타가드 씨
외에도 많은 분이 도움을 주셨다.

– 『해방문학 20년』, 정음사, 1971, 178쪽

보다시피 그가 말한 외국문학이란 모더니즘계이되 '근대문학예술'
이었던 것입니다. 원응서의 안목엔 민족성이라든가 전통이라든가 하는
범주란 당초부터 부재했지요. 세계성의 경우도 사정은 동일합니다. 세계
성이란 것은 민족성이나 지역성의 대립개념에 지나지 않는 만큼 그 자체
로 설 수 있는 개념이 못 되기 때문입니다. 세계성도 민족성도 안중에 없
다면 이들에게 있는 것은 무엇인가. '예술이다!'가 그 정답이지요. 예술이
되 최고의 예술이어야 한다는 것. 또 그것은 보들레르 이래의 근대주의
(모더니즘)에 속한다는 것. 르네 그랑, 릴케, 지드, 발레리, M. 프로티히, 르
네 장, 데이비드 실베스터, 마티스, 피카소 등의 면면들이 이 잡지의 표지
와 번역 논문의 주축을 이룹니다. 김이석의 「동면」(『사상계』, 1958. 7~8),
황순원이 추천한 이호철의 「탈향」(1955), 「나상」(1956) 등이 말해 주듯
알몸뚱이로 피난지에 던져진 이들에게 가장 적합한 구원은 오직 예술에

있었다는 것. 또한 이 잡지엔 신인 추천제도 중 번역 부분이 들어 있었지요. S. 스펜더의 평론 「모더니스트 운동에의 조사(弔詞)」(Francis Brown ed., *Highlights of Modern Literature*, Mentor Book, 1954에 수록)의 번역으로 평론가 유종호가 등장한 바 있습니다.

이러한 『문학예술』이 지닌 성향에 비하면 『현대문학』이 얼마나 주체적이고 보수적이며 또 정신적으로나 물질적으로나 확고한 것인가를 알아낼 수 있습니다. 동시에 또 『현대문학』은 『문학예술』의 예술적 감각과 모더니즘적 미의식이 지닌 참신성의 보이지 않는 견제력을 많건 적건 의식했을 터입니다. 이 긴장 관계의 유지야말로 양자가 함께 나눌 수 있는 문학적 힘이었을 터입니다. 『현대문학』이 『문학예술』과 갈등 관계에 놓이지 않고 공존 관계를 유지할 수 있었던 이유도 이와 관련된 것입니다. 굳이 문협 정통파의 단체성을 내세울 까닭이 없었을 것이지요. 그러나 『자유문학』의 출현은 사정이 크게 다릅니다.

『현대문학』이 문협 정통파의 계보에 있다고는 하나, 앞에서 보았듯 6·25를 겪은 시점에서 '민족문학'이라는 명분과 이념은 크게 퇴색되었지요. 개인적 신념 쪽으로 중심점이 기울어졌기에 어디까지나 문협 정통파에 대한 의식은 잠재적 상태로 놓였던 것입니다. 그러한 잠재적 상태에서 그것이 표층으로 크게 부각될 수밖에 없는 계기가 도래합니다. 그 계기란, 전국문화인등록법이며 그 결과물이 문총의 재정비 세력권의 형성과 기관지 『자유문학』(1956. 5~1963. 8, 통권 71호)의 등장입니다.

문학 이념이나 이데올로기나 개인적 기질이나 취향과는 별개인 '전통적 주체성'을 앞서 내세우고 나선 『현대문학』과 새롭게 맞수로 등장한 『자유문학』과의 경쟁이랄까 견줌이란 새삼 무엇인가. 해방공간에서의 이념 갈등이나 쟁투가 열정을 동반한 순수 형태라면 『현대문학』과 『자유문학』으로 표상되는 문협 정통파와 문총의 대립 갈등은 얼마나 초라한가. 그 초라함이 빚은 골짜기의 깊이가 그 후 오랫동안 치유해야 할 이른바 문단 세력 갈등(도당주의, 혹은 패거리 의식)의 원인 중 하나를 이루었는지도 모릅니다. 그 경위를 살피는 일은 한편으로는 문단사적 과제이지만 동시에 『현대문학』의 모종의 한계를 지적하는 일이기도 합니다.

문화보호법이란 무엇인가. 1951년 8월 7일, 정부는 임시수도 부산에서 문화보호법(법률 제248호)을 공포한 바 있습니다. 학술원, 예술원을 창설코자 하는 모법인 이것을 둘러싸고 문화계 특히 문학계의 분열은 결정적인 계기를 맞이합니다. 이 법이 국회를 통과한 2개월 후인 1952년 10월, 예술원 창설을 위한 준비위원회가 결성되었는바, 예술계 인사로는 박종화(문학), 현제명(음악), 서항석(연극), 도상봉(미술), 채동선(음악) 제씨가 선출되었고, 1953년 4월에 대통령령으로 문화인등록령이 정식 공포되었지요. 그러자 두 방면에서 반대 여론이 분출했는바 하나는 언론기관 쪽. 이유는 단순명쾌했습니다. 문화계 첨단에 선 신문인이 배제되었다는 것. 또 하나는 예술계의 반발. 예술가를 등록시킨다는 것은 예술가를 모욕하는 행위이며 또 그 수속이 복잡하다는 것이 표면적 이유였지요. 이에 문화인 단체인 문총에서 제시한 등록수속 간소화로 일단 수용되었고, 그 결과 등록된 문화인의 자격을 결정할 예술가 자격(예술원 회원 선거 유권자 자격) 심사위원이 위촉되는바 박종화, 염상섭, 고희동, 장발, 현제명, 이주환, 유치진 등이 그들. 학술원, 예술원 선거가 실시된 것은 1954년 3월 25일. 결과는 이러했습니다.

제1류(문학)엔 105명 유권자 중 7명이 당선되었던 것. 염상섭(57세),

박종화(53세), 김동리(41세), 조연현(34세), 유치환(46세), 서정주(39세), 윤백남(66세) 등 7명. 제2류(미술)에도 7명, 제3류(음악)엔 6명, 제4류(연극)엔 5명으로 확정되었지요. 문학 분야만은 누가 보아도 문협 정통파의 일방적 승리이지요. 그 결과 당연히도 대규모 반대운동이 벌어졌지요. 곧 제일 환영해야 할 문총의 반대가 그것입니다. 당연히도 문총은 문총에 속한 한국문학가협회(문협 정통파)를 제적했고 또 당선된 예술원 회원들을 간부직에서 몰아냈고, 김동리를 제명했고 정부에다 7항을 들어 선거 무효 건의서를 제출합니다. 그중 7항은 "친일·파렴치한 및 부역한 사람들이 회원으로 당선되었다"라고 되어 있습니다. 이에 대한 학술원·예술원 회원 선거위원회의 해명문은 모두 12개 항입니다. 이 가운데 제11항은 이러합니다. "예술원 회원 중에는 과거 민족의 수난기에 있어서 민족정신이나 민족의 지조를 뚜렷이 범한 자가 있다고 하나 이는 본말을 전도한 말이다. 왜냐하면 예술원 회원은 문화인 자신들이 선출한 사람들이며 또 거개가 문총 산하 각 단체의 중요 간부 내지 중진들이니 이는 오히려 문총 자체의 문제일 것이니 자가당착이 아닐 수 없다"라고(이상의 자료는 조연현, 「학술원·예술원 성립의 현실적 배경」, 『현대문학』, 제2호, 1955. 2, 67~77쪽).

물론 이러한 주장은 당시 나이 34세였던 조연현의 일방적 인식의 반영이겠지요. 그는 서정주, 김동리와 더불어 선배 김광섭(51세), 이헌구(49세), 모윤숙(44세) 등을 제치고 예술원 회원으로 뽑혔던 것입니다.

여기서 잠시 문총의 역사를 엿볼 필요가 있습니다. "해방을 구가하고 반탁(反託)을 절규하며 독립을 갈망한 지 이미 1년 7개월여, 적이 패퇴한 후 낯선 찬사와 같이 맞아들인 연합군 미소 군정하에서 해방의 선

물을 받은 자는 누구며 도탄에 빠진 자는 누구냐"(창립 취지서)라고 묻고 출발한 문총은 남로당계 문련에 대항하는 우익 쪽의 문화단체 총연합회로서 1947년 2월 12일 YMCA에서 창립되었고, 위원장엔 고희동, 부위원장 박종화, 채동선, 총무부장 이헌구, 출판부장 김광섭 등으로 구성되었습니다. 이 속에 들어간 문학 단체로는 전조선문필가협회(오종식, 김범보계)와 조선청년문학가협회(김동리계) 둘입니다. 앞에서 이미 보았듯 문총의 긴장력은 문련과의 대항 의식에서 조성될 수 있었고, 여순반란사건을 계기로 한 총궐기대회도 이런 문맥에서 읽히거니와 적이 사라진 이후의 문총은 예술원 선거를 계기로 수습할 수 없는 내분에 직면했던 것입니다. 문총 10년을 정리하는 마당에서 문총이 해온 일이 첫째 민족의식의 앙양, 둘째 문화인의 권익 옹호, 셋째 국제적 문화교류 내지 반공문화운동으로 되어 있습니다. "전문학예술인의 의사에 배치되는 행위, 1954년 예술원 창설과 같은 불순성에 대하여는 적극적으로 이의 시정을 위하여 노력하고 항쟁을 계속하여 왔던 것"(『문총창립과 문화운동 십년소관』, 문총 대표 김광섭, 1957. 2, 12쪽)으로 정리되어 있습니다.

　　예술원 개원을 계기로 문총은 내분되었고 그중에서도 문학 쪽이 심각했는바 이른바 문협 정통파의 전조선문필가협회와의 대결 내지 불화로 이 사정이 정리됩니다. 전조선문필가협회의 외곽 단체로, 문인들 쪽의 모임이 조선청년문학가협회였고 이를 좀 더 확대한 것이 한국문인협회인 만큼 문총이 이를 제명했음이란 문학계의 양분에 해당되는 형국을 빚었던 것. 한국문인협회를 제명한 문총은 이에 한국자유문학가협회를 따로이 만들었지요. 문총회관 속에 본부를 둔 자유문학가협회(1955. 4~1961. 5)는 위원장(김광섭), 부위원장(백철, 이무영), 사무국장(김용호),

시분과위원장(모윤숙), 소설분과위원장(김팔봉), 희곡시나리오분과위원장(서항석), 수필평론분과위원장(이헌구), 아동문학분과위원장(정홍교), 외국문학분과위원장(이하윤) 등으로 되어 있습니다.

예술원 선거를 계기로 유독 문학계가 문협계와 자유문학계로 양분되었다는 사실은 몇 가지 중요한 문제를 던져 주고 있습니다.

첫째, 문화를 총괄하는 단체가 문총이라 하나 그중에서도 문학 분야가 중심 세력권을 형성하고 있었다는 것. 『현대문학』 창간사에서 망설임도 없이 "문화의 기본적인 핵심은 문학이다"(조연현)라고 주장한 것도 이런 점을 반영한 것입니다.

둘째, 『현대문학』의 창간사가 내세운 훌륭한 명분인 (1) 전통적 주체성의 문학 건설, (2) 문단의 공기(公器)로서 총체적인 표현기관이 된다는 것, (3) 일체의 정실과 당파를 초월함 등도 알게 모르게 또 많건 적건 문협 정통파의 이념에 기울어짐에서 자유로울 수 없다는 것. 이 점엔 많은 설명이 없을 수 없습니다. 조연현의 위치랄까 문학지 경영 방식의 어떠함에 직결되는 이 과제는, 일면으로는 조연현의 비평관에 관련되는 것이지만 다른 한편에선 『현대문학』의 위치에 연결됩니다. 그것은 조연현이 어디까지나 '개인'을 기본 단위로 설정했다는 점에서 옵니다. 『문예』 창간사를 '민족문학'이란 표현으로 정리한 김동리의 집단의식과는 달리 조연현은 어디까지나 개인을 『현대문학』의 주축으로 삼고자 했던 것이죠. 김동리, 서정주 등과 일정한 거리를 유지하는 한편 그럼에도 문협 정통파의 기본 노선 지키기야말로 조연현의 처세술이자 비평적 감각이었지요. 이 기묘한 이중적 균형 감각은 또 그대로 『현대문학』의 편집 방향으로서의 강점이기도 했던 것입니다. 보이지 않는 긴장감이 『현대문학』을 에워쌀

수 있었던 것도 이와 무관하지 않습니다. 예술원 선거로 벌어진 문단 내부 갈등 기류의 미묘한 작용이 알게 모르게 바야흐로 간행된 『현대문학』 위에도 표류하고 있었습니다. 그 증거로, 『현대문학』 창간사와 동시에 조연현은 「학술원·예술원 성립의 현실적 배경」을 집필, 이를 창간호 바로 다음 호에 발표했음을 들 수 있습니다.

셋째, 『현대문학』이 『자유문학』의 창간을 알게 모르게 부추겼다는 점. 『현대문학』이 나온 한 해 뒤에 자유문학가협회 기관지로 『자유문학』(1956. 6~1963. 8, 통권 71호)이 창간된 바 있습니다. 김팔봉을 편집인 및 발행인으로 한 『자유문학』은 얼마나 다급했던지 이른바 창간사도 없이 간행됩니다. 이무영, 박영준, 최인욱, 김광섭, 모윤숙, 이은상, 구상 등의 작품으로 채워진 『자유문학』 창간호가 시사하는 바는 기관지적 성격의 부각 쪽입니다. 편집주간이 자주 바뀐 것도 이를 반영한 것으로 파악됩니다. 『현대문학』 창간 14주년을 맞는 자리에서 조연현은 몇 가지 이유를 내세워 『현대문학』이 이룬 '기적'을 자화자찬한 바 있습니다. 결호 없는 지속성, 상업적 성공(1970년대 평균 매출 1만 부 초과 발행), 주요 작품 발표무대였다는 것, 신인 양성, 부수 확장, 장편 연재, 고전 소개 등등이 그것들이지요. 그 밖에 문학사적으로 보아 크게 지적해 둘 것도 따로 있습니다. 『현대문학』으로 말미암아 『문학예술』과 『자유문학』이 세력 균형을 이루었다는 점이 그것.

문협 정통파와 자유문학파(옛 해외문학파 출신 원로 세력)의 세력 대결이 긴장을 형성함으로써 이를 창작의 에너지로 승화시킬 수 있었음이야말로 이 시대의 문학사적 의의에 해당될 터입니다. 이 두 세력 한가운데 끼어 예술적 작품 쪽으로 곁눈질하며 우정 어린 비판의 몫을 한 것이

『문학예술』이라 볼 것입니다.

이렇게 말해 놓고 보아도 한 가지 의문이 남게 됩니다. 4·19를 겪고 문단 재편성이 이루어졌고, 『문학예술』과 『자유문학』이 가뭇없이 사라진 뒤에도 청청히 홀로 남은 『현대문학』이란 존재는 무엇인가가 그것.

지령 600호, 결호 없는 지속성이 기적인 곡절

『현대문학』의 의의를 언급할 때 자주 내세우는 것이 '결호 없는 지속성'입니다. 그러나 이른바 '청청함'의 강도랄까 밀도를 문제 삼을 땐 상당한 비판이 따르지 않을 수 없겠습니다. 그 '청청함'의 밀도랄까 강도란, 아래의 각 시기에 따라 크게 변하고 있다는 점입니다.

(가) 독보적 시기: 창간에서 『문학예술』, 『자유문학』이 등장되기 전의 단계가 이에 해당됩니다. 비평가 조연현 개인의 자격이 표면으로 나옴으로써 문협 정통파의 집단의식이 잠복된 형국.

(나) 균형 감각 유지 시기: 『문학예술』과 『자유문학』을 양편에 둠으로써 『현대문학』은 자기를 비추어 볼 수 있는 거울(자의식)을 가질 수 있었습니다. 이 시기야말로 『현대문학』의 '청청함'이 돋보였고 동시에 전후 문학이 크게 활성화된 시기이기도 합니다. 이호철, 서기원, 최상규, 선우휘, 송병수, 최상규 등의 신세대들이 김동리, 서정주, 황순원 등과 나란히 놓이는 시기였지요.

(다) 문단 보수세력으로 경사되어 가는 시기: 4·19(1960)가 가져온 역사적 의의가 크고 다양했지만 문학계에서도 그러했습니다. 문단 재편성이 불가피할 정도라고 볼 것입니다. 그 불가피성이란 기성 문학 단체의 해체라든가 어용문인(이른바 만송족) 배척 문제라든가 하는 정치적 현

성에 있기보다는 문인들의 내면 변화에서 찾아집니다. 4·19가 「광장」(최인훈)을 낳았다는 표현은 이런 문맥에서입니다. 난해시 쓰기를 일삼던 김수영, 김춘수, 김종삼 등으로 하여금 의미의 시 쪽이냐 무의미의 시 쪽이냐의 선택을 강요한 것도 4·19였지요. 더욱 중요한 것은 4·19가 소위 4·19세대를 낳았다는 점입니다. 순종 한글세대인 김현, 김승옥, 이청준, 황동규, 정현종 등의 문학적 감수성이 바야흐로 준비되고 있었던 것입니다. 이러한 시대정신 속에서 끝내 홀로 남게 된 『현대문학』은 자체 내의 많은 신인 등장에도 불구하고 그 '청청함'의 밀도를 종래와 같이 지속하기는 어려웠다고 볼 것입니다. 그렇다고 그 청청함이 사라진 것은 아닙니다. 『현대문학』이 타성에 안주하는 듯하면서도 권위를 갖춘 문단 보수세력으로 당당히 군림한 시기라 할 것입니다.

(라) 1950년대에서 1970년대까지 문학적 표현의 한계를 재는 바로미터 몫을 했다는 것. 작품평에서 빚어지는 개인적 사건(인신공격 따위)과는 달리 사회적 금기사항에 저촉된 이른바 필화 사건으로는 송기동의 소설 「회귀선」(계용묵의 추천작, 1958. 5)이 기독교 단체의 강력한 항의에 부딪혔음이 그 첫 번째. 둘째는 「분지」(남정현, 1965. 3)로 벌어진 이른바 '분지 사건'. 이심 공판까지 무려 2년 이상 걸린 이 사건(일심에서 징역 7년 자격정지 7년)이 사회적 물의를 일으키게 된 근본은 "자유"에 있다고 (김춘수의 발언) 할 것입니다. 셋째는 「미친 새」(박양호, 1977. 10) 사건. 편집장 김국태를 한 달간 감금한 이 사건 역시 표현의 자유에 관련된 것. 문학의 이름으로 예수를 한갓 세속적 인물로 멋대로 그려도 되는 것일까. 문학이란 이름으로는 정치적 터부인 미군의 비인도적 측면을 표나게 내세워 풍자해도 되는 것일까. 문학이란 이름이면 자유의 갈구를 미친 새

의 형상으로 그려 낼 수도 있는 것일까. 이 물음을 『현대문학』이 온몸으로 받았던 것입니다. 어느 시기에도 정치적·도덕적 터부란 있는 법이지만, 문학이 이를 외면할 수는 없다는 것, 여기에 문학의 그것다움이 있음을 보여 준 사례들이라고나 할까. 작가의 표현 미숙에 앞서 당시의 사회적 감수성이 그 척도의 몫을 했다고 볼 때 『현대문학』은 일종의 거울이었습니다.

(마) 문단 보수지의 지속성 확립 시기: 계간지 출현으로 말미암아 문단의 세력 판도는 크게 변화됩니다. 사르트르로 대표되는 지식인의 참여를 주축으로 한 『창작과비평』(1966), 4·19에서 획득한 자유의 문제에다 큰 의의를 부여한 『문학과지성』(1970)이 문단 신국면을 대표하는 '청청함'을 획득했기에 『현대문학』은 새로 등장한 월간 문예지 『문학사상』(1972)의 도전까지 받자 홀로 남아 보수지의 체질로 경화될 수밖에 없었다고 볼 것입니다. 이런 경사가 주간 조연현의 죽음(1981)에까지 이어지게 되었다고 범박하게 말해질 수 있습니다.

이러한 정리는 물론 필자의 개인적 소견에 지나지 않습니다. 주간 조연현을 중심으로 시대 및 문예지를 고찰한 것부터가 이 글이 지닌 한계일 터입니다. 조연현의 퇴진까지만을 문제 삼은 것도 이 때문입니다. 남은 문제란 무엇인가. 2004년 12월로서 『현대문학』은 지령 600호를 달성, '중단 없는 지속성'을 보여 주고 있다는 이 사실은 과연 무엇일까. 계간지가 판을 치는 시대도 그 끝물에 이른 감이 있고, 문학 자체의 존립조차 논의되는 21세기의 이 마당에 아직도 쉼 없이 간행되고 있는 『현대문학』이란 과연 무엇일까. 이 물음은 저만이 던지는 것일까요. 단지 분명한 것이 있다면 이러한 물음을 계속 던지면서 『현대문학』을 또는 그와 동격인

『문학사상』을 바라본다면 지방자치제의 힘에 의해 오늘날 창궐하는 계간지의 모습도 한층 선명해지리라는 점입니다. 끝으로 다시 한 번 묻기로 합니다. 결호 없는 지속성 600호란 과연 기적일까. 그 기적이 빚어낸 한갓 타성일까. 이 물음 앞에 『현대문학』도 많은 다른 문예지와 더불어 놓여 있습니다.

2. 새로운 언어와 문법으로서의 『문학사상』

탈이데올로기 선언—언어와 문법

순문예 월간 종합지 『문학사상』의 출현(1972. 10)은 그해의 사건성으로 회고됩니다. 문단적인 사건성일 뿐만 아니라 문학사적으로도 그러하지요. 월남 문인들을 주축으로 한 『문학예술』(1954~1958)도 자유문협의 기관지 격인 『자유문학』(1956~1963)도 가뭇없이 사라진 지 수년이 지난 1972년도에서 보면 오직 『현대문학』(1955~)만이 독야청청했지요. 당시로서는 이른바 문협 정통파의 준기관지 격인 『현대문학』은 그 창간사에서 드러났듯 전통을 주축으로 한 '현대'문학 건설이 그 목표였습니다. "본지는 본지의 제호가 암시하는 바와 같이 한국의 현대문학을 건설하자는 것이 그 목표이며 사명이다"라는 『현대문학』의 대전제를 분석해 보면 '현대'라는 개념이 시대성과는 상당한 거리를 두었음이 판명되지요. 순간적 시류라든가 지엽적인 첨단의식과는 엄격히 구별된다는 것. 그러니까 '현대'라는 이 역사성의 한 시간과 공간을 "언제나 전통의 주체성을 통해서만 이해하고 인식"한다는 것. '전통의 주체성'이라는 것은 이상한 말로 들릴 수도 있겠으나 이 말 속에 잠겨 있는 의미란 어디까지나 전통

제일주의였던 것입니다. 서구 근대예술을 중심부에 둔『문학예술』과 견줄 때 이 점이 뚜렷해집니다. 동시에 별다른 이념을 갖지 않은 원로 중심의『자유문학』과도 구별되지요. 이 '전통의 주체성'이란, 어느 편이냐 하면『문학예술』이나『자유문학』이 사라진 마당에서는 일종의 구속성으로 변질, 보수주의적 이데올로기의 성격으로 안주되기 십상이지요. 바로 이러한 시기에 등장한 것이『문학사상』입니다. 창간사에 드러난 이 잡지의 성격은 주체성이라든가 전통이라든가 시대성 등 이데올로기적 차원과는 아주 동떨어진 것으로 선언되어 있었소. 곧 "우리는 역사의 새로운 언어와 문법을 만들어가는 이 작은 잡지를 펴낸다"라고. 갈 데 없는 탈이데올로기 선언이었던 것.

그리하여 상처진 자에게는 붕대와 같은 언어가 될 것이며 폐를 앓고 있는 자에게는 신선한 초원의 바람 같은 언어가 될 것이며, 역사와 생을 배반하는 자들에겐 창끝 같은 도전의 언어, 불의 언어가 될 것이다. 종(鐘)의 언어가 될 것이다. 지루한 밤이 가고 새벽이 어떻게 오는가를 알려주는 종의 언어가 될 것이다.
– 「창간사」 부분

이 글 한 대목에서 '언어'라는 낱말이 무려 여섯 번이나 반복되어 있지요. 또 말하면 언어란 언어이되 '문법'을 가리킴이지요. '언어'가 알파이자 오메가라는 것. 그것은 '새로운 문법' 만들기라는 것.『문학사상』의 창간 목적이랄까, 존재 이유란 전통도 주체성도 시대성도 아니라는 것. 새로운 언어와 문법 만들기라는 것. 말을 바꾸면 문학이란 '언어예술'에

문학사상 창간호

더도 덜도 아니라는 것. 어떻게 새로운 언어를 창조하는가를 세속에선 문학이라 부른다는 것. 또 말을 바꾸면 문학이란 단지 '텍스트성'으로 존재한다는 것. 오늘의 말로 하면 구조주의적 발상이 짙게 깔려 있습니다. 문학이기에 앞서 작품이라는 것. 작품이란 새삼 무엇이뇨. 언어의 유의적 집적물이라는 것. 그러기에 열려 있는 구조라는 것. 작가 중심주의가 아니라 작품 중심주의를 지향한다는 것.

당시로서는 이러한 발상의 전환이란 실로 이 땅에선 파천황인데 더욱 중요한 것은 이러한 태도의 완강하고도 유연한 지속성에서 왔습니다. 주간 이어령 씨의 비할 바 없는 예리한 언어 및 문법 감각과 삼성출판사라는 대출판사의 힘이 이 잡지 초창기의 지속성을 가능케 하지 않았을까.

화전민의 사상과 문법

새로운 언어와 그것의 문법화의 설계도와 그 실천 지침을 천하에 드러낸 것이 바로 창간호이오. 무엇보다 놀라운 것은 창간호 표지였소. 굴뚝처럼 생긴 불타오르는 커다란 파이프를 물고 있는 이상의 초상화가 그것. 「오감도」(1934)의 시인이자 「날개」(1936)의 작가 이상이란 무엇이뇨. 이 땅이 낳은 천재 작가라 해도 큰 망발은 아니지요. 이른바 소금장수 이야기 수준의 글을 문학이라 믿고 실천하던 당시의 리얼리즘계 문학 일변도에서 신식 모더니즘의 기법을 처음으로 도입하고 실천한 인물이 이상이라

흔히 말합니다. 그러나 주간 이어령 씨의 시선에서 보면 이상 문학이란 '새로운 언어이자 문법'이었던 것. 소금장수 이야기에서 벗어난 단 한 명의 새로운 언어와 문법이었던 것. 주간 이어령 씨가 이상과 자기를 친형제로 인식했던 까닭이지요. "어이, 형!" 하고 부를 수 있는 유일한 존재가 「오감도」의 작가였던 것. 왜냐하면 이어령 씨 자신이 이상과 꼭 마찬가지로 '화전민'이었던 까닭.

> 엉컹퀴와 가시나무 돌무더기가 있는 황요(荒蓼)한 지평 위에 우리는 섰다. 〔…〕 그러나 우리가 이대로 패배하기엔 너무나 많은 내일이 남아 있다. 천치와 같은 침묵을 깨치고 퇴색한 옥의를 벗어 던지지 않고는 견딜수 없는 유혹이 있다. 그것은 이 황야 위에 불을 지르고 밭을 갈아야 하는 야생의 작업이다.
> – 이어령, 「화전민 지역」, 『경향신문』, 1957. 1. 11

주간 이어령 씨가 전후문학의 대변자인 까닭은 메타포 '화전민'이 웅변하고 있는 형국. 평론조차도 주장이나 논증이나 가치판단에 앞서, 새로운 언어이자 문학(문법)이었던 것. 이는 산문시이자 리듬이었던 것. 전통이 전무한 데서 알몸으로 시작하기. 바로 화전민의 이미지가 솟아올랐소. 가진 것이란 불씨뿐. 제로 지점, 아비 없는 세대의 목소리였소. 평론이 이어령에 와서 비로소 문학으로 되었다(이병주)고 말해질 수 있는 것은 이 때문. 그런데 딱 하나 예외가 있었소. 「오감도」의 시인이사 「날개」의 작가가 바로 그 사람. 아비 없는 세대의 형이었다고나 할까. 위로 기댈수 있는 유일한 거점이었소. 그렇다면 아래로는 아무도 없었던가. 있었소. 전후문학이란 너 한 사람을 낳기 위해 있었다고 작가 이호철 씨가 호들갑을 떨었던 『산문시대』(1962) 출신이자 「무진기행」(1964)의 작가 김승옥이 그이오.

이 경우 김승옥이란 새삼 무엇인가. 이 물음엔 천금의 무게가 실려 있소. 여기는 종로구 수송동 숙명여고 대강당. 때는 1977년 10월 20일. 제1회 이상문학상 시상식이 벌어졌소. 수상자는 「서울의 달빛 0장」의 김승옥 씨. 보기 드문 대이벤트. 그도 그럴 것이 대강당을 가득 메운 인파가 이를 잘 말해 주었소. 문단 행사 중 가장 순수한 것이었소. 상장 또한 파천황의 방식. 붓으로 써서 두루마리한 커다란 상장을 원로 평론가 백철 선생이 읽었소. 강연은 두 개. '무엇을 쓸 것인가'라는 제목으로 작가 최인호 씨가 했소. 두 번째는 '대표작 선정 8편을 이렇게 본다'라는 수상작 및 후보작의 해설이 그것. 해설자는 당시엔 제법 젊은 평론가인 제가 맡았소. 이어서 수상자의 소감. 또 하나의 사건은 각계의 찬조 출연 장면. 서문당, 삼성출판사에서 각각 500권의 책을 시상식 참석자에게 증정하기. 엘칸토에서 보내온 고급 신사화 여덟 켤레(윤흥길 씨의 작품 「아홉 켤레의 구두로 남은 사내」가 8편 중에 있었음), 보르네오 통상에서 집필용 책상 한 개, 금성사에서 텔레비전 한 대와 전기스토브 7대 등. 또 문학사상사에서 제작한 기념 볼펜 2천 개를 독자들에게 선사했던 것. 그런데 중요한 것은 이러한 이벤트화를 향한 끊임없는 모색이 뒤따랐다는 점. 이상문학상이라는 이 제도가 오늘날에도 굳건히 그 권위를 누리고 있음은 결코 우연일수 없지요. 당해 최고의 작품을 뽑는다는 것. 그것을 위해 끊임없이 작품에 주목했다는 것. 이런 일은 상업적 성공에 앞서 독자를 위한 배려이기도 했다는 점에서 그 의의를 찾을 수 있었지요. 이상문학상 수상 작품집

한 권만 정독해도 문학적 갈증 해소가 어느 수준에서 가능했던 까닭이오. 이는 자주 그 심사 말석에서 지켜본 제 느낌이기도 합니다.

그러나 무엇보다 제가 지적하고 싶은 것은 '새로운 언어와 문법'이 『문학사상』의 창간 이념이자 그 표상이며 또 그것의 실천 현장이었다는 사실에 있습니다. 무엇이 새로운 언어일까. 이 물음에 막바로 응해 오는 것이 김승옥의 「무진기행」이며 「서울, 1964년 겨울」이며, 「서울의 달빛 0장」이오. 「날개」의 이상과 「환상수첩」의 김승옥을 잇는 고리에 평론가 이어령이 있는 형국. 여기까지 이르면 불로 태우고 곡괭이로 길을 튼 이 지역, 벌써 그것은 황폐한 들판이 아니라 결실을 거두는 비옥한 영토인 셈. 한 사람의 명민한 편집인의 힘과 노력이 옥토를 만들어 내었던 것. 화전민의 의지가 거기 있었지요. 새로운 언어, 새로운 문법 만들기, 이는 언어예술인 문학의 영원한 숙명을 남김없이 가리킴이었던 것. 화전민의 의지란 그러기에 이렇게 요약되는 것. "모든 것은 언어에 의하여 표현되어야 하고 그 표현은 하나의 에코(울림)를 가져야 한다"는 것.

주간 스스로 해외 특파원 되기

『문학사상』 창간호의 표지화에 대한 설명이 너무 길었소. 그래도 할 말이 남아 있소. 그만큼 상징적이었기에 그럴 수밖에. 창간호를 펼쳐 본 독자라면 또 한 번 놀라게 되어 있소. 첫 번째 마주치는 것이 시도 소설도 아닌, 또한 이상도 김승옥도 아닌 심청인 때문. 그것도 독일어로 된 것. 그것도 오페라로 된 것. 윤이상의 「심청」(전 2막) 200매 전문이 완역되어 독점 게재되어 있지 않겠소. 1972년 8월 1일 밤 3천 명을 수용하는 뮌헨 국립극장에서 공연이 끝나자, 청중들이 40분 동안이나 기립박수를 한 작

『문학사상』 창간호 목차

품. 그도 그럴 것이 뮌헨 올림픽 (1972. 8. 26~9. 11) 주제곡이었으니까. 오페라 「심청」의 결말 또한 심봉사 혼자만의 눈뜨기에서 벗어난 것. 맹인 잔치에 모인 맹인들만 눈뜬 것에서 한 걸음 더 나아간 것이 이 대본의 특이성인 것. 잠시 볼까요.

"기적이다! 봉사가 본다! 기적이다"라는 조신(朝臣)들과 민중들의 외침에 이어 지문은 이렇게 되어 있습니다. "사방에서 민중이 무대 위로 온다. 그중에는 수많은 병자, 소경, 병신과 불쌍한 사람들이 끼어 있다. 심청은 어느 조신에게 그 연꽃을 준다. 연꽃을 돌린다. 이 기적의 꽃으로 병자들은 병이 낫는다. 효험이 여러 배다"라고. 많은 심청전 이본 중에서 판소리계인, 모두가 눈뜸(구원)에다 기반을 둔 것이었음이 판명됩니다. 오페라 심청의 이러한 행위는 메시아적 상징성이 아닐 수 없지요. 우리의 고전 「심청전」의 세계화 앞에 『문학사상』이 놓였던 것. 당시로서는 이 기민성과 열림과 문화적 감각이 크게 돋보였지요. 더욱 중요한 것은 이러한 기획이 일회성에 그치지 않았음에서 왔지요.

통권 20호(1974. 5)를 잠시 볼까요. 화가들이 그린 한국 작고(作故) 문사를 표지화로 삼아 새로운 표지의 전범(『현대문학』 표지는 김환기 등의 화가들이 자유로운 소재로 그린 그림)을 보인 바 있는 『문학사상』이 또 다른 파격을 시도해 놓고 있었던 것. 『25시』의 작가 콘스탄틴 비르질 게오르규(1916~1992)의 초상화로 가득 채워졌소. 1974년 3월 20일, 김포공

항은 실로 세계적인 작가의 입국으로 북새통을 이루었지요. 기자회견에 참석한 외국기자는 이 광경을 두고 "폭풍이 일어난 것 같다"고 말할 정도. 게오르규 부부가 천여 명의 『문학사상』 독자와 YMCA(명동) 강당에서 만난 것은 오후 7시 30분. 유럽의 약소국 루마니아 출신인, 희랍 정교회 사제 복장을 한 유달리 큰 키의 작가 게오르규의 방한 자체가 하나의 이벤트였던 것. 그도 그럴 것이 게오르규는 단순히 세계적 작가에 그치지 않고 공산주의에 쫓겨 온 자유 도시 파리의 망명객이었던 까닭. 11일 동안 한국에 머물며 관광은 물론 심지어 광주에까지 가서 강연을 했지요. 그는 한국인에게 이런 메시지를 남겼지요.

여러분들은 고통이 무엇인지를 아는 사람들입니다. 불행이 무엇인지를 아는 사람들입니다. 〔…〕 그러나 남을 침략하고 지배하는 강대국의 사람들은 그것을 모릅니다. 〔…〕 여러분, 미래의 역사와 그 빛은 아파하는 자의 가슴속에서만 태어납니다. 그리고 수난을 참고 견디며 그것을 넘어설 수 있었던 오랜 슬기와 용기를 가진 자의 눈빛에서만 창조됩니다.
– 『문학사상』 20호, 36쪽

부쿠레슈티, 하이델베르크 대학에서 철학과 신학을 배웠고, 신부였던 그가 파리에 망명한 것은 1948년. 2차대전 시기, 독일 침략하의 약소민족의 가혹한 운명을 다룬 『25시』(1949)는 세계적 베스트셀러였지요. 게다가 영화로도 이미 보아 버린 한국 독자들인지라 특별한 관심을 가질 수밖에 없었지요. 독일군의 인종 실험에 동원된 약소국 루마니아 병사(앤서니 퀸 분)의 모습을 화면으로 이미 보아 버렸던 것이지요.

이러한 일은 주간 이어령 씨의 민첩성과 실천력을 통해 가능했던 것입니다. 파리 시암가 16번지 아파트 3층의 게오르규를 찾아가 인터뷰를 강행한 것은 정작 주간 이어령 씨였던 것. 이는 무엇을 가리킴일까. 여기엔 『문학사상』 특유의 기능성 한 가지가 담겨 있습니다. 이른바 '해외 특파원 제도'가 그것. "그러나 본지가 가장 중요한 계획으로 생각하는 것이 20명이 넘는 '해외 특파원'의 현지 르포, 논문, 번역 등이다"(「편집실 노우트」, 창간호)라고 선언한 바로 그것. '그러나'에 주목해 보십시오. 다른 어느 것보다 주력한 비장의 무기가 바로 해외 특파원 제도라는 것. 이것이 겨냥한 것은 종래의 '문단의 문학'을 '철저히 파괴하기'와 연동되어 있었던 것. 끼리끼리 뭉친 인간 중심의 문단문학과는 별개의 문학, 그러니까 '문학의 문학'을 목표했기에 그 방도의 하나로 고안된 장치였지요. 또 이런 목표랄까 의지는 '새로운 언어와 문법'과 연동되어 있었던 것. 주간 자신이 특파원 노릇을 시범적으로 수행하고 있었던 것. (필자가 1983년에 파리의 고급 동네 16구의 아파트로 찾아갔을 때 게오르규의 서재에는 불국사에서 찍은 사진이 놓여 있었는데, 그는 『문학사상』 제20호를 내게 보여 주었다. 그 후 그는 KBS 초청으로 방한한 바도 있다.)

자료 발굴의 열정과 그 평가

물론 『문학사상』은 이에 멈추지 않았소. 또 다른 기능이 작동되고 있었소. 제게는 이것이 제일 마음에 들었소. 문학사적 정리와 자료의 발굴이 그것. 이광수의 자료 발굴(노양환)과 더불어 이효석의 「메밀꽃 필 무렵」에 대한 분석 및 평가가 창간호를 가로지르고 있었지요. 이광수란 무엇인가. 어떻게 규정되든 그만큼 대중적 작가는 일찍이 없었다는 점을 가리킴이 아니었던가. 국문학을 전공한 주간 이어령 씨의 무의식 속엔, 한국 근대문학사가 주춧돌처럼 무겁게 자리 잡고 있었음을 가리킴이 아니었을까. 어떤 문학도 대중성을 띠지 않으면 안 된다는 것. 이 명제는 '문단의 문학'에서 '문학의 문학', 곧 '만인의 문학'으로 향하기에 알게 모르게 관련되는 것. 『문학사상』의 주간실(적선동 시절)엔 벽 전체를 가득 메운 거대한 이광수 초상화가 걸려 있었지요. 이어령 씨가 「춘원 유품전」(1969, 프레스센터)을 연 바 있었소. 당시 촉망받던 소장 화가 김웅 씨가 그린 것. 굴뚝 같은 파이프를 문, 야수파 구본웅의 이상 초상화와는 달리 이광수의 초상화는 크기에서 우선 구별되어 정상적인 인물화였음에서 대중적이자 상식적이었소. 『문학사상』의 표지화가 얼마나 한국 근대문학사적인 편집 설계도의 중심부에 놓여 있었던가는 '이상'(구본웅), '김동인'(박근자), '한용운'(변종하), '김유정'(변종화), '심훈'(윤명로), '김소월'(오수환), '노천명'(천경자) 등의 순서에서도 엿볼 수 있습니다. 이러한 초상화와 함께 연구자들에 의한 문학사적 정리(자료) 및 평가가 이루어졌소(필자는 전공이 전공인지라 번번이 이 정리 작업에 참가했다). 자료라 했거니와 그 수용 방식은 크게 보아 두 가지 형태였소. 자료 발굴 및 소개가 그 하나, 다른 하나는 이 점이 특징적이었는바, 창간호에서 보여 준 방식이 그것.

"여기가 그곳이다"라는 자료 해석 방식은 단연 주간 이어령 씨의 남다른 특징이었소. 「메밀꽃 필 무렵」을 검토하되 '작품 배경과 현지 조사'를 동시에 결합시키기가 그것. 먼저 메밀꽃 핀 현장의 광경을 크게 사진으로 제시합니다. 이어서 작품 현장의 마을, 물레방아터, 시골장터(충주집), 허생원이 달밤에 건너다 빠진 개울, 그리고 해질녘에 출발해서 다음 장터로 가는 길과 도착 지점까지의 경과 시간 재기(봉평에서 대화까지)

등을 실증해 보이는 방식입니다. 단순한 자료 제시가 아니라 자료를 작품 속에 적용하기로 이 사정이 정리됩니다. 이를 두고 '비평적 자료 탐구'라 부를 수 있지요. 말을 바꾸면 종래의 문학사적 인식을 크게 새롭게 바꾸는 작업이었지요. 이러한 자료와 그 비평적 해석을 지속적으로 수행하기 위해서『문학사상』은 따로 하나의 기구를 마련치 않으면 안 되었습니다. '자료조사 연구실' 운영이 그것. 이어령 씨의 역저의 하나인『새 자료조사를 통한 한국작가 전기연구』(전2권, 동화출판공사, 1980)는 그 결실.

이러한 자료 소개에서 제일 큰 성과를 이룬 것을 꼽는다면 단연「날개」의 작가 이상의 것입니다. 이상의 첫 작품이자 장편『12월 12일』(통권 36~39호)의 발굴은 실로 문단 전체가 주목해 마지않았소. 백순제 씨의 발굴로 된 이 작품엔 주간이 직접 평가에 나설 정도. 이어령 씨는 대학생 시절 벌써「이상론─순수의식의 뇌성(牢城)과 그 파벽」(『문리대학보』 3권 2호, 1955.9)을 쓴 장본인이 아니었던가. 잇달아 이상 미발표 유고인 아포리즘(45~46호), 시「I WED A TOY BRIDE」외 4편(56호), 소설「휴업과 사정」(56호) 등의 발굴은 자료 발굴 이래 최대의 성과가 아니었을까. 새로운 이상 연구의 지평이 열렸기 때문. 이어령 교주『이상 소설 전작집』,『이상 시 전작집』,『이상 수필 전작집』(갑인출판사, 1977) 등의 전집이 마침내 이루어졌지요. 문학사상 자료연구실이 편자였지요.

100호에 대한 회고

시방 제 책상에는『문학사상』제100호(1981.2) 기념 증면호가 놓여 있소. 504쪽이나 되오. 주간 이어령 씨는 그 감개를 이렇게 억눌렀소.

마침내 태양제(太陽祭)의 아침을 맞는다. 100권의 책 속에 4만여 페이지나 되는 정신의 대지를 개간했고, 높이 2.5m의 거목을 키웠다. 백 권째의 책을 얹으며, 이것은 정지된 하나의 기념탑이 아니라, 더욱 더 자라갈 생목(生木)임을 확인한다.

높이 2.5m의 거목은 요컨대 '생목'이라는 것. 200호를 향해 자라 가고 있다는 것. 그것이 장차 나올 400호의 육체라는 것. 2.5m의 생목이 시방 제 책상 위에 놓여 있습니다. 한갓 구경꾼이며 떼를 써가며 그 지면에 글을 써온 필자이지만, 2.5m 앞에 감개가 없을 수 없었던 것으로 회고되오. 특히 그 감개는 제 개인적인 사정과 조금은 관련되었음에서 왔소. 편집후기에 이렇게 적혔음과 무관하지 않았던 것으로 회고되오.

본지가 창간 이래 한국문학의 정지작업을 위해 계속해온 작품 발굴 시리즈, 백호 발굴작으로 이광수의 '신발굴 소설집'(2편)이 나간다. 이는 지난해 일본에 체류하고 돌아온 김윤식 교수에 의해 발견된 것들이다.

「만영감의 죽음」, 「산사 사람들」 두 편이 그것이오. 필자는 일차 일본 체류(1970)에서 「사랑인가」를 발굴 소개했소. 이차 체류(1980)에서 비로소 필자는『이광수와 그의 시대』를 집필할 수 있었소. 「만영감의 죽음」이 그 계기를 이루었소. 이 작품의 무대가 된 자하문 건너 홍지동 근방을 한 달 동안이나 서성거렸소. 이광수 생애의 한가운데에 그 자품이 놓여 있었소. 심경소설이었기에 이를 기점으로 그 위로 거슬러 유년기로 향할 수도, 또 이를 기점으로 그 이후의 삶을 추적할 수도 있었소.『이광수와 그의 시대』의 초고가 잡혔을 때 주간 이어령 씨가 실로 파격적인 제안을 했소. 연재를 하되 '무제한으로' 하라는 것. 지금껏 글을 써오면서 이런 혜택을 잡지로부터 받아 본 것은 난생처음이었고, 또 아마도 마지막이 아닐까. 생각건대 이는『문학사상』이 지닌 문학에의, 문학사에의, 그리고 이광수에 대한 이어령 씨 특유의 안목에서 나온 제안이었을 터. 주간실 벽에 크게 걸려 있는 이광수의 초상화로 미루어 보아도 이 점이 짐작되오.『이광수와 그의 시대』의 연재가 무려 5년 동안이나(1981. 4~1985. 10) 이어졌소.

제게 있어 이러한『문학사상』이 바야흐로 400호를 맞는다 하오. 10m로 자란 생나무가 아니겠는가. 어찌 감개가 없을 수 있으랴. 저 황량한 영등포 들판 이층집에서 탄생한『문학사상』은 이런저런 곡절을 겪어 마침내 독립 체제를 갖추어 관철동으로 사옥을 옮겼소. 그 무렵 복도에 깔린 붉은 카펫이 인상적이었소. 마당에 향나무가 서 있는 적선동 한옥으로 옮겼을 때『문학사상』은 무려 3만 부를 넘어서고 있었소. 이 통계는 광고업자들이 조사한 것이라고 주간은 말하더군요. 청요릿집이 골목 가까이 있어 자주 청요리를 얻어먹었던 일, 이상문학상 심사가 있던 날 저녁의 푸짐한 불고기 파티도 잊기 어렵소. 또 있소. 어찌 풍파가 없었으랴. 오영수의 단편 「특질고」(1979. 1) 문제로 위기에 몰린 바도 있었고, 구속된 문인 돕기에 주간 아닌 개인 이어령의 이름으로 나서기도 했소(이문구 씨 증언). 지랄 같은 시대였지만 우리에겐 달리 선택의 여지가 없는 현실이었으니까.

이제 생나무인『문학사상』은 얼마나 자랐을까. 이 물음은 10m의 높이를 묻는 것이기도 하지만 그 이상이오. 문학 자체가 도전을 받고 있는 이 시대 속에서도, 이상문학상과 더불어 생목으로 자라 400호에 이른 것이니까. 새 경영자인 임홍빈 씨의 저널리즘에 대한 폭넓은 식견과 남다른 열정과 혜안이 마침내 400호를 가능케 하지 않았을까. 400호란 새삼 무엇인가. 100호와 800호 사이에 놓인 한 가지 중간 기점이라 할 수 없을까. 이런『문학사상』의 지향성이란 아마도 전위(前衛)라 할 수 없을까. 무엇이 죽어 가는가를 알기에 전위인 것. 그것을 사랑하기에 후위인 것.

7장 _ 김종삼과 김춘수
김현과 세사르 프랑크 마주하기

1. 4·19와 유아론의 폭파 장면

시인 황동규 씨의 산문집 『젖은 손으로 돌아보라』(문학동네, 2001)의 마지막을 장식하는 글이 「유아론(唯我論)의 극복」이다. "지난 70년대나 그 이후에 문학을 시작한 사람들은 1960년대에 이룩된 김수영, 김춘수, 김종삼의 새로운 면모가 지닌 의미를 잘 모를 것"이라 서두를 삼은 이 글은 1960년대, 곧 4·19를 고비로 하여 이들 3김들이 어떻게 변모해 왔으며 그것이 지닌 시문학사적 의의가 무엇인지를 간결하게 밝히고 있다.

시문학사적으로 보아 1950년대란, 미술 쪽도 그러했지만 넓은 뜻의 모더니즘이 시대 의식으로 작동하고 있었다고 보면 크게 틀리지 않는다. 모더니즘이라고는 하지만 초현실주의도 상징주의도 내포된 1950년대스런 시대정신이란 6·25를 겪으면서 크게 증폭되었던 것이다. 황동규 씨의 진단에 의하면, 이 모더니즘의 영위 방식이 한결같이 "유아론에 빠져 있었던 것"으로 정리된다. 그 사례들로 황동규 씨는 김수영의 「광야」, 김춘수의 「릴케의 장」, 김종삼의 「돌각담」을 들었다. 이들 작품이 이른바 난해

시 범주에 드는데, 그 이유를 황 씨는 그들이 한결같이 유아론에 빠졌던 결과로 분석했다. 이렇듯 이 무렵 모더니즘계의 시들이 난해한 까닭을 시인이 유아론에 빠진 결과로 본다면, 대체 그 유아론이란 무엇을 가리킴일까. 황동규 씨는 "시인 자신만을 위해 예술작품을 만드는 작업 뒤에 있는 정신"이라 규정해 놓고 있다. 독자를 도외시함이 이들의 공통점의 하나라면, 어째서 그들은 그런 편향성을 보였을까. 이런 물음에 대해서는 독자 획득 실패의 결과로 인한 자기방어 수단이라 보는 견해가 설득력이 있다. 그 이유로 독자란 시인 자신 하나로도 족하다고 3김들이 공언하고 다닌 점을 황동규 씨가 상기하고 있다. 난해함이야말로 시의 본질이며, 진짜 시란 시인 혼자만 이해하면 된다는 식의 이 밑도 끝도 없는 유아론이 4·19를 겪으면서 모종의 반성기에 접어들었는데, 그 앞잡이들이 김수영, 김춘수, 김종삼 등 3김이라 할 때, 여기에는 많은 논의가 깃들일 수 있을 법하다. 4·19와 시의 관계란 무엇이며, 그것이 어째서 이 나라 시문학사에서 그토록 큰 의의를 띠는가에 대해 황동규 씨는 간결하지만 매우 함축적으로 다음과 같이 정리해 놓고 있다.

유아론에 빠져 있던 3김 씨가 그 늪에서 벗어난 장면을 보여 주는 사례로 황동규 씨가 든 것을 그대로 옮겨 보면 이러하다.

(가) 욕망이여 입을 열어라 그 속에서

사랑을 발견하겠다. 도시의 끝에

사그러져가는 라디오의 재갈거리는 소리가

사랑처럼 들리고 그 소리가 지워지는

강이 흐르고 그 강 건너에 사랑하는

암흑이 있고 3월을 바라보는 마른 나무들이 사랑의 봉오리를

준비하고

　　　　　　　　　　　　　－ 김수영, 「사랑의 변주곡」 첫머리

(나) 눈 속에서 초겨울의

　　　붉은 열매가 익고 있다

　　　서울 근교에서는 보지 못한

　　　꽁지가 하얀 작은 새가

　　　그것을 쪼아 먹고 있다.

　　　월동하는 인동 잎의 빛깔이

　　　이루지 못한 인간의 꿈보다도

　　　더욱 슬프다.

　　　　　　　　　　　　　－ 김춘수, 「인동 잎」 전문

(다) 내용 없는 아름다움처럼

　　　가난한 아희에게 온

　　　서양 나라에서 온

　　　아름다운 크리스마스 카드처럼

　　　어린 양들의 등성이에 반짝이는

　　　진눈깨비처럼

　　　　　　　　　　　　　－ 김종삼, 「북 치는 소년」 전문

이들 작품이 지금 읽어도 신선한 이유는 무엇일까. 유아론의 늪에서 벗어남이란 구체적으로 어떤 국면을 가리킴일까. 김수영의 경우 시인이 세계를 구조적으로 보기 시작했다는 점이 황동규 씨의 첫 번째 지적이다. 구조적이란, 그러니까 '사랑'과 '욕망'의 구조적 관계, 곧 사랑을 욕망의 우위에 두지 않고, 사랑도 욕망 속에 있다는 인식, 또는 그 둘의 높낮이가 없다는 사고의 전환이 신선함이 근거이다. 이처럼 구조적으로 세계를 바라보면 유아론에서 벗어날 수 있고, 따라서 터무니없는 난해성에서 벗어난 '읽힐 수 있는' 합리적 작품이 나올 수 있다는 것이다.

김춘수의 경우는 어떠할까. 영미의 이미지스트들이 이미지의 단순화로 돌아가 그 전대의 센티멘털한 시들을 극복한 경우와 유사한 경로를 거쳐 유아론의 늪에서 벗어났다는 것이 황동규 씨의 지적이다. '붉은 열매', '흰 새', '푸른 잎' 등 3원색으로 된 「인동 잎」의 이미지가 극히 인간적 서술인, '이루지 못한 인간의 꿈보다도 더욱 슬프다'를 '극히 탈개인적(impersonal)인 어조'로 바꾸었다는 것이다. 이미지로 '극히 인간적인 서술'을 '극히 탈인간적 어조로 바꾸기'가 김춘수로 하여금 이 나라 시인 가운데 '가장 이미지즘에 근접한 시를 쓴 시인'이 되게 했으며, 김춘수 시론의 대명사 격인 '무의미 시론'도 이와 무관하지 않다고 황동규 씨는 지적했다.

그렇다면 김종삼의 경우는 어떠할까. 그리고 김춘수와 김종삼의 관계는 어떠할까. 이 물음을 실마리로 하여 나아간다면 혹시 이 나라 모더니즘의 이미지 탐구의 내면풍경을 엿볼 수 없을까. 김종삼이 실천해 온 '내용 없는 아름다움'의 참모습도 그 의의도 잠시 엿볼 수 없을까. 이 글이 한편으로는 김종삼론이지만 동시에 김춘수론이 되기 위해 씌어지는 이유가 여기에 있다.

2. 김춘수가 김수영에게서 압박을 느낀 곡절

세칭 '무의미의 시'의 대표 격인 김춘수는 이렇게 고백한 바 있어 인상적
이다.

(A) 내 앞에는 T. S. 엘리엇의 시론과 우리의 옛 노래와 그 가락들이 나타
나게 되었다. 그중에서도 나는 아주 품격이 낮은 장타령을 붙들고 여기
에다 엘리엇의 시론을 적용시켜보았다. 새로운 연습이 시작되었다. 40
대로 접어들면서 나는 새로운 시험을 내 자신에게 강요하게 되었다. 이
무렵 국내 시인으로 나에게 압력을 준 시인이 있다. 고 김수영 씨다. 내
가 '타령조' 연작시를 쓰고 있는 동안 그는 만만찮은 일을 벌이고 있었
다. 소심한 기교파들의 간담을 서늘케 하는 그런 대담한 일이다. (여기
대해서는 따로 자세한 글을 쓰고 싶다.) 김 씨의 하는 일을 보고 있자니 내
가 하고 있는 시험이라고 할까 연습이라고 할까 하는 것이 점점 어색해
지고 무의미해지는 것 같은 생각이었다. 나는 한동안 붓을 던지고 생각
했다. 그러자 『한국문학』이란 계간지가 간행되면서 나에게 그 집필 동
인이 되어 달라는 청이 왔다. 동인 중에는 김 씨가 끼어 있었다. 나는 여
기서 크게 한 번 회전을 하게 되었다. 여태껏 내가 해온 연습에서 얻은
성과를 소중히 살리면서 이미지 위주의 아주 서술적인 시세계를 만들어
보자는 생각이다. 물론 여기에는 관념에 대한 절망이 밑바닥에 깔려 있
다. 현상학적으로 대상을 보는 눈의 훈련을 해야 하겠다는 생각이다. 아

주 숨 가쁘고 어려운 작업이다. 그러나 나는 나대로 이 작업을 현재까지 계속하고 있다.

－『김춘수 전집 2』, 문장, 1983, 351쪽

이 글은 김춘수의 시론집 『의미와 무의미』(1976)에 수록되어 있거니 와, 문맥대로라면 김춘수의 무의미의 시론이란 실상 김수영을 겨냥해 쓰 인 것으로 된다. 김수영에게 맞서기 위해 무의미해지기 시작한 「타령조」 연작을 밀고 나왔다는 것. 실로 무의미해 보여 일시 중단상태에 있는 김춘 수로 하여금 그 무의미한 시의 실험을 강요한 형국이었다. 대체 김춘수가 보기에 김수영이 감행한 "소심한 기교파들의 간담을 서늘케 하는 그런 대 담한 일"이란 무엇을 가리킴일까. "자유를 위해서 / 비상하여 본 일이 있 는 / 사람이면 알지 / 노고지리가 / 무엇을 보고 / 노래하는가를 / 어째서 자유에는 / 피의 냄새가 섞여있는가를 / 혁명은 / 왜 고독한가를"(「푸른 하 늘을」 제2연)이라는 시일 수도 있고 "우선 그놈의 사진을 떼어서 밑씻개 로 하자"라는 구절일 수도 있을까. 그렇지 않을 것이다. 적어도 「거대한 뿌리」 같은 수준의 작품이었을 터이다. 좌우간 이무렵 김춘수의 맞수는 김수영이었고, 또 김수영밖에 없었다. 김춘수의 처지에서 보면 시단의 적 수란 김수영뿐이었기에 다른 어떤 시인이란 안중에도 없었다. 그는 혼자 밤낮 뇌어 마지않았다. '타도! 김수영'이라고. 방법은 하나. 김수영과 역 방향에 서기가 그것. 무의미의 시학 탐구가 그것이다. 마침내 그 노력의 결과로 연작 「처용단장」 제1부 및 제2부(1976)가 씌어졌다. 이 단계에 이 르렀을 때 무엇보다 자신이 생긴 것은 김춘수였다. 비로소 그는 숙적 김 수영의 압력에서 벗어날 수 있었다. 소심한 김춘수의 간담을 서늘하게 했던 저 대담하기 짝이 없는 김수영과 대등한 위치에 섰다고 그는 믿었다.

(B) 말에 의미가 없어질 때 사람들은 절망하고 말에서 몸을 돌린다. 그러나 절망의 몸짓을 참으로 보고 사람들은 그러는가? 팽이가 돌아가는 현기증 나는 긴장상태가 바로 의미가 없어진 말을 다루는 그 순간이다. 사람들은 그것을 말의 장난이라고 하지만, 잭슨 폴록은 그러나 그 긴장을 이기지 못해 자기의 몸을 자살로 몰고 갔다.
'말의 긴장된 장난' 말고 우리에게 또 남아 있는 행위가 있을까? 있을지도 모르지만, 내 눈에 그것은 월하의 감상으로밖에 비치지 않는다. 고인이 된 김수영에게서 나는 무진 압박을 느낀 일이 있었지만 지금은 그렇지도 않다.
— 위의 책, 389쪽

무의미의 시가 태어나는 순간 김춘수는 김수영이 무섭지 않았다. 의미의 시에 비해 그가 도달한 무의미의 시 쪽이 훨씬 깊다고 느낀다.

3. '무의미의 시'에 이른 과정

'무의미의 시'에 이르는 과정은 실로 악전고투였다. 어떻게 하면 그 망설임 없는 김수영의 '의미의 시'와 맞설 수 있는가. 이 절체절명의 긴장이야말로 시인으로서 김춘수의 사활을 건 모험에 다름 아니었다. 그 모험은 2단계로 이루어졌다.

「인동 잎」단계

릴케라는 허깨비 관념에 매달렸던 초기단계에서 벗어난 김춘수가 한동안 공들여 가며 탐색한 것이 T.S. 엘리엇의 방법이었다. 범박하게 말해 주지주의적 이미지 탐구 곧 이미지를 서술적으로 쓰는 훈련이 그것이다. 이 훈련 과정에서 그가 깨친 것은 비유적 이미지가 지닌 한계였다. 비유적 이미지는 관념의 수단에 지나지 않는다는 깨달음이 그로 하여금 이미지를 위한 이미지 탐구에로 내몰았다. '시의 일종의 순수한 상태'의 출구가 어렴풋이 보였다. 그것이 황동규 씨가 거론한 「인동 잎」이다. 한 번 더 이 작품을 보기로 하자. 당초 이 작품의 초고는 다음처럼 긴장이 풀린 긴 시였다.

거기까지 가는데 나는
발가락의 티눈에 신경을 쓰며
등골에 땀도 좀 흘려야 했다.
눈 속에서 초겨울의
붉은 열매가 익고 있었다.
서울 근교에서는 보지 못한
꽁지가 하얀 작은 새가
그것을 쪼아 먹고 있었다.
저녁상을 물리고
초저녁에 잠깐 눈을 붙이고 나니
기다리고 있었는 듯
내가 묵은 집의 젊은 아낙은
아무것도 대접할 것이 없다면서

맹물에 잘 물이 든

인동 잎을 한 잎

띄워주었다.

이 초고는 말라르메 시론의 암시의 효과를 발휘할 수 없다. 곧 언제
나 쓴 것의 처음과 마지막은 잘라 버릴 것, 소개도 없고 끝도 없어야 한다
는 것. 완성고는 다음과 같다.

눈 속에서 초겨울의

붉은 열매가 익고 있다.

서울 근교에서는 보지 못한

꽁지가 하얀 작은 새가 그것을 쪼아 먹고 있다.

월동하는 인동 잎의 빛깔이

이루지 못한 인간의 꿈보다도

더욱 슬프다.

그럼에도 불구하고 이 완성고 역시 완벽하지 못했음이 발견되었다.
김춘수 자신은 그 점을 훗날 이렇게 적었다.

이 시의 후반부는 관념의 설명이 되고 있다. 관념과 설명을 피하려고 한
것이 어중간한 데서 주저하고 말았다. 매우 불안한 상태다. 나의 창작 심
리를 그대로 드러내주고 있다. 여태까지의 오랜 타성이 잠재 세력으로
나의 의도에 저항하고 있었다는 사실을 알게 되었다. 갈등의 해소책을

생각 아니 할 수 없게 되었다. 타성〔無意識〕은 의도〔意識〕를 배반하기 쉬우니까 시작(詩作)과정에서나 시가 일단 완성을 본 뒤에도 타성은 의도의 엄격한 통제를 받아야 한다.

- 『김춘수 전집 2』, 386쪽

'이루지 못한 인간의 꿈'이란 갈 데 없는 관념이었다. 왜냐하면 그것을 설명하는 꼴이 된 셈이니까. 서술적으로 쓰는 이미지에 열중하다 보면 자기도 모르는 사이에 설명이 끼어들기 마련이었다. 이를 뛰어넘는 훈련이 새로이 요망되었고 그 결과물이 「처용단장 제1부」였다.

「처용단장 제1부」의 단계

'이미지를 위한 이미지'의 탐구를 시의 일종의 순수한 상태라 믿고 그런 훈련을 하다 보니 자기도 모른 새 「인동 잎」에서처럼 설명이 끼어들곤 했다. 무엇이 잘못되었을까. 어디에 문제점이 도사리고 있었던가. 문득 그는 깨달았다. 이미지의 사생(寫生)이란 원래 화가들의 몫이라는 사실이 그것. 세잔이 먼저 떠올랐다. 세잔은 사생을 무수히 거쳐 마침내 추상에 이르지 않았던가. 이미지의 사생에 머물 수 없다는 것. 리얼리즘을 확대하면서 초극해 가는 데 시가 있다는 새로운 지평이 마침내 엿보였다. 사생을 하다 보면 이 사실이 저절로 알아진다. 왜냐하면 사생이라고 하나 있는 풍경을 그대로 그리지는 않기 때문이다. 대상의 취사선택이 필연적이었다. 경우에 따라서는 대상의 어느 부분을 축소, 생략, 과장한다. 위치도 다르게 배치한다. 풍경(대상)의 재구성이 그것. 이 과정에 끼어드는 것이 논리와 자유연상이다. 이들이 날카롭게 끼어들면 대상의 형태가 깨지고 마침내 대상마저 소멸된다. 이리하여 탄생한 것이 무의미의 시이다. 그는 이러한 단계에 이른 과정을 아주 자세히 또 친절히 이렇게 정리해 놓았다.

타성(無意識)은 매우 힘든 일이기는 하나 그 내용을 바꿔갈 수가 있다. 무슨 말인가 하면, 말을 아주 관념적으로 비유적으로 쓰던 타성을 극복하기 위하여 즉물적으로 서술적으로 써보겠다는 의도적 노력을 거듭하다 보면, 그것이 또 하나 새로운 타성이 되어 낡은 타성을 압도할 수가 있게 된다는 그 말이다. 이렇게 되면 이 새로운 타성은 새로운 무의식으로 등장할 수도 있다. 이것을 나는 전의식이라고 부르고자 한다. 60년대 후반쯤에서 나는 이 전의식을 풀어놓아 보았다. 이런 행위는 물론 내 의도, 즉 내 의식의 명령하에서 생긴 일이다. 무의미한 자유연상이 굽이치고 또 굽이치고 나면 시 한 편의 초고가 종이 위에 새겨진다. 그 다음 내 의도(意識)가 그 초고에 개입한다. 시에 리얼리티를 부여하는 작업이다. 전의식과 의식의 팽팽한 긴장관계에서 시는 완성된다. 그리고, (말할 필요도 없는 일인지는 모르나) 나의 자유연상은 현실을 일단 폐허로 만들어 놓고 비재(非在)의 세계를 엿볼 수 있게 하겠다는 의지의 기수가 된다.
– 위의 책, 387쪽

'비유로서의 이미지'라는 이 타성이 얼마나 강한 것이었으며, 거기서 벗어남이란 따라서 얼마나 어려웠던가를 위의 글이 잘 보여 주고 있다. 그는 타성을 무의식이라고 했고 '비유로서의 이미지'라는 타성이 당초에 있었다. 이를 벗어나기 위해 서술적 이미지라는 새로운 노력(시도)

이 생겼다. 이 점이 어느새 또 다른 타성으로 되고 만다. 이를 전의식이라 했다. '무의식+전의식'에서 시가 이루어진 것. 그것이 「인동 잎」이다. 여기서 한 걸음 나아가기 위해서 요망되는 것은 바로 '그 나아가야 한다'는 생각(의식)이다. '무의식+전의식+의식'에서 이루어진 것이 「처용단장 제1부」이다.

> 눈보다도 먼저
> 겨울에 비가 오고 있었다.
> 바다는 가라앉고
> 바다가 있던 자리에 군함이 한 척
> 닻을 내리고 있었다.
> 죽은 다음에도 물새는 울고 있었다.
> 한결 어른이 된 소리로 울고 있었다.
> 눈보다도 먼저
> 겨울에 비가 오고 있었다.
> 바다는 가라앉고
> 바다가 없는 해안선을
> 한 사나이가 오고 있었다.
> 한쪽 손에
> 죽은 바다를 들고 있었다.
> ─ 김춘수, 「처용단장 제1부」 부분

보다시피 여기에는 톤(tone)밖에 없다. '그 나아가야 한다'는 것과는 다른 또 하나의 의식(관념)이 절실히 요망되었다. 시란 무엇인가. 왜 내가 시인이어야 하는가가 그것. 정확히는 왜 '무의미의 시'여야 하는가가 그것. 그것은 '허무의 얼굴 보기'가 아닐 수 없다. 시인이 자기의 허무를 보아야 했다. 이 관념이야말로 시인을 가만히 두지 않았다. 의미라는 안경을 끼고서는 그것이 보이지 않았다. 말을 부수고 의미의 분말을 어디론가 날려 버려야 했다. 말에 의미가 없고 보니 거기 구멍이 하나 뚫리게 되었다. 그 구멍으로 허무의 빛깔을 보고자 한 것이 연작 「처용단장 제2부」였다.

> 불러다오.
> 멕시코는 어디 있는가,
> 사바다는 사바다, 멕시코는 어디 있는가,
> 사바다의 누이는 어디 있는가,
> 말더듬이 일자무식, 사바다는 사바다,
> 멕시코는 어디 있는가,
> 사바다의 누이는 어디 있는가,
> 불러다오.
> 멕시코 옥수수는 어디 있는가.
> – 김춘수, 「처용단장 제2부」 부분

이 속에는 세 가지 시적 실험이 전개되고 있다.

1) 한 행이나 두 행이 어우러져 이미지가 응고되는 순간, 이를 소리(리듬)로 처단하기.

2) 소리가 또 이미지로 응고되는 순간, 하나의 장면으로 처단하기.

3) 연작의 등장. 한 편의 시가 다른 한 편의 시에 대하여 그런 관계에 있다는 것. 곧 장면이 응고될 때 이를 연작으로 처단하기가 그것.

그는 이렇게 결론지었다. "이것이 내가 본 허무의 빛깔이요 내가 만드는 무의미의 시다. 잭슨 폴록의 그림에서처럼 가로세로 얽힌 궤적들이 보여주는 생생한 단면—현재, 즉 영원이 나의 시에도 있어주기를 나는 바란다. 허무는 나에게 있어 영원이라는 것의 빛깔이다"(『김춘수 전집 2』, 389쪽)라고.

4. 4·19와 김현의 개입

김춘수의 '무의미의 시'에 이르는 과정은 과연 독창적이었다. 자기 말대로 악전고투 끝에 얻어진 값진 열매였다. 그 의의는 단연 문학적인 사건성이라 할 것이다. 그로 하여금 이런 봉우리에 오르게 한 것은 맞수 김수영이었다. 밤낮 책상 앞에 종이를 펼쳐놓고, '타도! 의미의 시'를 외친 결과 쟁취된 것이기에 값진 열매가 아닐 수 없다고 그는 믿어 의심치 않았다. 드디어 정상에 올랐다고 느껴 한숨을 돌리는 순간, 그 자존심이 물거품이 되지 않으면 안 될 처지에 놓였다. 그 정상에는 이미 올라온 사람이 그를 기다리고 있었던 까닭이다. 더욱 그가 놀란 것은 그 사람은 아주 쉽게 거기에 올라온 것으로 보였던 까닭이다. 최신 등산화에 온갖 신식 장비를 갖추고서야 오를 수 있는 그 정상에 그 사람은 평지에 오르듯 고무신 차림이었다. 그 사람이 바로 김종삼이었다.

대체 김종삼이란 누구인가. 그를 잘 아는 황동규 씨는 「북 치는 소년」을 들어 '내용 없는 아름다움'이라 했거니와, 정작 김종삼을 4·19 이후 한국시의 주류 속에서 관찰한 사람은 평론가 김현이었다. 그는 김수영도 이 주류 속에 넣긴 했지만 어디까지나 잠정적이었고, 본질적으로 주류 속에서 논한 시인은 김종삼 쪽이었다.

4·19가 일어난 지 17년이나 지난 시점에서 김현은 이렇게 스스로를 규정한 바 있다.

내 육체적 나이는 늙었지만 내 정신의 나이는 언제나 1960년의 18세에 멈춰 있었다. 나는 거의 언제나 사일구 세대로서 사유하고 분석하고 해석한다. 내 나이는 1960년 이후 한 살도 더 먹지 않았다. 그것은 씁쓸한 인식이지만 즐거운 인식이기도 하다. 씁쓸한 것은 내가 유신세대나 광주사태 세대의 사유 양태를 어떤 때는 이해하지 못한다는 데서 생겨나는 것이고 즐거운 것은 나와 같은 늙지 않은 사람들이 많다는 것을 확신한 데서 생겨나는 것이다. 그것과 밀접하게 연계되어 있겠지만 나는 내 자신이 조금씩 변화하고 있다고 믿고 있었지만 그 변화의 씨앗 역시 내 옛 글들에 다 간직되어 있었다. 나는 변화하고 있지만 변화하지 않고 있었다. 리듬에 대한 집착, 이미지에 대한 편향, 타인의 뿌리를 만지고 싶다는 욕망, 거친 문장에 대한 혐오…… 등은 거의 변하지 않은 내 모습이다. 변화는 그 기저 위에서의 변화이다.
– 김현, 『분석과 해석』 서문, 문학과지성사, 1988

4·19란 무엇인가. 이 물음의 핵심에 놓인 것은 '자유'가 아닐 수 없다. 평론집 『문학과 유토피아』(문학과지성사, 1980)를 내는 마당에서 김현이 그 첫 번째 자리에 「자유와 꿈」을 놓았음은 극히 자연스럽다. '김수

영의 시세계'라는 부제를 단 이 글에서 김현은 4·19 직후의 김수영의 시들에 공감하지 않는다. "우선 그놈의 사진을 떼어서 밑씻개로 하자" 따위가 어찌 시일까 보냐. 그러나 김수영은 서서히 4·19 이후에 벌어진 사태들을 비판하기 시작한다. 「신(新)귀거래사」에 이르면 사정이 크게 달라진다. 김수영의 마지막 시 「풀」(1968. 5. 29)이 어째서 뛰어난 시인가를 김현은 이렇게 적었다.

> 김춘수와 함께 해방 이후의 시인들 중에서 가장 중요한 역할을 맡아 한 그의 문학적 업적은 반시론으로 집약될 수 있다. 그의 반시론은 60년대 시의 중요한 국면 중의 하나인 참여시론의 대표적 예이다. 그의 시론은 대부분의 참여시론과 다르게 '지게꾼이 느끼는 현실을 대변하자는' 것도 아니며 '소시얼리스틱 리얼리즘론'도 아니다. 그의 반시론은 언어를 통해 인간성을 보여주어야 한다는 것이다. '시인은 언어를 통해서 자유를 읊으며 또 자유를 사는' 것이기 때문이다. 그는 언어와 자유, 감동과 직관을 날카롭게 결합시킨 최초의 시인이다.
>
> ─『분석과 해석』, 18쪽

4·19세대의 대변자로 자처한 김현의 김수영론은 피상적으로 보면 '4·19 부정론'이거나 '4·19 무관론'이라 할 만하다. '자유'를 노래한 참여 시인 김수영은 간데없고 '언어'만이 그 자리를 메우고 있는 형국인 까닭이다. 김수영의 새로움이란 '언어와 자유'를 결합시킴에 있다고 김현은 규정했다.

이 장면이야말로 김현의 본질을 드러낸 많지 않은 대목이 아닐 수 없다. 김현 투의 말버릇으로 하면 '우리는 누구나 타인의 사유의 뿌리를 만지고 싶다는 욕망'의 소유자인 만큼, 사람들은 김현의 사유의 뿌리를 만지고 싶어 한다. 그가 자신을 4·19세대라 하고 모든 사유가 여기에서 나온다 했다면 바로 4·19가 그의 '사유의 뿌리'의 다름 아닐 터이다. 4·19 그것은 '자유'가 아닐 수 없다. 그런데 그 자유는 언어와 더불어 있고 언어를 통해 있고 따라서 언어를 떠날 수 없는 그 무엇이다. 말을 고치면 '자유=언어'가 아니면 안 되었다. 이것이 김현의 '사유의 뿌리'이다.

대체 누가 김현에게 이런 기묘한 사유의 뿌리(등식)를 가르쳤던가. 이제 아무도 이 물음을 비껴갈 수 없는 골목에 이른 셈이다. 곧, '4·19= 말라르메'의 도식이 그것.

5. 교주 말라르메와 전도사 김현

'언어파의 시학에 관하여'라는 부제를 단 「시와 암시」(『현대한국문학전 집』 제18권, 1967)는 김현 비평의 '사유의 뿌리'를 물을 때 부딪치는 첫 번 째 관문이다. 이 사실은 김현론에서는 아무리 강조되어도 지나침이 없다. '4·19=말라르메'의 도식을 알기 위해서는 다른 방도가 없기에 그러하 다. 이 글 속에는 다음과 같은 대목이 들어 있거니와 이를 기점으로 하여 김현은 1960년대 문학의 정수에 해당되는 작품 분석을 섬세하게 펼쳤고 이로써 그는 이른바 '4·19문학=1960년대 문학'의 도식을 만들어 낼 수 조차 있었다. 한 명민한 비평가의 존재가 당대 문학의 한쪽 기둥으로 버 티고 있었다는 것은 문학사적 사실로 되어 있다. 후세인들은 이 한쪽 기 둥을 '1960년대 문학=문지파'라고도 불렀다. 또 다른 기둥이 리얼리즘

계인 '참여파=창비파'를 가리킴임은 모두가 아는 사실이다. 그러나 1960
년대 문학=문지파라 함은 참여파=창비파라 했을 때와는 대칭적이 아
님에 주목할 필요가 있다. '인간은 벌레가 아니다'의 명제에 서 있는 참여
파란 일제강점기의 이 나라 민족문학의 핵이었고, 그 후의 분단문학, 노
동문학도 이 노선에 선 것이어서 창비파는 이 정통 계보에 해당되지만,
1960년대 문학=문지파라 할 경우는 단연 새로운 문학 곧 질적인 변별성
에 관련되어 있었다. 1960년대 문학=문지파라 했을 때 그것은 문학의 새
로운 종류랄까 모종의 질적 과제를 가리킴이며, 그러한 1960년대적 새로
운 문학의 수문장이 김현이었다. 비유컨대 김현 비평은 새로운 문학의 교
조라 할 것이다. '암시의 시학'이 그것이다. 이 '암시의 시학'을 맨 처음, 아주
수줍게 내세운 「시와 암시」 속에는 다음과 같은 대목이 들어 있다.

　(1) 내용 없는 아름다움처럼

　　　가난한 아희에게 온
　　　서양 나라에서 온
　　　아름다운 크리스마스 카드처럼

　　　어린 양들의 등성이에 반짝이는
　　　진눈깨비처럼
　　　- 김종삼, 「북 치는 소년」

　(2) 바람이 인다. 나뭇잎이 흔들린다.

바람은 바다에서 온다.

생선가게의 납새미 도다리도

시원한 눈을 뜬다.

그대는 나의 지느러미 나의 바다다.

바다에 물구나무 선 아침 하늘,

아직은 나의 순결이다.

— 김춘수, 「처용」

이 짤막한 두 개의 시편들은 아무런 구차스러운 설명도 하지 않고 있다. 언어 자체의 논리적인 구조는 전체의 효과를 살리기 위해서 상당한 수난을 감수하고 있다. 김종삼의 「북 치는 소년」에서 그러므로 우리는 아름답고 크게 들리기는 하지만 덧없는 어떤 것을 느껴볼 뿐이고, 김춘수의 「처용」에서는 '시원한' '아침' '순결' 등의 어휘가 풍겨 주는 백색의 분위기를 느낄 수 있을 따름이다. (또 하나의 좋은 예로 김종삼의 「스와니 강이랑 요단강이랑」은 발표 당시의 후반 설명 부분이 지금은 삭제되어 있다.) 그러므로 암시의 시학이 갖는 제일 큰 특색은 애매모호함이 될 것이다. 감동의 질을 그대로 묘출하지 않고 감동된 혼이 느끼는 감정을 묘출한다는 이 이중의 어려운 일은 그것이 암시되지 않으면 감동의 질이 그대로 묘출되어 버린다는 위험 때문에 할 수 없이 애매모호함을 감수하고 있다. 그리고 어떤 의미에서는 이 애매모호함이 그들 시의 가장 정당한 존재 이유가 되고 있다. 이러한 암시의 시학에서는 교감이 가장 큰 기둥이 되어 주는데 교감 자체가 일종의 애매모호성이기 때문이다. 물론 애매모호함이란 밖에서 오는 것과 안에서 오는 것이 있다고 생각되는데,

언어파에 있어서의 그것은 대부분의 경우 앞과 뒤를 잘라 버린 덕분에 밖에서 오는 것으로 구성되어 있다.

– 김현, 『상상력과 인간』, 일지사, 1973, 51쪽

　장차 전개될 '암시의 시학=60년대 문학'의 입구를 김현은 아주 수줍게 '애매모호함'이라 거듭 강조했거니와 그 대표적 사례로 김종삼과 김춘수를 들었다. 장차 전개될 60년대 문학이란 시 쪽이든 소설 쪽이든 심지어 평론까지도 '김종삼=김춘수'식의 '애매모호함'이어야 한다는 인식에는 실로 엄청난 폭약이 장전되어 있었음을 김현 자신도 미처 몰랐음에 틀림없다. 진실이란 늘 수줍듯 거기엔 홍조를 띤 김현의 얼굴이 감지되기 때문이다.

　김종삼·김춘수가 암시의 시학 입구에 놓여 있다는 것은 그것이 이 시학의 한국적 기점임을 가리킴이었다. 이 기점에 이르기까지의 김현의 궤적은 어떠했을까. 이 물음은 김현의 사유의 뿌리를 만지고 싶다는 욕망에 관련된다. 무엇보다 먼저 그는 프랑스문학 전공자였다. 총명한 사람이라면 응당 부딪치는 문제, 곧 프랑스문학과 한국문학의 낙차랄까 공통점에 대한 고민이 그것이다. "나 자신의 콤플렉스는 프랑스문학과 한국문학을 그저 문학으로만 파악하고 싶다는 것"이었다. 이때 부딪치는 문제는 두 문학의 차이점에 대한 절망감에서 온다. 기독교 문화권이 빚은 프랑스문학(신과 지상의 수직 개념)과 그렇지 않고 평면적인 한국문학을 같은 범주의 문학으로는 간주할 수 없다는 것은 고무신도 신이고 구두도 신이라고 해서 고무신 곧 구두는 아니지 않은가. 문화의 고고학이 요망되는 것은 필연적이었다. 갓 대학을 나온 김현으로서는 이 문화의 고고학에

까지 나아갈 처지가 못 되었다. 매우 다행스럽게도 이때 자기와 꼭 같은 콤플렉스에 시달렸던 한 선배를 만날 수 있었다. 『시학평전』(1963)의 송 욱 교수가 그다.

이 고명한 저술 속에는 영미시에 대한 이브 본푸아의 견해가 소개되 어 있다. 어느 종족이나 국민도 저마다의 창작적 편향성(turn of mind)이 있고 또 비평적인 편향성도 있지만 후자에 대해 사람들의 관심이 덜하다 는 T. S. 엘리엇의 말을 글머리에 제시한 본푸아의 「영국과 프랑스의 비평 가들」("Critics-French and English Poets", *Encounter*, 1958. 7) 속에 이런 대목이 있음을 송욱은 놓치지 않았다. "영국시의 특색은 항상 무슨 주장 을 하려고 하는 점에 있지만 라신느에서 랭보에 이르는 가장 위대한 불 란서의 시는 이와 전연 다르다. 후자의 경우에는 그 의미가 대개는 매우 단순하고 논리적으로 분석할 수 없으며 또한 시작품의 독특한 가치를 설 명하기에는 결코 충분한 것이 되지 못한다"(『시학평전』, 147쪽).

영시가 의미의 주장에 기울어져 있다면 프랑스 시는 울림에 있다는 것, 곧 존재의 드러내 보임(disclosing of being)에 있다는 것이라면 한국 시의 편향성은 어떠할까. 불문학도인 김현의 야심이 불탄 곳은 여기였다. 그러나 고고학을 공부할 능력도 모자랐고 처지도 아닌 김현이 향한 곳은 고현학(考現學)이었다. 당대에 벌어지고 있는 한국의 시학 분석이 그것. 그 고현학적 시학의 입구에 놓인 것이 김종삼과 김춘수였다. 참여문학도 순수문학도 아닌 제3의 새로운 문학의 교주 되기야말로 김현의 야심이 깃든 곳이었다.

김현은 암시의 시학을 과감히 내세웠다. 본푸아가 영시와 프랑스시 의 편향성을 각기 비판하고 의미와 울림을 아울러야 한다는 절충주의에로 논지를 몰고 갔지만 김현은 이와는 현저히 달랐다. 그는 무엇을 주장하려고 하는 영시 쪽에 귀를 막고 프랑스 시의 울림(애매모호성)의 교주가 되고자 작심했을지 모른다. 그것이 바로 그가 그렇게 미워하던 참여문학/순수문학의 초극이라 믿었을 터이다.

프랑스문학 전공의 김현으로서는 어쩌면 생리적 현상이었을 터이다. 두 가지 이유로 이 생리적 현상이 분석된다. 첫째는 그가 제일 잘 아는 것이 프랑스문학이라는 것. 다른 하나는, 이 프랑스문학의 특성이 한국문학에서 제일 결여된 것으로 보였다는 것. 의미를 내세우는 영시란 참여문학에서 넘치도록 겪고 있지 않겠는가. 순수문학이란 아무런 방법론도 없이 막연히도 비현실적인 데로 치닫기만 하고 있었다. 이 둘을 싸잡아 비판하고 진짜 새로운 시다운 시학이란 무엇인가를 묻고, '암시의 시학이다!'라는 해답을 그는 찾았고 이로써 그는 그 한국적인 교주(전도사) 되기에 나섰다. 그럴 자신감이 있었던 까닭이다. 그 자신감을 가져다준 것은 다름 아닌 진짜 교주 말라르메였다. 김현은 우선 "그러면 이 암시의 시학은 도대체 어떻게 작시하라고 시인들에게 가르치고 있는 것일까? 한 프랑스 비평가가 말라르메의 말을 인용하여 나눈 다음의 여섯 가지 방법이 가장 설명의 묘를 얻고 있는 것 같다"라고 말하면서 4·19 이후 전개되는 한국 현 시단의 새로운 경향을 다음 여섯 가지 범주 속에 넣고자 했다. 교주 말라르메가 가르친 여섯 가지 범주가 바로 '암시의 시학'의 방법론이었다. 전도사 김현이 보인 방법을 순서대로 인용하기로 한다.

1. 효과를 그릴 것 ─ '사물이 아니라 그 사물이 야기하는 효과를 그릴 것. 시구는 말들로 이루어져서는 안 되고 의도로써 이루어져야 한다.' 이

러한 방식을 가장 충실히 이행하고 있는 시인으로는 김영태(金榮泰)가 있다. 김영태는 샤갈의 그림이 야기하는 효과를 주로 그리고 있다.

연미복을 입은
어린 염소가
불표 연탄공장 굴뚝 위로 날아간다.
십구공탄 연기에도 그슬리지 않는
비단 수염을 달고
한 덩어리의
순결이 날아간다

"한 덩어리의 / 순결"이라는 시구는 사물이 아니라 사물이 야기하는 효과를 그대로 그리고 있는 좋은 예이다. 그때에 모든 것이 '감각 앞에서 지워져야 한다'는 것은 당연한 일이다.

2. 암시할 것—"대상을 명명한다는 것은 점차적으로 추리해 나가는 데서 이루어지는 시의 맛을 거의 죽여 버린다. 대상을 암시하는 것—여기에 꿈이 있다. 조금씩 혼의 상태를 보여 주기 위해 대상을 회상시킬 것, 혹은 반대로 일련의 암호 해독으로 그 대상에서 혼의 상태를 벗겨 낼 것." 김종삼이 해 보이고 있는 시의 대부분은 조금씩 혼의 상태를 보여 주기 위해 대상을 회상시켜 주고 있다.

헬리콥터가 떠 간다.

철둑길이 펼쳐진 연변으로

저녁 먹고 나와 있는 아이들이 서 있다.

누군가 담밸 태는 것 같다.

헬리콥터의 여운이 띄엄띄엄하다.

김매던 사람들이 제 집으로 돌아간다.

고무신짝 끄는 소리가 난다.

디젤 기관차 기적이 서서히 꺼진다.

'문장수업'(文章修業)이라는 매우 아이러니한 제목이 붙어 있는 이 시
는 저녁 무렵 철둑길 연변에 서 있는 시인의 마음의 스산함을 보여 주기
위해서 대상을 하나씩 회상시키고 있다. 헬리콥터와 저녁 먹고 나와 있
는 아이들, 담배 남새, 헬리콥터의 여운, 김매다가 귀가하는 사람들, 고
무신짝 끄는 소리, 디젤 기관차 기적 등이 신인의 혼의 상태를 나타내기
위해서 극도로 집약되고 있다. '일련의 암호 해독으로 대상에서 혼의 상
태를 벗겨 내는' 시로서 가장 좋은 예는 박희진의 '앙리 루소'가 보여 주
고 있다.

3. 유사에 의해 행할 것 —"모든 것 사이의 관계의 전격적인 어떤 상태
속에서…… 정확한 이미지 사이의 관계를 세울 것. 그리고 거기서 추리
해 나갈 수 있는 명백한 3분의 1의 면을 제거하기를." 이러한 방식은 전
봉건, 김춘수, 김구용 등이 거의 극한의 경지까지 밀어 붙이고 있는 것
같다. 전봉건의 '의식', 김춘수의 '타령조' 이후의 여러 시편들, 특히 최근
의 짧은 시편들과 김구용의 거의 모든 시들이 바로 이 방법을 그대로 실

천해 보이고 있다. 이러한 방법은 초현실주의자들에게서 더욱 극명히 보여진다. 소위 '우연'이 문제되는 것은 바로 여기에서이다.

(1) 숲속에서 바다가 잠을 깨듯이

　　젊고 튼튼한 상수리나무가 서 있는 것을 본다.

　　남의 속도 모르는 새들이 금빛 깃을 치고 있다.

　　　– 김춘수, 「처용」

(2) 그날 오후의 좀 늦은 시간이다.

　　해지는 무렵이다.

　　해지는 무렵의 좀 어두운 계단이다.

　　　– 전봉건, 「의식 6」

(3) 슬픔을 개폐하는 다리

　　밤의 발광점

　　보살의 초생달 눈썹

　　　– 김구용, 「이곡」(二曲)

예 (1)은 숲과 나무와 새 등의 아주 진부한 관계를 가진 이미지들이 예견할 수 있는 많은 부분을 지워 버렸기 때문에 묘한 생동감을 얻고 있으며, 예 (2)는 시간적 이미지와 공간적 이미지의 묘한 결합으로 살아 있으며, 예 (3)은 그 우연이 가장 심하게 작용한 좋은 예증으로 생각된다.

4. 어휘를 혁신할 것 — "말들의 박학하고 확실한 사용으로 인해 조화롭게 편성된 고전시구로 된 시로서, 상징에서 상징으로 이끌면서 자연과 삶의 이유를 찾을 것." 말의 원초적 의의를 잃지 않으면서 거기에 상징성을 부여한다는 이러한 방식은 시전통이 확고하게 서 있는 프랑스 같은 곳에서는 행해질 수 있겠지만 여기서는 고전적 틀의 미숙과 자음과 모음의 질에 관한 천착의 부족으로 매우 곤란을 느끼리라고 생각된다. 성찬경이 'ᆞ', 'ᄫ' 등의 음가에 대한 실험을 계속하고 있다.

> 그러다가 어쩌다 몇 마디의 △ ᄫ 소리 앵두처럼 열린 외래의 금언을 발음하다가
>
> ─ 성찬경, 「의치」(義齒)

성찬경의 경우 대부분 이런 예인데 별로 소득이 없어 보인다. 언어학이 보다 발달한 뒤에 시인들은 그 성과 위에서 이런 것을 행하지 않으면 안 될 것이다.

5. 말들을 산문적 논리에서 해방시킬 것 — "시에서는······ 말들은 그들 서로서로를 반사하여 그들의 고유한 색깔을 가지지 않고 음계의 추이인 것같이만 보일 정도로 된다." 이것은 우수한 시인이라면 피부로써 느끼는 것이라고 보여진다. 특히 한국 시에서는 이것은 아무리 강조해도 지나치지 않을 것이다. 한국어 자체가 매우 산문적인 깃이기 때문에 이러한 언어로써 시를 만들기 위해서는 산문적 논리에서 벗어나지 않으면 안 되기 때문이다. 김영태, 박희진, 김광림, 전봉건, 김구용 등이 이것을

매우 위험스러운 경지에 이르기까지 시험하고 있는 것처럼 생각된다. 특히 박희진은 '앙리 루소'류의 많은 시편에서 매우 높은 상태의 시구들을 보여 주고 있다.

6. 멜로디를 찾을 것 — "비전과 멜로디는 청각과 시각에 대한 이 어렴풋한 매력 속에 용해되는데 그것이 나에게는 시 자체인 것처럼 보인다." 이 말 역시 프랑스 시에서와 한국 시에서 동가(同價)를 가질 수는 없다. 한국 시에서는 모음과 자음에 관한 면밀한 연구 혹은 탐구가 아직도 행해지지 않고 있고 소위 시의 틀, 즉 원형적 질서라고 부를 수 있는 것이 아직 완전히 알려지지 않고 있다. 특히 최근세까지 엄격히 구별되어 오던 양성모음과 음성모음의 구별마저 요즈음은 서서히 사라지고 있다. 그러므로 멜로디를 통한 암시는 아직은 불가능한 것처럼 생각된다. 박희진이 겨우 각운의 실험을 해보고 있고, 송욱이 운(韻)에 대해 상당한 배려를 하고 있는 듯이 보이나 박희진의 경우는 '앙리 루소'를 제외하면 거의 실패한 듯이 판정되고, 송욱의 경우에는 대부분이 패러디로서 끝나고 있다. 송욱의 '시학평전'에 멜로디에 관한 시사적인 부분이 보인다. "우리말은 같은 내용을, 교착어인 까닭도 있고 해서, 긴 문장과 복잡한 문장법을 통해서 표현할 수밖에 없다. 그리고 긴 문장과 복잡한 문장법은 반드시 연속하는 리듬을 통해서만 음악화 또는 시화할 수 있는 것이 아닐까?" 그러나 연속하는 리듬에 관해서 구체적인 설명이 없다는 것은 퍽 유감된 일이다.

– 『상상력과 인간』, 53~55쪽

이러한 여섯 가지 방법론은 싸잡아 '주술적 언어'라고 김현은 아래와 같이 또 수줍게 적었다.

> 이러한 모든 것을 종합해 본다면 암시의 시학이 보여 주는 것은 주술적 언어라고 생각된다. 티보데의 말을 빌면 '전체적이고 새롭고 주술적인 것 같은 언어'이다. 이러한 주술적인 언어가 갖는 가장 큰 특색은 그것이 "생성에서 도피하라."는 빌리에르 드 릴라당의 말에 그대로 승복하고 있다는 점이다. 주술적 언어는 시인이 받은 인상을 우리에게 직접으로 전하지 않는다. 그리고 우리들은 오랜 우회와 변모를 거쳐서 그 인상에 도달한다. 그것은 주술적 언어, 시인이 그것을 직접적으로 원한 주술적 언어가 그 인상을 그의 본질로 되돌이키고 생성의 끝을 제거하고 있기 때문이다. 말을 바꾸면, 언어파의 시인들은 이 주술적 언어를 통해서 창조되고 건조된 어떤 것을 독자들에게 주는 대신에 그들에게 창조하고 건조하기를 강요한다. 언어파에 있어서 애매모호성이 밖에서 오는 것은 바로 이 때문이다.
>
> **- 위의 책, 55쪽**

6. 김종삼의 「앵포르멜」

이러한 암시의 시학이 말라르메서 왔다는 것은 한 번 더 강조할 만하다. 위의 여섯 가지 방법론이란 실상 김현의 첫 평론집 『존재와 언어』(가림출판사, 1964)에 그대로 실려 있다. 피에르 미셸이 요약한 암시의 시학이란 (1) 효과를 그릴 것, (2) 암시할 것, (3) 유사에 의해 행할 것, (4) 어휘를 혁신할 것, (5) 말들을 산문적 논리에서 해방시킬 것, (6) 멜로디를 찾을 것 등으로 되어 있으며 이 모두는 오직 말라르메 시학을 위한 것이었다(『존재와 언어』, 36~37쪽). 말라르메, 그것이 김현의 고고학이었던 셈이다. 그러나 이 고고학을 계속 밀고 나가기엔 그의 야심이 역량에 비해 너무 조급했다. 이를 부채질하는 현상이 눈앞의 시단에서 벌어지고 있었다면 어떠할까. 문화의 고고학에서 출발한 김현이 고현학으로 내려앉은 것은 그의 역부족이지만 이 역부족을 일깨워 주는 시인이 그의 옆에 있었다면 어떠할까. 이 물음은 천금의 무게를 갖는다. 그런 시인이 있다면 바로 김현 자신의 분신이 아닐 수 없다. 프랑스문학에서 더 이상 나아갈 수도 그렇다고 뒤로 물러설 수도 없을 때 이런 목소리가 그의 귀에 메아리쳤다. 김종삼의 「앵포르멜」이 그것이다.

> 나의 무지는 어제 속에 잠든 망해(亡骸)
> 세자아르 프랑크가 살던 사원 주변에 머물렀다.
>
> 나의 무지는 스테판 말라르메가 살던 본가에 머물렀다.
>
> 그가 태던 곰방댈 훔쳐 내었다.
> 훔쳐 낸 곰방댈 물고서
>
> 나의 하잘것이 없는 무지는
> 반 고호가 다니던 가을의 근교
> 길바닥에 머물렀다.

그의 발바닥만한 낙엽이 흩어졌다.

어느 곳은 쌓이었다.

나의 하잘것이 없는 무지는 장 폴 사르트르가

경영하는 연탄공장의 직공이 되었다.

파면되었다.

– 김종삼, 「앵포르멜」, 1969

서구적 고고학인 수직적 이원론의 토착화, 그것이 프랑스문학 전공
의 문학도 김현의 야망의 장소였던바, 이와 꼭 같은 시인이 있었다는 사
실의 발견은 김현에게 각별한 것이 아닐 수 없었다. 그는 「앵포르멜」에서
스스로의 문학적 운명을 보고 있었다. 서구문학 콤플렉스에서 해방되기
가 그것. 다시 말해, 아무리 발버둥 쳐야 서양문학 콤플렉스에서 벗어날
수 없다는 것이 그것. '4·19=말라르메'라는 마법에 걸려 허우적대기가
그것. 말라르메를 숨기고 그것을 4·19라 위장하기가 그것.

김현은 「앵포르멜」을 글자 그대로 미정형으로 읽었다. "정신적 수직
적 이론이 토착화되어 가는 도중에 살고 있는 한 시인의 찢긴 위치를 노
래하고 있다"고 김현은 적었다. 저 대단한 수직적 이원론을 공부하지 않
고는 그것의 토착화란 기대하기 어렵다면 어째야 할까. 서구에 가서 고
고학을 공부해야 할까. 거기서 태어나고 자라지 않은 이상 말라르메가 되
기란 불가능하다. 다만 할 수 있는 것은 '말라르메가 되어라!'고 기도하며
몸부림치기일 뿐이다. 김종삼은 다만 꿈속에서 19세기말 프랑스 작곡가
세사르 프랑크를 찾아 파이프오르간을 연주하는 사원 근처에 가볼 수밖

에. 말라르메의 본가에도 가볼 수밖에. 고흐가 살던 동네도 가보아야 했고, 심지어는 사르트르가 경영하는 연탄공장에도 가봐야 했다. 이 모두는 꿈속에서의 일이다. 김현은 김종삼이 자기 자신임을 아주 자신만만하게 외칠 수가 있었다.

> 확실히 그렇다. 비평가는 시인의 작품과 전통과의 관계를 면밀히 조사하고 관찰함으로써 그의 임무를 수행하고 시인은 자기의 무지를 고치기 위해서 여기저기 방황함으로써 그의 직책을 수행한다. 그 방황이 성실하면 성실할수록 전통의 올바른 방향 속에 끼어들 수 있으리라는 것, 바로 그것을 나는 확신한다. 언어파의 시인들에게 가장 필요한 것이 있다면 아마도 바로 그것일 것이다.
>
> ―『상상력과 문학』, 59쪽

이러한 의무가 김종삼과 김현에게 주어졌다. 그것이 참여문학/순수문학의 틀을 동시에 뛰어넘는 길이었다. 김현은 이를 두고 훗날 1960년대 문학이라 했고 그 교조 되기를 서슴지 않았다. "나는 거의 언제나 사일구 세대로서 사유하고 분석하고 해석한다"라는 주장 밑바닥에 놓인 것은 '암시의 시학 곧 말라르메로서 사유하고 분석하고 해석한다'였다. 애매모호함이야말로 본질적으로 언어에서 온 문제라는 것, 그것은 샤갈의 울림에서 온다는 것, 그것은 존재의 열어 보임에 가까이 간다는 것, 그러기 위해서는 언어의 본질 탐구에 나아갈 수밖에 없다는 것, 언어의 본질에 접근할수록 애매모호한 데로 향한다는 것, 말의 울림 안에 있다는 것, 그것은 마침내 '무'(無)에 직면한다는 것.

7. 김춘수의 「꽃」이 여여(如如)하지 않은 이유

이 '무'에 이르는 과정에서 김현의 조급성이 드러난 대목에 한 번쯤 문학사는 주목해 둘 필요가 있다. 두루 아는 바와 같이 김춘수의 「꽃」(1959)은 흡사 그의 대표작처럼 인식되어 있다.

> 내가 그의 이름을 불러 주기 전에는
> 그는 다만
> 하나의 몸짓에 지나지 않았다
>
> 내가 그의 이름을 불러 주었을 때
> 그는 나에게로 와서
> 꽃이 되었다.
>
> 내가 그의 이름을 불러 준 것처럼
> 나의 이 빛깔과 향기에 알맞은
> 누가 나의 이름을 불러다오.
> 그에게로 가서 나도
> 그의 꽃이 되고 싶다.
>
> 우리들은 모두
> 무엇이 되고 싶다.
> 너는 나에게 나는 너에게

잊혀지지 않는 하나의 의미가 되고 싶다.

('하나의 의미'를 훗날 시인은 '하나의 눈짓'으로 수정하였다. ─인용자)

이 시에 대해 김현은 이렇게 보았다.

이 시는 나와 그와 이름의 세 개의 지주(支柱)로 되어 있다. 내 앞에 그
는 현존한다. 그것은 그저 있다. 그런데도 나는 언어로 그것을 부재로부
터 이끌어 내어 의미를 나를 통해, 나의 의식을 통해 그에게 맞는 이름
을 주었다. 그리하여 그는 '꽃'이 되었다. 창조된 언어이다. 그 언어는 주
술적인 힘으로 그것을 부재로부터 이끌어 내어 '무엇'이 된다. 나도 마찬
가지이다. 정말로 누군가가 나의 빛깔과 향기에 맞는 이름으로 나를 부
재에서 이끌어 준다면 그에게로 가서 나의 '꽃'이 되고 싶다. '무엇'이 되
고 싶다. 그 과정을 가능하게 하는 것이 시적 언어이다. 내 앞에 현존하
는 그것은 나와 관련 없이 현존하고 있었다. 그런데 나는 그것에 언어를
주었고 그것은 잊혀지지 않은 의미가 되어 나에게 온다. 그리하여 '나의'
꽃이 된다. 인간조건의 초극이다. 그러면 답할 수 있을 것이다. 시의 언
어는 생존의 아픔을 보상할 힘을 가지고 있다고. 그것은 사물과의 교감
으로 인한 절대에의 비상을 뜻하기 때문이다.

─『상상력과 인간』, 153~154쪽

김현의 이러한 해설은 아마도 정곡을 찌른 것이리라. 김춘수가 시를
그렇게 썼기 때문이다. 김춘수는 시인을 작명가로 보고 있었다. 시인이란
무명의 사물에 이름 지어 주는 존재일까. 그렇다면 길거리 저자 바닥에

작명소 간판을 걸고 영업하는 철학 도사급에 지나지 않을 것이다. 우리가 이렇게 묻는다면 김춘수나 김현은 어떤 대답을 할까. 말라르메가 작명학의 도사인가라고. 또한 다음과 같이 누군가 그러니까 제주도의 송상일 씨가 묻는다면 김춘수나 김현은 어떻게 대답할 수 있을까.

> 내가 주도적으로 존재를 인식한다는 것은 불가능할뿐더러 불합리하다.
> 인식은 호명하는 것인데, 존재는 말로 할 수 없는 것이고, 따라서 나의
> 호명 권역 밖에 존재하기 때문이다. 이것이 김춘수의 꽃이 아름답지 않
> 은 이유이다. 〔…〕
> 「꽃」을 처음 읽었을 때 내가 받은 인상은 왠지 인조 꽃 같다는 것이었다.
> 그때는 그 이유를 몰랐다. 지금은 짐작할 것 같다. 김춘수의 호명된 꽃잎
> 들은 존재의 빛을 발하지 않는다. 반면, "(꽃이 한창인) 그 나무가 나무인
> 바 그렇듯 여여하게 우리 앞에 나타나 있"을 때, 그 꽃나무는 아름답다.
> 덧붙이자면, 그 꽃나무는 수줍음을 탄다. 아름다움은 뻔뻔스럽거나 되
> 바라지지 않는다. 모든 아름다운 것은 수줍음으로 홍조를 띠고 있다. 그
> 것은 존재의 출현이 내게 거저 주어지고, 넘치게 주어진다는 자의식이
> 홍조이다.
> 존재를 우리는 잉여의 선물, 은총으로서 경험한다.
> ─ 송상일, 『국가와 황홀』, 문학과지성사, 1993, 98~99쪽

김춘수, 김현, 송상일 중 누가 정확한가. 이 판정은 짐작 말라르메가 맡고 있을 터이다. 과연 말라르메는 어떤 판정을 내릴까. 첫 평론집 『존재와 언어』(1964)에서 김현은 말라르메를 이렇게 소개했다.

시는 결코 묘사해서는 안 되고 항상 명명해야 한다. 그것도 직접적으로 그 대상을 명명해서는 안 되고—이것은 묘사의 방법은 아닐지라도 적어도 목적의 방법일 터이니까—곁에서 그리고 멀리서 대상에 교감하는 감정을 야기시킬 것을 명명해야 한다.

— 『존재와 언어』, 27쪽

이러한 말라르메의 주장에 맞선 리바놀을 김현은 또한 소개한다. 왈, "시는 항상 묘사해야 하고 결코 명명해서는 안 된다"라고. 김현의 설명은 이러하다. 곧 말라르메가 명명해야 한다고 할 때의 '명명'이란 대상이 없는 추상적 기호라는 뜻이 아니다. 그것은 '이데(Idée) 자체', '플라톤적 리얼리티'의 명명이다. 말하자면 그것은 실체의 문제이다. 이에 비해 리바놀은 어떠한가. 리바놀에게 문제되는 것은 실체라기보다는 오히려 그 속성이다. 곧 표현의 가연성(可燃性) 위에 근거한 속성의 묘사다. 가령 'A는 B다'라고 할 때 그것은 언어의 무상화에 의한 의미론적 다면체의 일면—속성의 일면만의 표현이기 때문이다. 그러므로 진정한 의미에서의 묘사로서의 시는 일종의 존재의 은폐, 존재의 허위이다. 그것은 속성을 실체로 가정하고 있기 때문이다. 여기서는 아리스토텔레스가 말하는 기체(基體)를 염두에 두면 보다 쉽게 이해된다. 일찍이 일본의 니시다 기타로(西田幾多郎)가 이 문제를 심도 있게 해명한 바 있다. '저 꽃은 붉다'고 했을 때 '붉다'는 '색깔'이라는 기체 없이는 성립될 수 없다. 그러니까 기체를 문제 삼지 않고 속성에 매달리는 것은 본질에 육박할 수 없다.

말라르메의 '명명하기'란, 그러니까 달리 말해 '암시하기'란 그 외면의 추상적인 면에도 불구하고 존재의 개시이며 만남이다. 이를 부각시키기 위해 김현은 말라르메의 말을 통째로 인용했다.

나는 꽃이여!라고 말한다. 그러면 내 목소리가 어떤 윤곽을 지워버리는 망각의 밖에서, 꽃받침으로 알려진 어떤 딴 것으로서, 음악적으로 같은 그윽한 이데, 꽃다발이, 부재인 것이 올라온다.
– 위의 책, 28쪽

흔히들 '꽃'이라고 알려진 것과는 전혀 다른 것, 이데 자체가 말라르메에겐 중요하다. 그것은 '무엇'이 아니다. 다만 '어떤 것'일 뿐이다. 그리고 그것은 아마도 부재(不在)이다. 동굴 바깥에 있는 이데가 그것이다. 동굴의 수인인 인간이 볼 수 있는 것은 기체(이데)가 아니라 속성(동굴 벽에 비치는 꼭두)일 뿐이다. 말라르메가 타기해야 할 것은 바로 이 속성이다. 그가 몽매에도 그리는 것은 그것을 표현할(드러낼) 수 있을까이다. 적어도 언어로는 거의 불가능하다. 언어 자체가 불투명한 다면체이니까. 그럼에도 언어로 해야 할 숙명을 가진 것이 문학이라면 어떻게 되는가. 말이 부족한 상태를 창조하기 위해 말을 사용하는 것이 문학(발레리)일 수밖에 없다.

말라르메의 '명명'이 이를 가리킴이라면, 김춘수의 「꽃」에 대한 김현의 해설은 썩 빗나간 것이 아닐 수 없다. 김춘수의 「꽃」은 '존재'와는 무관한 '관계'로 되어 있기에 그러하다. '나'가 '너'를 부르면 '너'도 '나'를 불러야 한다는 상호교류에 지나지 않은 것이다. 굳이 말하자면 주체와 대상의 인식의 틀 속의 얘기이다. 좋게 말해 타자와의 이해수준의 시에 지

시인 김춘수

나지 않은 김춘수의 「꽃」에다 김현은 말라르메의 입김을 불어넣고자 했는지도 모른다. 이를 간파한 것은 송상일이었다. 김춘수의 「꽃」이란 진짜가 아닌 '인조꽃'이라는 것. 왜냐하면 김춘수가 호명한 꽃잎들은 '존재의 빛'을 발하지 않으니까 가짜일 수밖에 없다고 간파한 송상일이 선 자리는 어디일까. 무엇보다 먼저 지적할 것은 송상일이 선 자리가 문학과 무관한 자리 곧 철학과 종교의 범주라는 사실. 철학에서 말하는 인식이란 존재욕구이다. 인식은 그러니까 우선 호명이다. 너를 돼지라 부르면 너는 내게 한 마리 돼지이다. 인식에 들어오는 모든 대상은 언어로 세워진 것이다. 인식은 나눠 호명하고 호명함으로써 나누는 것(변별성)이다. 명찰 붙이기란 그러니까 존재(물자체)가 아니다. 이를 개념화라 한다. 그렇다면 진짜 물자체는 무엇인가. 언어 바깥에 있는 것이다. 진짜 물자체, 이를 진여(眞如)라고 종교에서는 말한다. 철학에서 말하는 존재란 종교에서 말하는 진여이겠는데 이는 분별된 모습으로 나타나지 않는다. 그러니까 '주어+술어'의 구조에서 볼 때 술어(속성)에서 술어(분별, 가르기)를 부정할 수밖에 없다. '꽃이 붉다'에서 '붉다'란 색(기체)에서 볼 때 허망한 것이 아닐 수 없다. 분별(인식)로는 기체, 진여, 존재에 이를 수 없다. '주어'만이 있고, 주어도 그냥 주어가 아니라 '아!' 하는 직관을 동반한 것이다. 그런데 이 직관은 나와 그것을 나누지 않으며 그냥 본다. 느낀다. 보고 느끼는 나는 (내게) 당연히 의식되지 않는다. '나'가 의식 가운데 나타나는 것은 돼지가 '돼지'로 인식되고 나서부터다. 그제야 '나'도 비로소 회상된다. 나의 현재는 나의 과거인 것이다. 아! 하는 순간 비로소 회상된다. 나의 현재는 나의 과거인 것이다. 아! 하는 순간은 극히 찰나적이다. 거의 시간적 연장을 갖지 않은 것처럼 보일 정도다. '아!'는 지체 없이 '돼지!'로 대체되고 확장되고 인식된다. 왜? 여기에서 유심 불교는 알라야식까지 들고 온다. 하이데거도 이 문제를 천착했다. 존재자가 아니라 '존재'를 문제 삼기가 그것. 존재란 무엇인가. 있는 것이 아니다. 무란 무엇이뇨. 없는 것이 아니다. 이 무를 드러내는 것이 하이데거는 불안(죽음)이라 했다. 무의 빛 속에서 비로소 말할 수 없는 것, 볼 수 없는 것을 본다. 귀멂으로 듣고 눈멂으로 본다는 것이다. 그러므로 내가 주도적으로 존재(무)를 인식한다는 것은 불가능할뿐더러 불합리다. 인식은 호명하는 것인데 존재는 말로 할 수 없는 것. 따라서 나의 호명권 밖에 존재하기 때문이다.

이에 비추어 볼 때 김춘수의 「꽃」은 어떠한가. 종교나 철학과도 무관할 뿐 아니라 말라르메와도 무관하지 않은가. 김춘수의 「꽃」이 여여(如如)하지 않고, 인공적 모조품으로 보이는 것은 이 때문이다.

그렇다면 김춘수의 처지에서 볼 때, 「꽃」은 어떠할까. 당연히도 그는 이렇게 응수할 것이다. '내 「꽃」은 인조품이다'라고. 어째서? 그런 철학이나 종교나 또 말라르메와 무관한 자리, 그러니까 범속한 '인식론'의 차원에서 나온 것이니까. 만년의 김춘수는 여러 곳에서 이렇게 적었다. '내 대표작은 「꽃」이 아니다'라고. '사람들이 「꽃」을 대표작으로 알고 있으나 이는 큰 착오다'라고. 왜냐하면 나는 거기에서 아주 멀리까지 나왔으니까. 과거 유치원 시절익 ㅏ를 이른급인 나로 오해하지 말라고.

– 김춘수, 「천편의 시가 다 내 자식 같소」, 『경향신문』, 2004. 2. 14

8. 거제도산(産) 넙치의 눈치 보기

무엇보다 먼저 지적될 것은 김춘수의 「꽃」은 4·19와 무관하다는 점. 「꽃」은 4·19가 닥치기도 전의 산물이다. 황동규 씨의 논법으로 하면 김수영, 김종삼과 더불어 김춘수도 유아론에 빠져, 비유해 말한다면 자기도 모르는 시를 시랍시고 주절대고 있을 무렵의 산물인 셈이다. 4·19를 계기로 해서 이 3김 씨는 유아론에서 벗어나 각기 자기 갈 길을 갔다. 김춘수의 간담을 서늘하게 한 김수영의 길은 의미의 시의 깃발이었다. 김춘수는 이에 맞서 무의미 시의 깃발이었다. 「처용단장」을 쓸 무렵 김춘수는 무의미 시에 대한 확신을 갖고 있었다. 그것은 저 「꽃」의 인식론과는 아주 단절된 수준, 곧 '주어+술어'의 구도에서 술어 제거의 세계에로 진입하고 있었다.

모란이 피어 있고
병아리가 두 마리
모이를 줍고 있다.

별은 아스름하고
내 손바닥은
몹시도 가까이에 있다.

별은 어둠으로 빛나고
정오에 내 손바닥은

무수한 금으로 갈라질 뿐이다

육안으로도 보인다.

주어를 있게 할 한 개의 동사는

내 밖에 있다.

어간은 아스름하고

어미만이 몹시도 가까이 있다.

 − 김춘수, 「어법」, 1969

그는 시작법을 이른바 속성(술어적 사고)에서 벗어난 경지에 올려놓고 있었다. 어간이 사라지고 어미만이 있는 경지, 속성의 본질을 손금처럼 알아차린 연후에야 기체(주어)에 접근할 수 있기 때문이다.

여기까지 이른 김춘수이기에 그의 간담을 서늘케 하던 김수영 따위는 이젠 조금도 겁나지 않았다. "김수영에게서 나는 무진 압박을 느낀 일이 있지만 지금은 그렇지 않다"(『김춘수 전집 2』, 389쪽)고 할 수조차 있었다.

현실을 일단 폐허로 만들어 놓고, 그러니까 현상학적 판단중지 위에서 비존재의 세계를 엿보겠다는 것으로 이 사정이 정리된다. 의미의 세계(말)를 부수어 분말로 만들어 놓고, 이 분말을 어디론가 날려 버려야 함이라 할 수도 있다. 말이 가루가 되어 날아간 곳엔 뻥 뚫린 공간이 생긴다. 그 구멍으로 보이는 것은 무엇일까. 「처용단장 제2부」가 그 해답의 일부인지도 모를 일이다.

말이 사라지고 뚫린 그 구멍으로 바라다보이는 것은 빛깔인가 소리인가.

하이데거의 '존재'도 그런 것인지 모른다. '나'가 존재에 다가갈 수 없고 보면 '존재'가 '나'에게 다가와야 한다. 화엄경에서 말하는 사사무애법(事事無碍法)의 경지인지도 모를 일이다. 그렇기로 하나 예술이기에 시는 일단 어떤 경지에서 멈추어야 할 터이다. 철학인 이상 하이데거도 어딘가에서 멈추어야 했다. 자유로운 것은 이 경우 화엄경(종교)뿐이겠다. 이 절체절명의 장면에서 시인 김춘수의 해법은 어떠했던가. 다음 시가 이런 물음에 모종의 해법의 몸짓을 보여 주고 있어 인상적이다.

바보야, 우찌 살꼬
바보야,
하늘수박은 올리브빛이다 바보야,
바람이 자는가 자는가 하너니
눈이 내린다 바보야,
우찌 살꼬 바보야,
하늘수박은 한여름이다 바보야,
올리브 열매는 내년 가을이다 바보야,
우찌 살꼬 바보야,
이 바보야,
– 김춘수, 「하늘수박」, 1977

'존재(실존)는 궁극적으로는 빛깔이어야 할까, 리듬(울림)이어야 할까.' 이런 물음은 시문학사적 경계를 훌쩍 넘어섰다고 할 것이다. 어째서 그러한가. 「인동 잎」을 고비로 하여 김춘수는 순수 이미지 탐구에 매진했고, 그 결과물이 시집 『타령조 기타』(1969) 『처용』(1974) 등이다. 그에게 있어 순수 이미지 탐구란, 관념을 물리치기 위한 방편에 지나지 않았다. 그만큼 관념(말)이란 질긴 것이었다. 일단 말을 분말화한다 해도, 그 빈자리를 통해 존재의 모습, 빛깔을 언뜻 볼 수 있을 것이나, 어느새 관념이 재빨리 쳐들어오지 않겠는가. 관념이 쳐들어오기 직전의 한순간에 시인이 본 것이야말로 시인이 찾던 몫일 뿐. 그러나 금방 관념의 침입에 시인은 다시 패배하기 마련인 것.

이에 대한 모종의 몸부림이 「하늘수박」이다. 한순간 본 존재의 빛깔(이미지)이 가뭇없이 사라지고 재빨리 관념(말)이 쳐들어왔을 때 시인은 절망할 수밖에. 이미지를 버리고 주문(呪文)으로 나가기가 그것. 울림, 소리, 리듬이 이에 해당된다. 관념(말)이 있었던 구멍으로 존재의 '빛깔'을 보고자 한 시인의 전의식이 돌연 관념으로 변하여 일으킨 결과가 그토록 참담했기에 이번엔 빛깔 대신 '소리'를 듣고자 한 것이 아니었겠는가. 주문 외기.

빛깔이냐 울림이냐의 문제 설정을 두고 이분법적 사고의 틀에 갇혀 있다고 비판한다면 물을 것도 없이 부당하다. 빛깔과 소리의 접점도 있는 법이니까.

이 경지에까지 이른 김춘수이기에 김수영 따위란 두렵지 않았다. 의미의 시에 대한 무의미의 시의 높은 봉우리가 이로써 우뚝 세워진 것이다. 그런데 그 김수영의 뜻밖의 죽음(1968)은 김춘수에겐 또 한 번 가슴 서늘케 하는 사건이 아니면 안 되었다. 극복되었다고는 하나 맞수이자 긴장력의 대상의 소멸이 가져오는 공허함 때문이다. 무의미의 시학이 바야흐로 이 나라 시의 으뜸 자리에 올 수밖에 없는 사태를 김춘수는 온몸으로 감당해야 했다. 그는 이 막중한 의무를 짊어질 수밖에 없었다. 이 절체 절명의 국면에서 그는 문득 하나의 구원처를 떠올렸다. 김종삼의 시학이 그것. 그동안 무의식 속에서 김춘수가 그토록 부러워했던 김종삼의 시학이 온몸을 에워싸는 것이었다. 조금도 작위성 없는 저절로 씌어진, 생리적 현상으로서의 김종삼의 무의미의 시학이란 얼마나 부러운 것이었던가. 김종삼이야말로 어둠 속에 떠오른 등불이고 저절로 핀 그야말로 여여(如如)한 꽃이었다. 사팔뜨기가 될 만큼 그는 김종삼을 엿보고 있었다.

안개가 풀리면서 바다도 풀린다.
넙치 한 마리 가고 있다.
머나먼 알래스카 머나먼 알래스카로,
그러나 욕지도와 거제 둔덕 사이에서
해가 저문다.
안개가 풀리면서 바다도 풀리고
이제야 알겠구나.
넙치 두 눈이 뒤통수로 가서는
서로를 흘겨본다. 서로를 흘겨본다.
그래서 또 오늘밤은
더욱 가까이에 보이는
세사르 프랑크의 별,
– 김춘수, 「이런 경우 – 김종삼 씨에게」

시집 『남천』(1977)에 실린 「이런 경우」가 「하늘수박」의 연장선상에 놓였음은 쉽사리 확인된다. 이미지의 탐구 끝에 비로소 이미지가 흰 것, 이미지의 절대경이란 울림으로 변한다는 실험이 그것.

이 실험을 김춘수는 어째서 '김종삼 씨에게' 보고해야 했을까. 보고하지 않고는 배겨 낼 수 없었을까. 그 해답이 이 시 자체이다.

얼마나 오랫동안 이 시인은 안개 속에서 헤매었던가. 처음은 아마도 시인의 고백대로 김수영의 존재 때문이었으리라. 그로부터 오랫동안 안개 속을 헤매었으리라. 바야흐로 안개 속을 벗어나게 된 계기와 시기가 왔다. '넙치'가 보였던 것. '내용 없는 아름다움'이란 이름의 넙치가 저만치 통영 앞바다를 유영하고 있지 않겠는가. 대체 '넙치'란 무엇인가. 머나먼 알래스카로 가고 있는 넙치, 그것은 황해도 은율 출신인 김종삼의 유년기에 부른 스와니강, 요단강의 노래에 해당되는 것. 알래스카의 바다로 가고 있는 넙치 한 마리, 그것은 실상 시인 김춘수의 고향인 경상도 욕지도와 거제 둔덕 사이에 대응되는 것.

안개가 풀린다 함은 바다가 풀린다는 것. 드디어 시인의 눈엔 넙치 한 마리가 보인 것이었다. 넙치의 두 눈은 뒤통수에 붙어 있지 않겠는가. 원래는 제대로 정상적 위치에 있던 두 눈이 아니었던가. 그 두 눈이 뒤통수로 간 곡절은 무엇이며 또 언제였던가. 4·19였을까. 4·19의 무엇이 그렇게 만들었을까. 시인은 이제야 그 사실을 알아차렸던 것일까. 먼 알래스카의 바다로 나아가고 있는 넙치가 보였다 함은 바다가 풀렸기 때문. 욕지도와 거제 눈덕 사이에 긴 안개가 걷혔기에 보이는 또 다른 넙치. 두 넙치가 한 몸 속에서 서로를 흘겨보고 있음. 이는 이미지의 휘어짐인가, 이미지의 울림화인가. 세사르 프랑크(19세기 프랑스 작곡가)가 별이 되었음이란 울림의 휘어짐일까, 울림의 이미지화일까. 혹은 결정 불능의 경지라는 것일까.

이목구비

이 목 구 비

울고 있는 듯

혹은 울음을 그친 듯

넙치눈이, 넙치눈이.

모처럼 바다 하나가

삼만년 저쪽으로 가고 있다.

가고 있다.

— 김춘수, 「봄안개」

'봄안개'라니? 다시 안개가 끼고 바다가 얼어붙기 시작했단 것일까. 드디어 서로가 '넙치눈이'가 되어 각자의 길을 가게 되었음일까. 4·19와는 달리, 4·19와는 비교도 할 수 없는 이런 장면에서 두 시인의 '믿을 만한' 전기가 나온다면 과연 어떠할까. 잘만 하면 '3만 년' 저쪽으로 가고 있는 바다의 '크기'를 측정할 수 있을지 모를 일이다. 시문학사적 의의와 시인론적 의의의 분별이 별다른 장애 없이 살아날 수 있을지도 모를 일이다.

9. 세사르 프랑크의 별과 사르트르의 별

당초 문제 제기는 황동규 씨와 김현이었다. 4·19가 김춘수, 김종삼, 김수영의 3김 씨에게 충격을 가해 이들의 유아론적 시쓰기를 폭파시켰고, 그 결과 각각 자기류의 세계를 이룩함으로써 이 나라 시단의 장차 전개될 새로운 지평을 열었다. 그렇다면 이 과제에서 제일 문제적인 것은 4·19가 아닐 수 없다.

대체 4·19란 무엇인가. 이 역사적 사실이 무엇이기에 문학을 가만히 두지 않았을까. 교과서적으로 말해 4·19란 (1) 대구의 2·28사건, (2) 마산의 3·15, (3) 4·18의 고대 데모 사건, (4) 전국의 4·19사건, (5) 4·26의 이승만 대통령 하야를 통틀어 가리킴이다(졸고, 「4·19 혁명에 대한 '지금 마산은'의 의의」, 『3·15의거 기념시선』, 불휘, 2001). 이 사건이 불러온 현실이 큰 계기가 되어 참여시의 연원을 이루었다고 보는 것이 일반적 견해이다(신경림, 「우리 시에 미친 4·19혁명」, 『4월 혁명 기념 시선집』, 학민사, 1983, 369쪽). 이러한 일반적 견해와는 역방향에 선 민감한 비평가가 있었다. 김현이 그다. 그는 4·19가 이 나라 시사에 새로운 지평을 열었다고 봄에는 신경림 씨와 같은 견해이지만 그 지향점이 정반대였다. 그는 4·19가 바로 '무의미의 시'의 시발점이라고 보았을 뿐 아니라 그 '무의미의 시' 교주의 몫을 도맡음으로써 60년대 문학을 방향 짓고자 했다. 그것은 그의 생리적 측면에서 나온 것이어서 그만큼 자연스럽고 따라서 열정적일 수조차 있었다. 만일 김현처럼 우리 중의 누군가가 '아무개의 사유의 뿌리를 만지고 싶은 욕망'을 가졌다면 바로 이 과제에 매달려 보아야 했을 터이다.

김현의 '사유의 뿌리'는 어디이며 또 어떤 것인가. 1988년의 시점에서 그는 "내 뿌리는 4·19다"라고 외쳤다. "내 육체적 나이는 늙었지만 내 정신의 나이는 언제나 1960년의 18세에 멈춰 있었다"라고 거침없이 말했다. 그래도 성에 차지 않아서 "내 나이는 1960년 이후 한 살도 더 먹지 않았다"라고까지 했다. 물을 것도 없이 이는 비유법의 일종이어서 그 자체로는 특별한 의미가 없다. 요컨대, 중요한 것은 그의 '사유의 뿌리'인 것이다. '내 사유의 뿌리는 4·19이다'라고 그가 말할 때 사유의 뿌리란 대체 무엇인가.

이렇게 물을 때 우리는 김현의 첫 평론집 『존재와 언어』에 마주치게 된다. 이 책의 첫 번째 글이 「말라르메 혹은 언어로 사유되는 부재(不在)」다. 프랑스문학도인 그가 부딪친 최초의 난관은 프랑스문학과 한국문학의 차이였다. 만일 영시가 '의미의 시'이고 프랑스시가 의미와는 상관 없는 '울림(애매모호성)의 시'이며 따라서 혼에 관련된 것이라는 본푸아의 견해가 사실이라면, 한국시는 어떠한가. 본푸아의 결론은 이러했다. '의미의 시'도 '울림의 시'도 편향성일 뿐 이 둘을 합해야 올바른 시가 될 수 있다는 것이다. 윌리엄 엠프슨이나 아이버 암스트롱 리처즈처럼 언어를 과학적 용법과 정서적 용법으로 구분하고자 하는 것이 영시라면 사람들은 시를 경멸할 것이며, 프랑스시처럼 애매모호한 것이 시라면 사람들은 역시 시를 경멸할 것이라고 「영국과 프랑스의 비평가들」에서 본푸아는 지적했다. 이 의미의 시냐 울림의 시냐의 갈림길에서 김현은 당연히도 후자 쪽에 서고자 했다. 프랑스문학도인 그로서는 프랑스시가 제일 멋지게 또 근본적이고, 무엇보다 시적인 것으로 보였을 터이다. 곧 그가 공부한 말라르메가 속삭였다. "아가야, 프랑스시가 최고란다. 영시 따위란 보잘것없는 장사꾼의 시란다"라고. 어린 김현의 귀에 이것만큼 솔깃한 것이 따로 없었는데 왜냐하면 그만이 이 말라르메의 소리를 들을 줄 아는 명징한 귀를 갖고 있다고 믿었기 때문이다. 말라르메는 또 말했다. "아가야, 시란 '언어로 사유되는 부재'란다. 아직 너는 어려 무슨 말인지 잘 모르겠지만 좌우간 그런 것이란다. 오직 나만 믿으면 된다"라고. "아가야, 너는 이 울림의 시학을 네가 태어난 나라의 시단에 옮겨 심어 그 교주가 되거라"라고. 말라르메의 꾐에 김현이 여지없이 빠질 수 있었던 것은 전공이기에 앞서 생리에서 왔다. '다름에 대한 집착, 이미지에 대한 편향, 타인의 사유의 뿌리를 만지고 싶다는 욕망, 거친 문장에 대한 혐오'란 김현의 생리적 자질이 말라르메를 전면적으로 수용할 수 있는 기반이었다. 그는 이를 두고 저도 모르게 세속적으로 4·19라 했다. '4·19=말라르메'였던 것이다. '의미의 시'의 씨를 뿌리기 시작한 것이 바로 4·19 이후였다. 김현은 '암시의 시학' 또는 '효과의 시학'이라는 명칭으로 제일 먼저 김종삼에 주목했다. 자기와 꼭 같은 사유의 뿌리를 김종삼에서 보았기 때문이다. 수직적 이원론(기독교적 사유체계)의 토착화를 김종삼이 고민하고 있음을 김현은 「앵포르멜」에서 보았다. 김종삼은 그 누구도 하지 않은 짓을 하고 있었다. 김종삼은 사원에서 파이프오르간을 치는 세사르 프랑크를 찾아갔다. 말라르메 본가에도 갔을 뿐 아니라 말라르메의 곰방대까지 훔쳤고, 고흐가 다니던 가을 길도 걸어 보았고, 심지어는 사르트르가 경영하는 연탄공장에 들어가 직공 노릇까지 하지 않았겠는가. 김종삼의 이러한 몸짓은 바로 김현의 그것이 아닐 수 없다. '내용 없는 아름다움'은 그 결과이다. 「북 치는 소년」이란 바로 김현 자신이었다. 이 모든 것을 가르친 교주는 말라르메였다. '수직적 이원론의 토착화' 몸부림으로 정리되는 것이 김현의 암시의 시학이고, 효과의 시학이었다.

그렇다면 김현에게 있어 김춘수란 무엇인가. 침으로 감당하기 어려운 존재였을 터이다. 김현에게 있어 김종삼이란 방법론상으로는 물론 생리상으로도 동질감으로 몸이 한데 붙은 샴쌍생아 격이었다면, 김춘수는 낯선 한 마리 까마귀 격이었다. 그런데 이 까마귀는 그 험상궂은 모양이나 색깔과는 달리 기묘한 울음소리를 갖고 있지 않겠는가. 실로 애매모호한 울림이었다. 암시와 효과에 가득한 울림이었다. 「인동 잎」에서 비롯, 「처용단장」에 뻗어 있는 김춘수의 시에서는 말라르메의 시학이 온통 살아 움직이고 있었다. 김현으로서는 참으로 난감한 것은 김춘수가 사르트르의 연탄공장에도, 말라르메의 본가 근처에도 가지 않았다는 사실에서 왔다.

한편 김춘수의 처지에서 보면 김종삼이나 김현은 어떠할까. 당초 그들은 안중에도 없었다. 김춘수 앞에 있는 바윗덩이는 김수영이었던 까닭이다. 간담을 서늘케 하는 김수영 앞에 김춘수는 고군분투할 수밖에 없었다. 그는 뱀처럼 자기의 허울을 벗고 몸 조직을 개조하지 않으면 안 되었다. 릴케에 매달리던 초기에서 벗어나 주관과 객관의 관계(인식론)에로 나아간 것이 「꽃」의 단계였다. 이때 4·19가 터졌고 김수영이 맹렬히 달려가고 있었다. 김수영에게 맞설 방법이 절실했다. 방법은 하나, 몸 조직을 바꾸는 길이 그것. '무의미의 시'가 그것. 언어에 매달리기, 언어의 장난에 나아감으로써 언어의 질서를 파괴하기가 그것. 묘사로서의 이미지에서 벗어나 이미지 자체를 부정하기. 거기에서 부재(허무)의 속살이 보였다. 「처용단장」이 그것이다. 김수영과의 악전고투 끝에 도달한 김춘수의 성채가 「처용단장」이며, 거기서 그는 「하늘수박」까지 딸 수 있었다. 성주가 된 김춘수가 비로소 여유를 가져 주변을 돌아보자, 깜짝 놀라지 않으면 안 될 장면에 부딪혔다. 악전고투는커녕 실로 천연스럽게 김종삼의 '내용 없는 아름다움'이 저만치 솟아 있지 않겠는가. 이 놀라움이 질투심으로 변하는 것은 시간문제. 대체 김종삼은 어떤 짓을 하고 있을까. 흘깃

흘깃 훔쳐보며 또 눈치를 볼 수밖에. 스스로가 '넙치 한 마리'로 되어 갔다. 뒤통수에 눈이 달린 넙치.

이제야 알겠구나.
넙치 두 눈이 뒤통수로 가서는
서로를 흘겨본다. 서로를 흘겨본다.
그래서 또 오늘밤은
더욱 가까이에 보이는
세사르 프랑크의 별
   - 김춘수, 「이런 경우」 부분

'김종삼 씨에게'라는 부제가 붙은 이 시는 김춘수의 놀라움의 인식에서 나온 것이다. '세사르 프랑크의 별'로서의 김종삼이었음을 비로소 김춘수가 알아차렸고, 거기에다 늦게나마 경의를 표한 형국이었다. 일찍이 김종삼은 이렇게 읊었다.

신의 노래
도형의 샘터가 설레이었다.

그의 건반에 피어 오른
수은 빛깔의
작은 음계
메아린 심연 속에 어둠 속에 무변(無邊) 속에 있었다.

초음속의 메아리

　　- 김종삼, 「세사르 프랑크의 음(音)」, 1964

　'세사르 프랑크의 별'이 김종삼이라는 것. 이는 예민하기에 옹졸하기 쉬운 김춘수가 김종삼에게 보낸 최고의 찬사가 아닐 수 없다. 그것은 용기의 일종의 아닐 수 없다. 김춘수가 다음과 같은 작품을 쓴 것도 결코 우연이 아닐 터이다

　　하늘수박 가을 바람 고추잠자리,
　　돌담에 속색이던 경상도 화개 사투리.
　　신열이 나고 오늘 밤은 별 하나가
　　연둣빛 화석이 되고 있다.

　　- 김춘수, 「고뿔 ─ 고(故) 장 폴 사르트르에게」, 『현대시학』, 1980. 8

　사르트르, 그는 파리에서 연탄공장을 경영하고 있었다. 일찍이 김종삼이 거기 직공 노릇을 하다 파면된 바 있다. 그 냉정한 연탄공장장이 죽었음에 어찌 김춘수도 무심할 수 있으랴. 고뿔이라도 앓아야 마땅하다고 판단했을 터. 적어도 세사르 프랑크에 버금가는 또 하나의 별이 떨어졌으니까.

8장 _ 계급이냐 민족이냐

이원조의 「민족문학론」과 그에 대한 논쟁

1. 출발점으로서의 제3자적 시각

제3자적 시각이란 실상은 굽어보기의 태도로 글쓰는 행위를 가리킴이다. 「광야」의 시인 육사 이원록의 아우 여천 이원조는 문인으로 나서면서 처음부터 신문 당선 문예 비판을 시도했다. 그 자신도 한갓 신인이면서 동급의 신인들의 작품을 비평하는 일 자체가 이미 태도상의 굽어보기이며 더구나 그 내용상에서도 흡사 대선배나 지도자의 처지를 보여 주고 있는 것이다. 설정식의 희곡 「중국은 어디로」(『중앙일보』)를 두고 "이 작품은 희곡이면서 치명상을 받은 것은 대화의 우연하고 무개성한 점이라, 희곡이란 소설과 달리"라든가, 사랑과 계급갈등을 갖춘 제일 역작으로 보였던 김보옥의 「망명녀」(『중앙일보』)에 대해서도 "이 작품의 전반부는 모파상의 「화해」란 단편의 스토리를 연상케 하나 이 작품은 「화해」와 같이 생활의 필연성이 또렷하지 못함으로 도리어 부자연한 산만성이 되고 말았다는 것"이라고 적는다. 5회에 걸친 이 글에서 그는 다음과 같은 결론을 내리는데, 이 역시 신인 위에 군림하는 대선배 같은 품격을 드러내고 있어 인상적이다.

급격한 사회의 경향에 따라 첨예화하는 계급적 대립은 그 문화영역에 있어서도 마침내 우익 기성작가의 타락을 따라 그네들은 문단침체를 거의 만성적 불치병의 신음으로 부르짖고 있다. 그래서 그네들은 말로만 신진신진 하지마는 벌써 그네들에게는 신진에 대한 사회적으로 영도적 기대가 상실된 지 오래인 것이다. 그럼으로 그네들이 신탁해 있는 부르주아 저널리즘이 일부러 현상까지 해 모집하여 당선된 작품 중에서 정말로 우리가 기대하는 신세대의 쾌작이 나오지 못할 것은 사회적 이해를 달리하고 따라 모든 문화영역에 대한 견해가 다른 검열의 일단 심사를 통해야 하기 때문이다.

– 이원조, 「신춘문예문학개평」, 『중앙일보』, 1933. 2. 13

논자의 이러한 주장은 매우 당돌한 것이라 할 만한데, 일정한 부르주아적 계급의식을 바탕으로 한 저널리즘(신문사)의 성격부터 문제 삼아야 한다고 지적하고 있기 때문이다. 신인 등용문이라 외치며 신춘문예를 모집하는 일, 그리고 거기에서 쾌작이 나오리라 기대하는 일이 모두 부르주아 저널리즘의 계급적 성격에 의해 제약된다는 이원조의 논법은 다르게 말하면, 부르주아 저널리즘을 긍정도 부정도 하지 않는 시각 위에 섰음을 가리킴이다. 그는 이 사실을 또한 "조선의 신문기관 그 자체가 나날이 그 ××적 경향을 선명히 하고 있는 이상 그 저널리즘에서 모집하는 것은 벌써"라고 말하기도 하거니와, 요컨대 그는 저널리즘의 계급적 성격과 그것에 발표 무대를 갖고 있는 작품이 어떻게 제약되는가를 문제 삼을 만큼 성숙한 자리에 섰던 것이다. 말을 바꾸면, 그가 말하는 제3자적 시각이란 것도 "나날이 그 계급적 경향을 선명히 해가고 있는" 저널리즘에 비평을 쓰는 일 자체도 그러니까 그 자신의 이 글조차도 이러한 제약 속에 있음을 승인하고 있는 셈이다. 그렇지만 승인한다는 것과 그것을 지지한다는 것은 엄연히 다른 일임을 또한 그는 자각하고 있는데, 제3자적 시각이란 여기서 연유한 것이어서 냉소주의와 스스로 구별한다.

월평에서 그가 시종 굽어보기를 견지할 수 있었던 것도 이 제3자적 시각에서 연유된 것인데, 이 점을 좀 더 깊이 살펴볼 필요가 있음도 이 때문이다. 무엇보다도 먼저 그의 카프에 대한 태도를 분석해 보아야 되는데, 그만큼 카프 문학이 당대 사상계의 시금석으로 놓여 있었던 까닭이다. 비평의 출발점에서 그는 카프에 대한 그의 태도를 당시 좌·우익 문인들의 문필가협회를 둘러싼 논의를 통해 드러내고자 하였다. 그렇다면 문필가협회란 무엇이며 무엇을 위한 단체였던가. 일본의 경우가 먼저이겠으나 좌우간 문필에 종사하는 좌·우익 문인들이 문필가협회를 조직하여 상호 이해 및 권리를 찾자는 것(친선 도모, 고료 협정 등)이었는데, 카프 문인들도 여기에 가입하였다. 이 사실이 과연 카프로서 타당하냐 그렇지 않느냐를 두고 이원조는 지금 시비를 벌이고 있는 것이다. 곧 카프가 문필가협회에 가입함은 부당하다는 것. 그 이유를 여러 가지로 분석, 비판하였는데, 그의 비판의 시각이 바로 제3자적인 것이었다. 그의 시각의 날카로움이란 물론 제3의 시각을 갖게끔 끊임없이 자기반성을 함에서 왔거니와 그것은 또한 문필가협회의 사회적 성격 분식을 통해 비로소 얻어지는 것이어서 추상적, 관념적인 것과는 구별된다. 먼저 그는 저널리즘 및 출판 자본의 현실적 조건과 그 운용상의 성립 근거를 분석해 보인다(「문필가협회와 카프의 태도에 대한 사견」,『삼천리』, 1932. 12).

　　1932년 당시의 저널리즘의 성격은 어떠하였던가.『동아일보』,『조선일보』,『중앙일보』등 3대 민간신문을 먼저 들 수 있는데, 그 경제적 우세는『동아일보』가 독점을 하다시피 했고 그 세력은 더욱 강화될 전망이었다. 창간호가 종간호로 되고 마는 종래의 풍토와는 달리 잡지계 역시『개벽』을 비롯『동광』,『삼천리』,『비판』등 개인 경영과 대신문사 경영의『신동아』,『신조선』등이 그달 초순에 어김없이 간행되는 마당이어서 잡지계의 '황금시대'라고 그는 보았다. 곧 출판 자본가의 출현과 상품 개념으로서의 잡지가 성립된 것이다. 실질적으로 잡지 또는 신문이 완전한 상품이면서도 그 상품의 원료 공급자인 문필인에 대해서는 아직도 일종의 '혈연관계' 상태에 놓여 있다면 이는 모순이 아닐 수 없다. 문필가협회의 등장은 이 모순 극복에 관련된 것. 그러므로 문필가협회 성립의 정당성은 출판 자본가와의 경제적 투쟁을 함에서만이며 결코 "계급적, 정치적, 문화적으로 전면적 투쟁의 계열에서" 정당한 것은 아니다. 말을 바꾸면, 문필가협회의 본질이란 계급적, 정치적, 문화적 의미에서는 직접 부르주아지의 그것을 옹호하는 것. 경제적 생활 조건의 대립 형태로 일어나는 소부르주아 인텔리의 조직에 속하는 것. 그렇다면 문필가협회에 카프가 가입한다는 것은 카프 자체를 부정하는 꼴이 되지 않을 수 없게 된다. 제3자적 시각에서 카프를 비판할 수 있는 힘은 문필가협회의 본질을 밝힐 수 있는 능력에서 온 것이지만, 그 밑바닥에는 카프에 대한 상당한 이해와 동정자(심퍼사이저)로서의 안목이 깃들여 있음에서도 오는 것이다.

　　이 평문에서 주목해야 될 점은 다음 두 가지다.

　　첫째, 저널리즘의 속성을 부르주아 저널리즘이라 파악한 점. 다시 말해, 브나로드 운동(『동아일보』의 슬로건)과 민족운동 단체 재건의 협의 등 민족주의자 이데올로기의 전선적 문화운동의 발표 기관을 두고 부르주아 저널리즘이라 불렀던 것. 그가 파쇼라 한 것은 이 때문이다. 통속적으로 말해, 이원조는 우익의 문화운동을 파쇼화라 규정했던 것. 민족주의자의 전선적 문화운동이 부르주아 저널리즘이라면, 이는 민족주의에 대한 그의 일정한 비판적 태도를 표명한 것으로 볼 수 있다. 이 점에서 그는 우익 곧 민족주의에 대해서도 방관자적이며 제3자적 입장에 섰음이 명백하다.

둘째, 표면상으로 카프에 대한 애정을 드러내었다는 점. "필자가 직접 카프의 맹원이 아니므로"라고 전제하고 이 글을 썼지만, 위의 인용에서 드러나듯 그는 카프의 나아갈 길을 암시하기 위해 붓을 들었음이 확인된다. 그렇다면 카프에 대한 그의 태도는 한갓 동정자의 처지인가 아니면 역시 방관자의 입장에 선 것인가. 이 물음의 해답을 다만 위의 글에서만 찾아내기는 무리이다. 위의 글에서는 다만 강자인 부르주아 저널리즘에 냉대받고 발붙이지 못하는 카프에 대한 동정자의 처지만은 쉽사리 간파되는데, 이 점에서 보면 그의 태도가 윤리적임을 지적할 수가 있다.

카프에 대한 이원조의 태도가 좀 더 뚜렷이 드러난 것은 「시에 나타난 로맨티시즘에 대하여」(『조선일보』, 1933. 1. 31~2. 3)이다. '우렁찬 시'를 요망한다는 당시의 시단의 여론을 비판하기 위해 쓰인 이 글에서 그는 부르주아 비평가들의 객관적 기준 없음(인상주의적 비평)을 통렬히 비판하였는데, 이로 보면 그의 정신 속에는 개인석, 자의적, 인상주의적 취향에 심한 혐오감을 가졌음이 판명된다. 다르게 말하면, 그의 정신 속에는 객관적인 것, 불멸의 어떤 이념에 대한 선험적 지향성을 가졌던 것

여천 이원조

으로 보이는데, 이는 그의 성격의 일면이랄까 그의 성장 배경에도 관련되는 것인지도 모른다. 그러나 그의 이러한 정신주의랄까 이념 지향성이 모럴론으로 승화되어 유연성을 띠게 된 것은 그의 전공인 앙드레 지드의 성실성 개념의 이해 덕분이 아니었을까. 이념 지향성을 띠었다는 점만을 강조한다면 그는 카프에 대해서는 동정자 이상으로 지지자일 수 있지만, 그가 지닌 윤리적 감각은 어느새 그로 하여금 중용(과불급) 사상에로 나아가게끔 하였다고 볼 것이다. 이 절묘한 균형 감각 유지는 그가 몸담고 있는 부르주아 저널리즘과 박해당하는 카프 사이에서 비로소 가능하였다. 곧, 균형 감각 유지의 힘은 정확한 지식에 있었던 것. 그 지식이 바로 이원조의 가장 소중한 재산이었다. 적어도 그가, 안락한 부르주아 저널리즘의 비호를 받고 안전지대에서 있다는 사실을 조금이라도 보상받기 위한 양심은 정확한 지식을 담보로 하는 것에 있을 수밖에 없었다. 제3자적, 방관자적 자리 확보가 그대로 굽어보기의 근거임은 이를 가리킴이다. 가령 '우렁찬 시'를 문제 삼을 때 그는 그것이 프롤레타리아 시의 일측면적 경향으로 볼 수는 있으나, 이것만의 일방적 강조란 일종의 무지임을 폭로한 바 있다. 곧 카프의 시가 '우렁찬 시'로 나아가야 한다고 일제히 외침이란 실상 로맨티시즘의 일종이라고 그는 비판하였는데, 이 비판은 단연 정확한 문예사조의 지식에서 말미암았다. 멋도 모르고 로맨티시즘을 '우렁찬 시'와 혼동하고 있지만 설사 로맨티시즘이 그 원인, 방법 등의 상이가 있다 하더라도 그 일반적 성격은 '현실 유리'인 것. 이 '현실 유리'라는 표현이 주목되거니와, 이원조에 있어 로맨티시즘은 중세 봉건시대의 그것을 막바로 가리킴이다. 그는 지금 역사적 지식으로써 그를 방관자의 자리에 두게 하면서도 그 나름의 권위를 확보할 수 있는 조건이었던 셈이다. 로맨티시즘의 본질을 '현실 유리'로 성격 규정한 것은 로맨티시즘의 역사적 관찰과 평가에서 이끌어 온 정확한 지식의 일종이다. 적어도 그 지식을 이원조는 의심하지 않았는데 바로 이것이 굽어볼 수 있는 시각의 근거이다. 이 권위를 이용하여 그는 제3자적 시각을 획득, 카프 소장파 시인들의 작품을 세세히 분석, 비판할 수 있었다. 김해강, 이계원, 조벽암, 적구 등의 '우렁찬 시'가 한갓 로맨티시즘의 현실 유리에 지나지 않음이 밝혀진 셈이다. 그러므로 이원조의 제3자적 시각은 굽어보기 비평의 방법론이 아닐 수 없다.

2. 구체성으로서의 창작평

이원조의 창작평(문예시평)은 그의 조선일보사 학예부 기자 생활과 때를 같이하는 것으로 「최근의 창작평」(1933. 8. 2~8)이 처음이다. 1935년엔 6·7월 창작평을 썼는데, 굽어보기의 글쓰기 형태를 여지없이 드러내고 있어 인상적이다. 그 몇 가지 사례를 검토해 보기로 한다. 먼저 김유정의 「떡」에 대하여. 이 작품은 가난한 집의 딸 옥이가 한꺼번에 떡을 많이 먹고 죽었다는 것을 다룬 것인데, 이 작품의 결정적인 흠은 다음 두 가지점이라 지적하고 있다. 하나는 개똥어미가 옥이의 떡 먹던 장면을 이야기하는데, "달달 떨고" 섰으면서도 떡을 꼬약꼬약 처먹더라는 대목이 그것. 이원조의 견해에 따른다면, 옥이가 떡 먹기 전에 부엌에서 더운 국에 밥을 말아 먹은지라 어한이 되었을 터인데도 "달달 떨고"란 것은 착오라는 것. 사건의 평범한 굽이에서라면 이러한 착오란 그냥 넘어갈 수 있으나, 중대 국면이라면 치명적 결함이 아닐 수 없다는 것이다. 다른 하나는, 옥이를 죽게 그 어미가 무당을 불러 경을 읽혔다는 대목. 어미의 무식함을 드러내기 위한 것이겠지만, 작가는 부주의하게도 하층민의 돈을 갈취하는 점쟁이나 무당이, 더구나 작가가 그 점쟁이를 악종이라 하고서도, 공짜로 경을 읽어 주었다고 하는 것은 있기 어렵다는 것. 계용묵의 「백치 아다다」에 대한 이원조의 비판도 매우 기민하고 날카롭다. 첫째, 이 작품은 백치의 심리 묘사를 정상인의 심리 변화로 처리한 점(후반부가 특히 그러하다). 둘째, 아다다가 그 어미로부터 매를 맞고 까둥이를 들린 장면을 그리면서 "그렇지 않아도 가꾸지 못한 험수룩한 머리는 물결처럼 흔들리며 구름같이 피어나선 얼클어진다"고 했는데, 이런 묘사는 완전한 무지라는 점. 여자의 머리채를 형용함에 물결 같다라든가 구름 같다라는 것은 미인에게 해당되는 클리셰인 까닭이다. 이러한 정확하고도 심도 있는 비평의 문맥에서 보면 이원조가 이 작품을 두고 다음처럼 말한 것은 상찬의 일종이라 할 것이다.

> 어쨌든 이 작품도 이상에 열거한 단점만은 없었다면 단편으로서 그다지 실패했다고는 할 수 없으나 작가가 일부러 기문(奇文)을 많이 쓴다고 한데 치기가 보인다.
> — 『이원조 문학평론집』, 형설출판사, 1990, 302쪽

이북명의 「오전 세시」의 경우는 어떠한가. 다른 작가에 비해 별난 것은 제재를 공장에서 찾았다는 점. 그러나 엄밀히 말하면 공장을 다만 배

경으로 삼았을 뿐, 또한 집단을 그리려 하였으나, 골격만 크고 살은 하나도 붙지 않았다고 비판하였다. 이효석의 「계절」에 관해서도 굽어보기의 시각이 한 치도 에누리 없이 적용되고 있다. 얼마 안 되는 단편에서까지 우연성으로 스토리를 진전시키는 것은 작가의 수치라는 것. 다만 이 작가는 용어에 있어 참신성이 있을 뿐이라 보았다. 안회남의 「상자」는 그야말로 신변잡기라 하며, 김유정의 「산골」은 과도하게 사용된 사투리 때문에 비판되는데, 사실과 사투리가 부합되지 못함은 정신의 빈곤이라는 것. 그러나 이러한 굽어보기의 비평에서 특이한 것은, 사회주의 운동가에 대한 관대함이다. 이효석의 「계절」 속에 나오는 청년 건이 사회운동가였으나 일시 일선에서 물러나 여급과 동거하며 사생아를 낙태케 하고 도쿄로 달아나 다시 운동을 개시한다는 것을 두고, 실상 이 작품에서 여주인공 보배와의 관계로 보면, 사회운동 투사든 부랑자이든 월급쟁이든 동격임에도 불구하고, 이원조는 이것을 "사라지는 양심적인 일종의 윤리적 의무관념"이라고 보고, 비판을 회피하고 있다. 부르주아 저널리즘에 종사하면서 지닐 수밖에 없는 이원조다운 윤리 감각의 드러남이라 볼 것이다.

　　이원조가 문예시평(작품평)에 대한 자의식을 통렬히 느낀 것은 소설월평을 시작한 지 두 해 뒤인 1936년이었다. 문예시평의 존재 이유란 무엇일까. 이것은 도쿄 문단 최고 비평가인 고바야시 히데오(小林秀雄)의 말에 따른 문제 제기로써, 그만큼 이원조다운 패기로 볼 수 있다. 실상 이원소는 도쿄 문단에 매우 민감한 반응을 보였는데, 그것은 부르주아 저널리즘에 몸담고 있음, 그리고 도쿄 유학생이라는 섬으로써도 설명될 수 있지만 동시에 국제적 감각에 민감했음의 반영이기도 한 것이다. 물론 그가 프랑스적 심리랄까 모럴 감각에 세련되어 있었음과 동시에 주자학과

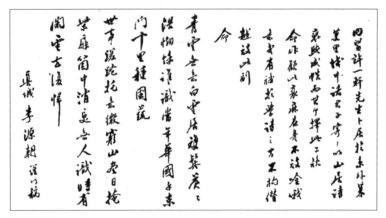

여천의 친필

맞닿아 있는 한문으로 무장된 견고한 논리 체계를 갖추고 있었음과 위의 사실들은 결코 모순되지 않는다. 기술비평이 주로 윤리적 감각이랄까 심리묘사 쪽으로, 영도적 비평이 논리(사회적·철학적) 쪽으로 나아갈 수 있었거니와, 이 둘을 긴밀히 묶는 민첩함이야말로 이원조의 자질이 아닐 수 없다. 고바야시 히데오가 문예시평의 어려움을 표명했다는 것은 그만큼 그것의 중요성을 역설적으로 강조한 것이 아닐 수 없다고 이원조가 해석했을 때, 그가 얼마나 소설월평에 비중을 크게 두었는가를 새삼 증거한 셈이다. 말하자면, 월평이란 직업비평가의 본격적 무대라는 사실의 자각에 이른 것. 그렇다면 누가 문예시평을 읽는 것인가라는 물음이 당연히 제기된다. 문예시평의 독자를 작가와 그 작품을 읽는 독자로 국한시킴으로써 표준을 삼았으며, 그 한계점에 절망하였는데, 이 대목은 그 이전은 물론 그 이후에도 여전히 살아 있는 규칙이랄까 관습이어서 그대로 인용해 둘 필요가 있다.

첫째 문예시평을 가장 가깝게 대우하는 사람들은 그 시평의 조상에 오른 작가들일 것이다. 그러나 이것은 엄정한 의미에서의 독자가 아니고 일종의 친족관계와 같거나 그렇지 않으면 '꼬십'에 대한 관심의 정도에 지나지 못하는 것이 태반이다.

그러면 일반독자일까? 그러나 이 일반독자라고 하는 것을 상대로 할 때는 문예시평이란 독립해 존재할 수가 거의 없는 것이다라고 하는 것은 문예시평이란 시평에서 취급한 작품을 매개로 하지 않고는 완전한 독자를 가질 수가 없는 것이니까 한 작품을 읽고서 그 작품평을 읽는 것이 완전한 독자이지 먼저 문예시평을 읽고 나서 그것을 한 개 표준으로 삼아 가지고 작품을 취사선택하는 사람은 거의 하나도 없을 것이다. 이렇게 되고 보면 문예시평의 독자 범위란 거의 사신의 정도를 조금 넘는 것이라 해도 과언은 아닐 것이다.

– 『이원조 문학평론집』, 318쪽

일종의 친족관계, 일종의 사신으로서의 문예시평이라 스스로 규정했을 때 그는 과연 어떤 태도를 취했던가. '남의 작품을 재단한다는 영웅적 쾌감'만이 전부라는 결론에 이른다. 제3의 시각이란 이름의 굽어보기의 참된 의미가 이 결론 속에 담겨 있음은 물론이다. 이 '영웅적 쾌감'이란 과연 어떤 방식으로 존재할 것인가. 이런 물음은 일종의 심리적 과정이기도 한 것이어서 신중히 검토할 필요가 있다.

물론 이원조는 문예시평 독지로 작품을 쓴 작가와 작품을 매개로 한 독자를 들고, 이 둘이 함께 완전한 독자일 수 없음을 지적하였는데, 이 지적 자체에도 문제가 없는 것은 아니다. 작품이란 엄격한 의미에서 작가와 분리될 수 있으며, 또한 운동으로서의 문학 범주에서라든가 텍스트로서의 문학 범주에서 보면 논란의 여지가 얼마든지 있을 수 있기 때문이다. 마찬가지로, 시평을 쓰는 비평가의 몫이 '영웅적 쾌감'에만 있지 않음도 명백하다. 글쓰기의 일종으로 문예시평을 바라본다면, 그것은 인식 행위(지시 대상)뿐 아니라 표현 행위에도 관련되기 때문이다. 비평가는, 작품을 대상으로 하여 자기 자신을 표현하는 것일 수도 있기 때문이다. 이는 남의 작품을 재단함에서 오는 '영웅적 쾌감'과는 구별되는 영역이다. 이원조는 이 점을 전혀 고려에 넣지 않았다. 이원조가 말하는 '영웅적 쾌감'의 나아갈 길은 다음 세 가지로 갈라서 고찰해 볼 수 있다. 자기보다 고수를 만나는 경우, 자기와 동위의 작가를 만나는 경우, 자기보다 하위의 작가를 만나는 경우가 그것. 이 중 자기보다 하위의 작가를 만나는 일이란 제일 고통스런 경우에 해당되는데, 그 자신이 비참해지기 때문이다. 자기보다 고수의 작가를 만나는 경우도 사정은 비슷하지만, 다만 자기를 고양시킬 수 있다는 점에서 '영웅적 쾌감'에 대한 유보 사항이 가로놓여지게 된다. 이원조에 있어 자기보다 고수에 해당되는 작가는 누구였던가.『임꺽정』의 작가 홍명희뿐이었다.『임꺽정』을 두고 이원조는 우선 서구소설 범주로 이 작품을 평가할 수 없음에 일단 절망한다. 그렇다고『삼국지』나『수호전』등 동양소설 범주만으로도 평가될 수 없는 형편이다. 이 두 범주를 어떻게 통일적으로 설명할 수 있느냐의 선상에서 비평가는 방황하지 않으면 안 되었는데,『임꺽정』이 분명 사건소설이면서도 근대소설인 까닭이다. 곧 묘사 개념의 도입으로 이원조는 이 딜레마를 극복하고자 하였다.

사건에 중점을 두는 작품이란 생경하여서 소설로서 혈육적 흥미를 느끼지 못하는 것인데 이 작품은 사건에 중점을 두면서도 소설로서의 흥미를 느끼게 하는 것은 지극히 미세한 데 이르기까지 극명한 묘사가 있는 때문일 것이다.

– 『이원조 문학평론집』, 436쪽

모두가 아는 바와 같이 『임꺽정』의 주인공 임꺽정의 성격은 썩 불투명하다. 부주인공들에 의해 사건이 진전되고 있으며 따라서 동양소설 특유의 사건소설 범주에 들지만, 이것만이라면 이 작품은 근대소설일 수 없다. 묘사 개념의 도입으로 비로소 이 작품을 평가할 수 있었는데, 이원조가 근대 서양소설론에 통달한 까닭이다. 이와 꼭 같은 의미에서 이원조가 이 작품의 본질에 육박할 수 있었는데, 곧 그 자신의 동양적 사상(주자학적 사유) 덕분이었다. 이원조는 자기보다 고수인 이 작가를 향해 그야말로 조심스런 표현을 쓰고 있기는 하나 '영웅적 쾌감'을 여지없이 발동시키고 있어 참으로 인상적이다.

(A) 이 작품의 대부분이 서림이라는 책사적 인물의 계책으로 진전된다는 의미에서 서림이는 임꺽정에 못지않은 중요한 인물이지마는 이 인물에 대한 또 한 가지 흥미는 위에서 나는 이 작품 속에서 작자와 대면할 기회가 전혀 없이 작자는 항상 작품의 뒤에 숨어 있다고 하였지마는 〔…〕 그것은 다른 사람이 아니고 서림이다. 임꺽정 한 사람으로서 처리하지 못하고 발전시키지 못할 문제를 해결하는 책사적 존재인 서림이는 곧 작자이다.

- 『이원조 문학평론집』, 437쪽

(B) 여자의 묘사에 있어서 그처럼 풍운임리(風雲淋漓)한 이 작가가 작중에서 제일 중요한 임꺽정이를 그리는 데에서는 아직 한 번도 입신(入神)의 경지에 이르지 못하였다라고 하는 것은 임꺽정이 제아무리 풍채가 괴위하고 여력(餘力)이 절륜하고 부하졸개에게 절대적 위압으로 군림한다고 하더라도 결국은 일개의 녹림객(綠林客)이라 위엄 가운데도 야생적이요 조폭한 요소가 있어야 할 것인데 이 작자의 그리는 임꺽정에게는 이러한 요소가 나타나 있지 않다. 뿐만 아니라 어느 때는 그 성벽인 위의(威儀)가 마치 공경재상(公卿宰相)의 그것과 비슷한 인상을 줄 때가 많은 것은 일하(一瑕)라고 아니할 수 없는데 이러한 점에서 보더라도 작가란 아무리 다각적이라 하더라도 결국은 그 생장이나 체험이나 성격 같은 데서 어느 일정한 제한을 받지 아니하지 못하는 것은 사실인 듯하다.

- 『이원조 문학평론집』, 438쪽

(A)는 고수에 대한 비평가의 '영웅적 쾌감'에 해당되는 것이며, (B) 역시 같은 범주에 들기는 하되, 주자학적 사상 계보에 대한 작가 및 비평가 자신의 자부심을 거꾸로 드러낸 것이어서, 작가 홍명희와 비평가 이원조의 특별한 '족벌관계'라 할 것이다. 이원조의 심리 속에는, 공경재상으로 되어 있는 임꺽정에 한층 깊은 애정이랄까 친근감이 은밀히 작용하고 있었던 셈이다. 말을 바꾸면 (A)에서 드러난 '작가=서림이'의 등식이 재사 홍명희를 드러낸 것이라면 (B)는 재사이자 퇴계 후손인 이원조 자신

의 드러냄이라 볼 것이다.

이원조의 문예시평이 가장 기민하게 작동된 영역은 논자 자신과 등질의 레벨에 놓인 작가를 비판할 경우이다. 『시학』의 제절에서 아리스토텔레스는 등장인물의 탁월성의 차이에 따라 문학작품 사이에 차이가 생긴다고 갈파한 바 있다. 등장인물이 우리보다 더 훌륭한 경우 그것은 대체로 비극이며 우리보다 못할 경우는 희극이 되고, 우리와 비슷할 경우엔 여러 가지 변형이 가능하다는 것이다. 이 이론을 역사적 시각에서 정밀하게 관찰함으로써 양식론의 정치한 모델을 만들어 낸 비평가가 N. 프라이다. 그는 다섯 개의 모델을 창출한 바 있다. (1) 질적으로 주인공이 다른 사람들보다 뛰어나고, 또한 그가 자신의 환경보다 뛰어난 입장에 놓여 있으면 이 주인공은 신적인 존재, 곧 그 이야기는 신화가 된다는 것, (2) 주인공이 다른 사람보다 뛰어나고 또 자신이 처해 있는 환경이 뛰어나다면 그 주인공은 로맨스의 영웅인 것, (3) 정도에 있어 다른 사람보다 뛰어나지만 자신의 타고난 환경보다 뛰어나지 못할 경우 그 주인공은 지도자가 된다는 것, 곧 상위모방 양식으로서 비극의 주인공, (4) 우리와 같은 경우 곧 다른 사람보다도 그리고 자신의 환경보다도 뛰어나지 못할 때 주인공은 우리와 동일하며 여기서 하위모방, 곧 리얼리즘 소설 범주가 설정된다는 것, (5) 우리보다 못할 경우 아이러니 양식이 창출된다는 것이다(노스럽 프라이, 『비평의 해부』, 임철규 옮김, 한길사, 1982, 49~51쪽). 비평가 이원조가 굽어보기의 시각을 가졌음은 앞에서 이미 지적했거니와 이를 아리스토텔레스의 시각에서 본다면, 그는 작가들보다 환경과 자질 면에서 우위에 섰다고 볼 수도 있다. 다시 프라이의 모델로 바꾸면 위의 (3)에 해당되지 않겠는가. 상위모방 양식으로서의 비극의 주인공, 곧 지도자의 모습이 거기 미정형으로 자리 잡고 있었던 것. 퇴계 후손이며, 위당 문하생이자 도쿄 유학에서 프랑스문학을 전공했고, 학부대신 이재곤의 손녀와 결혼(이른바 국혼(國婚).『이원조 문학평론집』, 서문, 7쪽)한『조선일보』학예부 기자 이원조란, 설사 그가 정도에 있어 다른 사람(이 경우 작가 포함)보다 뛰어났다 하더라도 자신의 타고난 환경보다 뛰어나지 못한 경우가 아니겠는가.

그렇다면 그가 끊임없이 회복하고자 하는 지향점은 자기를 키워 내었던 주자학적 이념의 고귀성에 준하는 그 무엇이 아니었겠는가. 이념의 고귀성을 당대에서 찾는다면 마르크스주의밖에 없었다. 마르크스주의를 주자학의 이념성과 등가로 파악할 수 있는 근거는 비단 이원조에서만은 아닐 터이다. 이념에 대한 등가적 인식 방식은 주자학 이념의 고귀성이 다만 한 가지 표준이었던 까닭이다. 이는 전향 문제를 둘러싸고 동양적 지절(志節) 문제에 연결시켜 논의된 측면과는 조금 구별될 성질의 것이다.

마르크스주의를 유교적 권선징악 사상의 직계비속으로 파악한 것만이라면 지절 문제에 한층 많이 연결시킬 수 있지만, 실증주의이자 합리주의이며 과학적 방법이자 실천윤리인 마르크스주의는 조선조 전 기간에 걸쳐 성스러운 것으로 군림한 주자학에 대응될 수 있는 유일한 이념적 존재로 파악될 수 있지 않을까. 그렇지만 이원조의 내면 풍경 속에 포착된 마르크스주의의 한갓 잔상(殘像)의 일종이 아니었을까. 주자학이 한갓 잔상으로 아득한 의식의 저편에 가물거리는 이념이라면, 이에 대응될 수 있는 마르크스주의도 같은 처지에 있는 셈이다. 이것이 현실적인 논점이다. 그러나 한편 의식의 저편에 솟아 있는 두 이념에의 형언할 수 없는 그리움이란 집요할 수밖에 없었는데, 이 두 이념이 함께 타의에 의해 소멸되었거나 적어도 소멸될 운명에 놓였기 때문이다. 주자학의 성스러운 이념을 압살한 것은 서구제국주의였으며, 구체적으로 그것은 일제였다. 주자학에 대응될 수 있고, 또 있었던 마르크스주의 역시 제국주의에 의해 압살되거나 되고 있는 운명에 놓였던 것. 이 틈바구니에 놓인 이원조의 내면 풍경에는 제3자적 논리에의 타협점이 보였는데, 이 중간 지대야말로 그의 비평 활동의 총체성이다. 곧 카프 문학을 내면화한 상태에서 현실을 바라보는 것. 한편에는 주자학에의 아지랑이가 가물거리고 다른 한편에서는 마르크스주의가 내면화되어 있는 자리. 그것이 굽어보기 시각의 정체이며, 이를 논리화한 것이 제3의 논리이다.

3. 제3의 논리로서의 문예비평

굽어보기 시각의 정체가 이러한 두 사상의 내적 드라마에서 온 것이라면, 프라이가 말한 (4)항, 곧 자기와 같은 처지의 작가란 과연 누구이겠는가. 이는 적어도 정통 주자학파이며, 도쿄 유학생이며, 프랑스문학 전공인 이원조의 수준에 해당되는 작가를 지칭함이 아니겠는가. 우리 문학이 그 가장 풍성하고도 높은 수준을 보였던 1940년(이때 소설이 한 달 평균 20편을 상회하고 있었다)의 「현역작가론」(『조선일보』, 1940. 8. 5)에서 이원조의 시각에 잡힌 소설계의 현역의 모습부터 엿볼 필요가 있다.

근래의 작품으로 보아 이태준·이효석·안회남을 어느 공통된 점이 있다고 해서 한몫으로 치고, 유진오·김남천을 또 그렇게 치며, 이무영·채만식을 또 그렇게 친다고 한다면 이기영 씨는 어디로 가야 하며, 한설야 씨는 어디로 가야 할 것인가? 이렇게 치면 박태원 씨의 방향도 따로 쳐야겠는데 이보다도 그러면 이태준·이효석·안회남의 길은 꼭 같으며 유진오·김남천의 길은 꼭 같으냐 그리고 이기영·한설야는 다른 그룹과는 도저히 공통되지 않는 절대적인 독특성을 가졌느냐 하면 물론 그렇다고 할 수도 없는 것이다. 여기에 누구는 서로 같고 누구는 다르다는 것이 어떤 의미에 있어서는 작가적 태도를 말하는 것이고 어떤 의미에 있어서는 그 작풍이나 창작 방법을 말하는 것이다.

그러므로 이태준·이효석·안회남을 어째서 같이 보느냐 하면 이분들의 작품에 항상 서정적 요소가 떠돌면서 그것이 또한 일종의 애수를 띠고 있다는 것이고, 유진오·김남천 씨를 같이 볼 수 있다는 것은 이분들이 자기의 창작 방법을 리얼리즘으로 정하고, 이념에서 현실로 새로운 출발을 도모한다는 것이며, 이무영·채만식 두 분은 작가의 기질이나 작풍에 있어서도 서로 공통된 점보다는 다른 점이 더 많으나 다만 이 두 분의 문학에 대한 태도가 일·이년래에 와서 비교적 진지하면서 독특한 작품 세계를 열어가려는 데서 함께 쳐본 것이다.

– 『이원조 문학평론집』, 415쪽

여기에 거론된 작가들의 현실에 대한 태도나 방법론의 공통성이 과연 타당하냐 아니냐 하는 점은 별로 중요하지 않다. 중요한 것은 다음 두 가지인데, 하나는 '이념'과 '현실'의 관계를 문제 삼은 부분이며, 그것에 해당되는 작가로 유진오와 김남천을 꼽았음이 그 다른 하나이다. 이태준, 이효석, 안회남 등을 묶을 수 있는 조건인 서정적 요소란 일종의 애수인 만큼 이념을 삶의 가장 소중한 것으로 상정하고 있는 이원조의 처지에서 보면 별다른 무게를 두기 어렵다. 이무영, 채만식의 진지한 문학 태도 역시 독특한 것일 뿐 그 자체가 무게를 갖기 어려움은 마찬가지이다. 앞에서 보아 온 바와 같이 비록 지금은 형언할 수 없는 그리움의 형태로 성스러운 너울을 쓰고 지평선 저 너머로 사라져 간 주자학과 그것의 대응물인 마르크스주의를 생리적, 환경적 차원에서 체득한 이원조의 처지에서 보면, 조선 현역 작가 중 제일 중요하게 부각되는 작가로 유진오, 김남천을 거론한 것은 너무도 당연한 일이다. 1940년도를 앞뒤로 하여, 부르주아 저널리즘의 감각에서 볼 때 이념은 지평선 저 너머로 사라져 가고 있었다. 이원조는 이 사실을 투철히 알고 있었지만 그대로 승복할 수도 안 할 수도 없는 딜레마에 놓여 있었다. 지식인 전체를 불안으로 몰고 간 이 이념 상실의 시대에 등장한 새로운 이념이 바로 대동아공영권(大東亞共榮圈)이다. 표면적으로 말할 경우, 대동아공영권이란 만세일계(萬世一系)의 일본천황제를 주축으로 동양이 결속하여 세계 블록을 형성한다는 것이지만, 조금 심층적으로 살피면 이른바 '근대의 초극'에 관련되는 과제라 할 것이다. 문학 쪽에서의 고바야시 히데오, 철학계 쪽에서의 교토대학파, 일본낭만파 등 세 사상계가 '근대의 초극' 심포지엄을 개최한 것은 1942년이거니와 서구를 근대 자체로 보고, 그것을 초극하고자 한 이러한 흐름은 이념에 대한 그리움의 한 가지 형태로 볼 수 있다(김윤식,『한국근대문예비평사연구』, 일지사, 1973, 제7장 참조). 말을 바꾸면, 여기서 말하는 근대의 초극이란, 영미의 자유주의적 개인주의, 소련의 공산주의적 보편주의, 이탈리아·독일의 전체주의적 민족주의, 손문의 삼민주의 등을 초극함에 해당되는 것이다. 이 심포지엄이 두고두고 문제되는 것은 바로 근대의 해석에 관련되기 때문인데, 가령 포스트모더니즘을 문제 삼을 경우에도 어김없이 논의의 출발점으로 부상되기 마련인 것이다. 세계사적 입장에서 일본은 어떤 역사적 사명을 띠고 있는가를 철학적으로 모색한 것은 니시다 기타로(西田幾多郎)를 주축으로 한 교토대학 파들이었는데, 이 철학적 인간학(이성적 존재자로서의 인간뿐 아니라 생의 현실에 따른 정의적 존재자로서 인간을 파악하는 것)이 일본 낭만주의와도 연결되어 문학·철학·사상계의 통일전선이 이루어진 것이 이른바 '근대의 초극' 심포지엄의 의의였다(廣松涉, 『〈近代の超克〉論』, 講談社, 1989 참조).

이원조가 몸담고 있는 부르주아 저널리즘의 감각도 이와 표면적으로는 유사한 것이었다. 그가 「비평정신의 상실과 논리의 획득」(『인문평론』 창간호, 1939. 10)에서 미키 기요시(三木淸) 등이 내세운 협동체론을 비롯, 교토학파들의 논리 모색에 깊은 관심을 가졌던 것도 이념에 대한 그리움과 관련된 것이다.

동경서 문제된 '세계사론'이니 '협동체론'이니 하는 것은 이러한 논리 획득을 전제로 한 한 개의 내부적 요청의 일단이 아닐까 한다. 물론 이 '세계사론'이나 '협동체론'이 곧 우리 문예비평의 논리적 근거가 될 수 없는 것이고 가령 될 수 있다 하더라도 아무런 비판이나 검토가 없이 더구나 그것은 더 많이 정치적 의미가 포함된 것을 가져다가 문예비평의 영역에서 원용한다는 것은 불필요도 하고 불가능도 한 일이지마는 하여간 현대란 시대가 결코 일시의 선회이라든지 중단의 시대가 아니고 어떠한 방향으로든지 한번 비약하려는 전환의 그 전날밤임에는 틀림이 없다. 〔…〕 하여간 우리의 시민적인 리베랄한 교양이 점점 무력화해가는 것만은 사실이며 따라서 그러한 교양이 짜내는 논리란 도저히 현대의 착종한 사실을 수습하지 못하는 것도 사실이다.

－『이원조 문학평론집』, 168쪽

이념은 반드시 찾아야 되며 그것이 비평이 가능한 바탕인데 실상은 찾아지지 않는다는 것. 그렇다면 어떤 제3의 길이 있을 것인가. 이 물음 앞에 부르주아 저널리즘(시민적 리버럴리즘)은 속수무책이었다. 이원조가 월평을 그토록 지속적으로, 그리고 본격적으로 시도한 것은 바로 이 때문이었다. 창작 방법으로서의 리얼리즘의 행방을 찾는 행위란, 실상 '이념에서 현실로' 나아가는 길찾기에 다름 아니었던 것. 비평가 이원조는, 작품을 통해 이념이 상실될 때, 그 이념의 신봉자들이 어떻게 현실에 관련되느냐를 골똘히 살펴봄으로써 스스로의 나아갈 길을 탐색하고자 하였다. 그러한 작가가 바로 유진오와 김남천이라고 그는 판단하였다. 말을 바꾸면, 유진오로 대표되는 현실 인식과 김남천으로 대표되는 현실 인식의 한가운데에 그리고 나란히 이원조의 현실 인식의 감각이 오르내렸던 것으로 볼 수 있다.

이렇게 볼 때, 이원조에 있어 비평이란 무엇인가. 다시 말해 유진오와 김남천에 있어 문학이란 무엇인가를 새삼 음미하지 않을 수 없는 마당에 이른 셈이다. "이념은 찾아야 된다. 그러나 그것은 찾아지지 않는다"를 소재로 하는 것이 유진오, 김남천에 있어서는 문학(소설)이었고, 문학하는 행위 자체였다면, 이러한 문학을 반성적으로 살피는 일, 그것의 내면 풍경을 엿보는 일이 이원조에 있어서는 비평이었던 셈이다. 이러한 비평과 창작의 관계란 지식인 문학의 특이한 혹은 편향적 현상인가, 그 자체가 본질적인 측면인가를 검토하는 일은 썩 중요한 일반론적 과제가 아닐 수 없는데, 바로 여기에 이원조 비평을 넘어서는, 하나의 문학사적 의미층이 발견될 수 있겠기 때문이다. 이러한 과제를 풀기 위해서는, 소설과 서사시의 관계를 설명함에 있어 루카치가 취한 정신사적 해석 방법이 타산지석일 수도 있으리라 생각된다. 대서사 양식이 희랍시대엔 서사시로, 근대엔 소설로 발현되었음은 모두가 아는 일이다. 서사시의 세계에서 소설로의 이행에서 결정적인 것이 시간의 개입이었다. 서사시의 세계란 본질적인 것(das Wesentliche)으로 충만되어 있고, 따라서 순금덩어리처럼 그것엔 시간의 침투 작용이 불가능하다. 독일 고전주의 철학에서는 이를 두고, 신이 인간과 더불어 지상에 있었던 시대(황금시대)라 일컫는다. 근대가 시작되자 신이 지상을 떠났다는 비유란 본질적인 것에 틈이 생겼다는 것이며, 이는 시간의 침투에서 말미암은 것. 소설은 서사시에 시간이 침투한 형식이다. 그러므로, 소설의 참된 소재란 다음처럼 규정된다. "본질은 찾지 않으면 안 되며, 동시에 그 본질은 찾아지지 않는다"라는 것을 소재로 하는 소설에서만 시간은 형식과 함께 주어진다(György Lukács, *Die Theorie des Romans*, Luchterhand, 1971, p.108).

"본질은 찾지 않으면 안 되며, 동시에 그 본질은 찾아지지 않는다"는 것이 소설의 참된 소재라면, 소설이야말로 훼손된 세계 속에서 참된 가치를 찾는 정신의 율리시스적 모험이 아닐 수 없다. 동시에 그 모험이 실패로 돌아가게 되어 있는데, 훼손된 세계가 그를 둘러싸고 있기 때문이다. 이 점에서 이른바 내성소설은 스스로 한계점이 드러난다.

이와 흡사한 현상이 1930년대의 암흑기, 정확히는 파시즘을 앞에 두고 우리의 정신사, 문학에서도 일어나고 있었던 셈이다. 암흑기란 일종의 은유에 지나지 않는다. 우리가 아직 이 은유 속에 잠긴 문제점을 충격해 보지 못했음은 무슨 까닭일까. 암흑기를 단순히 일제라는 것으로 치부해 버리게끔 한 것은 순전히 은유의 힘이었던 것. 그것은 본질을 은폐하는 정신 작용의 일종이었다. 암흑기란 무엇인가. 직접적으로 그것은 천황제 군국파시즘이며, 이를 한 번 더 밝히면 파시즘이라는 원상이 남는다. 파시즘의 원상이란 흙과 피의 부름에 호응하는 정신이며, 이는 근대를 철저히 거부하고 고향(흙, 피)의 부름에 복귀하는 정신적 편향으로 규정된다. 피의 순수성을 부르짖은 히틀러, "만엽(萬葉)으로 돌아가자"라고 외친 일본의 낭만파들이 이를 증거한다. 고전으로, 자연으로 향하며 근대적 요소를 철저히 거부하는 이러한 정신적 편향성이 마르크스주의와 모더니즘을 동시에 배격했음은 새삼 말할 것도 없다. 실상 고전으로 돌아가자고 외친 문장파라든가 인생파, 생명파 그리고 자연파들의 정신적 편향성이 어떤 면에서는 파시즘의 본질에 닿아 있었음은 새삼 말할 것도 없다. 해방공간에서 이들이 근대(마르크스주의)에 바탕을 둔 여러 형태의 이데올로기와 정면으로 맞섰던 근본 이유도 이로써 비로소 설명될 수 있다. 그럼에도 암흑기라는 은유가 이 사실을 은폐해 온 것은 어떤 이유에서인가. 일목요연한 해답이 주어진다. 암흑기를 단지 '일제'라고만 보았음에서 말미암았던 것. 그 때문에 암흑기의 고전, 조선주의로의 편향 속에 깃든 민족주의적 주체성 쪽만 보고 그 속에 깃든 반근대적 편향성을 놓쳐 버렸던 것이다. 해방공간에서의 좌·우익 대립을 설명함에도 이러한 오류가 그대로 답습되었다. 자연파, 인생파, 생명파 속에 고유하게 자리 잡은 반근대적 편향성을 새삼 음미하기 위해서 이원조의 비평과 유진오, 김남천의 문학 분석이 불가피함은 바로 이 때문이다.

　암흑기라는 은유를 걷어 내었을 때 그 속에는 전근대적 형태의 정신이 도사리고 있었는데, 그것의 외피는 피의 순수성, 흙 또는 자연의 숨소리였고 고전의 의상을 걸친 것이었다. 이들은 반근대 속에서 비로소 주체성을 세울 수는 있었으나, 근대를 수용할 수는 없었다. 근대가 그들에게는 늪이었다. 이 늪에 빠질 수 없다고 발버둥 친 무리가 자유주의적 저널리즘에 몸담은 부류이며 이원조, 유진오, 김남천으로 대표된다. 따라서 적어도 이들은 일단 암흑기 속에서 파시즘(문장파라든가 토착파들)적 편향성을 꿰뚫어 본 문인이라 할 수 있다. 그렇다면 그들은 그 늪에 빠지지 않으면서도 가치 있는 방향성을 찾을 수 있었던가. "역사의 방향성은 찾아야만 되며 동시에 그것이 찾아지지 않는다는 것"을 소재로 한 문학이 유진오와 김남천의 작품들이었으며, 이를 반성적으로 점검하는 일이 이원조의 비평인 것이다. 부르주아 저널리즘에 기대고 있는 자유주의 지식인 문학의 한계가 이로써 조금 밝혀진 셈인데, 곧 그들이 암흑기라는 은유 속에 감추어진 파시즘의 정체를 알아차린 점에서 사상적 의의랄까 명민성이 인정되지만, 다른 한편 그들은 근대의 중심기둥으로서의 마르크스주의 사상과의 연관성, 그리고 제작 모델 위에서 성립된 모더니즘과의 연관성에 대한 인식이 모자랐던 것으로 비판된다. 해방공간에서 비로소 이러한 한계점들이 선명히 부각되었는데, 그렇다고 이원조가 먼저 인민민주주의 민족문학 노선으로 나서고 김남천이 이에 동참하며, 유진오가 법제처장으로 나아간 점이 손쉽게 해명되는 것은 아니다. 그러나 해방공간의 여러 가지 사상 선택의 변수와 그 경과가 '이념 부재 속의 이념 찾기'를 소재로 한 문학상의 그 전 단계를 가졌다는 사실을 떠난다면, 많은 점에서 논리적 해명에 접근하기 어려울 것이다. 논리적 설명이 빈약할 때, 우연성이란 이름의 지적 폭력이 큰 얼굴을 내밀게 될 것이다.

4. '민족문학'과 '신민주주의론'

이원조의 이러한 제3의 논리가 그 가능성의 최대치를 시험할 수 있는 계기가 주어졌는바, 이른바 해방공간(1945~1948)이 그것이다. 이 공간이란 가능성의 공간이며 그 가능성의 최대치로 군림한 것이 '나라 만들기'였다. 이원조의 그동안의 문단 활동이란 단지 '나라 찾기'를 위한 행위였던 만큼 그다음 단계를 구상하고 돌볼 처지가 못 되었지만, 그러한 해방공간의 도래는 제3의 논리가 펼쳐 보일 크게 열린 공간이었다. 이데올로기로서의 문학의 경우가 '나라 만들기'의 대명제에서 다시 규정될 수밖에 없는 그런 공간이었다. 일제강점기의 이데올로기로서의 문학이 '나라 찾기'의 대명제에 의해 자체 규정된 것과 이 사정은 같다.

새로운 '나라 만들기'에서 제일 문제되는 것은 어떤 국가 모델을 선택할 것인가에로 향하기 마련이었다. 이 무렵 떠오른 국가 모델은 다음 세 가지였다.

(A) 부르주아 단독 독재국가, (B) 노동자계급 단독 독재국가, (C) 연합독재(인민연대)국가 등이 그것. 이 중 (C)를 선택한 쪽이 조선공산당이었다. 이른바 박헌영의 8월 테제에서 명시된 '부르주아 민주주의' 노선이 이를 잘 말해 놓고 있었다. 이 노선에 선 문학적 세력권의 중심인물이 임화였다.

8월 16일 새벽 나는 임화군의 방문을 받았다. 〔…〕 나는 임을 다시 만나자 우선 그가 조선의 정치적 현 단계를 어떤 성격의 것으로 생각하고 있는가부터 물었다. 그것을 알아야 그가 구상하는 문화운동의 성격을 윤곽이나마 파악할 수 있기 때문이다. 그랬더니 임화는 "물론 부르주아 민주주의 혁명이지" 하고 언하에 대답하였다. 〔…〕 그러자 그 자리에 최용달(崔容達) 군이 나타났다. 문화운동의 최고 책임자인 임화에게 지령을 내리는 사람이 결국 최용달이었던가. 나는 의외라는 생각과 당연하다는 생각이 동시에 들었다.

– 유진오, 「편편야화」, 『동아일보』, 1974. 5. 4

최용달, 박문규, 김석형, 이강국, 이주하 등은 유진오와 더불어 경성제대 사회경제사연구회 멤버들이자 훗날 조선공산당의 다른 명칭인 남로당(1946. 11. 23)의 중심인물들. 임화가 닿아 있는 곳은 당시의 조선공산당(박헌영) 노선이었음이 판명된다. 임화 중심으로 조직된 첫 번째 문화단체인 조선문학건설본부는 그러니까 부르주아 민주주의 노선의 이데올로기로 규정될 터이다. 국가 모델의 위상에서 보면 이것은 (C)형에 속할 터이다. 노동자와 농민을 중심부에 두고 지식인, 소자본가 등의 연합체로 권력구조를 이룬다는 것, 이를 연합독재라 부를 것이다. 훗날 남로당의 이념이 이것이었는바, (B) 노동자 단독 독재형인 북로당은 물론 (A) 부르주아 단독 독재형과는 다른 이 (C)형이란 새삼 무엇인가. 이 물음에 제일 상식적인 해답이 중도형 또는 제3의 논리이다.

문학에서의 (C)형을 창출하는 과정은 구카프계와 전조선문필가협회를 향한 헤게모니 쟁탈전의 양상으로 전개되었다(졸저, 『해방공간의 문학사론』, 서울대학교출판부, 1989). 이 중에서 문제적인 것은 구카프계와의 관계였던바, (B)형과의 이념상의 쟁투였다. 이런저런 곡절을 겪어 결국 구카프계를 물리치고 탄생한 것이 조선문학가동맹이었다. 이 단체의 초대 서기장이 바로 이원조였다. 그에게 있어 이 지위만큼 자연스런 것이 없는바, 그것은 그의 문학적 출발점인 '제3의 논리'의 연장선상의 더도 덜도 아니었기 때문이다.

해방공간에서의 이원조의 중요 논설은 「조선문학의 당면과제」(『중앙신문』, 1945. 11. 6~13), 「조선문학비평에 관한 보고」(전국문학자대회 보고연설, 1946. 2. 8~9), 「민족문화발전의 개관」(『민고』, 1946. 5), 「민족문화건설과 유산계승에 관하여」(『문학』, 1946. 7), 「민족문학론」(『문학』, 1948. 4) 등이다. 이 중에서도 「민족문화건설과 유산계승에 관하여」와 「민족문학론」이 그의 논의의 정수를 보이는 것이며, 특히 후자(1947. 6. 10 집필 완료)는 인민민주주의 문학론의 핵심을 드러낸 논설이어서 주목된다.

이러한 매우 중후한 논설들을 꿰뚫고 있는 기본정신을 한마디로 요약한다면, 해방공간에서의 모든 논의 곧 정치, 경제, 사회, 문화 등에 대한 언술이란 '문화혁명'의 범주에 속한다는 점에 있다. 문화혁명이란 무엇인가. 이 물음에 모택동의 문화혁명을 막바로 가리킨다는 사실을 떠나면 이원조 및 임화, 이태준, 김남천 등 남로당계 문인들이 참여하여 활동한 민주주의민족전선(사무국장 이강국, 선전부장 김오성·박문규, 동 차장 이원조·김기림, 문화국장 이태준, 동 차장 김태준, 기획부 차장 임화 등의 조직으로 1946년 2월 15일 결성됨)을 비롯 그들의 정치적 활동을 설명하기 어렵게 된다. 모두가 아는 바와 같이 민족문화란 그 자체가 세계사적 시각에서 볼 땐 벌써 과거적 용어, 그러니까 후역사적 개념에 속하는 것이다.

이 민족문화라는 개념을 아직도 한편으로는 살아 있는 것으로 승인하면서 새로운 현대적 역사 단계로 나아가고자 하는 이른바 '현 단계적' 모순론이 바로 문화혁명을 성립시키는 기본항인데, 이 점을 이원조는 다음과 같이 설명한 바 있다.

> 역사란 반드시 순차적으로 진화론적으로 발전하는 것이 아니라 때로는 비약적인 발전을 함으로써 혁명기라는 것이 항상 역사발전의 진정한 상태란 것이다. 그러므로 우리가 오늘날 민족문화를 건설한다는 것은 봉건잔재를 청산한다는 데서는 한 개의 혁명적 단계에 당면한 것이지마는, 이 혁명적 단계란 모택동씨가 그의 주저 「신민주주의론」에서 지적한 바와 마찬가지로 이미 완료된 부르주아 민주주의 혁명의 일부분이 아니고 세계무산계급혁명의 일부분인 만큼 그리고 이 명제는 모씨가 언급한 중국혁명에 국한된 것이 아니라 오늘날 세계약소민족혁명의 공통된 규정인 동시에 특히 중국과 모든 역사적 성격을 유사히 한 조선에 있어서는 더욱 중요한 말이라 안 할 수 없는 것이다.
>
> ―「민족문화발전의 개관」, 『이원조 문학평론집』, 238쪽

조선의 당면한 혁명 단계를 이렇게 규정한다는 것은 중국의 그것에 철저히 추수하는 것이라 하지 않을 수 없다. 이원조에 있어 민족문학 건설 모델은 막바로 모택동의 문화혁명론이었던 것이며, 그 이상도 그 이하도 아니라는 입론이 성립된다. 해방공간에서는 이원조의 민족문학론이 제일 논리적이고 힘 있는 이론이었으며 또한 그처럼 망설임 없이 당당한 이유도 실로 이 때문이 아니었을까. 그가 모택동 문화혁명 모델(연합독재

방식)에 얼마나 철저히 기울어져, 그로부터 모든 권위를 흡수하고 있는가를 잘 보여 주는 것으로는 3·1 운동과 5·4 운동의 성격 규정이 있다.

3·1 운동을 나는 일본제국주의에 대한 민족적 항쟁이며 우리 민족혁명의 시련이라고 했는데 이렇게 보면 그 혁명단체의 성격으로 보아 3·1 운동은 우리 3·1 운동과 한 해인 5월 4일 중국 북경에서 일어난 운동과 흡사하다는 것이다. 위에서 인용한 모택동의 「신민주주의론」에서 모씨는 말하기를 중국의 혁명운동이 5·4 운동을 계기로 해서 5·4 운동의 혁명운동도 구민주주의, 다시 말하면 부르주아 민주주의혁명의 일부분에 속하지마는 그 후의 혁명운동은 세계무산계급혁명운동의 일부분에 속한다는 것이다. 그리고 중국에 있어 5·4 운동의 혁명적 단계를 이렇게 규정한 것은 우리 3·1 운동을 규정하는 때도 무수정으로 그냥 적용되리라고 생각하는 바이다.

– 『이원조 문학평론집』, 247쪽

이 대목에서 주목되는 것은 5·4 운동의 규정성이 "무수정으로" 3·1 운동에 적용된다는 것. 말을 바꾸면 모택동의 「신민주주의론」이 '무수정으로' 해방공간의 당면 조선의 문화혁명에 적용된다는 것. 더 나아가서는, 모택동 사상 자체가 무수정으로 조선의 새로운 나라 만들기의 모델이라는 것. 적어도 이원조의 이념 지향성이랄까 내면 풍경은 이렇게 모택동 사상 일변도로 읽어 낼 수 있겠다. 그러므로, 인민민주주의 문학론으로서의 「민족문화건설과 유산계승에 관하여」와 「민족문학론」은 모택동 문화혁명론과 분리시켜 논의할 수 없는 터이다.

모택동 사상의 핵심을 이룬 것으로 알려져 있을 뿐 아니라 중국 문화혁명의 이론적 지침서로 알려져 있는 「신민주주의론」이란 어떤 것인가. 모두가 아는 바와 같이 모택동은 「실천론」, 「모순론」(1937년 집필)과 「문예강화」(1942년 집필) 등 유물변증법의 기본적 원리에 관한 뚜렷한 저술이 있다. 유명한 민족 모순과 계급 모순의 두 가닥 혁명 노선의 극복 방식에 대한 정치한 이론이 근대사상사에서 볼 때도 높은 수준에 놓이는 것이며, 특히 항일전쟁 속에 있는 중국의 혁명 단계에 민감히 반응한 점에서 볼 땐, 이념의 방향성 몫을 할 수 있었던 것이다. 「신민주주의론」은 1940년 1월 연안에서 창간된 『중국문화』라는 기관지의 권두논문으로 발표된 것으로, 연안에 모인 문학 활동가들을 향해 일본군의 무한(武漢) 점령, 왕조명(汪兆銘)의 투항에 의해 동요되고 있던 어두운 분위기 속에서 중국 인민에게 새로운 이념상을 제시하고 진로를 보이기 위해 씌어진 것이다. 곧 문화혁명의 근거를 밝히고 정치, 경제, 문화 등의 미분화 상태인 곳, 다시 말해 의식 혁명에 관한 이론이었던 것. 문화혁명의 핵심이란 무엇인가. 먼저 그는 중국 사회의 분석과 중국이 놓인 세계사적 위치의 고찰에서 출발한다.

2천 년 이래 봉건정치와 더불어 나아온 중국은 아편전쟁 이후 제국주의 열강에 침략을 당해 반식민지적, 반봉건적 성격을 가진 사회로 규정된다는 것. 따라서 중국혁명의 담당자는 혁명적 계급들을 포함한 인민대중의 새로운 세력이라는 것. 이들과 제국주의 및 봉건계급과의 싸움이 바로 중국의 혁명운동이라는 것이다. 이때 특이한 것은 이 혁명운동을 '문화혁명'이라 규정한 점이다. 그냥 혁명이 아니라 문화혁명이라 규정한 곳에 유물변증법만으로는 설명되지 않는 모택동 특유의 사상이 담겨 있는 셈이다. 중국의 문화혁명을 국내에 있어서의 봉건주의와의 투쟁이라는 점에서 바라본다면 부르주아지의 새로운 문화와 봉건계급의 낡은 문화와의 싸움이며, 이 점에서 그것은 부르주아 민주주의 혁명이겠지만, 한편 러시아 10월혁명에 의해 전세계 면적의 6분의 1을 점하는 소련동맹의 사회주의 국가가 성립된 당시의 세계사적 단계에서 볼 때 중국의 민주주의 혁명은 부르주아에 의해 지도된 구식 민주주의 혁명이 아니라 새로운 유형의 민주주의 혁명운동이어야 한다는 것. 모택동은 중국혁명이 두 개의 혁명 단계로 갈라진다고 주장한다. 제1단계는 새로운 유형, 곧 신민주주의 혁명이다. 이는 아직 프롤레타리아 사회주의 혁명은 아니나 프롤레타리아 사회주의 세계혁명의 일부라는 것이다. 새로운 민주주의란 중국 부르주아지가 독재하는 자본주의 사회의 건설이 아니라 중국 프롤레타리아트를 선두로 하는 중국 혁명계급들의 '연합독재'에 의한 신민주주의 사회 건설에 있다는 것이다. 이 제1단계의 혁명이 성취된 뒤에 제2단계의 중국 사회주의 건설을 위한 혁명으로 발전해야 된다는 것이다. 그렇다면 '연합독재'란 구체적으로 무엇인가. 중국 혁명계급들이란 현실로는 (1) 중국 부르주아 속의 제국주의 압박을 받아 봉건주의에 구속된 민족 부르주아지이고, (2) 지식인, 학생 등 자각된 분자들 또는 소상인, 수공업자, 자유직업자를 포함한 여러 유형의 소부르주아지, (3) 중국 인구의 80퍼센트를 점하는 농민(중농, 빈농 포함)계급이다. 이러한 혁명적 계급의 연합독재란 또 구체적으로 어떤 것인가. 전국인민대표회의(원본엔 국민대회)를 비롯, 성(省)인민대표대회, 현(縣)인민대표대회 등 각급 내회에 의해 남녀, 신앙, 재산, 교육 차별 없는 참된 보편·평등의 선거제를 통해 뽑힌 정치기관이 그것이다. 이것은 치열한 전쟁을 통해 일정한 사회계급이 적과 싸워 자기를 지키기 위한 혁명적 정권인 것이다. 민의를 표현하면서 혁명 투쟁을 지도할 수 있기 위해서는 민주적임과 동시에 '독재적' 곧 민주집중제(民主集中制)가 되지 않을 수 없다는 것이다. 이것이 신민주주의 사회의 정치, 항일통일전선하의 공화국 모델이며 이에 적합한 것이 신민주주의 문화라 규정된다. 정치 곧 문화의 등식이 성립되며 따라서 정치혁명이 바로 문화혁명이다. 이러한 문화란 (1) 제국주의로부터 중국 민족의 독립을 주장함이기에 민족적이지 않으면 안 되며, 따라서 그것은 마르크스주의를 단지 형식주의적으로 흡수함이 아니라 이를 중국에 적용해야 한다는 점에서 마르크스주의의 보편적 진리와 중국혁명의 구체적 실천과 통일된 민족의 특질에 기초한 형식을 이끌어 내야 한다는 것, (2) 이 문화는 과학적이어야 한다는 것. 문화는 과학적이어야 한다는 명제가 강조되는 것은 봉건사상에서의 해방과 관련되기 때문이다.

5. 모택동의 「신민주주의론」을 에워싸고

「신민주주의론」의 역사적 의의는, 일본과의 전쟁과 거기에 이어 국부군과의 국공내전을 통해 얻어진 중국공산당의 지도 이념이라는 점에서 찾아진다. 이 이념의 최대 강점은 역사적 실천으로 증명되었다는 점에 있다. 반봉건·반제 투쟁 상태에 있는 아시아, 아프리카 등 제3세계 민족에게 이 이론이 광범한 지지를 받을 수 있었던 것도 이 때문이다. 신민주주의 혁명론의 사상상의 감정이 마르크스주의를 중국의 민족 특성과 결합시킨 점에 있었던 만큼 이 이론은 단순한 마르크스주의와는 다른 것이다. 한 연구가의 지적에 따른다면, 모택동 사상은, 물론 변증법적 유물론의 발전에 독자적 공헌을 한 것으로 평가된다는 것인데, 그 이유의 일부가 중국적 사상의 전통에 힘입었기 때문이라는 것이다. 다시 말해, 중국어 자체가 존재와 생성을 대립적으로 인식하지 않음에서 말미암아 사물의 인식 과정에서 벌써 변증법적 사유로 되어 있다는 점, 그리고 주자학적 사상 구조와의 관련성이 지적된다(Chang Tung Sun, "A Chinese Philosopher's Theory of Knowledge", *The Yenching Journal of Social Studies*, vol.1, no.2, 1959, pp.164~181). 또 다른 연구자가 지적한 바로는, 모택동 저술 속에 인용된 책들은 주자학 쪽이 22개소이며, 도가의 것이 12, 민요·전설·문학이 13, 기타가 7개소이며 마르크스·엥겔스는 단지 4개소, 레닌이 18, 스탈린이 24개소라는 것으로 주자학이 압도적으로 많다(Vsevolod Holubnychy, "Mao Tse-Tung's Materialistic Dialecties", *The China Quarterly*, no.19, 1963, p.16).

이원조가 모택동 사상에 근본적으로 공감한 것은 바로 이러한 주자학적 편향성과 결코 무관하지 않다. 보통인보다 월등히 뛰어난 환경(주자학적 우위성)에서 성장했고 근대 시민사회의 교양 체험을 아울러 갖춘 이원조로서는, 혼의 깊은 곳에서의 울림이란 주자학 쪽이었으며, 표층적 논리로서는 합리주의 그 자체로 파악된 마르크스주의였던 것이다. 물론 신민주주의론은 중국통일 완성(1949)으로 역사적 소임을 다한 것이지만, 해방공간의 시점에서 볼 때 아직도 진행 중인 사상이자 이념이었다. 이원조에 있어 모택동의 신민주주의론이 가장 직접적이자 강렬히 와 닿은 곳은 과연 어디였을가. 이 물음은 이원조의 내면 풍경을 엿볼 때 비로소 가능한 것이어서 논리적, 실증적 증명보다 윗길에 속한다. 그 장면을 엿보는 일이 인민민주주의 민족문학론을 해명하는 열쇠의 하나가 아닐 것인

가. 부르주아 저널리즘에 종사한 지식층인 이원조가 설 수 있고 또 서야만 할 자리가 「신민주주의론」 속에 아주 뚜렷이 표시되었음과 이 문제가 관련되어 있음은 물론이다. 그 자리는 이 논문의 곳곳에 크게, 그리고 은밀히 놓여 있다.

(A) 우리 공산당원들은 모두 혁명적인 사람들을 절대로 배척해서는 안 된다. 우리는 장차 끝까지 항일하는 모든 계급·계층·정당·정치단체 및 개인과 통일전선을 견지하고 장기적 합작을 실행하려고 한다.

– 『중국혁명과 모택동 사상 II』, 석탑, 1996, 81쪽

(B) 국민문화의 방침으로 되어야 할 것은 공산주의사상을 지도이념으로 삼고 아울러 반드시 노동자계급 속에 사회주의와 공산주의를 선전하며, 또한 순차적으로 적절히 사회주의로써 농민 및 기타 민중을 교육하려고 노력하는 것을 의미한다. 그러나 국민문화 전체가 현재는 아직 사회주의라고 할 수는 없다.

신민주주의 정치·경제·문화는 무산계급이 영도하므로 바로 사회주의적 요소를 보통의 의미로서가 아니라 결정적 요인으로 갖는다. 그러나 모든 정치상황·문화상황이 사회주의라고 할 수 없으며 오히려 신민주주의라고 할 수 있다. 왜냐하면 현 단계 혁명의 주요기본임무는 외국제국주의와 우리나라의 봉건주의를 반대하는 자산계급민주주의혁명이지 자본주의 타도를 목표로 하는 사회주의혁명이 아니기 때문이다. 즉 국민문화의 영역을 행여라도 현재의 국민문화 전체를 바로 사회주의적 국민문화라고 본다면 이는 잘못이다.

- 위의 책, 102~103쪽

(C) 우리는 당연히 공산주의사상체계 및 사회주의 선전과 신민주주의 행동강령의 실천과는 구분되어야 한다. 또한 당연히 문제를 관찰하고 학문을 연구하며 일을 처리하고 간부를 훈련하는 공산주의적 이론 및 방법과 모든 국민문화의 신민주주의적 방침과는 구분하여야 한다. 이 두 가지를 혼동하여 하나로 말하면 전혀 적당치 않다.

이것이 현 단계 중국의 새로운 국민문화의 내용으로, 자산계급의 문화 전제주의도 아니고 또한 무산계급의 사회주의도 아니며 무산계급사회 주의 문화사상이 영도하는 인민대중의 반제·반봉건의 신민주주의이다.

- 위의 책, 103~104쪽

(D) 이러한 신민주주의 문화는 민족적이다. 그것은 제국주의 압박을 반대하고 중국민족의 존엄과 독립을 주장한다. 〔…〕 중국의 광신주의자가 마르크스주의를 중국에 적용하는 것도 그러하였다. 반드시 마르크스주의의 보편적 진리와 중국혁명의 구체적 실천을 완전히 합당하게 통일시켜야 한다. 즉 말하자면 민족적 특징과 서로 결합하여 일정한 형식을 얻어야 비로소 그 의미가 있는 것이지 결코 주관적·공식적으로 응용하여서는 안 된다. 공식적 마르크스주의자는 마르크스주의와 중국혁명을 희롱하고 있는 것으로 중국혁명의 대오에는 그들이 설 땅이 없다. 중국문화는 당연히 자기 형식이 있는바, 이것은 바로 민족형식이다. 민족적 형식·신민주주의적 내용, 이것이 바로 오늘날 우리의 신문화이다.

- 위의 책, 104~105쪽

모택동이 말하는 신민주주의론의 골자가 대략 (A)~(D)에 잘 드러나 있거니와, 요컨대 부르주아 저널리즘에 종사한 자산가 계층의 지식인 이원조에 있어 해방공간의 이념 창출은 모택동의 이론을 받아들이기에 가장 적합한 자리를 발견할 수 있었던 것이다. 이념 지향성은 프롤레타리아트의 그것이지만 무엇보다 현 단계로서는, 조선의 문화혁명이 극좌도 극우도 아닌 중간노선임을 이원조는 신민주주의론에서 확인한 것이다. 모택동으로 대표되는 권위 못지않게 그 합리적, 순리적 논리로 말미암아 이확인은 그 자체가 이원조에겐 과학이었던 셈이다. 정치, 경제, 문화를 통틀어 혁명이란 문화혁명으로 요약되는 것이며, 그것은 또한 민족적이라는 사실만큼 문학자 출신의 지식인을 매료할 수 있는 지표가 어디 다시 있을 수 있었던가. 이 거대한 모택동적 권위와 합리성을 바탕으로 한 문화혁명을 재빨리 수렴, 정리하여 문학가동맹의 주축 멤버들은 '봉건 잔재 청산, 제국주의 잔재 소탕, 국수주의 배격'이라는 세 가지 강령으로써 전국문학자대회를 열고, 민족문학론의 정립에 나아갔다. 이 과정에서 이원조에게는 넘어서야 될 첫 번째 난관이 극복된 셈이었다. 곧 한효, 한설야, 이기영 등으로 대표되는 조선프롤레타리아예술연맹이 그것. 당파성을 내세워 조선문학건설본부 측을 압도하고자 하는 이들을 분쇄하기 위해 이원조가 내세운 이론이 바로 신민주주의론이었다. "역사적으로 부여된 영도성을 마치 당국에서 받은 훈장처럼 여기고 함부로 영도성만 주장한다거나 공산주의 이론만 들고 나서면 다른 놈은 모두 반동적이라 몰아세우는 좌충우돌식의 극좌적 경향을 더 한층 배제하지 않으면 안 되는 것"(『이원조 문학평론집』, 221쪽)이라고 당당히 말할 수 있었던 것도 신민주주의론의 후광에 힘입고 있었음에 틀림없다. 이 난관 극복의 결과가 조선문학가동맹의 결성이며, 나아가 남로당의 문화혁명의 '현 단계의 수준'인 셈이다. 그러나 문제는 두 번째 난관에 있었다. 이 난관은 첫 번째 난관처럼 간단치 않았는데, '현 단계'의 의미 수정이 가해진 것에 관련되기 때문이다.

두 번째 난관 극복을 위해 씌어진 것이 '인민적 민주주의 민족문학 건설을 위하여'라는 부제를 가진 이원조의 「민족문학론」이다('청량산인'이라는 필명으로 발표되었다).

> 그러면 이것이 일반적으로 보아 자본주의 사회의 민족형성과 민족문학이 상궤적(常軌的)으로 발전해 온 일반적 노순(路順)이다.
>
> 그러나 조선과 같이 자본주의 사회가 확립되지 못한 나라, 다시 말하면 부르죠아지가 중심이 되어 농민, 노동자, 도시소시민을 이끌어 봉건제도를 타파하고 새로운 민족통일을 하지 못한 채 외래 제국주의의 침략을 받은 나라에서 민족의 독립과 민족을 통일을 위해서는 부르죠아지가 농민 노동자 도시소시민을 이끌고 일어서야 할 것이었다. 그래서 이러한 민족전쟁이나 민족혁명이 성공했을 때 그 영도자가 비로소 민족독립과 민족통일의 주인공이 되는 것이다.
>
> 그러나 우리의 자본가들은 한 번도 이러한 영광스러운 민족적 임무를 수행해 본 적이 없었다.
>
> 그러면 한 걸음 더 양보해서 외래 제국주의를 비록 우리 손으로는 구축하지 못하고 민주주의연합국의 전반적 승리의 일부분으로서 외래 제국주의가 물러가고 조선민족의 자유, 평화, 행복의 가능성이 십분 전개된 오늘날이라도 서구 근세 민족국가 형성의 전례로 보아 부르죠아지가 민

족통일의 중심이 되고 민련(民聯)의 주인공이 되려면 조선의 부르죠아지도 서구의 부르죠아지가 민족의 주인공이 된 소이연(所以然)이며 역사적 과제인 반봉건투쟁과 반제국민족투쟁을 전개하고 승리해야 한다. 다시 말하면 서구의 부르죠아지가 그 봉건제도 타파에 있어서 피로 싸운 결과 승리를 얻었듯이 조선의 부르죠아지도 조선경제의 절대 우세를 차지하며 조선민족의 80% 이상을 점한 농민을 그 기아와 노역에서 해방시키기 위해서 조선봉건 잔재의 최대 거성인 농촌의 토지문제를 평민적으로 해결(토지의 무상몰수 무상분배)하기 위해서 피로써 싸워야 한다. 그리고 승리해야 한다. 다음으로는 모든 제도, 기구, 습속에까지 만연하여 있는 제국주의 잔재의 소탕을 위해서 피로써 싸우고 승리해야 한다. 그리고 언론, 출판, 집회, 결사, 신앙, 파업, 인격의 자유를 보호하는 일체의 민주개혁을 위해서 싸워야 한다. 왜 그러냐 하면 민주주의 조선독립을 위해서 가장 기본적인 이러한 조건을 실천하는 것만이 조선민족 절대다수의 이익을 옹호하고 염원을 성취시키는 것이며 따라서 뒤떨어진 조선으로 하여금 높은 단계의 조선으로 추진시키는 것이기 때문이다.

그러나 조선의 부르죠아지는 이런 일을 하지 못하며 또한 하지 않는다. 왜 그러냐 하면 조선의 부르죠아지는 독자적으로 봉건제도를 타파하고 자(自)계급중심의 새 사회를 건설하기 전에 외래 제국주의는 그 본질상 조선의 봉건제도를 이용하고 비호하면서 토착 부르죠아지의 발달을 가급적 억제하였다. 그래서 3·1운동 때 조선의 부르죠아지가 인민투쟁의 팽배한 기세에 밀려 반신적(半信的)으로 비전투적이고 비조직적이나마 처음이요 마지막으로 민족의 선두에 한번 나서 본 것이다. 그러나 이 운동의 실패와 이 운동 자체의 위력에 놀란 일본 제국주의의 잔반(殘飯)에

팔려 모든 혁명적 민족의식을 다 버리고 개량주의의 길을 걸어 한편으로는 민중에 대한 변절을 카무프라쥬하며 다른 한편으로는 일체의 일제의 눈 밖에 나지 않고 이권의 일부분에 참여하려고 가만히 노력했으니 이 시기에 토착부르죠아지의 길은 경제적으로는 옷고름 대신에 단추로 절약한다는 물산장려운동이었고 정치적으로는 자치운동이 그것이었으며 문화적으로는 실력양성주의로 전향하면서 반제투쟁을 포기하였다. 이러한 사태는 문학상에도 그대로 반영되었으니 반봉건문학의 남상(濫觴)이라 볼 수 있는 연암 박지원의 「호질」이나 「양반전」은 한문으로 기술되었다고 해서 조선문학으로 치기에 이론(異論)이 있다면 여기서 그것을 장황하게 논변할 필요는 없으나 적어도 신소설에서부터 시작해서 소위 신문학의 발흥기에 울연히 일어난 계몽사상과 반봉건 요소도 3·1운동 이후 말기 자연주의적 경향과 상징주의의 조류에 휩쓸려 거세되었다는 것은 저간의 정형(情形)을 말하는 것이다.

– 청량산인(淸涼山人), 「민족문학론 – 인민적 민주주의 민족문학 건설을 위하여」, 『문학』 7호, 1948. 4

이 논문은 표면상 두 가지 민족문학론을 비판함을 목적으로 하고 있다. 하나는 이른바 민족주의자들(박종화, 김동리, 조지훈 등 문협 정통파들)이다. 이원조에 있어 이들은 한갓 '시인 묵객' 수준이어서 논의의 대상이 되지 않는다. 다른 하나는 당파성 주장자들이다. 문제의 심각성은 바로 이 당파성 주장자들인데, 이 경우 그들은 첫 번째 난관에서의 당파성 논자들과는 질석으로 다른 형편에 있었던 까닭이다. 구체적으로 말하면 안막, 윤세평 등의 주장에 대한 것으로 이미 이들의 입각지가 확고했던 만큼 간단히 논파될 성질이 아니었다. 이유부터 살펴볼 필요가 있다.

　　이기영, 한설야, 한효 중심의 조선프롤레타리아예술연맹파들은, 실상 전국문학자대회(1946. 2)를 전후해서 거의 월북하지 않으면 안 되었는데, 그들의 설 자리가 '서울 중심주의'가 아니었기 때문이다. '서울 중심주의'에 맞서는 '평양 중심주의'를 서둘러 구축하지 않으면 안 되었는데 북조선예술총동맹(1946. 3. 25, 위원장 한설야)이 그것이다. (1) 진보적 민주주의에 입각한 민족문화예술의 수립, (2) 조선예술운동의 전국적 통일조직의 촉성, (3) 일제적, 봉건적, 민족반역적, 파쇼적 및 반민주주의적 반동예술의 세력과 그 관념의 소탕, (4) 인민대중의 문화적, 창조적 예술 개발을 위한 광범한 계몽운동의 전개, (5) 민족문화유산의 정당한 비판과 계승, (6) 우리의 민족문화와 국제문화와의 교류 등을 강령으로 내세웠다(『조선문학통사』, 인동, 190쪽). 이 단체의 긴급 확대회의(1946. 7. 17)와 제2차 대회(1946. 10. 13)가 열렸을 때 단체 이름을 북조선문학예술총동맹이라 고쳤으며 위원장에 이기영, 부위원장에 안막, 서기장에 이찬이 임명되었으며, 중앙상임위원은 이기영, 한설야, 안막, 이찬, 안함광, 한효, 신고송, 한재덕, 최명익, 김사량, 선우담(화가)으로 되어 있다. 이 산하단체인 북조선문학동맹은 위원장에 이기영, 부위원장에 안함광과 한효, 서기장에 김사량, 중앙상임위원엔 이기영, 한설야, 안막, 안함광, 김사량, 한효, 이철, 윤세평, 최명익, 이동규, 박석정, 김조규, 박세영 등이 올라 있다. 북조선문학예술총동맹의 기관지 『문화전선』(1946. 7 창간, 발행인 한설야)을 주축으로 이들 조직 운영이 이루어졌는데, 강령의 어마어마한 명분과는 달리 이들에 있어 마음 가장 깊은 곳에 자리 잡은 것은 '평양 중심주의'로 집약시킬 수 있다. 다음 사실이 이를 증명하고도 남는다.

1946년 11월 20일 오후 3시 평양 신영(新迎)예술가후원회 식당에서 좌담회 「북조선의 문화의 전모」가 열린 바 있다. 이찬의 사회로 열린 이 자리에는 안막(북조선노동당중앙본부, 문화인부대 부위원장), 김사량(북조선문학동맹 서기장, 김일성대 강사), 나웅(중앙예술공작단 단장, 연출가), 이기영(조소문화협회 위원장, 북조선문학예술동맹 위원장), 안함광, 유항림(북조선문학예술총동맹 출판부), 선우담(북조선미술동맹 위원장), 최명익(북조선예술총동맹, 평남도위원회 위원장) 등이 참석한 바 있는데, 그 인원 구성으로 보아 북조선문학예술총동맹의 수뇌부 회의 성격을 띤 것임에 틀림없다. 이 중 이론분자인 안함광의 발언은 북조선문학동맹 부위원장의 자격으로 한 것으로서 문학의 방향성을 제시한 것으로 볼 것이다. 큰 목표는 붉은 군대에 대한 감격의 표현, 진보적 민주주의 노선, 김일성 노선으로 요약되며, 다시 이를 세분한다면 (1) 소재가 광범하고 새로움(붉은 군대, 노동자, 의용군 등), (2) 테마의 적극성·현대성, (3) 시야를 해외까지 넓힘, (4) 신인 등장, 서울 중심주의 배격, (5) 남조선 격려 등인데, 이 중 (4)항과는 별도로 남조선의 전국문학자대회의 강령인 '근대적인 의미의 민족문학 건설의 당면 과제'를 두고 오류라 지적하고 있다. '근대적 민주주의'가 아니고 '진보적 의미의 민주주의 국가' 건설을 위한 문학이어야 옳다는 것이다(『민성』 1·2호, 1947. 2, 8쪽). 한편 김사량은 어떠했던가. 남조선은 작품이 너무 절망적인 내용이어서 놀랐다는 것이다. 그러나 무엇보다 이기영의 발언을 주목하지 않을 수 없는데 아서원 좌담, 봉황각 좌담 등에서도 그랬듯 언제나 말수가 적은 그는 북조선의 문학예술이 "서울 중심주의를 제거함이야말로 옳다"고 지적, 그 근거로 내세운 것이 북쪽의 민주주의의 앞섬을 들고 있다. 그러니까 진보적 민주주의가 앞서 실시되고 있는 평양이기에, '서울 중심주의'가 불가하다는 것이다(『민성』, 14쪽).

이러한 '서울 중심주의' 비판이야말로 그들이 갖고 있는 심리적 서울 콤플렉스의 일환이 아닐 수 없는데, 이 지역성을 문학적으로 어떻게 처리할 것인가는 해방공간 최대의 문학 과제가 아닐 수 없었다. 만일 문학이 경험(기억)에 바탕을 둔 고향에의 깊은 인식과 관련된 것이라면 백석, 한설야, 김사량, 최명익 등 평양 주변을 고향으로 한 문인들에겐 문학적 의미에서 진보적 민주주의 이념성과 무모순 상태로 상승적, 발전적 의미를 가질 것이나, 그렇지 않은 문인이라면, 가령 서울을 고향으로 한 문인들이라면, 진보적 민주주의와 고향 개념의 모순 속에서 방황하고, 마침내 이 모순 극복에 실패한 경우가 태반일 것이다. 훗날 남로당, 특히 임화의 경우(「너 어느 곳에 있느냐」와 같은 것)가 그러한 사례에 들 것이다. 요컨대 북조선문학예술총동맹의 '서울 중심주의' 극복 방식이 진보적 민주주의라는 이념성에 있었음이 드러난 셈이다. 그것은 언제나 서울을 염두에 둔 '진보적'인 것이지 절대적으로 진보적인 민주주의가 아니었다. 헤겔과 지라르가 말하는 의미에서의 타자지향성 자기확립의 사고작용이었던 셈이다.

6. 인민민주주의론과 진보적 민주주의론의 싸움 장면

남조선의 '인민민주주의'보다 한층 앞섰다고 그들이 말하는 진보적 민주주의란 구체적으로 어떤 것인가. 북조선문학예술총동맹 기관지인 『문화전선』에 실린 안막의 「조선문학과 예술의 기본임무」(창간호, 1946. 7)와 윤세평의 「신민족문화 수립을 위하여」(제2호, 1946. 11)가 그것. 이 두 편 논문의 기본 태도는 '평양 중심주의' 수립을 위한 이념 창출을 겨냥한 점에 있으며, 그것은 막바로 남로당의 외곽 단체인 조선문학가동맹의 이념인 인민민주주의(모택동의 신민주주의 노선) 문학론 비판에 해당되는 것인 만큼 서기장 자리에 있는 이원조가 이를 논파하지 않으면 안 되었던 것이다. 이원조의 「민족문학론」이 씌어진 것은 따라서 불가피한 일이지만 또한 아이러니컬한 일이라 할 것이다. 이원조 자신의, '평양 중심주의'에 흡수되느냐 아니냐를 두고 역사의 이성이란, 헤겔식으로 말해 '이성의 교활함'을 드러내 보였기 때문이다.

요컨대, 민족문화의 정통성을 두고 서울과 평양 사이에서 벌어진 이 논쟁의 핵심에는 레닌도 모택동도 한갓 방편에 지나지 않았던 것이다. 그렇지만 만약 우리가 역사에 있어서 결과론에서 원인을 이끌어 내는 일에 익숙하지 않다면, 구체적 논쟁 속에 담긴 논리 추적에 한층 큰 관심을 기울여야 생산적이 아닐까 한다. 그런 시각에 선다면, 이원조의 어조에 주목할 필요가 있다. 그는 안막을 두고 다음처럼 적고 있다.

한편, 난데없는 '비판자'가 나타나서 이것은 극우편향이요, 이것은 극좌편향이라고 그야말로 쾌도난마식으로 해제쳐내는데 우리(문학가동맹—인용자)는 어느 편향에 속했느냐 하면 바로 극우편향인 것으로서 이 비판자의 단안에 의하면 우리는 '민족문화'라는 개념에 '민족'이란 것을 그 근거에서 분리시키며, 다시 말하면 민족을 구성하는 구체적 계급 관계에서 분리시키며 추상적 '민족의 개념'을 날조하고 주장하고 있다. "그리하야 그들은(우리는—필자) '민족문화의 초계급성'을 주장하였으며 조선 민족문화를 형성하는 기본적 동력인 무산계급문화를 부정하고 무산계급문화사상의 영도를 반대하지 않을 수 없는 것이다" 운운하였다(안막, 「조선문학과 예술의 기본임무」, 『문화전선』 제1호, 1946, 7쪽).

물론 진정한 민족문학이란 "내가 민족문학의 정통파다. 너들 말하는 민족문학은 다 글렀다" 하는 아전인수식의 패호를 차고 나선다고 해서 반드시 그 사람들의 손으로 건설되리라고 믿을 수 없으나 그러나 사태가 이렇게 되고 보면 민족문학이란 말 자체가 아직도 의연하게 혼란의 와중에 빠져 있다는 것은 숨길 수 없는 사실이다.

— 『이원조 문학평론집』, 268쪽

안막의 문학가동맹 노선 비판은 그것이 극우 노선이라는 것으로 요약된다. 그 이유로는 (1) 민족을 구성하는 구체적 계급관계에서 분리시키며 추상적인 민족 개념을 날조하고 주장한 점, (2) 민족문화의 초계급성을 주장, 조선 민족문화를 형성하는 기본적 동력인 무산계급문화를 부정하고 무산계급문화 사상의 영도를 반대한 점에 있다. (1)을 다르게 말하면 '민족보다 계급 우위'여야 한다는 것, (2)는 당파성 주장으로 요약될 것이다. 「조선문학의 당면과제」에서 이원조가 분명히 극좌·극우를 맹렬히 반대하면서 "무산계급의 작가, 비평가를 영도적 주격으로 한 광범한 진보적 민주주의 문학자의 통일전선 속에서 민족문학의 발전이 무산계급문학의 완성의 길로 통하지 않으면 안 되는 것"이라 천명한 바 있거니와, 이를 두고 안막이 민족 개념을 계급 개념에서 분리시켰다 하고, 또 무산계급문화 사상의 영도성을 부정, 초계급성을 주장했다고 비판하는 것은 과연 무슨 뜻일까. 안막의 글을 구체적으로 살펴볼 필요가 있다.

안막 논문의 첫 번째 문제점이란 무엇인가. 곧 대전제로서 현 단계를 역사적으로 어떻게 규정하는가부터 따져 볼 필요가 있다.

> 현 단계의 임무는, 일반적으로 사유재산을 해제하는 것이 아니고 자본주의의 도덕을 청산하고 자본주의로 하여금 해방케 하기 때문이다. 현 역사적 단계에 있어서 조선민족의 신정치는 새로운 민주주의 정치이고 조선민족의 신경제는 새로운 민족주의 경제이며 이와 마찬가지로 새로운 민족주의 문화는 무산계급과 그 문화사상이 영도하는 인민대중의 반제·반봉건·반파쇼적 문화이며, 일체의 자본주의 문화를 반대하는 문화는 아니다.
> ─「조선문학과 예술의 기본임무」, 6쪽

대전제로 내세운 현 단계의 역사적 성격이 '사유재산 해제'라든가, '자본주의 문화를 반대하는 문화'가 아님을 드러낸 점에서 안막 역시 8월 테제의 큰 테두리에서 벗어난 것은 아니다. 이 사실은 '평양 중심주의'가 아직도 '서울 중심주의'와 혼효되어 있음에 대응되는 것이자, 계급성과 인민성이 아직 분리되기 직전의 단계를 의미함에 해당된다. 남로당(조선공산당)이 내세운 현 단계가 임화가 지적한 바와 같이 계급성에 기초한 문화(이를 시민성에 대한 인민성이라 불렀던 것. 따라서 사회주의 국가에서 말하는 당파성, 계급성, 인민성의 삼박자에서 말하는 인민성과는 다른 개념이다)라면, 그리고 그것이 '서울 중심주의' 기본항이라면, 안막의 이 논문이 놓인 자리란 구카프계(비해소파)의 계급성 곧 평양 중심주의를 가르는 분수령에 해당된다. 사유재산 부정이 아니며 자본주의 문화를 반대하는 것이 아니라는 점에서 그것은 8월 테제를 닮았지만 '민족적 형식과 사회주의적 내용'이라는 민족문화 규정 항목에 있어서는 명백히 자본주의 문화 반대쪽으로 무게중심이 기울어져 있다는 점에서 8월 테제와 구별된다. 요컨대, 안막의 이 논문은 이원조, 임화 등이 미처 깨닫지 못한 당파성 개념을 예비하고 있었다. 이 점에서 안막은 아직도 윤세평에 비하면 철저하지 못한 형편에 있다. 안막이 내세운 민족문화의 기본틀이란, 매우 추상적이나 다음처럼 현 단계의 인식에 크게 매달려 있는 형국이다.

> 이러한 새로운 민주주의 문화는 조선민족의 영토·생활환경·생활양식·전통·민족성 등의 '민족형식'을 통하여 형성되고 발전됨으로써 '내용에 있어서 민주주의적', '형식에 있어서 민족적' 문화라 할 수 있으며 사회주의 사회에 있어서의 '내용에 있어 민주적', '형식에 있어 민속적'이라는 것을 우리는 문화예술의 내용과 형식과의 기계론적 분열로써 해석해서는 안 될 것이요 그 변증법적 통일 속에서 이해되어야 한다.
> ─「조선문학과 예술의 기본임무」, 6쪽

안막이 아직 당파성이라는 개념을 표층에 내세운 것은 아니지만, '내용과 형식의 기계론적 분열'을 강조함으로써 임화, 이원조 중심의 조선문학가동맹을 비난한 것이다. 물을 것도 없이 이러한 비난은 부당한데, 이원조나 임화의 어떤 주장에서도 그러한 기계론적 분열이 표층에 드러나 있지 않기 때문이다. 안막이 비난한 요점은 이러하다.

오늘날 문화·예술적 건설의 극좌적 기회주의자들은 첫째 현 단계의 조선혁명의 새로운 민주주의적 문화를 왜곡하고 민주주의민족통일전선이란 것이 무산계급이 영도하는 '각 민주계급통일전선'임을 이해하지 못하고 비원리적 투항주의적 통일 전선을 환상하고 있으며 둘째로 이들 사이비맑스레닌주의자들은 '민족문화'라는 개념에 '민족'이란 것을 그 근거에서 분리시키어 다시 말하면 민족을 구성하는 구체적 계급관계에서 분리시키며 추상적인 '민족의 개념'을 날조하고 주장하고 있다. 그리하여 그들은 '민족문화의 초계급성'을 주장하였으며〔…〕

— 「조선문학과 예술의 기본임무」, 7~8쪽

안막의 이러한 주장을 두고 이원조가 "주문(主文) 없는 심판"이라는 한마디로 비판하였는데, 실상 임화나 이원조의 어떤 글에도 그러한 주장이 없기 때문이다.

그렇기 때문에 이원조는 안막의 주장을 일소에 부칠 수가 있었다. 실상 안막 논문은 구체적인 전거도 밝히지 않고 극히 추상적인 수준에서 문학가동맹 측의 주장을 싸잡아 비판했던 것. 바로 이 점에 제3전선파(카프 도쿄 지부)이자 '서울 중심주의'에 뿌리를 둔 구카프계인 안막의 한계가 드러난 셈이다. 이에 비할 때 윤세평의 논문은 본격적이었는데 두 가지 점에서 그러하다. 해방 후의 카프에 가입한 신진층이라는 점이 그 하나이고, '평양 중심주의' 소속이라는 점이 다른 하나이다. 조선문학가동맹과 맞선 북조선문학예술총동맹의 기관지에서 두 번째로 내세운 인물이었지만, 실상은 새로운 이념을 대표하는 인물로 등장한 것이 윤세평이었다. 안막의 경우와는 달리, 윤세평의 논리가 도전적이었으며, 따라서 이원조도 이에 대해 적극성을 띠지 않으면 안 되었던 것으로 보인다. 말하자면, '평양 중심주의'와 '서울 중심주의'의 이념상의 첫 충돌이 이원조와 윤세평의 논쟁인 것이다.

윤세평이 내세운 기본 전제란 무엇인가. 그는 영리하게도, 그의 세대인 안막의 견해까지 비판하면서도 매우 중요한 사항 한 가지를 내세웠는데, 실천 개념의 도입이 그것이다.

> 지식인의 혼란은 고사하고 가장 대표적이라 할 수 있는 지도이론을 볼지라도 덮어놓고 "우리 혁명 단계는 푸로레타리아계단이 아니므로 건설 될 신문화는 푸로레타리아적인 문화가 아니다" "민족문화는 계급문화가 되어서는 아니된다" "내용에 있어 민주주의적이고 형식에 있어서 민족적인 신문화를 건설한다"는 등 상식적이며 저속한 관념적 현실은 실천 과정에 한 걸음만 발을 내딛게 되면 곧 그 모순성을 파악하게 될 것이며, 우리들은 모름지기 문화의 성격 내지 정치와의 관계를 근본적으로 구명하고 다시 혁명적 단계에 있어서 조선문화 건설의 기본적 노선을 찾아야 할 것이다.
>
> ─ 윤세평, 「신민족문화 수립을 위하여」, 『문화전선』 제2호, 1946. 11. 20, 51~52쪽

이 글 속에 들어 있는 의미 있는 부분이 '실천'에 있으며, 이 실천은 현 단계를 혁명적 단계로 규정했음과 긴밀히 관련되어 있다. 남로당이 아직도 인민민주주의 단계(넓은 뜻의 8월 테제에 기초한 민주주의적 민족통일전선)에 머물고 있을 때, 북조선의 혁명 단계가 크게 진전하였음이 사실이다. 무엇보다 혁명에 결정적인 것이 이른바 토지혁명이었다. 삶의 기

본틀을 뿌리째 바꾸어 놓은 토지혁명이 전면적으로 실시된 것은 1946년 3월 5일이었으며, 법률 공포 후 20일 만이었다. 무상몰수 무상분배의 기본 원칙에 따라 3·7제 투쟁을 통해 높아진 빈농·소작농민들의 능력을 기초로 한 이 과감한 정책은 가히 천지개벽스런 일이 아닐 수 없었다. 이기영의 해방 후의 본격적 활동으로서의 첫 작품이 「개벽」(『문화전선』 창간호)이었다는 것, 그 연장선상에 대작 『땅』(1948~1949)이 씌어졌다는 것은 따라서 현실주의 소설의 본질을 새삼 확인케 하는 사건이 아닐 수 없다. 지어낸 관념적 이야기가 아니라, 가장 구체적인 삶의 현실에 바탕을 둔 소설인 까닭이다(김윤식, 「토지개혁과 개벽사상」, 『한국 현대 현실주의 소설 연구』, 문학과지성사, 1990 참조). 윤세평이 주장하는 '혁명 단계'란 바로 이것을 지적한 것이며 또 이것이 바로 '실천 과정'에 해당되는 것이었다.

만일 이 사실을 몰각하거나 접어 둔 마당에서라면, 안막을 위시한 윤세평의 주장은 논리적으로는 성립되기 어렵다. 다시 말해 순수한 형식논리상으로 따진다면 도무지 이해할 수 없는 사태가 발생한다. 아직도 토지혁명을 전혀 겪지도 않았으며, 이른바 10월 인민항쟁이라는, 3·1 운동 이래의 최대의 인민항쟁(김남천의 지적)을 치르기 전까지의 남한의 혁명 단계란 북한의 천지개벽의 혁명 단계(실천)와 비교할 때 현격한 차이가 있었다. 임화와 이원조 및 남로당의 10월항쟁 이전까지의 혁명에 대한 인식은, 미군정의 실천 과정에 매달려 있었던 것인 만큼 인민성에 기초한 인민민주주의 노선에서 한 발자국도 나아간 것이 아니었다. 말을 바꾸면, 모택동의 신민주주의 문화론의 수준에서 더 나아간 것이 아니다. 실상 모택동의 신민주주의 문화론이란, 국·공 합작 수준에서 항일전을 펼치던

1940년의 혁명 단계에 대응되는 논리였을 따름이다.

> 이것이 현 단계 중국의 새로운 국민문화의 내용으로, 자산계급의 문화
> 전제주의도 아니고 또한 무산계급의 사회주의도 아니다. 무산계급 사회
> 주의 문화사상이 영도하는 인민대중의 반제·반봉건의 신민주주의이다.
> 〔…〕 공식적 마르크스주의자는 마르크스주의와 중국혁명을 희롱하고
> 있는 것으로, 중국혁명의 대오에는 그들이 설 땅이 없다. 중국문화는 당
> 연히 자기형식이 있는바, 이것이 바로 민족형식이다. 민족적 형식·신민
> 주주의적 내용, 이것이 바로 오늘날 우리의 신문화이다.
>
> ─『중국혁명과 모택동사상 II』 104~105쪽

모택동의 이러한 수상이 1940년의 상황이라면 그것이 그대로 항일
전이 끝나고, 국부군과의 내전 상태에 있었던 1945년 이후의 혁명 단계
라고 하기 어려운 터였다. 이원조가 계산에 넣지 못한 것이 바로 이 대목
이다. 곧 중국의 혁명 단계의 변이와 아울러, 북한의 혁명 단계의 극적인
변화를 엄두에 두지 못했던 것. 따라서 모택동의 신민주주의 기준에서 바
라본 안막, 윤세평의 주장이란 도무지 이해하기 어려웠던 것으로 파악된
다. 이원조가 윤세평과 안막을 두고, 실로 한심한 듯한 어조로 논진을 펼
친 것은 순전히 이 때문이다. 적어도 그는 모택동의 원전에 통효하다는
점을 과시함으로써 일거에 논적을 격파하고자 했던 것이다. 곧 윤세평이
정작 모택동 문화론의 핵심을 놓쳤다고 지적, 그 핵심을 이렇게 직접 인
용으로 대치시켰는데, 이 대목이야말로 이원조가 시종일관 기준으로 삼
은 잣대였다.

모택동씨의 신문화론에는 "현재는 사회주의적 문화가 아니다. 만약 현재를 곧 사회주의적 국민문화라거나 또는 그것이 되어야 한다고 하면 이것은 옳지 못하다" "사회주의를 내용으로 하는 국민문화는 반드시 사회주의적 정치·경제를 반영하는 것이다. 우리는 현재 이러한 정치·경제가 없으므로 또한 이러한 국민문화도 있을 수 없다" "그러므로 현재 신문화의 본질도 또한 신민주주의적이요 사회주의적인 것은 아니다"(『모택동 선집』, 53~54쪽, 필자의 역). 만약 "사회주의란 말과 프롤레타리아란 말이 표음상 다르지 않으냐, 모택동씨는 사회주의적 문화가 아니다 했는데, 너희들은 프롤레타리아적 문화가 아니다 했으니, 모택동씨는 무사하지마는 너희들은 '문화의 초계급성'을 주장한 극우편향이다" 하고 덤비지 않을 정도의 상식이나 양심쯤을 가졌다면 어째서 같은 말을 한 모택동씨는 무사하고 우리는 극우편향으로 돌려야 하느냐?

– 『이원조 문학평론집』, 279~280쪽

이원조의 민족문학론의 거점이 바로 모택동의 위의 대목이며, 이는 적어도 10월 인민항쟁 전까지의 인민민주주의 전선의 기본항이라 할 수 있다. 바로 이 사실 속에 남로당 전체의 비극적 운명이 깃들어 있는데, 곧 선비랄까 지식인으로서의 독서 체험의 한계라는 함정에 빠졌기 때문이다. 독서 체험의 한계란 무엇인가. 앞에서 잘 드러난 바와 같이, 이원조가 모택동 원전을 정확히 읽었음이 판명되거니와 원전을 정확히 읽음이란 잘 따져 보면 형식논리의 범주에 속함을 알 수 있다. 그는 이 섬을 명석한 논리라 인식했음에 틀림없는데, 다음 주장이 그 증거이다.

생각컨대, 모르면 몰라도 모택동씨도 흔히 간 곳마다 있을 수 있는 기계주의자들을 미리 경계하느라고 용의주도하게 다음과 같은 말을 강조한 것일 것이다. "그러므로 우리는 공산주의적 사상체계와 사회제도의 선전에 대해서와 신민주주의적 행동강령의 실천을 구별해야 하며 또 문제를 시찰하고 학문을 연구하고 공작을 처리하는 공산주의적 방법에 대해서와 국민문화의 신민주주의적 방침을 구별해야 한다. 이 두 가지를 혼동하는 것은 잘못이다"(『모택동 선집』, 54쪽, 필자의 역). 이러한 경고가 있었음에도 불구하고 우리의 비판자들은 기계주의자인 때문에 이 경고는 귀에 들리지 않았으며 이 경고에 귀를 기울이지 않은 때문에 또한 기계주의자가 된 것이다.

– 『이원조 문학평론집』, 280쪽

형식논리적 명증성이 이처럼 이원조에겐 뚜렷하였는데, 그가 지식층 특유의 독서인인 까닭이다. 이러한 형식논리적 사고와 습성이 독서 체험의 한계에 연유한다는 사실이 해방공간에서 뚜렷이 드러났으며, 그 결과가 남로당의 몰락에 연결된 것이었다. 그 비극적 원인을 다시 정리한다면, 첫째 모택동의 「신민주주의론」이란 1940년에 씌어졌다는 점. 중국공산당의 1940년 혁명 단계에 상응하는 이론에 지나지 않는 신민주주의 문화론이란 1940년이라는 역사적 단계와 중국이라는 특수 상황의 산물에 지나지 않는다. 독서 체험으로 이것을 문제 삼는다면, 만고의 진리인 것처럼 정태적 파악이 가능할지 모르나, 적어도 해방공간에 놓인 조선적 현실에서 바라볼 때는 사정이 크게 달라질 것인데, 이에 대한 민감성의 빈약이야말로 독서 체험의 결정적인 한계점이 아닐 수 없다. 이해의 수준에서 보면, 모택동의 원전에 입각하여 이해한 이원조가 안막이나 윤세평의 이해 수준보다 정확할 것이다. 그러나 그 정확성이 형식논리의 수준에 지나지 않음도 명백한 사실이다. 앞에서 이미 보아 온 바와 같이 북한은 토지개혁을 전면으로 실시, 단 20일 만에 완료하였다. '무상몰수 무상분배'의 대원칙으로 수행된 이 토지개혁이 천지개벽에 해당될 수 있음은 이기영의 소설 「개벽」(1946)과 그 연장선상에 있는 대작 『땅』(1949)이 증거하고 있다. 형식논리학이 전혀 손 닿지 않는 구체적인 실천(혁명)이 진행되고 있는 마당에서 바라본 모택동의 신민주주의 문화론과 독서 체험에서 바라본 그것의 차이가 바로 북로당과 남로당의 차이, 곧 윤세평과 이원조의 차이를 빚어 낸 것이다. 그러므로 윤세평이 그의 논문에서, "현실에서 유리된 관념적 현실은 실천과정에서 한 걸음만 발을 내딛게 되면 곧 그 모순성을 파악하게 될 것"이라 못박고, 상부구조론을 도입하여, 이데올로기가 토대구조에 작용하는 점을 크게 강조하는 것은 매우 중요한 대목이라 할 것이다.

문화를 단순히 정치경제의 관념형태상의 반영으로만 보고 소박한 정치이론을 그대로 문화부분에 이식하여 "우리의 혁명계단은 푸로레타리아 혁명계단이 아니라 민주주의혁명계단에 처해 있으므로 건설될 신문화는 푸로레타리적인 문화가 아니라 민주주의적 민족문화요 무산계급의 반자본주의적 문화가 아니다"고 말하고 있다. 이와 같이 푸로레타리아 문화와 진보적 민주주의 문화를 기계적으로 대립시키는 견해는 물론 현 혁명계단이 무산계급이 영도하는 자산계급성 민주주의혁명 단계임을 인식하지 못한 데 결과한 것이겠으나 또한 문화의 독자성 내지 특수성을 인식하지 못하고 편향된 정치 이론을 그대로 문화영역에 연장시키려는 데서 나온 결론이다.

－「신민족문화 수립을 위하여」, 54쪽

　　윤세평의 이원조 및 문학가동맹의 문화통일전선론 비판의 본질이 위의 두 가지 논점에서 뚜렷하게 드러나 있어 인상적이다. 첫째, 현 단계의 정치이론과 문화이론을 동일시함이란 기계주의적 사고라는 점. 바로 이것이 독서 체험으로서의 지식인의 한계라는 지적에 해당될 것이다. 이원조가 윤세평을 두고 기계주의자라고 했음과 이 경우는 어떻게 다른가. 이 물음은 다음 두 번째 지적에서 비로소 그 해답을 이끌어 낼 수 있다. 곧, 문화의 독자성 또는 특수성의 인식 여부에 관련된다는 것. 모택동이 말하는 기계주의, 이원조가 말하는 기계주의, 윤세평이 말하는 기계주의의 뜻이 각각 다른데, 모택동이 말하는 그것은 공산주의적 사상 체계 및 방법론과 신민주주의적 문화론(중국적 특수성)을 구별하지 못함을 가리킴이라면 이는 윤세평이 말하는 문화의 독자성과 오히려 상통하는 것으로 볼 수 있다. 이에 비해 독서 체험(형식논리)으로서의 이원조의 시각은 '문화의 계급성', '계급문화', '무산계급 문화사상의 영도성' 등을 형식논리상으로 개념 구별함에 놓여 있었다. 이 세 가지 개념 구분이 불필요하다는 것이 아니라, 이런 인식보다 더 중요한 과제가 따로 있었는데, 실천 개념이 그것이다. 혁명 단계가 수시로 진행되어 가는 마당에서는 정태적인 개념 범주의 형식논리적 구분이란 일종의 관념성이 아닐 수 없는데, 이원조, 임화 중심의 10월항쟁 이전까지의 사고 형태로서는, 이 점에서 추상적 관념적임을 면하기 어렵다. 이 점에서 일종의 기계론자라는 비판이 가능해질 것이다.

혁명이 시시각각으로 진행되는 북한의 처지, 그러니까 '평양 중심주의'가 확고부동해진 것이 바로 토지개혁을 통해서였음은 새삼 말할 것도 없다. "토지의 봉건적 제관계와 노동의 착취 청산이 문화의 위대한 온상"(『민성』 1·2호, 1947. 2, 9쪽에서 재인용)이라는 점에 초점을 둔 실권자 김일성의 「친애하는 조선의 과학자·문학자·예술가들에게」(1946. 5. 24)에 드러난 혁명 단계를 피부로 느끼며 살고 있는 윤세평의 처지에서 보면 상부구조론의 압도적 우위성이 선명해졌던 것으로 볼 수 있다. 곧 상부구조 이데올로기가 하부구조(경제·토대)에 직접적으로 작용하는 현실이 실제로 북한에서는 진행되고 있었던 만큼 이 엄연한 사실이 어떤 명징한 형식논리보다 앞설 수 있었다. 이 사실을 윤세평이 다음처럼 표현한 것이 아니었을까.

문화는 사회의식 형태로서 '하층구조'의 반영일 뿐 아니라 동시에 하층구조에 선행하여 반작용한다는 점에 있어서 우리는 정치와 문화의 교호관계를 정상적으로 파악해야 할 것이며 [⋯] 다시 말하면 관념형태로서의 문화는 물론, 그 시대의 사회적 제생산관계에 제약을 받게 되나, 다시금 그에 선행하여 반작용할 수 있으며(일례로 문예부흥시대의 과학과 예술) 동시에 무산계급문화는 이 순간에 있어서 일체의 반제국주의적·반봉건적 문화와 제휴하여 신민족문화건설의 통일전선을 형성할 수 있으나 그 같은 민족문화는 계급문화의 독자성을 부정히고 밀살하는 것일 수는 없는 것이다. 오히려 오늘의 자산계급성 민주주의 혁명을 무산계급이 영도하듯이 문화에서도 무산계급의 문화가 민족문화 수립을 영도하게 되는 것이다.

— 「신민족문화 수립을 위하여」, 54쪽

이 대목이 피상적으로는 상부구조 이데올로기와 토대 간의 변증법적 관계를 설명하는 것처럼 보이지만, 그 강조점이 상부구조 이데올로기의 우위성, 곧 상부구조 이데올로기가 토대구조를 부추기고 이끌게 된다는 점에 놓여 있다고 하겠다. 김일성의 일방적인 토지혁명이 바로 그러한 현상의 대표적인 경우가 아닐 수 없다. 민족문화의 경우도 사정은 같다. 상부구조 이데올로기로서의 '평양 중심주의' 또는 토지개혁의 수행 또는 카프 비해소파들이 말하는 계급성이, 토대구조를 압도하고 자극하여 토대구조를 어느 수준까지는 이끌어 갈 수 있었던 것. 그것이 1946년을 앞뒤로 한 북조선 혁명 단계의 역사성이었다. 이는 상부구조와 토대 사이의 정상적인 변증법적 관계가 부정되었다기보다는, 일시적으로나마 상부구조 이데올로기의 우위성이 보장된 혁명 단계였음을 말해 주는 것이다. 이 사실이야말로 실천 개념이 논리를 압도하고 수정해 간 구체적 사실이 아닐 수 없으며, 훗날 벌어지는 남로당의 비극적 숙청은 그들이 이 실천 개념을 정확히 파악하지 못함에서 말미암았다고 볼 수 있다. 이런 점에서 보면 윤세평이 문화의 특수성을 내세운 것은 그 논리적 정확성보다는, 그 주장 뒤에 감추어진 실천 개념의 뒷받침으로 해서 큰 의미를 갖는다. 그가 말하는 문화의 특수성이란, 정치와의 통일전선 개념의 차이에 관한 인식에 속하는 것이었다. 정치에서는 관념론자나 종교 등과도 제휴, 정치행동상의 전술적 통일전선을 수립할 수 있으나, 문화에서는 결코 그러한 통일전선이 있을 수 없는데, 그 이유를 윤세평이 오직 문화를 '이데올로기의 투쟁'으로 파악함에 두고 있었던 점은 새삼 강조될 필요가 있다. 정치란 그러므로, 한갓 방편적인 잡스러운 통일전선을 형성할 수 있지만 문화는 그럴 수 없다고 주장할 때(「신민족문화 수립을 위하여」, 58쪽) 이는 일종의 메타포로 이해될 수 있다. 곧 이데올로기의 강조, 그러니까 이데올로기로서의 계급성, 이데올로기로서의 당파성을 직·간접적으로 내세운 것이라 할 것이다. 이데올로기로서의 상부구조가 일방적으로 하부구조를 결정해 나가는 혁명 단계를 체험하고 있는 것이 바로 '평양 중심주의'의 본질을 구성했고, 이를 윤세평이 문화론의 독자성이라 파악한 것이다. 문화를 막바로 이데올로기로 파악한 것은 문화를 정치의 우위에 두었기 때문인데, 이는 정치·문화 일원론이라는 국가사회주의 혁명이론의 기본항에 대한 첫 반응의 형태라 할 것이다. 이러한 일원론의 첫 반응이 정치보다 문화(이데올로기)를 우위에 두는 듯한 형태로 나타났던 것. 한편 이에 비할 때 이원조, 임화 등 문학가동맹 측의 감각이 오히려 정태적이자 이원론적이었던 것으로 비판될 수 있다. 그렇지만 남로당의 정치우위론, 문화의 정치종속화적 사고란, 남조선의 당시 혁명 단계의 이원성에 엄밀히 대응되는 것이 아니겠는가. '서울 중심주의'의 근거가 여기에 있을 것이다.

이원조와 윤세평의 논쟁이란, 모택동의 신민주주의 문화론에 함께 기초를 둔 것이지만, 그 지향성이 이처럼 크게 다를 수밖에 없었는데, 그 이유가 형식논리상의 과제냐, 실천상의 과제냐에서 말미암았던 것. 여기서 말하는 실천상의 과제란, 구체적 역사성이 해답을 쥐고 있는데, 북조선의 토지개혁이 바로 형식논리를 격파할 수 있는 요소를 이루었다. '평양 중심주의'의 근원이 여기서 말미암았다. 만일 이론이 구체적 현실의 뒷받침 위에서 비로소 힘을 발휘하는 것이라면 윤세평의 이론은 그만큼 살아 있는 힘이라 규정될 수 있다. 한편 이원조의 형식논리상의 명징성은 어떤 평가를 받을 수 있을까. 남조선의 혁명 단계에 정확히 대응된다는 점. 남조선의 조급한 극좌·극우 반대의 문화통일전선의 형성이란 잘 따져 보면 정치우위론이자 문화의 특수성을 덜 의식한 점으로 요약될 수 있다. '서울 중심주의'의 근원이 이와 관련되어 있거니와, 그것은 '서울 중심주의'의 감각으로서는 가장 합리적 과학적인 것일 수 있었음을 가리킴이기도 하다. 그렇다면 '평양 중심주의'와 '서울 중심주의'를 역사적으로 평가할 수 있는 근거란 무엇인가라는 물음이 끝으로 남게 된다. 이 물음이 어떤 형식으로 제출되든 그것은 민족통일이라는 시각에서 비로소 해답의 실마리를 풀 수가 있다. 민족문학(문화)이라는 과제란, 통일을 전제하지 않는 마당에서는 언제나 일방적 주장에 멈추기 때문이다. 그렇지만 역사의 어느 단계를 설정하고 그 범위 내에서의 평가가 가능함도 엄연한 사실이 아니면 안 된다. 곧 '서울 중심주의' 민족문학론을 둘러메고, '평양 중심주의'로 이동해 간 남로당의 운명에 대한 평가를 잠정적이지만 일단 해둘 수 있을 것이다. '서울 중심주의' 이데올로기란 서울을 에워싼 토대에 관한 것이며, 그것에서 분리되어 낯선 '평양 중심주의' 이데올로기 속으로 이동되었을 때 빚어지는 이데올로기의 갈등이 바로 남로당 숙청이라는 비극으로 전개되었던 것이다. 여기서 '서울 중심주의' 이데올로기란 물을 것도 없이 10월 인민항쟁 이전까지를 가리킴이다. 그 이후의 '서울 중심주의'란 크게 양상이 달라져서 마침내 임화, 이원조, 김남천 등의 해주 제일인쇄소로의 이동이 불가피해지게 되었다. 비극적 현상이란 이러한 남로당의 '서울 중심주의' 이데올로기가 10월 인민항쟁 이후엔 서울의 새로운 '서울 중심주의' 이데올로기에 밀려났음과 동시에, 불가피하게 '평양 중심주의' 쪽으로 이동되었으되 거기에 동화될 수 없음에서 말미암았다.

7. 이원조와 윤세평의 사석(私席) 토론

인민적 민주주의 민족문학론의 본질이 이원조에게서 가장 높은 수준의 표현을 얻었다는 점, 그리고 그것이 논쟁의 형식으로 가능했다는 점이야말로 해방공간의 혼란상과 가능성을 새삼 말해 주는 것이라 할 수 있다. 만일 인민적 민주주의 민족문학론이 강력한 사상운동의 일종이라면 과격성을 띠지 않을 수 없는 것이며, 따라서 논적에 대한 비판이 뚜렷해짐을 특징으로 하게 된다. 이원조의 「민족문학론」이 논리정연하면서도 힘있는 것은 바로 이 때문이다. 그러나 어떤 사상운동도 논리적 정합성이랄까 논리적 힘만으로 설득되지 않는다는 점을 염두에 둔다면, 이원조의 「민족문학론」의 한계도 뚜렷해지지 않을 수 없다. 이원조의 이 논문의 강점은 논리의 명징성이랄까 논리적 정합성에 있음은 분명하며, 그것을 보장하고 있었던 것이 모택동의 신민주주의 문화론이었다. 그러나 이 이론이 나온 것이 1940년 1월이다. 그러니까 이에 상응하는 역사적 중국혁명 단계의 논리적 산물에 지나지 않는다. 이원조가 기대고 있는 또 다른 이론인 『볼셰비키당 약사』라든가 『레닌 선집』7권에 대해서도 마찬가지 지적을 할 수가 있다. 중국이나 소련이라는 특수한 지역, 특수한 혁명 난세의 산물에 지나지 않는 논리를 전가의 보도처럼 휘두른다면 그 한계란 너무도 분명한 셈이다. 그러나 이 논리적 명징성에는 보편성이라는 매우 중요한 사고 및 실천의 준거가 전제되어 있는 만큼 간단히 비교될 성질이 아님도 엄연한 사실이다. 이 보편성을 문제 삼을 때, 해방공간에서 그것을 세계사적 시각을 모델로 하느냐, 지역적 특수성을 모델로 하느냐의 과제로 설명해 볼 수도 있다. 이 모델 선정에 있어서는 여러 가지 유형이 설정될 수 있는데, 가령 「새나라송」(1948)에서 노래된 김기림이 설정한 모델은 이른바 관념적이자 추상적인 제작도식이었다. 세계란 형성된 것이 아니고, 제작된 것(건축적 사고)이라는 관념에 설 때, 해방공간의 '나라 만들기'도 이와 같이 사고될 수 있었던 것이다. 이를 두고 순수관념형 제작 모델이라 할 수 있거니와, 이에 비할 때 이원조의 '나라 만들기' 모델이란 어떤 유형으로 설명될 수 있을까. 다음 대목에서 그 해답이 쉽사리 찾아진다.

이러한 민주주의(인민적 민주주의 — 인용자)는 누가 사의(私意)로 창출해낸 것도 아니요 조선의 특수 현상도 아닌, 이번 파시즘 대 민주주의의 전쟁이며 전제적 독재적에 대한 세계인민의 전쟁이며 〔…〕 세계사적 단계인 것이다. 그러므로 세계 각 식민지·반식민지의 특수성에 따라 서로 다소간의 차이는 있으나 이것은 기본적으로 토지의 무상몰수 무상분배, 중요산업국유화, 기타 언론·출판·결사·신앙·파업·인격의 자유를 철저적으로 보장하는 민주주의이며 이러한 민주주의를 위해 싸우고 이러한 민주주의의 정치·경제를 반영하는 것이 곧 우리가 말하는 인민적 민주주의 민족문학인 것이다.

– 『이원조 문학평론집』, 285~286쪽

이 문맥에서 강조되어 있는 곳은 인민적 민주주의 단계가 '조선의 특수 현상'이 아니라 '세계사적 단계'라는 사실에 있다. 세계사적 사실을 강조함으로써 조선적 특수성을 그 종속적 현상으로 사고하는 유형이 이 원조에겐 뚜렷한 셈인데, 또한 이러한 사고 유형이란 남로당의 일반적 사고 성향이기도 하였다. 모스크바삼상회의에 그토록 민감하게 반응하고, 또 신탁통치안을 절대 지지한 것도 바로 이러한 사고 유형에서 연유되었던 것. 이에 비할 때 안막과 윤세평의 '나라 만들기' 모델이란 어떤 유형이었던가. 조선적 특수성이 무엇보다도 앞서 있었던 것이다. 비록 모택동의 신민주주의 문화론에 거점을 두고 있긴 했지만 그것은 한갓 방편이다. 조선적 특수성이 우선하는 사고 유형에서 나온 것이 안막·윤세평의 실천론이다. 혁명의 현 단계란 실천으로 말미암아 시시각각으로 발전해 나가는 것. 무엇보다 토지의 '무상몰수 무상분배'라는, 혁명의 가장 핵심적인 단계가 이미 전면적으로 실시된 북한의 현실을 체험한 윤세평의 이른바 '평양 중심주의' 쪽에서 볼 때, 이념으로서의 세계사적 단계란 한갓 허상과 같이 보일 수도 있는 일이다. 만일 세계사적 단계를 계속 문제 삼는 사고 유형이라면 그 설명 모델은 당연 헤겔·마르크스로 귀착하게 될 것이다. 그것은 어떤 의미에서는 순수관념이라 할 수 있다. 세계사란 정신(자유)의 발현이며 그것이 곧 역사의 의지라고 하는 설명 모델이란 따져보면 독일관념론이 낳은 일종의 환각인지도 모른다. 곧 지식인 특유의 독서 체험에 연결된 이 관념론이 이성 중심주의랄까 형이상학적 논리의 힘을 발휘할 수 있지만 그 한계도 오늘날의 시가에서 보면 뚜렷이 드러난다.

'조선적 특수 현실'에 우위성을 둔 역사설명 모델을 내세운 윤세평이 지난날의 카프 문학을 계급문학 단계로 파악하고자 한 것은 당연한 일이라 할 것이다. 이 대목은 매우 흥미 있는 장면으로, 이원조와 윤세평이 사석에서 논의한 것인 까닭이다. 이원조의 말을 그대로 옮기면 다음과 같다.

'1926~1934년에 긍한 무산계급의 문화운동'(윤씨)이 있었는데, 왜 1945년에 와서 민족문화운동을 해야 하느냐? 이것은 깃발을 내리는 것이 아니냐? 하는 것이다(그리고 이 말은 최근 필자가 윤씨와 직접 대담에서 들은 말이다). 그러나 이것은 처음에는 계급혁명론, 혁명병진론으로 나왔다가 나중에는 삼당합동을 반대한 '세련'된 반당파의 정치이론의 문화적 반영인 것이다. 그래서 문화운동은 푸롤레타리아계급문화운동을, 문화단체조직은 카프의 잔여성원으로 독차지했어야 직성이 풀릴 것이었는데 그렇지 않고 "내용은 민주적이요, 형식은 민족적인 민족문학을 광범한 민주주의를 망라해서 전개하는 문학운동"을 보게 되니 이것을 가리켜 "정치는 맑스주의적, 예술은 자산계급적"(안씨)이라는 둥, "민주주의 민족전선을 무원칙한 투항주의적 통일전선으로 환상했다"(안씨)는 둥 가지각색의 무고와 중상을 자행하였다.

– 『이원조 문학평론집』, 282~283쪽

이 글의 문맥으로 보면 이원조와 윤세평이 만나 사적 토론을 했음이 드러난다. 이때 윤세평이 제시한 논법이 조선적 특수성에 기울어져 있음은 명백하다. 지난날의 카프가 프롤레타리아 문화운동이었는데(계급성), 해방된 이제 와서 민족문학이라 함은 역사의 역행 현상이 아니겠느냐라고 문제 삼았음이 확연하게 드러났다. 이에 대한 이원조의 반론이란 다음과 같은데, 이 역시 그 당부(當否)를 떠나 독일관념론에서 도출된 논리학에 기대고 있었음이 확연히 드러났다.

> 1925년대는 부르주아지로서 조정(措定)된 민족이 푸롤레타리아트로 반조정되는 푸롤레타리아트의 자기조정이란 것이다. 그러므로 이때에 푸롤레타리아트는 부르주아지로 조정되어 있는 '민족'의 이름으로 등장하는 것이 아니라 그 반조정인 '계급'의 이름으로 등장하는 것이다. 다시 말하면 '계급으로서의 계급'(Klasse an sich)에서 '계급을 위한 계급'(Klasse fur sich)으로 나타나는 것이다.
> – 『이원조 문학평론집』, 83쪽

이원조와 윤평세 논쟁이 여러 가지 모습으로 설명될 수 있음을 지금까지 논의해 왔다. 민족이냐 계급이냐의 논의로도 설명될 수 있고, 세계사적 단계와 조선적 특수성과의 논의로도 설명될 수 있다. 뿐만 아니라, '서울 중심주의' 사상과 '평양 중심주의' 사상으로도 설명될 수 있으리라. 그러나 이 모든 것을 넘어, 사실 자체로 군림하는 진실이란 따로 있었는데, 이는 실천이라는 개념이다. 아무리 형식논리상으로 정합적으로 세련된 이원조의 민족문학론일지라도 윤평세의 거칠고도 비논리적인 계급성 문화 앞에 끝내 맞설 수 없었다. 그 이유는 오직 실천 개념에 귀착된다. 토지개혁이 이미 완수된 북한의 혁명 단계란 일종의 천지개벽에 해당되는 것. 이 바탕 위에 '평양 중심주의'가 성립되었던 것이다. 이는 논리가 아니고 현실 자체였던 것. 이러한 현실 앞에서 아직도 논리에 매달리고자 한 곳에 이원조 및 남로당의 비극이 놓여 있는 것이다.

이원조가 월북한 것은 1947년 초였다. 이퇴계의 후손이며 혁명적 민족주의 집안에서 자란 그가 결혼한 것은 1928년이며, 니혼대학 야간 전문부에 들고 신문 배달, 토목공 등으로 고학하다가 광업가 김태원의 도움으로 졸업한 것이 1932년이었다. 이어 일본 호세이대학 문과에 들어간 것은 1932년 4월이었으며, '아카하타 토모노가이'에 참가한 관계로 체포되었다가(1932. 11) 29일 만에 석방되기도 하였다. 1935년에 졸업하고 귀국, 조선일보사 기자가 되었고 1937년에는 학예부 차석으로 승진하여 1939년까지 근무하였다. 그 후 대동출판사 주간(1939. 7), 회사 간부(1941. 4), 조광사 촉탁(1944. 6) 등을 전전하다 해방을 맞았다. 임화와 더불어 재빨리 문학건설본부를 조직하였으며(1945. 8. 17), 조선공산당에 가입한 것이 1945년 12월이었다. 이어서 조선문학가동맹 초대 서기장, 현대일보사 편집국장(1946. 4~9)을 지냈고, 민전에도 적극 참가한 바 있다. 임화보다 근 1년 먼저 월북하여서는 해주 제일인쇄소 편집국 차장, 편집국장을 거쳐 6·25를 맞는다. 서울에 와서는 『해방일보』 주필을 맡았고, 1951년 4월 초 중앙당 선전선동부에 근무, 같은 해 6월 부부장으로 등용되었다. 이상은 공판 기록에 적힌 그의 행적이거니와, 이승엽 일파에 대한 북한의 재판 기록(1952. 8. 3~6)에 따르면 피고자는 이승엽을 필두로 조일명, 임화, 박승원, 이강국, 배철, 윤달순, 이원조, 백형복, 조용복, 맹종호, 설정식 등인데, 이 중 윤달순과 이원조만 각각 15년형, 12년형을 받아 사형을 면했다.

이원조의 재판 기록 속에는 미제 스파이라는 항목이 빠져 있으며, 다음 세 가지 점이 지적될 수 있다.

(A) 1946년 2월 우리문학은 계급문학이 되어서는 안 된다는 내용을 가진 임화의 문화테제를 지지하였습니다.

– 김남식 엮음, 『남로당연구자료집』 제2집, 고려대학교아시아연구소, 1974, 565쪽

(B) 조일명·임화 등과 결탁하여 남반부 출신 작가·예술가들을 무조건 비호하기 위하여 백방의 노력을 하였습니다.

– 위의 책, 566쪽

(C) 우리문학은 계급적인 문학이 되어서는 안 된다는 것인데 이것을 제가 출판물에 게재하였을 뿐 아니라 저는 이와 같은 내용으로 1947년도에 민족문학이라는 테제를 직접 쓴 일이 있습니다.

– 위의 책, 567쪽

(A)에서는 임화의 위치가 크게 부각되어 있음이 새삼 확인되며, (B)에서는 '서울 중심주의' 사상의 열도가 담겨 있으며, (C)에서는 그가 쓴 「민족문학론」의 집필 시기(1947. 6. 10)가 드러난 셈이다(그가 윤평세와 사석에서 얘기했다는 것도 1947년 전후로 볼 수 있을 것이다). 또 하나 인상적인 것은, 재판정에서 자기 경력을 설명하는 대목이다. "이와 같은 환경에서 저는 민족주의 사상을 가지게 되었습니다. 1928년 저의 친우와 형이 검거된 영향으로 저는 민족주의 사상을 더욱 확고히 가지게 되었습니다"(위의 책, 564쪽)라고 그가 표나게 내세우고 있거니와 이는 혁명적 민족주의자(아나키즘의 조선적 변형) 이육사를 형으로 가진 그의 뚜렷한 자존심의 드러냄이 아닐 것인가.

임화를 포함한 이원조의 비극이란 아직도 그 해석을 조급히 내릴 수 없는 처지에 놓여 있다. 인민민주주의 이념이란 민족통일을 미래에 두고 있는 현시점에서 보면 당연히도 그것이 미래에 속하는 일인 까닭이다. 조선적 특수성의 중요성이 조금씩 줄어들고, 이른바 세계사적 보편성의 의의가 증대되는 역사 현실이라면 인민민주주의의 민족문학론이 새삼 빛을 발하게 될 것이다(졸저, 『한국현대문학사상사론』, 일지사, 1992).

9장_ 조지훈과 이원조
「봉황수」를 에워싸고

벌레 먹은 두리기둥, 빛 낡은 단청(丹靑), 풍경 소리 날아간 추녀 끝에는 산새도 비둘기도 둥주리를 마구 쳤다. 큰 나라 섬기다 거미줄 친 옥좌(玉座) 위엔 여의주(如意珠) 희롱하는 쌍룡(雙龍) 대신에 두 마리 봉황새를 틀어 올렸다. 어느 땐들 봉황이 울었으랴만 푸르른 하늘 밑 추석(甃石)을 밟고 가는 나의 그림자. 패옥(佩玉) 소리도 없었다. 품석(品石) 옆에서 정일품(正一品) 종구품(從九品) 어느 줄에도 나의 몸 둘 곳은 바이 없었다. 눈물이 속된 줄을 모를 양이면 봉황새야 구천(九天)에 호곡(呼哭)하리라.

 - 조지훈, 「봉황수」

1. 무명화의 의미

조지훈은 『청록집』(공저, 1946), 『풀잎 단장』(1952), 『조지훈 시선』(1956), 『역사 앞에서』(1959), 『여운』(1964) 등 여섯 권의 시집과 「시의 원리」(1953)를 위시한 여러 편의 시론과 시평을 남기고 있다. 이 중 「시의 원리」는 한국시론사로 보면 박용철의 시론, 김기림의 시론, 정지용의 시론 및 윤곤강의 시론 다음 차례에 놓이는 것이며, 또한 서정주, 김수영의 시론 앞차례에 놓이는 것으로 볼 수 있을 것이다.

한국근대시론사에서는 박용철 이전에 김억(역서 『잃어진 진주』)이나 김소월(「시혼」) 등의 시론이 없는 바 아니나, 부분적이었고 또한 과연 그들이 시작품을 율할 수 있는 내발적인 문필인가의 여부에 관해서는 다분히 부정적이라 판단되므로 시사적 의미를 띠기에는 난점이 있다. 이와는 달리 박용철의 시론은 1930년대 한국시문학을 김기림 시론과 대립되어 양분한다는 뜻에서, 『시문학』(1930)에서 발단된 세칭 순수시의 거점이 된다는 뜻에서, 그리고 그 이후 그것이 하나의 커다란 주류를 이루어 알게 모르게 오늘날까지 작용하고 있다는 뜻에서 건너뛸 수 없는 파수병적 위치에 놓일 것으로 판단된다. 여기에 대한 고찰은 특히 김기림 시론과 대비시킬 때 비로소 신명해질 것이다.

1930년대 초기의 한국시는 몇 갈래의 계보를 가진다. 첫째는, 『카프시인집』(1931)으로 대표되는 박세영, 임화 중심의 프로시 계열, 둘째, 『가톨릭청년』지(1933)에 의거한 정지용, 허보, 장서언, 신석정 중심의 서정적 이미지즘, 셋째, 김기림 중심의 감각적 이미지즘, 넷째, 박용철, 김영랑, 이하윤 중심의 서정성 등으로 세분할 수가 있을 듯하다. 이러한 몇 갈래가 임화의 「담천하의 시단 일 년」(『신동아』 1905. 12)을 기점으로 하여 기교주의 논쟁이 발단되면서 박용철과 김기림으로 대립된다. 이 대립은 표면상 여러 복합성을 드러내지만 그 밑바닥에 놓인 본질적 문제는 전자가 시정신을 우선적으로 문제 삼았음에 대해 후자가 시작품 자체를 중시함에 있었다. 상당한 방황을 거쳐 박용철이 이룩한 시론은 앨프리드 에 드워드 하우스먼의 「시의 명칭과 특성」(The Name and Nature of Poetry, 1930)을 『문학』 2호 권두논문으로 번역한 이후에 해당된다.

> 내게 있어서는 모든 시인 가운데 가장 시적인 것은 W. 블레이크다. 〔…〕
>
> Memory, hither come / And turn your merry notes;
>
> And while upon the wind
>
> Your music floats.
>
> I'll pore upon the stream / where sighing lover's dream,
>
> And fish for fancies as they pass / within the watery glass.
>
> (잊히잖은 생각이야 이리로 오라. 네 아릿다운 줄을 고르라. 바람 위에 네 음악 떠돌 동안. 탄식하는 님들 꿈에 어리는 시냇물을 익히 굽어보며 흐르는 거울 속 시쳐가고 부즐없는 심사를 낚으리 — 정지용 역)
>
> 이것은 실재적인 아무것과도 상응하지 않는다. 기억에 질거운 곡조라든지 그밖엣 것들도 다 헛된 언사다. 상상할 수 있는 것들이 아니다. 이 시절은 다만 사상없는 희열의 그물이 독자를 옭아넣을 따름이다.
>
> — 『박용철 전집 2』, 시문학사, 66쪽

하우스먼에 의하면 서정시의 극치는 무의미에 있다는 것, 따라서 "순연한 시란 의미가 아주 적게 섞여 있기 때문에 시적 정서 이외의 것은 간취되지도 상관되지도 않는 시"로 규정한다. 이 이론에 의해서만 비로소 김영랑의 「사행소곡」 계열의 작품의 수준이 어디까지나 근대적이고도 시의 원본성(authenticité)에 놓이는가를 구명할 수가 있게 된 것이다.

이에 연하여 릴케의 체험론(Erfahrung)과 결부시켜 박용철이 도달한 시론의 모습은 다음과 같은 것이었다.

시는 시인이 늘어놓는 이야기가 아니라 말을 재료삼은 꽃이나 나무로 어느 순간의 시인의 한쪽이 혹은 온통이 변용하는 것이라. [⋯] 다시 돌이켜 보면 이것은 모두 미래에 속하는 일이라 할 수도 있다. 시인으로서나 거저 사람으로서나 우리에게 중요한 것은 심두에 한 점 경경한 불을 지르는 것이다. 로마고대에 성전 가운데 불을 정녀들이 지키는 것과 같이 은밀하게 작열할 수도 있고 연기와 화염을 품으며 타오를 수도 있는 이 무명화[⋯] 시인에 있어 이 불기운은 그의 시에 앞서는 것으로 한 선시적인 문제이다.

― 위의 책, 10쪽

이상의 진술은 식민지 상황의 시인의 존재 방식을 규정한 것이면서 시의 원본성을 함께 내포하고 있다. 그것은 시의 존재 방식이 아니라 시인의 그것이라는 데 분명한 의미가 있다. 무엇보다도 선시적이라는 것이 원본성으로서 끝내 미래에 속하는 일이라고 주장될 수 있다면 바로 그 때문에 현시적일 수밖에 없게 된다는 점이다. 시가 없으면서도 시인일 수 있는 그러한 역사의 순간은 있는 법이다. 따라서 이 시와 시인의 분리 문제는 상황적 이유가 놓여 있는 한, 원본성으로 합일한다. 이러한 정신의 높이가 한 절정의 마지막 열매로서 어둠의 공간을 경경히 채운 것이 「간」과 「또 다른 고향」의 윤동주임을 간파할 수 있다면 이러한 시론상의 사정이 보다 확실해질 수가 있으리라.

한편 김기림의 시론은 다음 인용에서 보여 주듯 시와 시인이 확연히 분리된 자리에서 출발되어 있다.

과학은 과학적 방법 우에 선다. 개개의 특수한 과학은 그 특수한 방법의 면을 가지겠지만 그것이 언제고 사실에서 출발한다는 것.—그래서 사실의 면밀한 관찰과 분석에서 시작한다는 것은 공통된 일이다. 그 뒤에는 모든 우상에서 극방 떠나서 사실을 응시해서 마지않는 과학적 태도가 숨어 있음은 물론이다.

— 『시론』, 백양당, 35쪽

1920년대에 크게 대두된 영시의 심리학적 언어 분석 방법이 실상 근대 이래 서서히 분리되어 수습하기 힘들게 벌어져 버린 감각과 사고의 분리 문제에 대한 고민의 표현이었음은 I. A. 리처즈의 『시와 과학』(이양하 옮김)에서 역력하다. 이 밑바닥에 깔린 정신사적 문제가 몰각되고 그 말초적 현상에만 집착할 때, 즉 문화사적 기호체계를 떠났을 때 바로 시인과 시가 분리된다. 작품을 과학적으로 분석한다는 것, 그리고 작품을 객관적 평가 단위로 환원시킨다는 것은 저쪽과의 이질적 기호체계에서는 극히 쉬운 일이다. 이 경우 쉽다는 것은 시의 단순화에 관계된다. 물론 나는 여기서 간단히 어떤 공죄를 따지려는 것이 아니다. 요컨대 시의 원본성이 시론에 작용될 때 시와 시인의 분리 문제가 어떤 자리에 놓이는가를 드러내고 싶었을 따름이다.

2. 심정의 좁힘과 넓힘의 정신사적 의미

앞에서 나는 상황적 이유를 첨가한다면 박용철의 선시적인 것의 미래에 속하는 관점이 시와 시인의 합일에 해당시킬 수 있다는 투로 적었다. 그리고 그것이 시의 원본성일 수 있다는 투로 말하고, 윤동주의 실존을 예로 들었다. 그 중심에 상황이 놓여 있었다는 점을 특히 지적하였다. 이 경우 상황이라 했는데 이것을 다른 말로 고치면 엘리아데류의 '성적(聖的)인 공간'이 확보되어 있었기 때문에 시의 원본성이 '불기운'으로 존속할 수가 있었을 것이다. 정지용의 아포리즘적인 시론 「시와 언어」(『문장』 1권 11호), 「시의 위의」(『문장』 1권 9호)가 빛을 발휘할 수 있었던 것도 바로 이 때문이었다.

을유해방은 이 '성적 공간'의 소멸을 한꺼번에 갖고 왔다고 볼 수 있다. 이 경우 '한꺼번에'라고 한 것은 내발적인 것이 아니라 너무도 냉혹한 국제 역학관계에 의했다는 뜻이 된다. 그것은 '도적과도 같이' 온 것으로 표현될 수 있다. 이 해방의 상황은 우익 쪽의 『해방기념시집』(1945)과 좌익 쪽의 『조선시집』(1946)에서 여실히 볼 수 있다. 무엇보다 거기에는 무명화가 사라졌고, 그 성적 공간이 놓였던 자리에 앞의 평화를 차단하는 연기가 자욱이 채워져 있음을 발견할 수가 있다. 조지훈의 「시의 원리」가 씌어진 것은 이러한 위상에 놓을 때 비로소 해명될 수가 있을 듯하다. 「시의 원리」의 요점은 다음 인용 속에 놓여 있을 것으로 파악된다.

(A) 참뜻의 시인 나타나는 시는 시인이라는 창조자를 통하여 산출되는 것이요, 시인은 시정신의 섭리를 받아 시를 산출하므로 시정신과 시인

과 시는 서로 매개하고 통일하고 제약하여 떨어질 수 없는 것도 알 수 있다. 이와 같이 대자연의 생명을 현현시키는 시인은 먼저 천분으로 뜨거운 사랑을 가진 사람이 되지 않으면 안 되고 노력으로 사랑하고자 애쓰는 사람이 되지 않으면 안 될 것이다. 왜 그러냐 하면, 대자연의 생명은 하나의 위대한 사랑이요, 그 사랑은 꿈과 힘을 지니고 있기 때문이다.

– 『조지훈 전집 3』, 일지사, 15쪽

(B) 우리는 생물의 표현운동의 목적을 자기보존의 본능으로서의 주체 균형의 유지와 파괴된 균형의 복구에 있다고 할 것이다. 이런 의미에서 생물의 표현운동의 일종으로서 정신의 기갈을 충족시키려는 운동인 창작 행동도 이 근원적 동기를 벗어나지 요구를 충족시키는 가치가 되는 것도 작가에게 있어서는 문학작품을 창작한다는 것이 그 정신적인 구원 곧 주체유지의 의욕이요 방법이 되기 때문이며, 독자에게 있어서도 그 작품의 행수를 통한, 같은 욕망의 충족적 경향이 있기 때문이다.

– 위의 책, 86쪽

이 진술 (A) 속에서 첫째 조지훈이 시인의 정신(포에지)을 문제 삼고 있을 따름이라고 지적할 수가 있다. 그러나 이 "시정신과 시인과 시는 서로 매개하고 통일하고 제약하여 떨어질 수 없는 것"이라는 진술은 시인과 시 위에다 시정신을 놓아 두었을 뿐 별로 의미가 없다. 그 시정신은 시인의 천분으로서의 사랑이며 생명일 따름이다. 선험적으로 시정신이 놓일 때, 그 태도는 인생 태도일 수는 있지만 현저히 시를 떠나거나 취약하게 하는 것이며, 달리 말하면 시인의 비중을 일층 강화시키고 있을 따름이다. 진술 (B)에서 보면 이 사실이 보다 선명해진다. (B)의 내용은 한마디로 아리스토텔레스 미학, 즉 정화작용(Katharsis) 이론에 해당되는 것이다. 이 고풍스런 심리학을 낡았다든가 만고의 진리라고 운위할 만용을 우리는 섣불리 품을 필요는 없을 것이다. 다만 우리가 주목하는 것은 정지용이 그러한 시론에 의거해 있었다는 객관적 사실과 그것이 한국시사에서 어떤 의의를 가지는가, 그리고 그것이 어떻게 그의 시를 분별하게 했는가에 있을 따름이다. 이 문제에 대한 성찰을 문화사적인 안목으로 확대시킨다면 아마도 다음과 같은 설명이 하나의 의견으로 제출될 수 있을 성싶다.

먼저 조지훈에서 아리스토텔레스의 『시학』 이론의 수용이 시론으로 하여금 예술론 일반으로 확산시켰고, 그 결과 그의 시론은 심정의 태도를 선험적으로 결정하게 한 것 같다. 해방문단에서 새로운 문학관이 요청되었다는 것은 무엇보다도 상황으로서의 '성적 공간'의 소멸에 직면한 필연이 있을 것이다. 이 공간의 소멸이 예술에서 얼마나 충격적이었는가는 정지용과 이태준의 문학적 불모성을 보면 확연해진다. 특히 시에 있어서의 정지용은 『해방기념시집』과 『대조』지에 각각 해방송(解放頌)을 두 편 발표한 것 외에는 휘트먼 시를 번역하고 산문을 썼을 뿐이다. 가톨릭에의 포기라는 엄청난 정신적 파탄과 함께 그는 빈정거림의 묶음인 산문으로 전락하고 말았던 것이다. 그 이유는 아마도 정지용이 성적인 공간 속에서만 가장 높이 도달했었다는 한 증거가 될 수 있음에서 연유되었으리라. 이 공간을 일시에 앗아 간 해방은 그에겐 신에 의해 황폐화된, 신 없는 세계의 붕괴에 상응하는 것이었을 것이다. 만일 우리가 비유가 지닌 일면적 진실의 한계를 믿는다 해도, 이 문제는 다음 사실과 대응시킬 수가 있을 것이다.

세계가 신으로부터 황폐화되었다는 것은 심정과 작품, 내성과 모험의 불균형, 즉 인간적 노력에 선험적으로 소속함을 결여하고 있음에서 나타난다. 이 불균형은 크게 말해 두 가지 형을 가진다. 즉, 심정(Seele)이 그 행위의 무대 내지 기저로서 주어진 외적 세계보다도 좁든가 혹은 넓든가 둘 중 하나이다.

– Lukács, *Die Theorie des Romans*, Luchterhand, 1916, p.83

원래 신이 관여 작용하고 있었던 시대에는 심정과 작품, 내성과 모험이 완전한 균형을 확보하고 있었을 것이다. 심정 속에서 타오르는 불은 별(die Sterne)과 같은 모양의 본질적 성질을 가질 것이다. 세계와 자아, 빛과 불은 확연히 나뉘어져 있지만 결코 무연할 수 없다. 불은 빛의 혼이기도 하여, 어떤 불도 빛으로 되어 나타나기 때문이다. 은밀히 타오르던 명화의 경경한 불기운의 예감을 우리는 박용철의 시론에서 암시받았고, 윤동주의 「간」에서 비로소 확인할 수가 있었다. 민족어의 모든 가능성이 은밀히 타오를 때, 그리하여 성적 공간이 확보될 수 있었다는 것이 바로 상황의 작용이라면, 그것은 신이 더불어 살고 있었던 것에 비견될 수 있는 것이다. 해방문학은 따라서 타력에 의해 신이 떠나 버린 세계에 준했던 것이다. 이 경우, 심정(혼)은 그 행위의 무대 및 기저로서 주어진 외적 세계보다는 좁든가 넓든가 둘 중 하나에 속하게 된다. 이 첫째의 경우(좁은)에는 전투적으로 나아가는 문제적 개인(problematischen Individuums)의 데모니시한 성격이 제2의 경우(넓은)보다도 분명히 나타나기는 하나, 동시에 그 내면적 문제성은 나타남이 현저하지 않다. 그 것의 현실과 충돌되어 좌절함이 단순한 외면적 좌절의 외관을 띤다. 심정을 좁히는 마력은 추상적 이상주의의 지향인 것이며, 이 데모니시한 현혹 속에 있어서 이상과 이념, 심리와 심정 사이의 모든 거리가 망각된다. 따라서 이 속의 주인공의 유형은 내면적 문제성의 완전한 결여에 있고, 그 결과 초월적 공간감, 여러 가지 거리를 현실로서 체험하는 능력이 결여하게 된다. 해방문단이 봉착한 문제가 이와 완전히 대응 관계에 놓인다. 즉, 심정의 좁힘이냐 넓힘이냐의 택일에 직면하게 된 것이다. 전자의 대표적인 존재가 정지용이라면 후자에 김동리를 놓을 수 있다. 후자의 경우, 즉 심정의 넓힘은 심정 쪽이, 생이 심정에 대해 제시할 수 있는 운명보다 넓고 멀리 놓여 있음에서 생기는 부적합성으로 된다. 그것은 행위에 있어 자기를 실현하려 원하고 외계와의 투쟁에 의해 허구를 낳는 생에 대한 추상적 선험성이 문제가 아니라, 그 자체가 많건 적건 완성되고 내용적으로 충실한, 순수하게 내면적인 현실이 문제일 따름이다. 이 생은, 내발적 자기 확신으로서, 자기를 유일한 참된 현실성으로 생각하며, 세계의 진수라고 여기고, 이러한 것을 실현하려는 바의 그 생의 좌절된 시도는 시의 대상으로 된다.

　여기까지 우리는 몇 가지 중간항(das Zwischenglied)을 염두에 두지 않고 직선적으로, 심정의 좁힘과 넓힘(schmälern oder breiten)이라는 두 가지 생의 선택을 문제 삼았을 따름이다. 여기서 우리가 이런 가설에서 주목하는 것은, 그 선택이 좁힘이든 넓힘이든 어느 것이나 무명화의 파탄에서 연유되었다는 점에 있다. 이 좁힘과 넓힘이 엄밀하게 두 이데올로기에 대응한다는 것은 새삼 물을 것도 없는 일이다. 무명화로서의 단일한 미학의 회복이 영영 불가능해졌을 때, 둘 중 하나의 선택이 갖는 의미는 오직 문제적 개인에만 있을 뿐이다. 이미 훼손된(dégradé, dämonische) 세계에 있어서는 하나의 선택이 갖는 의미의 극대화만이 문제된다. 조지훈이 아리스토텔레스의 미학으로 이 두 선택을 극복하려 시도했다면 그것은 시와 시인의 분리 문제만큼 오해이거나 무의미하다. 여기서 오해이거나 무의미하다는 것은 조지훈이 시에서 좁힘을 택하고, 이론에서 넓힘을 택했다는 뜻이며, 이 선택을 동시에 결합시키려 했음을 지칭한다. 이 문제는 식민지 시대에서 해방으로 이전되는 역사공간의 내적 구조의 해명을 위해 가능한 한 상세히 구명되어져야 할 문제이다. 그것은 어디까지나 정신사적 과제에 속한다.

조지훈이 문제적 개인임이 분명한 이상, 그 문제성은 보다 구체적으로 고찰되어야 할 명분을 가진다. 앞에서 우리는 그가 시에서는, 심정의 좁힘을 택했다고 적었다. 그것은 심정과 심리 사이의 거리를 잃게 하는 순수에 놓인다. 「봉황수」 이후의 초기 시의 연속이 이를 증거한다. 그것은 마법에 걸려, 그것을 푸는 언어의 발견을 잊고 있는 상태이며, 신(상황)의 도움 없이는 이러한 상태가 압도적인 적 앞에 무력함을 절감한다. 즉, 그에게 향해진 외계의 우월은 정당한 강도에 의해 느껴졌을 것이다. 여기에서 넓힘으로서의 역사에의 지향이 새로이 선택된다. 그것이 소위 이론의 측면인 고전으로서의 민족주의이다. 그러나 그것은 미리 말하면 일종의 미봉책으로 판단된다.

시류의 격동 속에서 흔들리지 않는, 변하는 가운데 변하지 않는 영원히 새로운 것이 시 본래의 정신이며 이른바 자본주의와 함께 일어나고 그와 함께 사라지는 것이 아니고, 언제나 새로운 의의를 가질 수 있는 것이 민족정신이다. 〔…〕 본질적으로 순수한 시인만이 개성의 자유를 옹호하고 인간성의 해방을 전취하는 혁명시인이며, 진실한 민족시인만이 운명과 역사의 공동체로서의 민족을 자각하고 정치적 해방을 절규하는 애국시인일 수 있는 것이다.

– 『조지훈 전집 3』, 일지사, 211~212쪽

이 진술이 순전히 경향시에 대한 시류적 비판에 불과하다는 것은 누구나 아는 일이다. 민족정신이라든가 시 본래의 정신에 대한 규정이 "시의 사상이란 시 속에서 절로 섭취되는 영양소여야 하는 것" 이상으로 더 진전된 것이 아님도 쉽게 알아낼 수 있다. 또한 조지훈은 "전인간적 공감성에 뿌리를 두어야 한다"고 주장하지만 그의 시 「고풍의상」 따위가 해방공간에서도 '전인간적 공감'이라 묶인다면 이상한 일이다. 분명히 지극한 귀족 취미 일변도를 두고 그러한 주장만을 내세운다는 것은 논리의 모순 이상으로 치기만만한 것이다. 이러한 넓힘에의 관심 확대는 필시 조지훈의 조급성에서 오는 필연과 이중적으로 결합되어 있다. 신이 떠난 자리에 직면한 심정의 두 가지 선택으로서의 좁힘과 넓힘에서 조지훈이 이것에 시와 시론으로써 대응시켰다는 것이 이로써 판명되었을 것이다. 좁힘이 도달하는 추상적 이상주의와 넓힘이 필연적으로 가 닿는 환상적 낭만주의를 끝내 그가 시로서 결합시키지 못하고 각각의 길을 걷게 함으로써 완결의 미학에 이르지 못한 사실은 무엇보다도 그의 작품이 증거하고 있다. 그리하여 이 두 개의 지향이 부딪침 없이 병행되어 온 것이 후기에 올수록 선명해진다.

3. 조숙성과 조급성의 사회적 대응

앞에서 우리는 조급성이란 말을 썼다. M. 블랑쇼에 있어 죽음을 의미하는 이것은 조숙성과 대응시킬 수가 있을 것이다. 좁힘에 있어서 조숙성을 놓는다면 넓힘에 있어서는 조급성을 놓을 수 있다. 심정의 협착과 확대에, 다시 조숙성과 조급성을 놓을 때, 이 두 쌍의 교차점에 불교 미학이 과연 응집력으로 작용할 수 있었는가를 우리는 마땅히 검토해야 된다. 실상 조지훈 시의 성패가 바로 이 사실에 관련되기 때문이다. 이 관련의 해석은 「승무」와 「범종」에서 가능한 것으로 보인다.

얇은 사 하이얀 고깔은
고이 접어서 나빌레라.

파르라니 깎은 머리
박사 고깔에 감추오고

두 볼에 흐르는 빛이
정작으로 고아서 서러워라.

빈 대에 황촉불이 말없이 녹는 밤에
오동잎 잎새마다 달이 지는데

소매는 길어서 하늘은 넓고

돌아설 듯 날아가며 사뿐이 접어 올린 외씨 보선이여.

까만 눈동자 살포시 들어
먼 하늘 한 개 별빛에 모도우고

복사꽃 고운 뺨에 아롱질 듯 두 방울이야
세사에 시달려도 번뇌는 별빛이라.

휘어져 감기우고 다시 접어 뻗는 손이
깊은 마음 속 거룩한 합장이냥 하고

이 밤사 귀또리도 지새는 삼경인데
얇은 사 하이얀 고깔은 고이 접어서 나빌레라.

－『조지훈 전집 1』, 45~46쪽

이 작품에 대해 우리가 따져 볼 점은 한두 가지가 아니다. 우선 무용으로서의 전통 예술을 언어로 포착하려 시도한 그 무모성을 들 수 있다. 이것은 항아리의 시적 사유와는 다른 차원이다. 언어는 근본적으로 이차원의 시간 계기에 불과한 것이다. 이러한 언어가 힘으로서 설 수 있는 근거는 오직 그것이 지닌 역사성과 사회성뿐인 것이다. 한국적 불교 예술인 이 승무는 근본적으로는 하나의 몸짓에 속한다. 언어로 그것을 포착하려는 것 자체가 무리이며, 따라서 무의미의 나열 혹은 여백의 기술 이상일 수가 처음부터 없다. 둘째, 이행으로 시종하는 조지훈 시 전체의 문제인 시 구조에 대한 무신경성을 지적할 수가 있다. 이 무기교주의는 단순한 직유에서 그 이상 발전하지 않는다. 이 무기교주의를 커버하고 있는 것이 소위 언어의 리듬과 그에 연하는 시어의 고정성이다. '……소이다', '……노니' 따위의 시어의 편재는 스스로에 도취하는 정신의 압살 작용을 할 따름이다. 말하자면 언어로 대지를 가는 투박성이 아니라 손장난에 해당되는 것이다. 무기교주의의 표방이 혹 대인풍의, 혹은 선비 기질의 드러냄이라면 그것은 그 자체로 시정신을 한정하며 더구나 현시적인 것일 수 없다. 여기에도 그 파탄은 선험적으로 놓여 있었다.

그러나 이상과 같은 비난은 다음 사실에 비하면 한갓 사소한 것이라 할 것이다. 즉 이 시의 요체가 '세사에 시달려도 번뇌는 별빛이라'에 있다는 점이다. 라오콘의 얼어붙은 조각 예술의 고뇌가 문학의 주제로 될 수 있음이 그 고뇌 자체의 보편성에서 연유된다고 한다면, 그리고 그 고뇌의 최상급 표현이 예술이라면, 「승무」에서 보여 주는 번뇌와 별빛의 등질성은 불교 미학에의 미달이거나 그것에의 초월에 해당되고 만다. 자세히는 불교 미학을 비켜가는 형국인 셈이다. 1939년에 씌어진 추천작 「승무」의 이 조숙성은 이미 시어의 선험성과 무기교주의의 한계성으로 말미암아 정지 상태에 머물렀던 것으로 판단된다. 처음부터 '흔들리는 별빛'일 수 없었던 것이다. 여기에 대해서는 이 무렵 조지훈의 정신 상태를 보아도 알 수 있다. 그는 이 무렵 혜화전문을 졸업하고 월정사 외전 강사로 있었다.

승 "시는 무엇 때문에 씁니까?"
나 "반래개구, 종래합안." "나의 청춘은 나의 조국 다음날 항구의 개인

날씨여"(지용).

승 "시가 깃드는 마음자리는 어딘가요?"

나 "원관산유색 근청수무성." 알겠느냐고 물어도 답이 없기에 다시 "채
    국동리하 유연견남산."

승 "시는 어디 있는가요?"

나 "천고해활 도도절인종." "청산이 따로 있던가 비 맞아 숨 살면 청산
    되는 것을"(파인).

승 "시에는 여러 가지 유파가 있는 모양인데 왜 그런가요?"

나 "본래무일물 피역일시비 차역일시비." "청산도 절로절로 록수라도
    절로절로."

승 "어떤 시가 오래 읽히나요?"

나 "필경소요리유무." "나의 무덤에는 그 차가운 빗돌을 세우지 말라"
    (형수).

승 "시와 선의 관계는 어떤가요?"

나 "호리지차 천리지무."

승 "그러면 시는 도시 무엇인가요?"

나 "뭐가 시 아닌가요? 시가 곧 시지요."

─『조지훈 전집 4』, 147쪽

이 선문답이 낳은 조숙성은 시의 완결성(폐쇄성)을 선험적으로 결정
해 놓고 있다. 불립문자가 문자의 세계보다 비교를 절할 정도로 위대한
것일 수는 있어도 시라고는 할 수 없다. 조지훈이 이를 알아차리지 못했
을 리가 없다고 봄이 타당하리라. 그러나 그가 젊음의 매우 중요한 시기

에 비속비선의 접점에서 방황했음도 또한 사실일 것이다. 바로 여기서 조숙성과 조급성이 마주치게 되며, 전자에 의한 시어의 선험성이 지닌 폐쇄성과 후자에 의한 사회성이 시형의 시작 전체를 최소한 시이게 한 것이면서 동시에 어느 한 쪽도 철저화시키지 못한 이유일 수 있다. 『역사 앞에서』(1959)와 『여운』(1964)이라는 두 시집을 비교해 보면 이 사실이 드러난다.

> 만신에 피를 입어 높은 언덕에
> 내 홀로 무슨 노래를 부른다.
> 언제나 찬란히 터어 올 새로운 하늘을 위해
> 패자의 영광이여 내게 있으라.
>
> 나조차 뜻모를 나의 노래를
> 허공에 못박힌 듯 서서 부른다.
> 오기 전 기다리고 온 뒤에도 기다릴
> 영원한 나의 보람이여.
>
> 묘막한 우주에 고요히 울려가는 설움이 되라.
> ─「역사 앞에서」, 『조지훈 전집 1』, 205쪽

서시에 해당되는 이 작품에서 보듯 그가 '우리들 슬픈 세대의 공동한 배경'으로서의 가혹한 역사 현실 앞에서 서려 했던 의지도 혼과 심리, 이상과 이념의 거리가 망각되어 있다. 가장 정명하고 부동한 신념으로써 이념의 당위로부터 그 필연적 실재를 추리한다든가, 이 선험적 요구의 현실에의 불대응을 다만 송가의 리듬으로 놓아 둘 따름이다. 그것은 송가가 원칙적으로 미래에 속하는 일이고 형이 잡히지 않는 미래에의 지향만이 떠오르고 예언적 기능에 직결되고 만다. 원칙적으로 서정성이란 지향과는 상응하지 않는다는 사실을 믿는다면, 이 「역사 앞에서」의 결의는 그것이 의지의 지향성으로 하여 리리시즘의 위험성을 선험적으로 갖게 된다. 심정의 좁힘으로서의 리듬과 시어의 고정된 마성을 탈각하는 길만이 심정의 넓힘으로서의 지향성을 띨 수 있다고 한다면 「역사 앞에서」는 여전히 애매한 상태일 따름이다. 그 탈각의 한 중간 몸부림으로 「코스모스」 같은 계열의 작품이 없는 바도 아니나, 요컨대 조급성이 시적 내면성을 무시하고 뛰어넘으려 할 때 봉착한 파탄의 일종으로 간주됨은 바로 이 때문이다. 이 조급성은 비평성을 섣불리 동반하게 되어, 다만 송가의 마법(리듬)에 의해 겨우 시의 모습을 띨 따름이다. 그가 쓴 허다한 애국지사의 조사나 4·19 송가가 이를 증거하며, 「절망의 노래」(6·25) 이후 「다부원」에까지 이르는 사실성의 도입을 이에 대응시킬 수 있다.

이미 자신을 율하고 나면 개죽음도 또한 입명
그래도 혼자서 죽기가 싫다 너무 외롭다.

국방부 정훈국에서
의정부 탈환의 축배를 든다.
새파란 전투복을 갈아입은
금현수 대령!

이러한 상태에까지 자신을 코미트했을 때 그것은 산문으로 이전될 수밖에 없게 된다. 한 정신이 외적 위기에 처했을 때, 그것을 시인의 자리에서가 아니라 지사의 자리로 옮겨 앉는다는 것은 시의 파탄을 각오한 연후가 아니면 의미가 없다. 이 도저한 조급성은 「지조언류」의 바탕을 이루었을 뿐 시사적 의미강에서 이미 떠난 것이다. 「신민당가」에까지 나아가는 지향성의 가닥도, 송가의 비장미의 마법을 빼면 남는 것이 있을 수 없다. 그것은 요소이지 시가 아님으로써이다.

그러나 심정의 좁힘과 넓힘, 조숙성과 조급성, 서정성과 비평성의 갈림 길에 놓인 불교 미학의 거점이 이 시인의 원본성으로 회귀되어 온다는 것에 대한 성찰이 우리에겐 그의 마지막 시집 『여운』에서 가능하다. 그 접점에 놓인 최후의 바둑돌로서 「범종」을 들 수가 있을 것이다.

무르익은 과실이
가지에서 절로 떨어지듯이 종소리는
허공에서 떨어진다. 떨어진 그 자리에서
종소리는 터져서 빛이 되고 향기가 되고
다시 엉기고 맴돌아
귓가에 가슴 속에 메아리치며 종소리는
웅웅웅웅……
삼십삼천(三十三天)을 날아오른다. 아득한 것.
종소리 우에 꽃방석을

깔고 앉아 웃음짓는 사람아

죽은 자가 깨어서 말하는 시간

산 자는 죽음의 신비에 젖은

이 텅하니 비인 새벽의

공간을

조용히 흔드는

종소리

너 향기로운

과실이여!

　－『조지훈 전집 1』, 311~312쪽

　불교 미학으로서의 이 「범종」은 조지훈 시의 정수이자 한국시의 가장 높은 달성 중의 하나라고 할 수도 있을 것이다. 그것은 심정의 좁힘에서 가능한 하나의 과실로 보인다. 시 형식이 종소리에 낱낱이 대응되어 있고, 리듬과 선험적 시어라는 고정관념, 즉 손장난이 말끔히 제거되어 있다. 그것은 종소리라는 감각이 하나의 이념화로 지탱되는 불교적 우주 생성론이라는 보편성을 개재시킨다. 그러나 여기에는 해결되어야 할 문제점이 몇 가지 있다. 즉 심정의 좁힘이 심리와 심정 간의 모든 거리를 잊게 한다는 사실이 그 하나다. 이 문제는 불교가 가지는 철학적 측면에 혹 관련될 수도 있다. 그러나 공(空)으로 표상되는 불교의 진리가 '갈'(喝) 일변도의 저 「한산시」의 되풀이에 놓임이 반드시는 불교의 속생 자체라고 단정될 수는 없을 것이다. 처음과 끝이 공으로 중간항 없이 수용된다는 것은 불립문자를 문자화하려 한 곳에서 빚어진 오류일 것이다. 이 사정은 마르크스의 사회과학에서도 마찬가지다. 다시 말하면, 불교 일반과 한국 불교의 접점에 놓인 불교 자체가 갖는 혁명성을 들 수 있다. 그것은 특히 한국 불교가 가지는 특성에서 유래하는 것인지도 모른다. 이능화의 『조선불교통사』 끝 장에는 개화 초기의 한국 불교가 갖는 혁명성의 전화 과정이 지적되어 있다. 김옥균과 결부된 승 이동인의 존재를 묻지 않더라도 만해의 『조선불교유신론』이 불교 자체의 유신뿐만 아니라 한민족의 유신 즉 혁명성의 이중성에 결부되어 있음은 쉽게 파악되는 터이다. 이 중요한 중간항이 묵살된 채 공으로 달려갈 때 시〔文字〕의 소멸은 필지이며, 그것에서 빚어지는 폼(form)이 조숙성으로 비쳤다면 그것은 실상 조급성의 폼일 따름이다. 그 자신은 겨우 다음처럼 말해 놓고 있을 따름이다.

> 선의 미학이 우리의 구미에 쾌적한 것은 그 비합리주의와 반기교주의의 사고방식, 비상칭 불균정의 형태미, 대담한 비약, 투명한 결정 그런 것일 겝니다. 소박한 원시성, 건강한 활력성도 매력입니다. 생동하는 것을 정지태로 파악하고 고(枯)적한 것을 생동태로 잡는 것은 신비한 트릭과도 같습니다.
> ─『조지훈 전집 3』, 117쪽

결국 「범종」이 보여 주는 것이 불교 사상의 적멸의 한 편린일 것이라면, 이 한에서는 어차피 그것은 불모성으로 함몰되고 말리라. 끝에도 불립문자가 놓이기 때문이다. 이것은 언어도단의 경지이다. 이 막힘에서 반해선사는 불교의 혁명성을 시에 도입함으로써 타개하였다. 그런데 조지훈은 불교와 선의 다만 방법론만을 시에 도입하려 했을 따름이다. 반기교성이 그것이다. 그것이 그의 시어의 선험성이라면 그것은 아마도 오해이거나, 아니면 불교의 방법론 자체가 시와 무관함을 실증하는 것일 따름이라고 보지 않을 수 없다. 직접 그의 말은 이러하다. "선의 미학이라 부르는 것은 현대시가 섭취한 것이 선의 사상 자체보다도 선의 방법의 적용"(위의 책, 116쪽)이라 스스로 규정한 것이야말로 「승무」에서 「고사」를 거쳐 「범종」에 이르는 그의 방법이다. 이동인, 만해에 이르는 불교는 선의 방법적 측면이 아니라 교정의 측면 즉 사상이었던 것이고, 여기서 선정과의 근본적 차이가 생긴 것인지도 모른다. 앞에서 손장난이라 한 것, 시어의 선험성이라고 부른 것은 이 때문이다. 다시 말해 그것은 언어 체계와 선 체계의 무연성 혹은 단절성을 뜻한다.

4. 사명감의 선취와 그 파탄

이상과 같은 우리의 가설이 만일 일고의 여지라도 있는 것이라면, 조지훈에 있어 시의 서정성과 비평성이 합일되지 못하고, 시가 드디어는 사회 비평의 산문으로 퉁겨져 나간 이유를 다소 해명할 수가 있을 성싶다. 결국 그는 심정의 좁힘과 넓힘이라는 두 문제를 융합하지 못하고 파탄 속에 놓였다는 것, 그것이 조숙성과 조급성에 대응되며, 나아가 이 대응 관계는 해방 이후 한민족의 역사 전개에서 빚어진 에너지 분열에 대응되는 것이기도 하다. 그가 문제적 개인이란 이유인 것이다. 특히 이 지적 속에는 한국문학사의 연속성 회복의 측면으로 볼지라도 문제점이 놓인다. 언필칭 동양적 미학이라든가 전통 운운하지만 이 시인이 지닌 철저한 귀족 취향은 역사 추진력에 대한 우리의 회의를 막을 수 없으며, 따라서 시사적 연속성 회부에도 좌단할 수 없는 측면이 강하다. '멋'으로 표상시킬 수 있는 한 가닥 리리시즘에 현혹되기에는 우리의 심정은 아직도 사상이 요구될 것처럼 보이기 때문이다.

조지훈 그는 물론 시인이다. 그리고 끝내 그가 안주를 거부했다 할지라도 그가 도달한 곳은 「여운」이라고 나는 생각한다.

물에서 갓나온 여인이
옷입기 전 한때를 잠깐
돌아선 모습

달빛에 젖은 탑이여!

온몸에 흐르는 윤기는
상긋한 풀내음새라

검푸른 숲 그림자가 흔들릴 때마다
머리채는 부드러운 어깨 위에 출렁인다.

희디흰 얼굴이 그리워서
조용히 옆으로 다가서면
수지움에 놀란 그는
흠칫 돌아서서 먼뎃산을 본다.
재빨리 구름을 빠져나온

달이 그 얼굴을 엿보았을까

어디서 보아도 돌아선 모습일 뿐

영원히 얼굴을 보이지 않는

탑이여!

바로 그때였다 그는

남갑사(藍甲紗) 한 필을 허공에 펼쳐

그냥 온몸에 휘감은 채로

숲속을 향하여

조용히 걸어가고 있었다.

한 층

두 층

발돋움하며 나는

걸어가는 여인의 그 검푸른

머리칼 너머로

기우는 보름달을

보고 있었다.

아련한 몸매에는 바람 소리가

잔잔한 물살처럼

감기고 있었다.

– 『조지훈 전집 1』, 310쪽

시가 많이 요설에 떨어지고, 따라서 시 구조가 다소 엉성하지만 조지훈의 본질이 「여운」 속에 모두 잠겨 있어 보인다. 메타포 거부에서 오는 작위적인 반기교주의, 시어의 선험성, 그리고 이 모두를 총괄하는 미의 사도로서의 선험성이 잠겨 있는 것이다. 다만 초기의 리듬의 마법만이 여기서 모두 제거되어 있다. 그것은 「역사 앞에서」와 송가 계열 쪽이 철저히 앗아 갔기 때문이다. 조지훈 그는 물론 시인이었다. 해방 조국이 그에게 사명감을 부여하기도 전에 그는 그 사명감에 앞장섰던 형국으로 나에게는 비친다. 조급성이 연유된 것은 여기서부터이리라. 모든 선험성에서 문자화한 연유도 여기에서 더욱 확인되었을 것이다. 그것을 하나의 '참회'로 인식할 때 하늘은 그를 앗아 갔다.

사를르 보들레르여, 난 그대를 읽은 것을 뉘우치노라.
오스카 와일드여, 난 그대를 읽은 것을 뉘우치노라.
이백이여 두자미여 랭보여 콕토여
무엇이여 무엇이여 난 그대를 읽은 것을 뉘우치노라.
뉘우치는 그것마저 다시 뉘우치는 날 들창을 올리고 담배를 피운다. 담배를 피우며 창을 내린다.

– 「참회」, 『조지훈 전집 2』, 40쪽

5. 조지훈과 이원조의 대립

조지훈으로 말할 것 같으면 청년문학가협회 창단 단원이며 민족주의 문학의 대표적 시인이다. 경북 출신의 그 가문은 양반 가문으로 큰형은 월북한 것으로 알려져 있다. 이에 비해 이원조는 '청량산'의 퇴계 후손으로 그야말로 양반 가문이다. 국혼(國婚)까지 한 이원조.

싸움은 이원조가 걸었다. 신민족주의 곧 남로당 이론가인 이원조는 민족주의 시인 조지훈을 맹공했것다. 왈, 무식하기 짝이 없는 '국수주의 패거리'라고. 「봉황수」는 조지훈의 첫 번째 추천작. 그 「봉황수」를 두고 이원조 왈, 아마도 덕수궁 내의 중화전의 천장에 그려진 악작(봉황의 작은 종류)을 잘못 안 탓이라고. 감히 중국 속국인 조선 왕궁에 '여의주 희롱하는 쌍용'을 올릴 수 없다는 것.

물론 조지훈도 이를 모를 리 없었다. 그러기에 「봉황수」라 했을 것이다. 조지훈도 만만히 물러서지 않았다. 창덕궁의 대조전 내 천장에 있는 또 옆구리에 있는 봉황들(실은 악작)이라는 것. 어디 덕수궁 중화전이랴.

조지훈 왈, 퇴계 후손이며 국혼까지 한, 일본 법정대 불문과를 나온 이원조. 대체 네가 공산주의자가 되다니! 조상 배반이 아닐 수 있느냐. 월북(1947)까지 한 이 인간을 보라. 그래 그 후 어떻게 되었는가.

간첩 혐의로 임화 등 17명이 1953년 8월 사형에 처해졌다. 그런데 북조선군사재판관조차도 아마도 이원조가 퇴계 후손이며 또 이육사의 동생이라 하여 사형을 면케 했던 것 같다. 12년 징역이 고작이었다. 당시의 재판 기록은 이렇다.

피소자 리원조 조선로동당 중앙위원회 선전선동부 전 부부장

그는 1933년부터 8·15 해방 직전까지 일제의 어용 신문인 〈조선일보〉 기자 또는 서울 〈대동출판사〉 부주필로 있으면서 일제의 조선 침략을 정당화하기 위하여 활동했으며 8·15 해방 후는 당에 잠입하여 1945년 12월부터 공동 피소자 리승엽 등의 반국가적 음모에 참가하여 공동 피소자 임화, 동 조일명, 동 박승원 등과 같이 민족 분렬을 조성시키기 위한 모략 활동을 하는 한편 당과 정부의 주위로부터 인민들을 리탈시키기 위하여 각종 정치적 모략 활동을 계속 감행하였다.

1951년 6월부터 조선로동당 중앙위원회 선전선동부 부부장으로 있으면서 공동 피소자 임화, 조일명 등과 결탁하여 공화국 정권을 파괴 전복하려는 목적에서 문예총을 자기들의 수중에 장악하기 위한 범죄적 활동을 감행하여 왔다.

판결문(주문)

피소자 리원조에 대하여 형법 제78조 및 형법 제65조 2항에 의하여 징역 12년에 처한다. 〔…〕 그에게 속하는 전부의 재산을 몰수한다.

조선민주주의 인민공화국
최고재판소 군사재판부
재판장 소장 김익선
판사 박룡숙
판사 박경호

– 김윤식, 『임화 연구』, 문학사상사, 1989. 12, 「부록」에서 인용

1953년 8월 6일이었다. 어째서 임화, 조일명, 박승원 등은 '사형'에 처해졌는데 유독 이원조만 이처럼 징역 12년으로 판결되었을까. 참으로 의문인 것은 모두 꼭 같은 죄목이 아니었던가. 이육사 등 독립 투쟁 가문이 고려된 까닭이 아니라면 무슨 설명이 가능할까.

10장 _ 토착화의 문학과 망명화의 문학
이호철과 최인훈

1. 1949년 원산고급중학 교실에서의 「낙동강」

6·25가 나던 1950년 원산시 현동리 이찬용 씨의 장남 이호철(1932~
2016)은 원산고급중학교 3학년이자 교내 문학 서클 책임자였다. 그렇기
에 그는 필시 두 급 아래인 고급중학 1학년생 최인훈(1934?~)을 알고 있
었을 터이다. 그들 서클의 지도 선생 중에는 국어 교사인 평양사대 출신
의 시인 황수율(黃秀律)도 있었다. 이런 지도 선생 중 하나가 교과서에 실
린 조포석의 대표작 「낙동강」(1927)을 몇 시간이 걸린 끝에 마치자 그에
대한 숙제를 학생들에게 냈다. 감상문을 적어 내라는 것. 감상문을 골똘
히 읽은 국어 교사는 숙제 묶음 속에서 유독 최인훈의 것을 꺼내 본인으
로 하여금 읽으라 했다. 떨리는 목소리로 읽기를 마쳤을 때 선생은 학급
을 향해 이렇게 선언했다. '이 작문은 작품의 수준을 넘어섰다'라고. '이
것은 이미 유망한 신진 소설가의 소설'이라고. 이 순간부터 최인훈은 고
등학교 1학년생이자 '유망한 신진 소설가'로 되지 않으면 안 되었다. 때
는 1949년이었고 그의 나이 만 13세였다(『화두』에서는 이렇게 되어 있으

나, 실상은 중학 3년이자 나이 만 14세로 추정됨).

사람은 농부도 상인도 교사도 될 수 있다. 그렇다면 작가도 될 수 있는가. 있다고 교사는 선언했고 그것도 교실에서였다.

교실이란 무엇인가. 이 물음을 떠나면 작가 최인훈을 올바로 논의하기 어렵다. 교실에서 그리고 교실에서만 그는 「우리 오빠와 화로」, 『쿠오바디스』, 「낙동강」을 만났다. 그 만남이란 책으로 표상되는 것. 그 만남의 장소란 교실이되 또 바로 학교였다. 학교와 교실에서 한 발자국 나서면 거기 도서관이 우람하게 솟아 있었다. 국경도시 회령에서 태어난 그가 거기서 해방을 맞고 목재상으로 자수성가한 아버지와 가족이 원산으로 이사 온 것은 1947년이었고 3년제 원산고급중학 2학년으로 들게 되었을 때 그는 이미 교실의 책과 교실 밖의 책인 도서관을 동시에 온몸으로 부딪쳐 가고 있었다. 문제는 책이었다. 이 소년의 넋을 송두리째 사로잡은 이 책이란 무엇인가. 훗날 그는 자전적 기록물에서 이렇게 적었다.

책 속에 있는 사람들을 바로 거리에서 만나는 그 사람들의 나라에서 일어난 일이건만, 책 안의 사람들과 해바라기 씨를 씹어 뱉으며 활발하게 걸어다니는 눈앞의 사람들과 연관 짓는 상식을 나는 익히지 못하였다. 책이 먼저 생긴 것이 아니라 사람이 먼저 생겼고 나중 생긴 사람이 책을 쓴 것이라는 상식이 내 머리에 좀처럼 자리 잡지 못했다. 책은 사람이고, 사람은 책이다. 나는 그렇게 생각하고 싶었던 게 아닐까. 잘 설명 못하겠다. 책을 종이에 쓴 책만으로 생각하니깐 어렵다. DNA란 책은 그렇지 않다. '되어 있는 사람'과 'DNA'는 따로 있을 수 없지 않은가. 맨 처음에, 성체(成體)가 곧 DNA 자체이기도 한 시절이 있었던 것이다. 지금이면 그렇게 생각하겠지만 전에도 쓴 것처럼 'DNA'란 개념을 사용할 수 없고 보면, 책 속에 있는 사람을 굳이 책 밖의 사람들의 탁본(拓本)이라고 생각하지 못하고 다른 방식으로일망정 책 바깥 사람들에 못지않은 힘과 권리를 가지고 살아 있는 사람으로 알고 싶어 한 '책 환상'은 이렇게 설명하면 어떨까.

– 최인훈, 『화두 1』, 민음사, 50쪽

'책은 사람이고 사람은 책이다'라는 명제, 이것이 바로 명민한 소년 최인훈의 출발점이었다. 대체 이런 '책 환상'은 어떻게 설명해야 적절할까. 설명이 불가능한 만큼 그것은 환상이어서 비유가 등장할 수밖에 없는 형국이었다. '책=DNA'라는 비유가 비유의 울타리를 넘어 실체로 군림하고 있을 정도라고나 할까. 책은 교실에도 도서관에도 꼭 같았고 서로 연결되어 있었다. 양쪽을 왕래하는 소년의 눈엔 둘의 구별이 없었고 이 둘이 세계의 전부였다. 책이 실체이자 현실이며 그 외의 진짜 현실이란 모조리 가짜로 보여 마지않았다. 책 속에 들어오기만 하면 그가 러시아인이건 조선인이건 "러시아의 강이건 조선의 강이건 모두 바깥의 국적을 벗어 버리고 '말나라'의 시민이 되기 때문에 비록 책 속에서 묘사된 용모와 이름을 가진 현물이 눈앞에 있어도 그를 책 속의 인물이라고 알아보지 못하게 하는 성질을 말은 가지고 있다"(『화두 1』, 51쪽)는 대목은 사르트르의 소년기와 난형난제의 형국을 이루고 있다. 사르트르는 그의 자전적 글쓰기에서 이렇게 썼다. "나의 인생이 시작된 것은 책 속에서였다. 물론 끝날 때도 그럴 테지만. 우리 할아버지의 서재는 책으로 꽉 차 있다. […] 책을 읽을 줄 모르던 때부터 벌써 나는 선돌 같은 그 책들을 존경하였다"(『말』, 이경석 옮김, 홍신문화사, 44쪽)라고. 이 세기적 천재 작가는 이로써도 모자라 아예 내놓고 이렇게 썼다.

> 나에게는 시골 소년들의 진한 추억도 즐거웠던 시작 없는 짓(정명환 옮 김, 지문각, 1965에서는 '즐거운 탈선'으로 되어 있음―인용자)도 없었다. 나는 흙을 파헤쳐 본 일이 한 번도 없었고, 새둥우리를 찾으러 다닌 일도 없었다. 식물 채집을 한 일도 없고 날짐승들에게 돌을 던진 일도 없다. 그러나 책들이 나의 날짐승이었고, 새집이었고, 가축이었고, 외양간이 었고, 전원이었다. 서재, 그것이 거울에 비친 이 세상이었다. 서재야말로 이 세상의 무한한 부피, 다양성, 예측 불능함을 내포하고 있었다.
>
> ―『말』, 이경석 옮김, 홍신문화사, 52쪽

참으로 자랑스럽게도 사르트르는 19세기 사람인 조부의 서재에서 루이 필립 치하에서 통용된 세계 최고의 사상을 습득했다. 그러니까 80년 이라는 핸디캡을 가지고 출발할 수 있었다. 어떻든 그들은 소년 사르트르 에게 발라먹을 뼈다귀를 주었고 소년은 그것을 투명해질 정도로 열심히 발라먹었다. 이에 비해 소년 최인훈은 아무런 핸디캡이 없었다. 그러니까 뼈다귀를 투명할 정도로 발라먹을 필요란 당초에 없었다. 뼈다귀가 아니 라 그 자체가 피와 살의 생생한 실체 자체였기 때문이다. 그 실체는 교과 서 쪽에서도 있었다. 같은 푸시킨의 것이라도 교과서에 실린 것보다 도서 관의 소설, 그것이 한층 생생했다. 『대위의 딸』이나 『예브게니 오네긴』이 흥미를 끌었다. 후자는 힘에 부쳤지만 어린 눈에도 전자는 썩 투명해 보 였다. 왜냐면 눈보라는 눈보라였고 전쟁은 전쟁이었으니까.

교원대학을 나온 국어 교사는 첫 부임 학교의 학생 최인훈에게 푸시킨을 외게 했고, 잇달아 교과서에 실린 대로 임화의 「우리 오빠와 화로」를 가르쳤다. 니나 포타포바가 쓴 러시아 교과서에서 "우리들의 귀여운 피오닐 영남이가 있고"의 피오닐이 러시아어로 삐오네르(소년단)임도 알 수 있었다. 마침내 「낙동강」에 닿자 소년 최인훈은 작가로 되어 버렸다. 이 소년으로 하여금 작가로 만든 것은 국어 교사도 아니었고, 목재상 부친도 아니었다. 도서관이고 책이었다. 책 속의 것만이 진실이자 사실이고 나머지는 모두 가짜이거니와 꼭두로 보여 마지않았다. 데뷔작 「그레이 구락부 전말기」(1959)에서 비롯하여 『광장』(1960)을 거쳐 『회색인』(1963)에 이르기까지 그는 이 질병에서 벗어날 수 없었다. 이 질병의 철학적 명칭을 세상은 관념성이라 부른다.

2. 깃발과 '너 문학하니?' 사이에서

6·25는 원산고급중학교 졸업반이자 문예반장인 이호철과 같은 학교 1년짜리이자 교사로부터 작가로 인정받은 최인훈을 역사 앞에 세웠다. 고급중학 3년생 360명이 제1차로 군에 동원되었고, 제2차로 50여 명이 동원될 때 그 속에 이호철도 끼어 있었다. 8·15 축제 합창단원으로 선발된 50여 명도 여지없이 차출된 것이었다. 그것도 학교에서 직접 입대한 형국이었다. 제87연대였다. 7월 중순이었다. 한동안 이호철은 북상한 의용군 사상 교육을 맡았고, 그다음엔 고성까지 기차로, 그다음은 걸어서 울진까지 내려와 249부대 박격포 중대 중대장 연락병이 되었다. 8월 26일에서 9월 26일까지 울진에 있었고, 중대에서 이탈, 양양 남대천에서 북상한 국군

포로가 되었고 북상하여 외금강, 장전, 통천, 패천을 거슬러 마침내 흡곡에서 자형을 만나 슬며시 풀려나 귀가했다가 단신으로 LST(Landing Ship for Tanks, 상륙용 선박. 피난민 수송선으로 사용되었음)를 타고 남하한 것은 1950년 12월 6일이었다.

이호철의 석 달간의 인민군 사병 체험과 국군 포로 체험은 작가 이호철의 원체험이라 할 것이다. 원산고급중학 3년짜리 19세인 인민군 이호철이 국군 포로로 잡힌 것은 1950년 10월 초. 강원도 양양에서였다. 그와 국군 헌병 간의 포로 심문 장면만큼 이호철에게 결정적인 것이 따로 없다. 그도 그럴 것이 그는 입대 전 학내 문학 서클 책임자였던 까닭이다. 이 대단한 신분이 겨우 석 달간 따발총을 쥐었다 해도 달라질 이치가 없었다. 포로 이호철을 국군 헌병이 심문하는 장면은 작가 이호철 원점의 첫 번째 노출이다.

상대가 지금 뒤적뒤적거리며 대목대목 읽어보기도 하고 있는 저 수첩으로 말할 것 같으면, 지난 7월 초 인민군으로 동원되어 나오던 날 아침에, 어쩌다가 집안에 하나 굴러 들어왔던 깜장 가죽 커버 성경책의 그 겉커버를, 땀을 뻘뻘 흘리며 손칼로 뜯어내 수첩 하나를 만들었던 것이다. 거기다가 지난 석 달 동안 그날그날 일기며, 단상(斷想)이며, 깨알 같은 글씨로 끼적거렸었다. 난생처음으로 먼 길을, 어쩌면 사지(死地)가 되는지도 모를 길을 떠나면서 그런 엄두나마 냈던 것은, 그때부터 이미 내 밑자락엔 문학이라는 게 자리해 있었기 때문이다.

상대는 담배 한 대를 꺼내 라이터로 불을 댕기며 차츰 표정이 부드러워지더니, 문득 억제된 나지막한 억양으로 물었다.

"너, 문학하니?"

아아, 그때의 그 구세주라도 만난 듯한, 온몸이 반짝하며 화듯하게 달아

오르는 느낌이라니.

"네. 그래서 집 나오던 날 아침에, 성경책 하나를 뜯어서."

"이 수첩을 만들었다! 작가 수첩 삼아⋯⋯."

"⋯⋯."

"기독교 믿니?"

"안 믿습니다."

응, 그러니까 성경책에다 칼까지 들이대서 이 가죽 커버를 오려냈겠지,

상대는 잘게 머리를 끄덕였다.

"어떤 작갈 좋아하니?"

"19세기 러시아의 똘스또이, 체홉, 특히 체홉을 좋아합니다."

순간 상대는, 문득, 스스로도 조금 짜증내는 얼굴을 하며 '가만있자, 내

가 지금 이 녀석과 이따위 소리 하게 생겼나. 지금 이판에 똘스또이고 체

홉이고가 다아 뭐 말라비틀어진 소리들이야' 싶은 듯 담배를 테이블 모

서리에 비벼 끄며, 저 딴으로도 분위기를 바꾸자는 듯이 휙 일어섰다. 그

서슬에 수첩 틈에 끼겨 두었던 사진 한 장이 툭하고 마룻바닥에 떨어졌

다. 그는 상체를 구부려 그 사진을 집어들었다.

"이건, 친구냐?"

"문학 친구로, 지난 6월 30일에 찍었지요."

"제법 기분들 냈구나."

그는 또 조금 비아냥거리듯 웃었다.

– 이호철, 『남녘 사람 북녘 사람』, 프리미엄북스, 1996, 15~16쪽

요컨대, 이호철에 있어 6·25란 문학적 현상의 연장선상에 놓여 있었다. 북상하는 국군의 포로로 잡힌 이호철 들도 포로이기에 앞서 그냥 인민군이자 국군이며 또한 민간이자 군인에 지나지 않았다. 인천 상륙으로 전세가 역전되어 북상하는 국군 동부전선 선발대는 제3사단 23연대였다. 이 부대에 종군한 시인 유치환은 이렇게 적었다.

여기 망망한 동해에 다다른
후미진 한 적은 갯마을

자나 새나 푸른 파도의 근심과
외로운 세월에 씻기고 바래져

그 어느 세상부터
생긴 대로 살아온 이 서러운 삶들 위에

어제는 인공기 오늘은 태극기
관언할 바 없는 기폭이 나부껴 있다
– 유치환, 「기(旗)의 의미」 전문, 『보병과 더불어』, 문예사, 1951

태극기도 인공기도 아무 의미를 띠지 못하는 동부전선의 정황은 이처럼 자연 그대로였다. 그것은 저 톨스토이나 체호프의 문학 그대로였다. 이와 흡사한 일이 또 한 번 이호철 앞에 벌어졌다.

자형(막내 당숙으로 되어 있음)의 도움으로 포로 신분에서 간단히 벗어난 곳은 강원도 흡곡에서였다. 어머니가 그곳까지 와주었다. 어머니라 했거니와 딸 셋을 낳고 집안 망쳐 먹는 마물 취급을 당하던 시절을 이겨 낸 어머니는 드디어 아들 이호철을 낳았던 것이다.

자연, 나를 잉태하고서도 어머니는 날마다 밤이면 천지신명께 빌었을 것이다. 당신께서 온전하게 살아갈 길은 오로지 아들 하나를 낳는 길밖에 없었을 터이니까. 〔…〕 나더러 칠성님의 자식이라고 하던 소리를 들었던 것 같다. 〔…〕 아무튼 나는 어릴 때 노상 천지신명께 비손하는 어머니에게 나름대로 길들여졌다.

— 이호철, 『무쇠 바구니의 사연』, 현대, 2003, 307~308쪽

집안에서는 이 소중한 외아들을 위한 한약 한 제를 지어 왔으나 그것을 반 제도 다 먹기 전에 다시 출가해야 했다. 중공군 개입으로 국군의 후퇴와 피난민이 속출했던 까닭이다. 집안에서 조부(74세)의 명으로 이 손주만이 피난길에 올랐다. 아버지는 자기 외투를 입혀 주었고 한국은행권 5천 원(소 한 마리)을 주었다. (이 돈으로 피난지 부산에서 그는 『체호프 희곡 전집』 4권짜리를 사게 된다.) 12월 6일 마침내 그는 L.S.T에 실려 부산 뭇 선창가에 닿았다.

— 이호철, 『이호철 문학앨범』, 웅진출판, 61쪽

3. LST

1950년 12월 9일 아침 부산 제1부두의 저녁 무렵 트럭에 실려 일행이 부

산도청으로 갔고 거기서 DDT 세례를 일제히 받았고, 수정동 부산진역 앞 피난민 수용소에 19세 청년 이호철도 수용되었고, 며칠 뒤 쌀 몇 되와 돈 몇 푼과 피난민증 한 장을 교부하면서 부산시 당국은 이렇게 말했다. '재주껏 먹고 살아라!'라고(필자는 1999년도 요산문학제에서 초청 연사 이호철이 부산 시민에게 감사한다는 말을 하는 것을 그 자리에서 들은 적이 있다).

피난지 부산에서 제일 먼저 그가 한 짓은 『체호프 희곡 전집』 구입이었고 그다음에야 부두 노동하기였다. 첫날 찾아간 곳이 제3부두였고 제면소 도제, 동래 온천장에 있던 미군 정보부대 잭(JACK)의 경비원 등을 거치며 소설 공부에 매달렸다. 우선 습작 소설을 염상섭(당시 해군 정훈감)에게 보였고, 황순원(당시 피난지 서울중학 교사)을 찾아가기도 했다. 마침내 황순원의 안목에 들었다. 『문학예술』(원응서 주간)에 「탈향」(1955)이 추천되었고 잇달아 「나상」이 추천되어 마침내 소설가 이호철이 탄생했다. 나이 24세였다.

「탈향」이거나 「나상」이란 새삼 무엇인가. 이호철에 있어 이것들은 문학도 소설도 아니고 다만 그 자신이었다. 그는 두뇌로 글을 쓴 것이 아니라 몸으로 쓰되 온몸으로 썼다. 그것은 원산고급중학 문예반장인 19세의 이호철이 LST로 낯선 땅 부산에 떨어져 다만 혼자의 힘으로 발버둥 치며 온몸으로 살아가는 행위의 기록이었다. 그것은 당초부터 DNA를 문제삼고 '도서관=책'의 관념성에 매달린 원산고급중학 1년생 후배 최인훈과 족히 대조적이었다.

온몸으로 몸부림치는 글쓰기 그 중심에 놓인 것은 외로움이었다. 그에 있어 외로움이란 너무도 관념과 무관한 것이었는바 왜냐하면 그것은 몸

덩이로만 남은 그것으로 구성된 '나상'이었던 까닭이다.

어쩔 수 없는 외로움의 굴레를 잠시나마 벗어나려고, 이것저것의 옷치레의 도구를 마련하려는 그런 값싼 연극을 하지 않을 것이고 그런 값싼 신념과 투쟁할 것이다.
그러나 과연 나는 이 참스런 외로움에 견뎌낼 것인가? 스스로 자신이 서진 않는다.
먼 어느 훗날, 어느 종소리에 귀를 기울이며 내 의지를 등 뒤에서 나는 무엇 앞에 공손히 꿇어앉을 것 같은 예감을 벌써부터 느낀다.
– 당선 소감, 『문학예술』, 1956년 1월호, 115쪽

몸부림으로서의 글쓰기를 한눈으로 알아본 황순원은 짐짓 "작품을 다루는 솜씨가 용하다"(103쪽)고 소설 추천 후기에서 적었다. 온몸으로 썼기에 감동적임을 그냥 솜씨라 평가함으로써 이호철의 외로움(열정)을 다독거리고자 했음이 분명하다.
그렇다면 다섯 번이나 고쳐 썼다는 데뷔작 「탈향」이란 과연 어떤 솜씨인가.

하룻밤 신세를 진 화차 칸은 이튿날 곧잘 어디론가 없어지곤 했다. 더러는 하루 저녁에도 몇 번씩 이 화차 저 화차 자리를 옮겨 잡아야 했다. 자리를 잡고 누우면 그런대로 흐뭇했다. 나이 어린 나아 하원이가 가운데, 두찬이와 광석이가 양 가장자리에 눕곤 했다.
– 「탈향」 서두

장소, 인물, 그리고 상황이 실로 간결하게 드러나 있지 않았겠는가. 이른바 세 가지 '했다' 체의 종결형 어미. 더 이상 덧붙일 것이 없음. 거추장스런 부사나 형용사의 제거에서 오는 간결함이란 무엇인가. 단편의 형식성을 염두에 두지 않는다면 이 점은 이해 불가능인 것. 저 도데, 모파상, 체호프가 그 앞에 놓여 있지 않았다면 정말 이해 불가능한 장면이다.

임시 수도 부산. 한 고향에서 월남한 네 소년이 있었다. '나', 하원, 두찬, 광석이 그들. 두찬과 광석이 '나'와 하원을 에워싸고 있다. 이들은 낮 동안 부두 노동에 헤매다 밤이면 빈 화물열차에 스며들어 갔다. 이들을 묶고 있는 줄이란 다음 한 구절의 더도 덜도 아닌 것.

"야하, 이제 우리 넷이 떨어지는 날은 죽는 날이다. 죽는 날이야."

이 줄이야말로 운명의 줄이라 하지 않을 수 없는 것. 그러나 이 운명의 줄도 자주, 그리고 한없는 시련 속에 놓이지 않을 수 없는 법. 운명의 줄이 운명다움을 증명하고 또 수행하기 위해 필수불가결한 요소로 자체 내의 균열과 이로 인한 시련을 겪게 마련인 것. 그 시련의 끝에 마침내 운명의 참모습이 드러나는 법. 이 점에서 「탈향」은 이호철 문학의 운명이자 직접성으로서의 분단문학의 원점이 아닐 수 없다.

그 운명의 줄이 겪는 시련을 불러 '탈향'이라 했다. '고향 벗어남'이란 무엇이뇨. 고향 벗어남을 위해 아무리 발버둥질해도 절대로 벗어나지 못한다는 사실, 그러기에 「탈향」은 운명스럽다고 할 것이다. 어째서 그러한가? 우선 네 개의 운명의 끈 중, 광석이 먼저 떨어져 나간다. 나이가 조금 위라든가, 덜렁대는 성격이 그 원인으로 지적되지만 인간의 양면성을 염두에 둔다면 썩 자연스러운 처리 방식. 4인행에서의 광석의 이탈이 광석의 죽음의 형태로 나타났을 때, 남은 3인의 미묘한 감정의 파문이 일어난다. 그 결과로 냉철한 두찬이 이탈하는 차례. 무엇을 대가로 지불해야 이탈이 가능했던가. '풀이 죽은 낯색'과 '큰 울음'이 그것. 광석의 죽음에 비해 덜 비극적이라 할지 모르나, 작가의 의도랄까 배려는 죽음의 내면화라고나 할까. 참혹한 냉철함이 빚은 통곡이 아니었을까. 고향에 대한 통곡이 그것.

그다음 차례에 '나'의 이탈이 온다. '나'보다 한 살 어리고 또 조금 바보스런 18세의 하원을 홀로 두고 '나'는 과연 어떻게 해야 했을까. 바로 여기에 「탈향」의 참주제가 걸려 있다.

나는 그저 나도 모르게 이런 말을 지껄이고 있었다.
'바람도 없이 내리는 눈송이여, 아, 눈송이여.'
무엇인가 못 견디게 그리운 것처럼 애탔다. 그러나 누가 알랴! 지금 내 마음 밑 속에서 일어나는 돌개바람 같은 것…… 아, 어머니! 이미 내 마음은 하원이를 버리고 있는 것이다. 순간 나는 입술을 악물었다. 와락 하원이를 끌어안았다.

'나'만의 세계, '나'만의 것을 향한 첫걸음이 아닐 수 없다. 이 내면의 '나'가 다름 아닌 '문학성'이었던 것. 그것은 육친과도 다름없는 하원이를 버리기에 다름 아닌 것. '나'의 도움 없이는 금방이라도 쓰러질 듯한 바보스런 하원이를 완강하게 떼어 버려야 했던 것. 눈물로써 떼어 버려야 했던 것. 그렇지 않고는 '나'의 독립(비상)이란, '나'만의 세계 확보란 불가능했으니까. 고향에서 벗어나지 않고는, 다시 말해 '나'를 운명적인 끈으로 꽁꽁 묶는 주박으로서의 '고향'을 벗어나지 않고는 '나'를 찾을 수 없으니까. 다시 말해 '하원'이란 특정 인간이 아니라 고향의 메타포였으니까. 작가가 하원의 혼잣말을 곳곳에서 뒤풀이했고, 마침내 작품 결말에까지 이어 놓았음이 그 증거.

"이 새끼, 술도 안 먹구 취핸?…… 참 부산은 눈두 안 온다. 잉? 눈두…… 원산 말이다. 눈 오문 말이다. 광석이 아저씨네 움물 말이다. 야하 잉? 굉장헌데…… 잉 …… 새벽엔 까치가 막 울구. 고 상나무 있쟎, 장사골집 형수 원래 잘 웃쟎. 하하하 하구…… 그 형수 꽤 부지런했다. 가마이 보문, 언제나 젤 먼저 물 푸러 오군 하는 게, 그 형수드라. 잉? 야하 눈이 보구 싶다. 눈이."

— 「탈향」 결말

고향으로서의 하원에서 벗어나기란 무엇인가. '나'의 세움이 아닐 수 없는 것. 원산고급중학 3년생이자 19세의 이호철에 있어 그 '무엇'이란 뚜렷한 해답이 나와 있었는데, 체호프(문학)가 그것. 이를 증명해 보인 것이 「탈향」이었던 것. 고향을 버리고 이를 초월해 가지 않고는 결코 자기를 세울 수 없음이란 또 무엇인가. 분단이라든가 월남 피난이란 이 경우 한갓 핑계이거나 상징에 불과한 것. 사람은 누구나 유년기의 고향을 떠나, 자기 세계를 찾아 나서는 법이니까. 작가 이호철에 있어 이런 일반론이 민족 분단이라는 역사적 과제에 전면적으로 걸려 있었음이 특징적이었을 따름.

4. 성지 의식(城地 意識)과 균형 감각

다섯 번 고쳐 쓴 「탈향」에 막바로 이어진 두 번째 추천작 「나상」(『문학예술』, 1956년 1월호)도 사정은 같다. 액자형으로 된 「나상」은 모파상의 「쥘 삼촌」과 흡사한 구조로 씌어진 가작. "철이와 나는 베란다 위에 앉아 있었다"라는 서두가 펼쳐진다. 철이 불쑥 말한다. 현실 속의 인간 규정, 가령 잘났다, 모자란다 등등으로 말해지는 인간관계란 그렇게 대단한 것일까. 그러한 일정한 규정(측도)도 따지고 보면, 일종의 현실 틀 속의 일이며 일단 이 틀을 넘어서면 무용지물이 아니었겠는가, 라고. 그 사례로 내세운 사건이 이 작품의 내용. "형은 스물일곱 살이었고, 동생은 스물두 살이었다"로 시작되는 철이 보여 준 얘기는 이렇다.

1951년 가을, 조금 모자라는 형과 칠성이라 불리는 아우가 통천 거리에서 함께 인민군 포로로 잡혔다. 형은, 그 상황 속에서 사사건건 상식을 벗어난 짓을 감행. 그것이 모두 흡사 유아와 같은 수준의 행위여서, 아우의 처지에서 볼 때 이루 말할 수 없이 거북했다. 아우는 이런 형에게서 될 수만 있다면 벗어나려 온갖 마음고생을 한다. 결국 형은 이런저런 곡절을 겪어 죽게 되는데, 그 원인을 따져 보면 천생의 바보스러움에서 말미암았음이 드러난다. 그렇다면 살아남은 '나'(칠성, 철의 아명)는 무엇인가. 그 상황에서 약삭빠르게 처신함이었고, 바보스런 형을 될수록 모른 척함에서 왔던 것. 아마도 아우 칠성이는 그 오연함을 의상처럼 걸쳐 입고 앞으로도 빈틈없이 살아가겠지. 그렇지만 칠성의 삶은 그늘질 수밖에 없다. 실상 따지고 보면, 순진무구함으로 표상되는 형이란 '나'의 내면 속한 측면의 상징화에 다름 아닌 것.

이미 우아하다든가 민감하다든가 교양이 높다든가 앞날이 촉망된다
든가 이런 것을 결판 지을 수 있는 표준이 상실된 그 속에서 과연 누가
더…… 남은 것은 발가벗은 몸뚱아리뿐이다.

 – 「나상」, 『문학예술』, 1956년 1월호, 102쪽

형의 행위가 알몸뚱이의 '나'라면, 그 위에 덕지덕지 걸쳐 입은 누더
기가 다름 아닌 우아함, 민감함, 교양의 높음, 촉망됨 등이었을 따름. 이
점에서 「나상」도 「탈향」과 꼭 같이 성장소설(발전소설)의 범주에 드는
것. 그 인물 구조 역시 두 작품은 닮았다. 「탈향」에서의 '나'와 제일 어린
하원의 관계가 「나상」에선 '나'(칠성)와 형의 관계로 변형되었음이 지적
될 수 있다. 「탈향」이란 그러니까 고향 이탈에의 원심력과 고향 회귀에의
구심력 사이에서 벌어지는 내면의 드라마이며, 「나상」 역시 이와 같은 범
주. 이때 주목되는 것은 다음 두 가지. 원심력과 구심력의 강도랄까 긴장
감의 밀도가 그 하나. 다른 하나는 이 점이 중요한데, 성장소설의 범주란
구심력에 대한 원심력의 우월성에 있다는 사실이 그것.

이 경우 우월성이란 작가 이호철 씨에 있어서는 지극히 윤리적이어
서 인상적이다. 구심력에서 이탈하려는 욕망(의지)의 강도와 원심력으로
이끄는 힘의 강도 사이에 놓인 윤리적 감각이란 구체적으로 무엇인가. 이
물음에 그럴싸한 대답으로 내세울 수 있는 것이 바로 '자존심'. 인간다움
을 입증하는 기품이라 부르는 것. 처녀작 「탈향」에서 이 점이 주춧돌 몫
을 하고 있다. 죽어 가는 삼손이를 지켜보는 '나'의 시선이 그것.

사실 나는 광석이의 곁으로 갔을 때, 어떤 자조(自嘲)도 느꼈다. 또 어떤

자랑스러움도 느꼈다. 다만 이렇게 광석이 곁으로 온 바엔 광석이가 죽고 안 죽고는 내가 알 바 아니다. 광석이가 죽을 때까지 광석이를 지키고 있었다는 것을, 이다음에 고향에 가더라도(갈 수만 있다면) 조금도 부끄러움을 느끼지 않고 떳떳할 수 있으리라…….

이 대목은 강조되어야 하는데, 작가 이호철 씨의 원점이자, 이 나라 분단문학의 한 가지 전형인 까닭.

이 원점 확인이 분단 의식에 비례함이야말로, 작가 이호철 씨의 원점의 강인성이다. 「탈향」을 발표한 지 4년이 지났을 때, 그 원점 강도의 어떠함을 새삼 보여 준 작품이 「탈각」(『사상계』, 1959. 2)이다. 월남한 3인이 등장한다. 먼저 자리 잡고 가정을 이룬 형석의 집에 주변머리 없는 동향의 친구 필구와 걸걸한 성격의 여자 동연이 동거한다. 국군이 진격했을 때 강 준장과 동거 생활에 들어간 동연에겐 딸이 하나 있다. 이 셋을 묶고 있는 끈은, 물을 것도 없이 동향 의식이다. 그 동향 의식의 강도가 '성지 의식'에 이르렀음에 주목할 것.

(A) 한 달에 한 번만큼씩 오는 강 준장을 얼씬 집채 안으로 들이지 않는 동연의 그 외고집, 뭐랄까 동연의 성지 의식(城地意識) 같은 것…….

— 『사상계』, 1959년 2월호, 387쪽

(B) 적어도 형석이 이 '집안'이란 것도 정확히 인식했긴 안 했선 그 '성지 의식' '고향 의식'을 두고 하는 말인 것은 물론이었다.

— 위의 책, 387쪽

(C) 이러한 동연의 고집엔 만만치 않은 위엄도 위엄이려니와 그 예의 성지(城地)나 지키는 듯한 고향 의식이 서려 있는 것이다.

− 위의 책, 388쪽

(D) 그래에? …… 바야흐로 성지(城地)가 속지(屬地)로 떨어지는군.

− 위의 책, 397쪽

보다시피 성지 타령으로 엮고 있다. 강 준장의 첩이었음이 판명되었을 때 동연을 구출한 것, 그러니까 동연의 자존심을 회복시킨 것은 바로 이 '성지 의식'. 강 준장의 본처가 들이닥쳤을 때, 공손히 그녀를 떠받들고 순순히 물러 나온 동연의 의식은, "고향에 아바지 체신 깎일 일을 해서는 안 된다"(390쪽)에 있었던 것. 이토록 강렬한 구심력으로서의 성지 의식의 강도보다 한층 더 강도 높은 것이 원심력으로서의 탈향 의식, 그리고 탈각 의식이겠지만 그 가운데 매개항으로 놓인 '성지 의식'으로 말미암아 균형 감각의 확보가 가능했을 터. 이 균형 감각에서 삶의 긴장력이 확보되었고, 그대로 그것이 이호철 소설의 긴장력이었을 터. 동연과 필구의 대화 한 토막을 잠시 볼까.

(E) '허지만 적어도 마음속으루래도, 최소한 마음속으로래도 건강한 걸 지니구 있어야 되어요. 최소한 마음만이래두. 돌아가는 날까지. 그렇다, 돌아가는 날까지. 그렇다, 돌아가는 날까지.' 이러자 문득 필구는 '돌아가다니, 돌아가다니, 어디루 돌아가?' 생각하여, 이미 돌아와 있는 것이 아닌가. 여기 이 방이 바로 고향이 아닌가. 따로 떨어져 살긴 하지만 형

석이랑 모두 함께 법석거리며 돌아와 버린 것이 아닌가. 이런 감미한 착
각에 빠져들다가, '암, 돌아가야지. 돌아가야 하구말구, 돌아가야 하구말
구.' 이렇게 받는 것이었다.

– 위의 책, 399쪽

이런 장면을 두고 의식의 측면과 무의식의 단층이랄까, 의식의 분열
증으로 지적할 수도 있다. 고향을 향한 형언할 수 없는 지향성(심층 의식)
과, 여기에서 일탈하고자 하는 삶의 현실적 지향성이 한 인격체 속에 잠
복되었을 때, 이를 제어하는 기제(심리적 메커니즘)란 무엇인가. 성(聖)
과 속(俗) 사이의 아슬아슬한 곡예, 평형감각 유지에서 생기는 긴장감이
곧 작가 의식으로 퉁겨 나온 데 이호철 문학의 원점이 있다. 이 사실은 강
조되어야 마땅한데, 처녀작에서 이미 운명적으로 주어졌음이 그 이유. 실
상 「탈향」과 「나상」의 개작이 1997년에 이루어졌고, 「탈각」의 개작은 앞
에서 이미 보인 대로 1999년 겨울. 물론 개작 일반이 갖는 현장감 상실을
대가로 치른 것. 그렇지만 성지 의식으로 지적한 대목은, 다소 윤색되긴
했으나, 원형 그대로임이 드러난다. 이 점은 강조되어야 할 사항이 아닐
수 없는데, 왜냐면 이 원점이 지닌 의의와 그것의 지속성이 이호철 문학
의 핵심을 이루는 순금 부분인 까닭. 이 점은 같은 월남 작가인, 「오발탄」
(1960)의 작가 이범선과 비교해 보면 뚜렷하게 드러난다. 월남한 사람들
의 친목 단체 야유회를 다룬 이범선의 「면민회」(1979)에서 드러난 인물
상들은 세 가지 부류로 정리된다. 입만 벌리고 고래등 깊은 기와집을 두
고 왔다고 허풍을 떨지만 실상은 양조장 배달부로 겨우 연명한 부류들이
그 하나. 다른 하나는, 이북에서 제법 잘살다가 월남하여 몰락한 부류들.

또 다른 하나는, 거기서나 여기서나 분수를 지키며 성실히 살아가는 군상들. 작가 이범선은 이 세 부류를 가감 없이 객관화하여 보여 준다. 양조장 배달부였던 박똥팔이 명예직인 면장이 되어 허풍 떠는 장면이 여지없이 희화적이어서 '성지 의식' 따위란 당초부터 약에 쓸래야 없는 그런 경지. 이호철의 경우는 이와는 너무도 판이하여 놀랍다. 『남녘 사람 북녘 사람』에서 그 본질이 더욱 밀도 있게 형상화되어 있다. 밀도 있게 형상화되었음이란 새삼 무엇인가. 「탈향」을 두고 일찍이 비평가 정호웅의 지적이 있었다. 「탈향」이란 출발의 결의로 읽은 이 비평가는 이호철 문학의 지향성으로 이렇게 규정했다.

> 이 출발은 얄팍한 인정주의와 감상주의와의 결별은 소박한 휴머니즘과 비장한 영탄조, 맹목의 이데올로기에 일방적으로 이끌리는 전후 소설에서 벗어나 객관 현실의 구체적 탐구로 나아가기 시작했음을 알리는 소설사적 의미를 머금고 있다. 탈향한 '나'는 우호적일 리 없는 남한 사회에 뿌리내리고 살아남기 위해 험한 세상을 건너가야 하는데, 그 행로의 추적은 곧 객관 현실의 구체적 탐구일 것이다.
> – 『이호철 문학앨범』, 웅진출판, 1993, 109쪽

5. 원심력과 구심력의 동시적 작동

과연 그렇다. 그러나 「나상」으로 오면 사정은 복잡해진다. 귀화 의식의 강렬함이 마침내 고향에 대한 성지 의식으로 은밀히 작동되어 있기 때문이다. 유년기에의 심리적 퇴행의 일종이라 보기 쉽지만 잘 따지고 보면

이를 훨씬 웃도는 그 무엇이었다. 그것은 거대한 용광로의 마그마와 흡사했다. 남한 땅에 뿌리를 내려야 한다는 몸부림의 치열성이 이호철의 구심력이라면 이 구심력의 밀도는 이에서 벗어나고자 하는 원심력으로서의 성지 의식의 밀도에 비례했다. 이 모순성에서 오는 긴장력의 밀도의 강약 또는 리듬화 속에 이호철 문학이 이루어졌다. 남한 사회에 뿌리를 내리기 어려운 장면에 닿으면 어김없이 북한에로의 지향성이 그의 문학을 살찌게 했다. 「판문점」(1961), 「큰산」(1970) 등에서 이런 마음의 곡절이 선연하다. 그가 문인 간첩단 사건(1974)으로 또 김대중 내란음모 사건(1980)으로 옥고를 치른 것도 이로써 설명된다. 요컨대 마음속에 잠긴 마그마는 틈만 나면 화산처럼 분출할 수 있었다. 그가 이러한 강박관념에서 벗어날 수 있었던 것은 그의 노력에서가 아니라 바로 한반도를 둘러싼 세계사적 흐름에서 왔다. 그것은 동구권 및 구소련 해체(1989)와 더불어서야 가능했다.

> 북한 체제 초기를 10대 후반에 5년 동안 겪었던 사실은 나의 영혼 저 밑바닥에 부은 마그마, 암장마냥 깊숙이 버팅기고 있었던 것이다. 그 어떤 그럴싸한 논리들도 나의 그 마그마를 녹여낼 수 없이 나에게는 본원적으로 겉도는 것들이었고 입술 끝의 소피스트케이션들에 지나지 않았다. 60년대와 70년대의 저 유신시대 그리고 80년대의 5공시대를 거치면서 내 나름대로 민주화운동에 동참, 두 번의 옥고를 치르고 두 번의 유치장 신세를 지는 등 갖가지 불이익을 당하면서도 소년시절 북한에서 5년 동안 겪었던 그 경험은 원형 그대로의 마그마로 내 속에서 노상 꿈틀거리며 그 출구를 찾고 있었던 것이다. 〔…〕 어떤 의미에서 본다면 1950년 12

월에 월남하고 오늘에까지 43년 동안 나름 일관하게 관통해 왔던 것은 바로 이 문제였다. 역사의 진보라는 것은 과연 무엇인가. 체제로서의 공산주의와 이상으로서의 공산주의는 어떤 관계인가. 공산주의는 과연 우리의 이상향인가 등등.

— 이호철, 『세기말의 사상 기행』, 민음사, 1993, 머리말

이 마그마가 한순간 막바로 풀린 것은 구소련 해체, 독일 통일이었다. 북한 체제에 대한 지향성과 거기서 벗어나고자 하는 지향성의 긴장 속에 문학적 에너지를 흡수해 온 이호철 문학은 이 마그마의 해소에 직면하지 않으면 안 되었다.

— 졸고, 「이호철의 차소월선생삼수갑산운(次素月先生三水甲山韻)」, 『한국문학』, 2009 가을호

원심력과 구심력의 긴장력이 소멸되었거나 쇠약해졌을 때 남은 것은 무엇인가. 이 물음은 진리란 무엇인가에로 향하게 마련이다. 이호철은 이에 대한 해답을 스스로의 삶 속에서 온몸으로 체득했다. 시행착오가 그 것이다. 어떤 이념이나 체제도 한갓 관념이자 허구라는 것. 요컨대 어떤 이데올로기도 허위의식의 일종이라는 것. 진리란 그러니까 삶이란 어떤 뚜렷한 전제나 목표어와는 무관한 것. 그때그때의 상황에 따라 시행착오로 이루어진다는 것. 이를 굳이 프래그머티즘이라 부를 수 있을지도 모른다. 이렇게 알몸으로 익힌 이호철의 눈에 비로소 하이젠베르크의 불확정성 이론과 칼 포퍼의 반증 가능성 이론이 똑바로 보였고 또한 언어의 한계가 세계의 한계라는 비트겐슈타인도 시야 속에 들어왔다. 비트겐슈타

인의 시각에서 쓴 것이 『남녘 사람 북녘 사람』이었고 그 이후 글쓰기가 원질이다. 진리의 존재 방식이란 새삼 무엇인가. 이 물음에 분명한 해답을 포퍼만큼 날렵하게 제시한 경우는 드물다. 어떤 진리도 그것이 진실이기 위해서는 그 자체 속에 반증 가능성을 가지고 있을 동안에 지나지 않는다는 것이며, 따라서 그 반증 가능성이 새로운 진리를 가져오게 마련이라는 것. 이론의 과학적 자격의 기준은 그 이론의 반증 가능성, 반박 가능성 또는 테스트 가능성이라고 포퍼는 갈파했다. 이것이 불가능한 프로이트의 무의식이나 마르크스 사상이란 일종의 신화에 지나지 않는다(이석윤 옮김, 『역사주의의 빈곤』, 지학사). 프래그머티즘의 작가 이호철이 비로소 여기에서 탄생할 수 있었다. 그것은 철학에서가 아니라 그의 몸으로 체득한 삶의 인식이기에 그만큼 성숙한 것이었다. 「별들 너머 저쪽과 이쪽」(『문학의 문학』, 창간호, 2007. 10)에서 전개되는 이호철 문학은 그 원숙성의 한 가지 드러냄이 아닐 수 없다. 마그마 없는 글쓰기가 그것이다. 마그마 없는 삶이 먼저 확보되자 마그마 없는 글쓰기가 시작되었다. 두 번씩이나 평양을 방문하고 꿈에 그리던 여동생과의 상봉도 마그마의 소멸 이후에야 가능했고 또 마그마 소멸 이후인 만큼 그저 담담할 수조차 있었다. 북쪽이든 남쪽이든 사람 사는 살이 그 자체는 그저 그렇고 그렇기 때문이다. 글쓰기도 과연 그러할까. 이 물음 앞에 이호철 문학이 마주하고 있는 하나의 미래형이다.

6. LST의 엑소더스 체험과 자기 추상화

「탈향」이란 새삼 무엇인가. 이 물음은 최인훈과 비교할 때 결정적인 의미를 띠게 된다. 원산고급중학 3년짜리 이호철, 인민군과 국군 포로의 체험을 안고 1950년 12월초에 원산 부두에서 LST에 실려 임시 수도 항도 부산에 혼자 달랑 떨어졌음을 다룬 것이 「탈향」이자 「나상」이라면, 거의 같은 시기에 같은 LST를 타고 부산항 부두에 떨어진 원산고급중학 1년생 최인훈에 있어 탈향은 탈향이되 진짜 탈향이 아니었다.

달랑 혼자 부산 부두에 떨어진 이호철이 19세라고 외쳤다면 그 두 해 후배인 최인훈은 몇 살이라 외쳐야 했을까.

대체 최인훈의 이때의 나이는 몇 살이었을까. 6·25에 남하한 이호철은 곳곳에서 19세에 월남했다고 적었다. 그가 고급중학 3학년 때인데 같은 학교 1학년에 최인훈이 있었다고 증언해 놓았으니까(필자의 문의에 의한 것) 적어도 두 살 아래로 볼 수 있겠다(물론 이호철의 기억의 착각일 수도 있다). 그러나 다음과 같은 기록은 어떠할까. 국민학교 5학년 때 해방을 맞았다는 것, 또 고등학교 2학년 때 월남했다는 것.

김 최 선생님은 연보에도 일부러 LST편으로 월남했다는 얘기를 쓰시곤 했는데, 그 LST가 새로운 정신적인 삶을 위한 죽음의 공간이었다고 설명하려는 평자도 있는 것으로 알고 있어요. 실지로 LST를 타셨을 때의 느낌은 어땠습니까?

최 그때만 해도 제가 고등학교 2학년생이었는데, 이제까지의 생애에서 그만한 인원이 한군데 모인 것을 본 적이 없었어요. 그것도 무슨 운동회를 하기 위해서 모인 것이 아니고, 숫자를 조금 과장한다면 조그마한 읍 전체를 배 하나에 다 실었다고 할 정도의 인원이었으니까, 그것도 굉장한 정신적 부담을 안겨 준 것이 사실이었다고 생각해요. 어떤 사람이나 그런 충격은 감각적으로는 마찬가지이겠지만, 결국 직업이 그런 것을 자꾸 반추하게 되는 직업이다 보니까 그게 내가 아직도 정식화하지 못한 만큼 굉장한 응어리를 만들어 준 것 같아요.

김 집단적인 인구 이동, 그것도 문화적으로 상당한 편차를 가지고 있는 곳으로의 이동이었다는 점에서 새로운 문화적 삶을 살게끔 운명 지워졌다 하는 식으로 얘기가 되겠군요.

최 그렇지요. 그리고 그것이 그냥 편안한 이동이 아니라 일종의 탈출 같은, 생명의 안전이 보장되어 있다고 할 수 없는 조건에서 앞길 모르는 망망대해와 같은 이동이었지요.

– 김현·최인훈, 「저자와의 대화」, 『신동아』, 1981. 9, 213쪽

세 가지 점이 뚜렷하다. 가족과 함께 LST를 탔음이 그 하나. 다른 하나는 '일종의 탈출'이었다는 것. 알몸으로 달랑 LST를 탄 이호철과 비교하면 실로 천양지차라 할 것이다. 그러기에 최인훈에겐 '탈향'이란 당초 불가능하다. 그러기에 그는 이를 두고 '탈출'이라 했다. 탈향이 고향을 전제로 했다면 탈출이란 생명의 안전이 보장되어 있다고 할 수 없는 조건에서 예측불허의 상황에 던져짐을 가리킴이다. 셋째로 이것이 중요한데, '집단적 인구 이동'이라는 점이다. 알게 모르게 그것은 구약 출애굽기의 이스라엘 민족의 탈출을 연상시킨다. 그것은 묵시록적 의의를 알게 모르게 머금고 있어 개인은 물론 가족적 의의를 넘어서게 된다. 예언자적 목소리와 묵시록적 그림자를 짙게 드리운 이 탈출이란 운명적이자 동시에 관념적·추상적이 아닐 수 없다. 그것은 역사적이기도 하지만 역사를 내포하면서도 이를 훨씬 뛰어넘은 영역, 신화이거나 종교의 반열이 아닐 수

없다. 굳이 말해 근대 부르주아지의 예술적 형식인 소설 나부랭이와는 일정한 거리를 두게 되지 않을 수 없는 차원이라 할 것이다.

최인훈에 있어 LST 체험의 성격은 또 하나의 특이성을 내포하고 있었다. LST를 탄 원산이란 출발점이 아니라는 사실이 그것. 당초 최인훈 가족의 출발점은 국경도시 회령이었다. 8·15 해방과 더불어 이 가족은 원산으로 이동하지 않으면 안 되었다. 그것이 제1차 탈출이다. 이 경우 탈출은 같은 체제 속의 이동처럼 보이지만, 실상은 그렇지 않았다. 이름 그대로 탈출이었다. 제2차 탈출이 LST였다. 그러니까 이 가족에 있어 원산이란 잠시 머문 장소에 지나지 않았다. 임시 피난지 같은 원산이었기에 LST 체험도 실상 아주 낯선 것은 아니었다. 그렇다면 고향인 출발지 회령이란 그렇게 그리운 것일까. 이 중요한 물음에 최인훈이 잘 대답해 놓고 있지 않음에 주목할 것이다. 국경도시 H라는 표기가 있고 「두만강」을 처녀작으로 썼다고 하지만(발표는 1970년) 그것은 피난지 학교생활의 어려움에서 벗어나기 위한 회고에 다름 아니었을 터이다. "나 자신의 사회적 자아를 확인할 것을 주위에서 발견해 내지 못한 마음이 만들어 낸 사제의 의식"(「원시인이 되기 위한 문명한 의식」)이었다. 국경도시 H란 소년 최인훈에겐 큰 의의를 갖지 않았다. 국경도시의 환경, 그 속에서 가족이 썩 안정된 상태였기 때문이 아니었을까. 자전적인 장편 『화두』에서 보듯 원산이야말로 유형지이자 피난지 의식으로 가득 차 있음도 이와 무관하지 않다. 원산에서 중학생 최인훈은 저도 모르는 새 '신문을 받는 죄인 의식'의 강박관념 속에 놓여 있었다. 전학해 온 원산고급중학에서 그는 학급 분단 벽보 쓰기의 주필 자리에 있었고, 그 때문에 그는 주위의 비판에 또 자기비판에 시달리지 않으면 안 되었다.

고문 형리라고 하지만 해방 후 북조선에서 일본 점령군 시절보다 눈에 띄게 달라진 것은 육체적 폭력이 일상생활의 장면에서 현저하게 사라진 일이었다. 일본 점령자들은 그것이 군대건 경찰이건 면사무소건 심지어 병원 진찰실에서건 자기 권위 아래 놓인 불쌍한 피점령자들 그것이 노인이건 갓난아이건, 남자건 여자건, 건강한 사람이건 아픈 사람이건, 사회적으로 지위가 있는 사람이건 없는 사람이건, 무엇보다 먼저 귀싸대기를 눈에서 불이 번쩍 나게 올려붙이고 동시에 발길로 내지르고 보는 것이 기본 동작이었다.

해방 후에 이 문화는 멸망하였다. 모든 육체적 폭력도 국유화되었다. 다른 국유화와 다른 점은 이 육체적 폭력은 아주 위험하기 때문에 누출 사고가 없기 위해서 철저한 보호 장치 속에서 생산 관리되고 있었다. 고문 형리라고 하지만 '비판회'에서 사용이 허락되는 형구는 '말'에 한정돼 있었다. 신성한 종교 재판소의 종사자들에게까지 사용이 허락된, 죄악이 깊이 스며든 육체로부터 깨끗한 영혼을 분리하기 위해서는 신의 종들까지 사용할 수밖에 없었던 쇠갈고리며, 재미있는 모양의 쇠톱니바퀴며, 온갖 아름다움을 지닌 바늘들이며, 여러 가지 신의 창조물에서 얻은 마취약이며, 목제와 철제의 그네들이며, 모양이 기이한 다리미며 인두며, 손과 발을 팔걸이와 다리에 묶어 놓고 놀 수 있게 된 의자며, 우주의 에너지를 몸소 육체에 맞아들이기 위한 범신론적 기구며, 손톱 및 소제를 위한 긴 참대 꼬챙이며 — 이런 것들의 사용은 자아비판회에서는 사용이 금지되어 있었다. 이런 제한 때문에 '말'은 할 수 없이 물길과 관념 사이의 온갖 수준의 경계선을 제한 없이 넘나들어야 했다. '말'이 원래 그런 것이기는 했지만 '말' 속에서 그렇달 뿐이고 그 '속'에서도 물속에 물살이 있듯이 촌수라는 것은 있는 법이건만 어느 며느리가 시아버지 동무라고 했다는 우스갯지 정말인지 모를 말이 돌 만큼 '비판회'에서의 '말'은 쓰는 사람에게는 자유무애하고 쓰이는 사람에게는 '자아'의 해체를 경험하게 하는 힘을 가지고 있었다. 좀 전까지 이 교실에서 옆 책상에 앉아서 기하 문제 때문에 끙끙거리던 학생 간부도 자기의 현실적 '자아'보다 훨씬 높은 '자아'의 자리에서 이렇게 다그치게도 된다.

'동무는 공화국의 미래를 짊어질 영광스러운 소년단원으로서 지금 어떤 각오를 가지게 됩니까?'

－『화두 1』, 34~35쪽

이명준, 독고준의 원형 의식이 여기에서 비롯되거니와 원산이라는 도시이자 이 원산 유형지에서 소년을 벗어나게 해준 것이 『쿠오바디스』였고, 도서관이었고 책이었다.

책이란 대체 무엇인가. 이 물음을 떠나면 거듭 말하지만 어떤 최인훈도 무의미해지기 쉽다. 책이란 그것이 사상이든 철학이든 문학이든 관념의 소산이 아닐 수 없다. 그렇다면 관념이란 또 무엇인가. 이 물음에 제일 먼저 응해 오는 것이 자기 추상화이다. 인간의 개체라는 것을 인간답게 하는 요소란 이 자기 추상화의 의식과 자기를 자기로서 관계 짓기 의식에서 온다. 전자는 자기의 몸이 '지금 여기에 있다'라는 의식이어서 '지금'이라는 시간성이며 후자의 근원은 '여기'라는 공간적 장소적 의식이 아닐 수 없다. 이 둘의 외화(外化)되는 것을 두고 표현의 언어라 한다. 문학·철학·사상 등이 이에 해당된다. 거기에서는 언어 규범이 지배하며 따라서 인간 개체는 공동적 관념(환상)의 마당에 나오게 된다. 소년 최인훈의 자기 추상화는 언어 규범의 등차 인식에서 왔다. 교실에서의 자아비판을 감행하는 언어와는 구별되는 순정한 별개의 언어가 저만치서 이 마음 가난하고 겁먹은 소년에게 손짓하며 소곤거리지 않겠는가. 아가야, 겁먹지 말라. 부끄러워하지도 말라. 재판관인 교실 속 교사의 말과는 다른 말이 따로 얼마든지 있단다. 소년은 그 목소리 나는 곳으로 고개를 돌렸다. 놀랍게도 거기엔 학교 건물보다 크고 우람한 것이 있었다. 시립도서관이었다.

> 도서관에서 나는 무엇인가가 되기 위해서 태어나 가고 있었다. 도서관은 큰 책이다. 너무 커서 들고 다닐 수 없기 때문에 한 곳에 놓아두고 있는 큰 책이다. 도서관 지붕은 책의 등이고 도서관 벽은 겉장이고 도서관 문은 이 큰 책의 안 표지, 목록은 이 책의 목차다. 이 집은 아기집(胎)이다. 이 속에서 사람은 사람이 된다.
> ─『화두 1』, 45쪽

이 집에서 소년이 맨 먼저 읽은 것이 『쿠오바디스』였다. 맨 먼저 읽었다 함은 물론 비유이다. '쿠오바디스 도미네!'라고 베드로가 주께 묻는 장면은 소설이자 길을 묻는 모든 인류의 근원적 물음의 원천인 까닭이다. 교실에서 길을 잃은 소년은 도서관에서 비로소 길을 찾았고 이 길 찾기는 전 생애에 걸쳐 지속되었다. 도서관이라는 이 굉장한 바벨탑 속에서 소년은 대학생이 되고 어른이 되고 마침내 소설가로 되어 갔다. 사르트르처럼 창경원 원숭이는 가짜로 보였고 책 속의 원숭이야말로 진짜였다. 현실이란 한갓 허상이며 진짜는 책 속의 것이었다. 유형지 교실에서의 무서움, 이데올로기 공화국의 공포를 의식하면 할수록 책 속의 것이 현실감을 가졌고 생생했다. 책 속의 현실 그것이 그의 글쓰기의 소재이자 내용이었고, 따라서 그의 소설은 실생활과는 무관하거나 최소한 냉담할 수 있었다. 『서유기』·『회색인』의 독고준이 그러했고 『광장』의 이명준도 예외일 수 없었다. 책, 그것은 전적(典籍)이었고 창작의 용광로였다. 현실의 부조리에 마주칠수록 또 그것의 발호가 걷잡을 수 없을수록 책은 전적의 구실을 할 수 있었고 또한 그것과의 균형 감각을 유지할 수 있었다.

그렇다면 이 균형 감각으로 만족하는가. 이런 물음에 조만간 마주치게 마련이다. 왜냐면 책이, 도서관이, 관념이 가만히 있지 않기 때문. 인류가 온갖 노력을 통해 정력적으로 만들어 낸 최고의 관념들에 다가가면 갈수록 거기서 나오는 압력은 강했다. 이 압력에 굴복하느냐 나름대로 도전하느냐에 승부를 걸어야 할 시기가 반드시 오게 마련이다. 책이 소년 최인훈의 삶을 송두리째 차압하려 들었기 때문이다. 이 거대한 악마에게 잡혀 먹히지 않기 위해서도 그는 필사의 탈주를 감행하지 않으면 안 되었다. 그 탈주하는 방식의 하나가 그리고 그 첫 번째 방식이 소설 쓰기였다. 최인훈의 첫 소설은 「그레이 구락부 전말기」(『자유문학』, 1959. 10)이다. 안수길 추천인 이 소설의 주인공 현을 두고 작가는 이렇게 서술했다.

혼자 셈으로, 설레임의 철은 지난 줄로 알고 있었다. 눈에 벌겋게 핏발을 세우며 밤샘을 하여 책을 읽던 무렵. 참 숱해 읽기도 했거니 그는 생각한다. 그때는 잠잘 때 말고는 활자를 눈앞에 비치고 있지 않으면 금방 무슨 몸서리칠 재앙이 다가오기나 할 것처럼, 이야기에 있는 무슨 그러기로 된 몸놀림을 멈추자마자 마귀에게 잡혀먹힌다는 그런 식으로 책을 한때

라도 놓으면 금방 자기의 있음은 온데간데없어질 것 같은 가위눌림 비
스름한 것에 등을 밀려서 책에서 책으로 허덕이듯 옮아갔던 것이다. 책
에 음(淫)한 무렵. 그때는 되려 살 만한 때였다.

– 『최인훈 전집 8』, 문학과지성사, 7쪽

현실에 알몸으로 노출된 자아의 도피처가 책이며 심지어 음(淫)할
정도였지만 이제는 그럴 수 없다. 책 쪽으로부터 내가 잡혀 먹힐 판세가
된 것이다. 책 그것은 무한인 까닭에 음하면 할수록 자아 소멸이란 시간
문제였다. 탈출해야 했다. 어떻게? 이에 대한 답변이 「그레이 구락부 전
말기」이다.

그러나 이 필사적 탈출은 물을 것도 없이 실패하게 정해져 있다. 다
섯 명의 청년들이 정기적으로 모여 잡담이나 음악 감상 따위를 하는 것
이 그레이 구락부이다(그레이가 회색임에 주목할 것). 이 모임은 그러니까
책의 악마적 마력에서 벗어난 모임이 아닐 수 없다. 책에 매달리지 않아
도 음(淫)할 데가 있을 수 있다는 것. 그런데 과연 그런 데가 현실적으로
있을까. '없다!'가 그 정답이다. 어느 날 다섯 명이 몽땅 형사의 습격을 받
지 않으면 안 되었던 것이다. 서에 연행된 현의 항의에 "뻔뻔스런…… 너
희들이 매일간이 모여서 불온서적을 읽고 이 자들과 연락하여 국가를 전
복할 의논들을 한 게 아니냐?"라는 혐의가 주어졌던 것이다. 책의 폭력에
서 벗어나고자 하면 그럴수록 이번엔 현실의 폭력이 송두리째 삶을 차압
하려 들지 않겠는가. 이 형사가 『광장』의 주인공 대학생(철학) 이명준을 고
문했다. 북한에 있는 아비와의 연락 혐의를 추종함과 꼭 같은 틀이 아닐
수 없다.

이런 사태 앞에 현은 어째야 할까. 다시 책 속으로 도피할 수밖에. 이 번엔 종교라는 거대한 책으로 스며들기. 두 번째 추천작 「라울전」(『자유 문학』, 1959. 12)이 그런 실험이다. 이것은 이명준의 월북행과 족히 대응 된다. 인간의 힘으로는 이해 불가능한 신의 논리에 무조건 귀의한 사도 사울의 회심을 도무지 이해할 수 없는 인물 라울을 설정함으로써 두 가 지 길을 보여 주고자 한 「라울전」은 최인훈다운 또 하나의 도전인 셈이 다. 신학 쪽에서 보면 그래 봤자 라울도 어차피 사울처럼 되게 마련이겠 지만 적어도 신학 바깥에 있는 최인훈으로서는 각각의 상대적·독자적 영역이 있다고 볼 수밖에 없다. 현실이거나 신학의 질서라는 것도 따지고 보면 상대적인 것에 지나지 않는다. 최인훈 자신의 관념 체계가 있을 수 있고 그것이 현실 정치(남한 또는 북한)와 대등한 것일 수도 있다는 인식, 바로 여기에 최인훈 소설의 근거가 놓여 있었다. 이런 최인훈식 관념 체 계를 온몸으로 감당한 최선의 형식이 가장 손쉽고도 친근한 소설이었다.

7. 소설이란 무엇인가

대체 소설이란 무엇인가. 헤겔적인 시선에 따르면 시민(부르주아 계급)이 창안해 낸 최고의 예술 형식이다. '시민적 서사시'(헤겔, 『미학 강의』)로서 의 소설은 그러니까 고대 서사시의 유산 상속자이긴 해도 거기에는 주역 의 신분이 아주 달랐다. 영웅 대신 범속한 속물(시인)이 주역인 만큼 위상 이나 품격이 현저히 낮아진 형국이었다. 그렇긴 해도 아직 그 영웅적인 것을 어느 수순에서 전제하고 있었던 만큼 그 주인공은, 루카치 식으로는 '문제적 개인'이 아니면 안 되었다. 상실된 과거의 그리움을 안고 있는 시인의 삶의 반영이 소설을 예술이게끔 한 힘이었다. 선험적 고향과의 관계가 상실된 후에 전개되는 것이 소설인 만큼 그 고향에의 그리움을 배제할 수 없음을 루카치는 '문제적 개인'을 내세워 설명하고자 했다. "나는 나를 찾아 떠난다"(I go to prove my soul, 루카치의『소설의 이론』중 오직 이 문장만이 영어로 되어 있음)가 소설의 목표이되 결코 거기 닿을 수 없는 아이러니가 소설의 본질인 것이다.

이렇게 소설을 규정할 때 비로소 소설의 비평이 성립될 수 있다. 곧 소설은 이야기와는 달라서, 역사철학적인 고귀한 정신 영역의 표현에 봉사하는 독자적 가치체를 이룰 수 있을 뿐 아니라 다른 인접 예술과 어깨를 나란히 하는 시민계급 특유의 성격을 표현할 수 있었다. 그러나 다른 한편으로는 눈을 돌리면 여기엔 아주 외면할 수 없는 딱한 사정이 가로놓여 있음을 알아차릴 수 있다. 곧 이야기의 존재가 그것이다. 어떤 소설도 이야기라는 것을 떠나면 성립되지 않는다. 이야기란 무엇인가. 시간의 연속대로 정돈해 놓은 사건의 진술을 두고 이야기라 한다. 이것이야말로 사람을 가만히 두지 않는 욕구인데 왜냐면 사람은 누구나 이야기에 근본적인 흥미를 지니고 있기 때문이다. "우리 모두 셰에라자드의 남편과 같다"고『소설의 위상』(Aspects of the Novel, 1927)의 저자 E. M. 포스터가 갈파한 데서도 이 점이 선명하다. '그다음에 무엇이 나타날까?'라고 요망하는 인간의 갈구는 본능과 같아서 그 누구도 막을 수 없다. 우리 모두는 이 벌레들이며 그래서 이것 때문에 아내의 목이라도 비틀 만큼의 폭군이 아닐 수 없다. 이것이 '이야기에 대한 진정한 비평'이다. 그러나 헤겔, 루카치가 말한 소설의 진정한 비평은 '선험적 고향 상실의 그리움'이라 했다. 이는 '이야기에 대한 진정한 비평'과 얼마나 아득한 거리가 놓여 있는

가. 이야기란 문화적 조직 중에서 가장 저급하고 단순한 것이다. 참으로 딱하게도 인류의 동굴 생활에까지 닿아 있는 이 '이야기'를 떠나면 소설은 성립되지 않는다. 소설은 이 저급한 욕망의 벌레에다 무슨 고상한 기품과 철학이랄까 윤리랄까 미학 따위를 의상처럼 입혀 놓은 것에 지나지 않는다. '이야기에 대한 진정한 비평'과 '소설에 대한 진정한 비평' 속에 놓인 욕망의 발현이 시민사회(시민계급)의 참모습인 것이다. 저급하면서도 고상한 혹은 바탕은 저급하면서도 겉모양은 그럴 수 없이 고상하고자 하는 데에 시민사회의 본질이 깃들어 있다. 그렇지 않으면 어째서 소설이 유독 시민사회의 서사시일 수 있겠는가. 『광장』, 『서유기』를 거쳐 연작 「총독의 소리」(1967), 「주석의 소리」(1968), 『소설가 구보씨의 일일』(1969) 등에까지 이른 최인훈은 '소설에 대한 진정한 비평' 앞에 직면하지 않으면 안 되었다. 이 사실만큼 최인훈에게 있어 '운명적인 것'은 달리 없다 해도 과언일 수 없다. 왜냐면 바로 최인훈 그가 이 나라 소설계의 제일 꼭짓점에 올라 앉아 있었던 까닭이다. 그러나 문제는 이 꼭짓점에서 왔다. 이 꼭짓점의 구조는 두 개의 피뢰침으로 되어 있었다. 하나는 서구 근대를 올려 세운 시민계급의 위신으로 이루어졌다. 소설이라는 것, 이 고상하고 정결한 소설이란 그러니까 종교급에 근접된 정신적 지주였다. '도서관=책=소설'의 연속선상에 최인훈은 서 있었다. 이 관념성은 종교와 흡사한 속성을 지녔기에 소설가 최인훈은 신부 복장을 한 사제(司祭)가 아니면 안 되었다. 또 하나의 꼭짓점은 6·25 이후 한국 사회의 현실에서 온 집단 무의식으로 구성되어 있었다. 전쟁, 민족 분단, 이데올로기, 양극 체제 등 세계사적 정치 현실의 한복판에 놓인 한국 사회는 그 이데올로기적 힘의 작용에 비례해서 은근히 또 지속적으로 구세주의 출현을 대

망하고 있었다. 정치 활동이 이에 제일 잘 대응할 수 있음이 원칙이었으나 이 정치적 활동이 원천 봉쇄된 마당에서는 19세기 차르 통치 아래서의 러시아처럼 문학이 정치 활동의 방수로(放水路) 몫을 할 수밖에 없었다.『광장』이 그러한 것의 대표적 사례이다.

그러나 아무리 그렇더라도 소설은 소설에 지나지 않는다. '이야기'를 본질적으로 안고 있기에 그것은 문화적 조직 중 가장 저급한 것이 아닐 수 없다. 이 이야기에다 아무리 철학적 종교적인 외피를 들씌워 보아도 사태는 그렇게 쉽사리 호전될 턱이 없다. 이 엄연한 사실을 대체 최인훈은 언제 깨달았을까. 이 물음이야말로 최인훈 일대의 사건성이 아니면 안 되었다. 최인훈, 그가 아니면 결코 이러한 경지의 문학사적 의의란 논의조차 할 수 없는 사안이라 할 것이다.

8. 아이오와 강가에서

『광장』의 작가 최인훈은 계속『회색인』,『서유기』를 쓰지 않으면 안 되었고 그럴수록 걷잡을 수 없는 한계에 직면하지 않을 수 없었다. '이야기'에서 될수록 멀어지기가 그것. 왜냐면 소설은 고상한 그 무엇이니까. 이 점을 의식하고 강조하면 할수록 발은 공중에 붕 뜨고 관념의 세계로 치달을 수밖에 다른 도리가 없다. '이야기'에서 멀어지면 그럴수록 철학이 전면으로 등장하게 된다.『광장』에서 보듯, 소설의 무게는 철학이나 사상이 지탱해 주고 있으며 따라서 소설 읽기란 한 권의 사상서 또는 철학책 읽기를 방불케 한다.『광장』의 경우도 손을 보면(개작을 하면) 그럴수록 이 관념으로 중무장하게 된다. 다음 대목은 12년 만에 손을 본 것으로 초판에는 없는 곳이다.

이상주의의 마지막 수호자들. 그는 볼셰비즘과 기독교—특히 카톨릭을
한 가지 정신의 소산으로 보는 아날로지를 그럴싸한 생각으로 여겼다.

기독교의 도식
에덴시대
타락
원죄 가운데 있는 인류
구약시대 제민족의 역사
예수 그리스도의 출현
십자가(사랑)
고해성사
법왕
바티칸 궁

볼셰비즘의 도식
원시공산사회
사유제도의 발생
자본주의 속의 인류
노예, 봉건, 자본주의 국가의 역사
카알 마르크스의 출현
낫과 해머(증오)

자아비판제도

스탈린

크레믈린 궁

에덴의 타락에서 법왕제에 이르는 기독교의 도식은 그대로 코뮤니즘의
탄생과 발전의 도식에 신기스럽게 들어맞는 것이었다. 그들은 완전한
좌우 상칭을 이루는 그림이었다.

철학을 전공한 그는 이 비밀을 우연하게 보지는 않았다. 비밀은 마르크
스가 헤겔의 제자였다는 사실에 있었다. 헤겔은 바이블에서 먼저 역사
적 옷을 벗기고 다음에 지방적 분장을 지워 버린 후 그 순수도식만을 뽑
아낸 것이다. 말하자면 헤겔의 철학은 바이블의 에스페란토 역이었다.
도식이란 그것이 우수할수록 모방하기 쉽다. 마르크스는 선생이 애써
이루어 놓은 나체화에다 다시 한 번 옷을 입혔다. 경제학과 이상주의의
옷을.

– 최인훈, 『광장』 개작, 민음사, 1973

원작 『광장』에는 없는 위의 인용에서 모두 개작을 할수록 불어나는
것은 이런 철학 나부랭이였다. 마침내 그 극단적 양상은 '이야기'의 압살
이 아니면 안 되었다.

충용한 제국신민 여러분, 제국이 재기하여 반도에 다시 영광을 누릴 그
날을 기다리면서 은인자중 맡은 바 고난의 항쟁을 이어가고 있는 모든
제국 군인과 경찰과 밀정과 낭인 여러분. 제국의 불행한 패전이 있은 지

이십유여 년. 그간 아시아를 비롯한 세계의 정세도 크게 바뀌었거니와 특히나 제국의 아시아에 있어서의 위치는 어둡고 몸서리쳐지던 패전의 그 당시에 우려했던 것과는 전혀 다른 모습을 띠고 전개되어 오고 있었습니다. 그 당시 대본영은 일조 패전의 날에는 귀축미영(鬼畜米英)은 본토에 상륙하는 즉시로 일대 학살을 감행하여 맹방 독일이 아우슈비치에서 실험한 민족 말살 정책을 조직적으로 아국에 대하여 감행할 것이며 아국민의 골육을 럭스 비누와 콜게이트 치약의 원료로 삼을 것이며 왕성한 성욕을 가진 그들 군대는 아민족의 부녀자들을 신분고하 없이 욕보임으로써 민족을 명실공이 쑥밭으로 만들 것으로 예측하고 차라리 일억 전원 옥쇄(玉碎)의 비장한 결심을 굳힌 바 있었으나 인류 사상 전대미문의 신병기 원자폭탄의 저 가공할 위협 아래 끝내 후일을 기약하고 작전을 포기하였던 것입니다. 패전의 그날 내지에 있었거나 식민지에 있었거나 남방지역에 있었거나 마누라의 배꼽 위에 있었거나 그 위치 여하를 막론하고 제국신민된 자로서 뜨거운 피눈물이 배시때기에서 솟구치지 않은 자 누가 있겠습니까.

– 「총독의 소리」, 『최인훈 전집 9』, 문학과지성사, 77쪽

2차대전의 결과는 식민지의 독립과 세계의 방대한 지역이 공산화되었다는 사실로 요약할 수 있습니다. 더 정확히 말하면 과거에 식민지로 있던 지역들이 각기 자유, 공산 두 진영에 분할 편입되었습니다. 이것은 ① 유럽의 식민지 소유 국가들이, 민족 국가의 이익 추구를 위한 제한 없는 타 민족 국가의 수탈을 지양하는 대가로, 지난날의 피식민지 국가와의 공영의 유대를 성립시키기로 작정했다는 것이며(이것이 영국의 후퇴와

미국의 계승의 정치적 의미입니다) ② 근대 유럽의 다른 하나의 숙제였던 사회적 긴장의 해소를 공산주의 국가라는 형태의 정치적 강제를 통해서 이루려고 하는 시안이 역사에 대해서 제출되었다는 것을 의미합니다.

– 「주석의 소리」, 『최인훈 전집 9』, 문학과지성사, 51쪽

여기까지 이르면 소설 자체가 소멸되지 않을 수 없다. '이야기'를 밀어내고 그 자리에 온통 '소설'만을 올려놓고자 하고 만 형국을 빚었다.

최인훈이 이 사실을 통렬히 깨달은 것은 언제였던가. 다음 두 가지 계기에서 이를 설명할 수 있다. 첫째, 한국 사회의 나름대로의 성숙을 들 것이다. 정치적 방수로 몫으로 소설을 읽고자 한 지식인 독자층이 소설가 따위의 서투른 철학 흉내에 만족할 수 없는 시기가 조만간 오게 마련이다. 1970년대부터 서서히 일기 시작한 지식인의 현실 참여가 1980년대에 오면 거의 전면적이었다. '이야기'가 그것이다. '이야기'의 복권 운동이 일어나기란 시간문제였다. 둘째, 최인훈의 미국행을 들 것이다. 최인훈의 미국행은 1973년 9월에 이루어졌다. 미 국무성의 원조로 중서부 지역의 아이오와대학(주립) 부설 국제작가워크숍 프로그램(IWP, International Writing Program)에 참가한 것이었다. 당초 이 프로그램은 주로 동구권 및 저개발 국가의 문인들을 반년간 체재케 함으로써 미국 문화와 상호 이해를 문학적 수준에서 행하기 위한 모임이었고 그 주관자는 시인이자 교수인 폴 엥글과 그의 부인인 작가 후알링 교수였다. 이 대학엔 미국에서는 처음으로 대학원에 문예창작과가 설치되어 서시과정(MFA)까지 제공되어 있었는바 김은국의 『순교자』도 여기 석사 논문으로 제출된 것이었다. 일찍이 이곳에는 장왕록 교수, 시인 고원(高遠) 등이 참가한 바 있

었다(박희진, 정현종, 신대철, 김윤식 등에 이어 현재도 진행 중에 있다). 이 워크숍의 목표가 상호 친목에 있었던 만큼 자작시 낭독이나 창작 발표도 자주 있었지만 어디까지나 개인적 접촉에 중점이 놓여 있었고 기간 중 자기 취향에 따라 미국 어느 곳이나 여행할 수 있는 기회도 주어졌다.

최인훈의 첫 번째 미국행이 가져온 정신적 충격은 자전소설 『화두』 (1994)의 중심부를 차지하고 있을 만큼 결정적인 것이었다. 그는 아이오 와에서 "우주선에서 지구를 바라보는 사람처럼 이상한 우주에 있는 이상 한 자기"(『화두 1』, 255쪽)를 느꼈다. 아이오와, 그것은 그에게 새로운 우 주였다. 그가 그리던 도서관, 책, 관념이 거기 살아 숨 쉬고 있었다.

사월강 봄다이 흘러라
저멀리 벌판 끝 타는 놀은
어릴적 꿈속의 붉은 꽃
해저문 남의 땅 강가에서
아으 흐르는 세월 강을 듣겠네
ㅡ「아이오와 강가에서」

이 장면은 언덕 위에 세워진 메이플라워 호텔(IWP 멤버들이 머무는 큰 아파트)의 높은 층에서 내려다본 『광장』 작가의 정경이거니와 이 정경 의 시적 핵심에 놓인 것은 어디까지나 '이 지상적인 것'이 아니었다. 정신 의 왕국은 개인적인 것이든 이념적인 또는 예술적인 것에 있어서든 성서 의 말투로 하면 '이 지상의 것이 아니고' 따라서 자연과 그 총아의 왕국에 영원히 대립된다. 괴테와 톨스토이가 '이 지상적인 것' 그러니까 '자연의

왕국'에 속하는 것이라면 도스토옙스키와 실러는 '이 지상적인 것이 아닌 것'에 속한다. 전자가 이교(異敎)적이라면 그래서 건강하고 또 귀족적이라면 후자는 단연 병적이자 정신적이며 성서적 세계에 속한다(トーマス・マン, 『ゲーテとトルストイ』, 岩波文庫, p.91).

『광장』의 작가 최인훈은 세계 최강국인 미국 땅 아이오와의 메이플라워 아파트에서 새로운 우주를 보았고, 그것은 늘 그가 꿈꾸던 관념(책) 그것이었다. 그것은 황혼녘에야 나는 미네르바의 부엉이의 발견이 아니면 안 되었다.

최인훈으로 하여금 아이오와 강변에서 유년기를 보고 있게끔 한 데에는 또 하나의 움직일 수 없는 운명이 잠복해 있었다. 작은 대학 도시 아이오와 시(인구 약 5만) 고서점에서 최인훈이 말로만 듣던 마르크스의 『자본론』(모던라이브러리 판)을 구입해서 숙소인 메이플라워로 돌아와 샤워를 하고 커피를 끓여 마시며 서문에서부터 본문 여기저기를 정신없이 읽었다는 것. 식민지 조선에서 숱한 지식인들이 그들의 유학지 도쿄에서 경성에서 또 여러 곳에서 생애의 어느 시점에서 이 책과 만났을 터, 이 책은 그들의 정신을 송두리째 뒤흔들었으리라. 이렇게 생각하자 갑자기 스스로가 왜소해졌다. 커피를 여섯 잔째 마셨을 때가 새벽 3시. 전화가 울렸다. "어머니가 돌아가셨습니다. 뇌일혈로 갑자기." 버지니아에 있는 아우의 전화였다. 국경도시 회령의 벌목상인 최국성(崔國星) 씨가 해방을 맞아 솔가하여 원산으로 왔고, 6·25를 맞아 LST로 부산에 닿고 다시 목포로, 강원도로, 서울로 이동해 온 경로란 말 그대로 뿌리 뽑힌 유랑민 그대로였다. 장남인 최인훈 밑으로는 남동생 셋 여동생 둘이었다. 4남 2녀의 어머니는 김경숙(金敬淑). 이들 가족은 최인훈만 달랑 남겨 놓고, 양간도(洋間島)인 미국 땅으로 이민해 갔다. 그야말로 유랑민이었다. 최인훈만 달랑 남겨 두었다는 데는 설명이 없을 수 없다. 그는 『광장』의 작가였던 것이다. 그는 그 진저리 나는 이데올로기의 땅 한반도의 수압을 재는 잠수부 이명준이었던 것이다. 아이오와의 IWP 참가는 그에게 가족 재회의 운명적 기회를 마련해 주었다. 모친 사망이 그것이다.

대체 이 유랑 가족에게 있어 조국이란 또 이데올로기란 무엇인가. 『광장』의 작가는 '양간도'라는 개념어를 창출하여 이에 대답해 놓았다. 서양에 자리 잡은 '간도'(사이섬)란 뜻이다. 그것은 안수길의 장편 『북간도』에 대응된다. 북간도가 이민족의 강점 때문에 이주한 외국령이라면 양간도는 분단이라는 조건 때문에 일어난 외국령이다. 양간도 예찬론의 근거는 무엇인가. 다음 두 가지가 쉽사리 지적된다.

(A) 이조 체제는 반도라는 독 안에서 썩다가 무너져 버렸다. 지평선 없는 정치 공동체의 패전이다. 만일 분단과 동시에 양측 주민이 본국에 갇혀 버린다면 그 해는 가공할 것이 될 것이다. 아메리칸 인디언들은 원주지에서 영원히 패전했지만, 이스라엘 사람들은 풍비박산으로 분산되었다가 권토중래가 가능했다.

–『화두 1』, 361쪽

(B) 자원은 땅 속에만 있지 않다. 또 해외 거주지를 '인력'으로만 파악해서도 안 된다. 어떤 조사 방법으로도 그 성격을 완전 파악하는 일은 불가능하다. 마치 그들의 원주지와 원주민의 '성격'을 완전 파악함이 불가능한 것처럼. 왜냐하면 그런 '성격'이라는 실체는 없기 때문이다. 무한히

바뀌고 창조하는 인간 집단이 있을 뿐이다.

- 위의 책, 362쪽

이로 볼진대, 유랑민으로서 최씨 이민 가족에 대한 장남 최인훈의 결의가 뚜렷하다. '역사에 대해 징징 울어봤자 쓸데없다. 역사가 아픈 술수로 우리를 때릴 때 맞는 바에는 아픔을 잊지 말자'는 것일 뿐 그 이상도이하도 아니다. 회령의 최씨 일가는 이 시점(1973~1976)에서, 장남까지 포함해 양간도 이민이었다. 이민인 이상 이에 대한 의식상의 합리화가 요망되었다. 그 합리화가 (A), (B)로 나타난 것이었고 이를 새삼 확인시켜준 것이 모친의 죽음이었다. 가족이란 이 모친의 죽음으로 말미암아 한층 가부장제의 끈을 온몸으로 재확인한 것이었다. 그것은 논리 이전의 혹은 논리를 초월한 피의 호소이자 온몸의 느낌이었던 것으로 거의 절대적인 확신으로 군림해 왔다. 바로 이 초논리적 확신에서 작가 최인훈의 운명적 맹점이 찾아왔다.

무엇보다 작가 최인훈은 이러한 양간도 의식을 작품화하지 않으면 안 되었다. 왜냐면 그는 작가이되 일류급의 작가인 까닭이다. 이 경우 방법은 단 하나, 양간도의 언어로 창작함이 그것이다. 그가 아이오와의 체류 기간 6개월을 마치고 가족 품으로 돌아가 4년간 머문 것도 이 사실과 무관치 않다. 양간도 생활에 젖으면 그럴수록 그는 이를 작품화해야 한다는 강박관념에 시달리지 않으면 안 되었고 그럴 때마다 그의 앞을 막아서는 거대한 늪에 직면하지 않으면 안 되었다. 양간도의 언어가 그것이다. 문학이란 무엇이뇨. 언어로 하는 예술인만큼, 음악이나 예술과는 근본적으로 다른 형태의 예술이다. 이중어 글쓰기가 가능하기 위해서는 장

구한 체험적 시간이 요망되는 것인 만큼 2, 3년의 학습으로 가능한 영역이 아니다. 가족 품에 안긴 4년간 그는 혼자 도서관을 드나들며 영어 공부에 골몰했을 터이다. 귀국을 포기할 만큼 배수진을 쳤을 터이다. 『광장』을 비롯한 한반도의 언어로 된 모든 글을 스스로 부정하는 각오 없이는 이 지난한 사업을 이루어 낼 수 없었다. 이 딜레마에서 가까스로 그를 구출해 낸 것이 희곡이라는 글쓰기 장르였다.

9. 양간도 4년에서 깨친 희곡 장르

양간도의 언어 습득이 불가능해짐을 알아차렸다는 것은 한반도의 언어, 그 모국어에로의 귀환을 가리킴이었다(1976. 5). 이에 대해 후배 작가 이청준은 "누구도 그를 대신할 수 없는 자기 몫의 글쓰기"를 위해 귀국했다고 감격적으로 규정했다(『작가의 작은 손』, 열화당, 1978, 140쪽). 그렇다고 그는 아무렇지도 않은 듯 『광장』처럼 또는 『회색인』처럼 쓸 수는 없었다. 그만큼 양간도 체류와 가족 속의 삶은 그의 온몸을 흔들어 놓았던 까닭이다. 고육책으로 고안해 낸 것이 한국어로 쓰되, 지문(地文) 없는 글쓰기 곧 육체를 무대 뒤에서 막바로 제시하는 '온몸의 글쓰기'였다. 그는 이 사실을 두 가지 방식으로 설명해 놓았다.

소설의 한계 인식을 논리적으로 설명하기

월남한 이듬해 최인훈은 원산고급중학 교무주임을 만났다. 반가운 참에 뛰어가 인사를 하자 그는 단호히 "나는 그런 사람이 아니다!"라 했다. 그때 받은 충격이 희곡에 접근하게 된 계기였다. 하나뿐인 몸은 지금 다른 마음을 섬기고 있기 때문에 예전의 마음을 섬길 수 없다는 것. 곧 짐승이 모르는 사정이 거기 있었다. 어째서 이것을 소설은 감당하지 못하는가. 훗날 최인훈은 썩 명쾌한 논리로 이렇게 적은 바 있다.

소설을 쓸 때 등장인물들의 마음과 육체의 불일치는 잘 눈에 띄지 않는다. 그런 일이 있어도 서술자가 잘 삭여서 독자가 탈없이 받아들이게 돌봐준다. 그것이 '지문'(地文)이다. 희곡에는 이 '바탕글'이 없다. 눈에 보이는 배우의 몸, 그 몸의 움직임, 들리는 말―이것들이 그대로 바탕글이기도 하게 된다. 소설에서는 벌어지는 모든 일의 중심인 서술자의 간섭으로 충격은 시시콜콜 설명되고 따라서 완화된다. 연극에서는 이런 일이 불가능하다. 마음과 몸뚱아리의 어긋남은 피할 길 없이 드러난다. 같은 몸뚱아리에 두 마음이 겹쳐 있는 것이 보인다. 짐승이기도 한 사람은 그것이 충격이다. 일편단심(一片丹心)이니, 충신(忠臣)은 불사이군(不事二君)이요 열녀(烈女)는 불경이부(不更二夫)라는 식으로 인간은 짐승의 감각 가깝게 인간의 규칙을 표현하려고 애를 쓴다. 그 원칙을 굽히지 않은 사람들을 우러러 모신다. 그러나 우러러볼 만한 사람들은 언제나 예외자다. 그들은 번듯하게 육신을 가졌으면서도 실은 사람들의 꿈이 화신한, 살아 있는 꿈이다. 거의 모든 사람이 그렇게 '꿈으로서' 살지는 못한다. '나는 그런 사람이 아니오.' 사람은 늘 그렇게 말하면서 산다. 사람은 짐승으로 태어나서 끝도 한도 없는 '사람'으로 다시 자기를 만들어 가면서 사는 것이었다. 그러면서 수풀 속을 지나가는 짐승처럼 태연하고 '자기'일 수 있는 상태를 소설에서 만드는 일이 나에게는 어려웠다. 종교와 철학과 민족과 계급이 모두 그런 보장이 될 수 없는 '나'라는 것을 소설의 '서술자'라는 가공의 입장에서도 유지하기 어려웠다. 희곡에서 나는 이 문제를 해결할 수 있지 않을까 하고 차츰 생각하게 되었다. '해결'이란 다름이 아니고, 해결할 수 없는 채로 놓아두면서도 그것이 곧 해결인 것으로 통하는, 연극이라는 약속의 힘이었다. 희곡을 쓸 때 나는, '밸브 모두 열어!'로 항진하는 듯이 느꼈다. 희곡 속에서는 '내가 그 사람이오' 하는 사람들이 아름다웠다. 『쿠오바디스』에서 로마 교외에서 제자에게 자기를 밝힌 사람도 그래서 아름다웠다.

– 『화두 1』, 129~131쪽

논리화할 수 없는 지역서 집단 무의식에의 형언할 수 없는 그리움

작가 최인훈으로 하여금 양간도 체험 4년은 그에게도 한국문학 쪽에서도 매우 소중한 시간이었다. 자칫하면 『광장』의 작가를 영영 잃어버릴 수도 있는 그런 시간이었던 까닭이다. 이 대목은 한국문학사의 이름으로 강조되어 마땅한데 왜냐면 작가 최인훈을 양간도에 빼앗기지 않고 귀국시킨 진짜 이유가 따로 있었던 까닭이다. 양간도 체류 중 한 교포가 운영하는 서점 창고에서 읽은 『평북도지』(平北道誌)에 실린 「장수 잃은 용마의 울음」이 그것. '아기장수 설화'를 다룬 내용이었다.

한 옛날. 박천(博川) 원수봉(元帥峰) 기슭에 오막살이 한 채가 있었는데, 어느 날 이 집 아낙네가 옥동자를 해산했다. 워낙 가난할 뿐 아니라 근처에 인가가 없기 때문에 산모는 자기 손으로 태끈을 끊고 국밥도 손수 끓여 먹는 수밖에 없는 형편이었다. 해산한 다음 날 부엌일을 하고 있노라니까 방 안에서 갓난아기의 울음소리 아닌 재롱떠는 소리가 들려왔다. 산모는 이상히 여겨 샛문 틈으로 들여다보았다. 아니! 아기가 혼자서 벽을 짚고 아장아장 거닐며 재잘거리고 있지 않은가. 아낙네는 이거 웬일인가 하고 뛰쳐올라가 아기를 붙잡고 몸을 이리저리 살펴보았다. 다시한 번 놀랐다. 겨드랑이 밑에 날갯죽지가 싹트고 있지 않은가. 장수로구나. 비범한 인간이라는 것을 깨닫는 순간, 어머니에게는 기쁨보다 걱정이 앞섰다. 만약 관가에서 이 일을 알게 되는 날엔 온 집안이 몰사 당하게 될 것이 아닌가. 아낙네는 생각다 못해 남이 알기 전에 이 아기를 죽여 버리기로 결심하고 아기 배 위에 팥섬을 들어다가 지질러 놓았다. 곧죽을 줄 알았던 팥섬에 깔린 아기는 이틀이 지나도 죽지 않는다. 다시 팥섬 하나를 더 포개 지질렀다. 아기는 이겨내지 못하고 마침내 억울하게 숨을 거두었다. 그날 밤부터 한동안 원수봉 절벽 위로부터 난데없는 말울음소리가 들려와 마을 사람을 놀라게 했다. 알고 보니 장수 잃은 용마(龍馬)의 울음소리였던 것이다. 그 후 마을 사람들은 이 바위를 마시암(馬嘶暗)이라 이름했다.

－『화두 1』, 457쪽

이 대목이 어째서 『광장』의 작가에겐 "벼락처럼"(『화두 1』, 458쪽) 의식되었던 것일까. 어째서 그것이 '찬란한 변신'에 관련되는 것이었을까. 양간도로 갔고, 가지 않을 수 없었고, 또 거기서 기회만 있으면 부모와 더불어 머물고자 한 『광장』의 작가 최인훈의 지정학적·문화인류학석 상상력이 아기장수 설화와 맞부딪혔을 때 그 '벼락처럼' 일어난 현상을 어떻게 설명하면 적절할까. 대장편 『화두 1』은 그 설명을 위해 씌어졌고, 『화두 2』는 '벼락' 이후의 사정을 위해 씌어졌다.『화두 2』를 따라 그 '벼락'의 현장 감각을 잠시 복원해 보기로 한다.

『광장』의 작가는 양간도에서도 작가일 수 있을까. 아일랜드 작가 조이스처럼 그는 양간도 말로도 작품 쓰기를 꿈꾸었는지 모른다. 세계시민의『광장』을 꿈꾸었는지도 모른다. 이보다 큰 야망이랄까 유혹이 따로 있었겠는가. 이 기막힌 유혹(꿈)을 물리치고 그가 망설임도 없이 귀국하게 된 이유란 무엇이었던가. 아기장수 설화란 한 계기였을 뿐 울음, 용마의 울음 때문이었다. 그 울음은 소설로서는 도저히 감당할 수 없는 그 무엇이었다. 중요성은 '소설 장르'와 '희곡 장르'의 변별성에 관련된 만큼 장르상의 과제에로 향하게 된다.

소설과 희곡의 양식상의 차이와 그것의 현상적 과제를 한 전문가는 이렇게 지적한 바 있다.

> 많은 극작가들이 산문으로 표현할 수 있는 것을 그의 재주인 극작술로 회칠을 해서 서사적 요소와 드라마적 요소를 혼동하고 있는 데 비하면, 이 산문 작가 출신인 최인훈은 서사적 양식에서 얻을 수 있는 효과와 양식의 표현에서 얻어지는 감동의 폭을 계산할 줄 알며 또 그들을 구별할 수 있는 재능을 가졌다. 따라서 드라마를 드라마로 표현하며, 하지 않을 수 없는 필연성을 작가가 가짐으로써 그 긴장감은 백열해지지 않을 수가 없는 것이다.
> – 이상일,「극시인의 탄생」,『최인훈 전집 10』, 문학과지성사, 372쪽

희곡이란 단순히 형식에 담긴 이야기체가 아니라 그 자체가 독자성

을 가진 예술 양식인데도 불구하고, 그동안 대부분의 사람들이 희곡을 단지 '대본'으로 취급해 왔으며, 그 결과 희곡은 예술 영역에서 밀려났음이 사실이었는데, 이 사각지대를 돌파하여 희곡을 대본 아닌 예술의 양식으로 이끌어 올린 희유한 재능의 소유자가 다름 아닌 『광장』의 작가였다는 것으로 위의 인용이 이해된다. 서자 취급을 받아 온 이 나라의 희곡을 적자의 수준으로 이끌어 올렸다면, 그 결정적 계기란 무엇이었을까. 그리고 그 결정적 계기가 작가 최인훈의 위기의식이랄까 실존적 과제에 다름 아니었다면 이 위기감이 소설 양식과 희곡 양식의 변별성의 자각에서 이어진 것이 아니었을까.

아기장수 설화를 『평북도지』에서 보았을 때, 이 설화를 이미 알고 있었음에도 불구하고, 그 순간 그것이 어째서 최인훈의 의식을 '벼락처럼' 쳤는지 최인훈 자신도 잘 설명하지 못하고 있음에 주목할 것이다. 다만 의식되는 것은 스스로 그 설화 속에 스며들었다는 것. 옛날의 그 시간 속에 '나'가 있었다는 것이다. '나' 속에 설화가 의식된 것이 아니라 설화 속에 '나'가 있었다는 느낌이란 과연 무엇일까. 그것은 유년기 모자의 나들이 길에서 느낀 어떤 느낌, 곧 어머니가 돌연 사라진 텅 빈 영원의 감각이 아니었을까. 그 모친의 죽음에서 오는 아득함이 아니었을까.

설화(이야기) 속에 '나'가 있음과 그 바깥에 '나'가 있음의 차이에 주목하기로 하자. 전자가 희곡의 세계에, 후자는 소설의 세계에 각각 대응된다. 『옛날 옛적에 훠어이 훠이』를 "하룻밤 만에" 썼다는 것은 그것이 '나' 속에 있었음을 가리킴인 것. 『광장』을 비롯 그동안 소설을 누수히 썼음이란 그에겐 '의식'의 작동에 다름 아니었으며, 따라서 소설은 '나'의 바깥에 있는 현실이었다. 그가 바깥에서 바라보는 현실이란 어떠했던가.

『광장』을 비롯『서유기』,『회색인』,「구운몽」,「열하일기」,「총독의 소리」 등이 그 해답이거니와 통금 속에 갇혀 정상적 시간이 금기된 살림살이에 대한 불안을 그려 내는 것이 이른바 그의 소설들이었다.

"몸은 비록 노예일망정, 자유민의 꿈을 유지하는 것, 작품이란 것은, 꿈의 필름이 아니라 의식이 스스로 연기(演技)하여 꿈을 발생시키기 위한 연기 순서의 기록"(『화두 1』, 460쪽)이라면 조만간 '연기'에 문제가 발생하기 마련인 법이다.

연기가 습관화됨이 그것. 습관이 된 연기는 처음 같은 꿈을 발생시키지 못하고 그저 현실의 의식을 놀리는 '동작'이 되고 만다. 이때 그는 꿈의 도움 없이 현실의 흔들림 위에 서 있는 자신을 발견한다. 그 자신의 비유로 하면 "글을 쓴다는 것은 밑 빠진 항아리를 채우는 콩쥐의 물 붓기 같은 것"인 셈이다. 습관이라 하나, 일정한 틀의 되풀이인 삶의 습관과는 달리 글쓰기란 습관이되 뭔가 놀라움을 던져야 하는 법이다. '삶의 뒤로 몰래 다가가서 갑자기 삶의 눈을 두 손바닥으로 가리는 그런 것'의 기교가 요망되는 습관이어야 하는데, 이 점이 점점 불가능해졌던 것이다. '자유민의 꿈 유지하기' → '연기의 발생' → '습관화' → '기교의 불가능(한계)'의 순서로 그는 걸어왔다. 양간도 생활 4년이 속절없이 이 허망 속에서 낭비되었다. 소설의 한계점에 닿은 것이었다. '글'이라는 중재자 없이 벌거숭이의 증상과 마주한 형국, 이는 작가 최인훈의 실존적 위기라 부를 성질의 것이다. 그 순간 '장수 잃은 용마'의 울음이 들렸다. '나' 최인훈이 그 울음소리를 들은 것이 아니라 그 울음소리가 들린 것이다. 주어인 '장수 잃은 용마'가 아니라 다만 '울음'이 들렸던 것. 바로 주어적 사고에서 '술어적 사고'에로의 전환이 이루어졌다. 주어적 사고, 주체적 세계란 무엇이뇨. 의식의 세계이고 '나는……'으로 시작되는 이른바 헤겔적 세계다. 그것은 의식의 '나'의 바깥에서 세계를 본 이른바 서사적 양식이 담당하는 장소다. 반대로 '장수 잃은 용마의 울음'이란 '울음'만 남아 '나' 속에서 울리지 않았겠는가. 주어적 세계도, 술어적 세계도 아닌 그런 장면이 펼쳐져 있었다. 한순간의 세계였다.

"나는 하룻밤 만에 〔…〕 희곡으로 옮겼다"라고 그는 적었다. 아기장수도 자기였고, 용마도 자기였기에 그 울음은 자기 속에서 항아리처럼 울렸다. 세계 전부가 '울음'으로 가득 찼기에 이 울림이 바로 실체이자 진짜 세계인 셈이다. 주체인 최인훈도 객체인 용마도 아기장수도 없다. '울음'만이 있는 세계, 텅 빈 영원의 장면. '극시'가 머무는 경지를 『광장』의 작가는 양간도 체험 4년 만에 헤쳐 가고 있었다.

그의 귀국 명분이 여기에 있었다면 이는 응당 시학(문예학)적 과제라 할 만하다. 일제시대 H읍에서 태어나고, 해방공간에 W시에서 공부하고, 6·25로 LST에 실려 남한에 와서 살게 된 그의 삶이 그로 하여금 소설을 쓰게 만들었는데, 서사 양식이 꿈꾸기를 바깥에서 바라보게 하는 가장 적절한 장치였던 까닭이다. 그러나 거기엔 연기가 요망되었고 연기엔 습관의 벽이 서서히 닥쳐 왔다. 소설 쓰기가 불가능해졌다. 화두가 요망되었다.

'양간도에 영영 주저앉느냐 귀국하느냐'가 그것.

위기의식을 일러 화두라 한다면, 그리고 습관적 사고, 요컨대 주어적 사고로는 결코 풀리지 않는 것이 화두라면 '술어적 사고'에로의 전환이 불가피했다. 그 과정에서 나타난 세계가 무엇인가. '울음'이 그것이다. 문제는 이 화두의 성격에 있었는데, 그것이 희곡 양식 또는 극시의 양식이라는 점에 있고, 그것이 또 서사 양식과 어떤 각도에서 측정되느냐에 있다고 할 것이다. 시학(문예학적)의 과제라 함은 이런 문맥에서다. 이것이 한 소설가가 어떤 곡절을 겪어 '극시인'으로 변신하기에 이르렀는가와 극시인의 탄생이 또 어째서 '비극의 탄생'이었는가를 알아보기 위해 장편『화두』를 읽는 이유이기도 하다.

당초 원산시의 고급중학생으로 LST를 타고 남한 땅에 온 최인훈에 있어 화두가 있었다. '나는 무엇인가'가 그것이다. 이 화두를 푸는 방식으로 선택된 것이 소설 쓰기였다. 어째서 하필 소설이어야 했을까. 바깥에서의 꿈꾸기가 가능한 글쓰기로 소설이 제일 적합해 보였기 때문이다. 그가 작가가 된 까닭이다. H읍에서 소자산계급의 집에서 태어나고 W시에서 배우고 서울에서 방황한 그의 '나'를 찾는 행위가『광장』이었고,『회색인』이었고,『소설가 구보씨의 일일』이었다. 그러나 어느 단계에 왔을 때 더 이상 소설 쓰기를 지속할 수 없었는데, 그것으로써도 '나는 무엇인가'가 확인되지 않기 시작했던 까닭이다. 양간도행에서 그는 소설 쓰기의 한계에 부딪혔고 무려 4년을 거기서 가족과 더불어 헤매어 마지않았다. 양간도에 먼저 가서 터전을 잡아 뿌리를 내린 부모형제 속에서도 그는 여전히 자기 확인의 불가능에서 자유롭지 못했다. 그 이유는 자명한데, 그가 관습에 침윤된 작가였음과 무관하지 않았다. 양간도 4년간 그가 글 한 줄 쓸 수 없었음이 그 증거다.

해방 전 시골에서 살 때, 어머니를 따라 시골 외갓집에 간 적이 있었다. 모자는 앞서거니 뒤서거니 숲길을 걸었는데 걷기에 지친 소년이 짜증을 부리자 어머니는 갑자기 길 옆 숲에 몸을 숨기지 않겠는가. 순간 소년은 빈 길 한가운데 혼자였다.

어느 사이엔지 어머니가 곁에 보이지 않았다. 하얗게 햇빛이 부신 한낮
이었다. 나는 뒤처졌는가 싶어 시골길 풀이 우거진 모퉁이까지 달려갔
다. 〔…〕나는 그 자리에서 허둥거렸다.

– 『화두 1』, 282쪽

어머니가 숲에서 다시 나타나기까지 몇 분 동안 그 세계의 텅 비어
있음을 두고 훗날 그는 '영원'이라 불렀다. '비어 있는 영원'이란 무엇인
가. "나에게 나타난 영원이란 비어 있음이라는 모습이었다"는 이 감각은
무엇인가. 아기장수 잃은 용마의 울음, 바로 그것이 아니었을까. 그때 최
인훈은 비어 있는 영원을 보지 않았던가. 어머니가 사라진 것을 알고 달
려가서 풀숲 모퉁이를 돌아설 때 길의 저 앞쪽에 있던 철교와 그 밑으로
휘어진 길이 지금도 따라갈 수 있는 것처럼 보인다. 뒤돌아보았을 때 저
쪽 숲 모퉁이로 사라지는 길 위에 하얗던 햇빛이 눈부시다. 그런데 그것
들은 없는 것이나 마찬가지였다. 방금 곁에 있던 어머니가 사라지고 남아
있는 온갖 것들은 그 이전의 것들이 아닌 낯선 것들이었다. "나 자신조차
도 바로 전까지의 내가 아닌 누구였다."

이러한 '비어 있음'을 정작 그는 혈육이 모두 가서 뿌리를 잔뜩 내리
고 있던 그 양간도에서 무려 4년 동안 순간순간 느끼고 있었다. '나는 무
엇인가'라는 화두란 '비어 있는 영원'에 대한 것이었을 터인데, 그리고 그
근거였던 어머니의 죽음이 겹쳤는데, 이를 풀기 위한 계기로 작동된 것이
'장수 잃은 용마의 울음'이었다. '나는 무엇인가'의 화두를 풀기 위해서는
'비어 있는 영원'의 터전으로 되돌아와야 했다. 양간도 아닌 그 공포의 땅
으로의 귀환, 그것이 바로 아기장수 설화였다.

1976년 5월 초순 귀국한 그는 어떤 곡절을 겪어 화두에 부쳤던가. 글 쓰기가 그 정답이었다. 희곡 아닌 소설을 씀으로써 그는 마침내 화두를 풀었을까? 장편 『화두』가 그 해답일까?

여기에서 상당한 설명이 요청될 터다. 첫 번째 화두를 풀기 위해 그는 꿈꾸기를 바깥에서 바라보는 소설을 택했고, 그로써 일정한 성과를 보였다. 그러나 한순간 그는 또 다른 화두에 봉착했는데, 소설 형식이 지닌 '관습'의 벽이 그것이었다. 양간도 4년간의 헤맴 속에서 풀어야 될 화두를 그는 찾아냈는데 술어적 사고에로의 전환, 곧 소설에서 희곡(극시)에로의 나아감이 그것이다. 자기 안에서의 울림의 형식, 그것이 극시였다. 그렇다면 소설 『화두』란 무엇일까. 도로아미타불일까 혹은 극시에 이른 과정의 해설서에 지나지 않는 것일까.

10. 현실만 보는 사람, 환각만 보는 사람

원산고급중학 3년생인 19세의 이호철과 그 두 학년 밑의 15세의 최인훈이 LST의 체험을 공유하여 피난지 부산에 던져졌다는 사실은 단연 문학사적 사건이라 할 것이다. 이 LST 체험이 그들 문학의 출발점이자 극복해야 할 늪이었고 심리적 외상(트라우마)이었다. 그들이 평생을 두고 이 LST 체험을 문제 삼은 마당이라면, 두 사람의 공유된 체험 속에 놓인 차이점에 주목하지 않을 수 없다. 이호철에 있어 LST 체험이란 혈혈단신의 체험이었다. 인민군에서 국군 포로의 과정까지 겪은 이호철이 LST를 타게 된 것은 74세의 조부의 결정이었다. 장남 이호철을 달랑 혼자 피난길에 내몰 때 아버지 이찬용은 당신의 외투와 함께 황소 한 마리 값의 돈을 쥐어 주었다. 이 사실은 강조되어야 하는바, 가문이라는 사회적 뿌리를 이호철 쪽이 굳건히 가졌음을 웅변하고 있기 때문이다. 이 가문의 처지에서 보면 전쟁의 위험에서 장남을 잠시 위험이 덜해 보이는 타지역으로 그야말로 임시 피난시킴에 다름 아니었다. 홀몸이자 인민군과 포로 경력까지 가진 장남인지라 어디에 던져 놓아도 자기의 몫을 해낼 것으로 가문이 판단했음에 틀림없다. 어른들의 이 판단은 과연 틀리지 않았다. 청년 이호철은 LST에서 떨어지자마자 그 부두의 노동자로 스스로 세워 나갔고, 이를 바탕으로 「탈향」과 「나상」을 썼고, 마침내 작가로 우뚝 섰다. 제목 그대로 「탈향」이란 고향을 벗어남일 뿐 그 고향을 버린 것이 아니다. 뿌리가 거기 시퍼렇게 살아 있는 만큼 고향에서 멀어질수록 새로워지는 그런 것이었다. 고향으로 끊임없이 향하는 지향성의 강도는 현실적으로 분단의 고착화의 강도에 비례하여 증대되는 것이었다. 어떻게 하든 현실(남한)에 뿌리를 내려야 한다는 지향성과 그럴수록 강해지는 것은 고향으로의 지향성이었다. 이 원심력과 구심력의 팽팽한 긴장이 작가 이호철을 단련시켰다. 「판문점」, 「닳아지는 살들」이 그러한 긴장의 문학적 소산이다(「판문점」(1961. 3)은 족히 최인훈의 『광장』(1960. 11)과 맞선다. 둘다 4·19로 인해 가능했기 때문이다). 이러한 긴장의 유지가 이호철 글쓰기의 활력소였지만 동시에 거기에는 제약도 없지 않았다. 문인 간첩단 사건, 김대중 내란음모 사건에 연루되어 두 차례 옥고를 치른 것이 이를 잘 설명해 놓고 있다. 이런 의미에서 이호철 문학은 구체적이고 따라서 근본적으로 토착의 문학이라 규정된다. 뿌리를 내리기 위한 구체적 탐구의 문학인 만큼 거기엔 「탈각」(1959)에서 보듯 센티멘털리즘이 끼어들지 않는다. 그것을 가능케 한 것은 원산에 뿌리를 둔 가문에 대한 성지 의식이었다. 이 의식을 가능케 한 장본인을 찾는다면 마르크스, 레닌, 모택동, 김일성이었다. 대체 이들의 사상과 그 실천이란 무엇이며 또 과연 얼마나 옳은 것인가. 이호철의 심층에 놓인 이 '마그마'가 서서히 풀린 단초는 구소련 해체 이후였고, 두 차례의 북한 방문에서 비로소 완성되었다. 이 점에서 마그마가 사라진 이호철 문학은 둥글게 원숙해 갔다.

같은 LST 체험이지만 최인훈의 경우는 이호철과 달랐다. 그는 가족과 함께 LST를 탔던 것이다. 가족 단위가 아니라 "조그만 읍 전체를 배 하나에 다 실었다고 할 정도"(「저자와의 대화」, 『신동아』, 1981. 9. 213쪽)라 했거니와, 이쯤 되면 탈출이긴 해도 집단적 탈출(엑소더스)에 해당되는 것이다. 그 집단 속에는 최인훈 가족이 몽땅 들어 있었다. 이 가족의 장남 최인훈은 결코 외롭지 않았다. 뿐만 아니라 이 가족 전체에 있어서도 새삼스런 체험은 아니었다. 국경도시 회령도 그러했지만 거기서 원산으로 이동했을 때도 뿌리를 내릴 처지가 못 되었다. 당초에 유랑민이었던 까닭. LST를 탔다고 해서 낯선 임시 수도 항도 부산에 떨어졌다고 해서 새삼 놀랄 처지는 아니었다. 이 연장선상에 마침내 저 양간도행이 이어졌다. 이 어찌 자연스러움이 아니랴. 거기에는 다만 반복적 리듬 감각이 있을 뿐 본질적 변화란 있을 수가 없었다.

바로 여기에 최인훈 문학의 본질이 깃들어 잠겨져 있다. 그것은 당초부터 망명의 문학이라 규정된다. 이 경우 '망명의 문학'이란 최인훈적 특징이 각인되어 있다. '도서관 → 책 → 문학 → 소설'의 도식이 그것이다. 이를 '관념'이라 불러도 될 것이다. 국경도시 회령의 벌목장 장남 최인훈이 거기서도 책에 빠졌듯 원산으로 옮겼을 때도 도서관(책)이 전부였다. 책 속의 원숭이가 진짜이고 동물원의 그것은 가짜로 보였다. LST 체험 이후에도 사정은 같았다. 가족 품에 안긴 소년 최인훈은 피난지에서 고등학교를 다녔고, 대학에도 갔고, 당연히 군 복무도 했다. 이 모두는 한갓 허깨비이다. 실상은 그것을 지탱한 것은 책이었고 관념이었다. 군복 차림의 그가 「그레이 구락부 전말기」와 「라울전」을 쓸 수 있었던 것만큼 자연스런 것은 따로 없다. 현실과 전혀 무관한 관념의 세계를 다루었기에 그러하다. 책에서 책으로 이어진 것, 그것이 그의 문학이었다.

『광장』에서도 사정은 크게 변질되지 않았다. 4·19가 그에게 압력을 가했다고는 하나 『광장』의 뼈대는 에세이 및 토론의 장으로 되어 있지 않았던가. 「하늘의 다리」(1970)를 보라. 작가는 주인공으로 하여금 환각의 다리를 서울 상공에서 보게 했다.

이 도저한 관념의 노출이 가져온 무게 때문에 더 이상 견디기 어려운 위기가 찾아오는 것은 시간문제였다. 「총독의 소리」(1968)계의 대체소설이란 과연 소설이란 장르로 감당할 수 있는 것일까. 그에게 이 숨 막힌 길을 뚫게끔 해준 것은 첫 번째 미국 방문이었다. 1973년 IWP에 참가하고 잇달아 가족 품에 안겼을 때였다. 가족의 양간도 체험 속에서 비로소 그는 깨달았다. 망명문학의 막다른 골목이 비로소 눈에 들어왔다. '도서관 → 책 → 문학 → 소설'의 한계가 손에 잡힐 듯이 환해졌다. 소설을 버리고 희곡에로의 방향 전환이 그것. 비로소 그는 4년간의 미국 체험을 청산하고 귀국했다. 그것은 양간도 체험에 대한 종지부 찍기이자 동시에 가족과의 통렬한 결별이었다. 귀국길의 그의 손에 들린 것은 『옛날 옛적에 훠어이 훠이』(1976). 아기장수와 용마 설화를 다룬 이 희곡은 이 망명객의 기존의 '회색의 문학'을 총천연색으로 구출해 준 구원의 문학이었다. 그는 다만 객석에 앉아 무대 위에서 벌어지는 가족을 태운 용마의 발굽 소리와 울음소리를 듣고 있었다(『세계의 문학』, 1976 가을, 창간호, 339쪽). 이 환각만큼 아름다운 것이 따로 있으랴. 주위에서 '다시는 우리 마을에 장수를 보내지 마시라'라고 휘이휘이 외쳐도 객석의 작가 최인훈에겐 아무 소리도 들리지 않았다. 그는 구원되지 않았을까. 인생이란 누가 뭐래도 막판엔 환각의 일종이기에 그러하다.

1951년 12월, 눈보라 휘날리는 원산 부두에서 원산고급중학생 두 명이 LST로 임시 수도 항도 부산 부두에 팽개쳐졌다. 이 두 청소년이 찾은 자기 증명의 길은 글쓰기였는바 하나는 토착화의 길이었고 다른 하나는 망명화의 길이었다. 서로는 저마다의 길을 걸었을 뿐, 마주하여 아무 말도 걸지 않았는데 그럴 필요도 그럴 틈도 없었던 까닭이라 추측된다. 그러나 한국문학사는 말해야 한다. 두 사람의 길이 한국문학사의 길이되 우람한 길의 하나였다는 것을.

새로운 글쓰기, 새 지평의 열림
김윤식 선생의 『문학사의 라이벌 의식 3』에 부쳐

정호웅(홍익대 교수)

1. 대결의 심리학: 새로운 방법론

국문학자이며 한국문학 비평가인 한 작가의 저서 전부를 전시하는 특별한 전시회가 재작년에 있었다. 2015년 후반기 석 달(2015. 9. 11~12. 11) 동안 한국현대문학관에서 열린 '김윤식 저서 특별전'이 그것이다. 단독 저서 149권을 비롯하여 김윤식 선생이 낸 저서를 망라한 이 전시회는 전시 공간의 제약 때문에 '김윤식 글쓰기'의 전부를 보여 주지는 못하였다. 이 전시회에서 보여 주지 못한 것 가운데 하나는 '문학사의 라이벌'에 대한 글쓰기이다.

한 문인의 글쓰기를 라이벌에 대한 경쟁의식에 초점을 맞추어 해석하고, 나아가 라이벌 간의 대결을 벼리로 하여 문학사를 재구성하고자 하는 선생 특유의 방법론이 본격적인 모습을 드러낸 것은 1989년에 출간된 『임화 연구』(문학사상사)에서이다. 모두 17장으로 구성되어 있는데 그 대부분은 라이벌 간의 대결을 직접적으로 드러내는 제목을 달고 있다. '임화와 박영희', '김팔봉과의 대결', '나카노 시게하루(中野重治)와 비 나리는 시나가와역(品川驛)', '김남천, 물논쟁, 논리적 대결의식', '백철과 동류의식', '한설야, 생리적 대결의식', '지하연, 동반의 대결의식' 등이 그것들이다. 한국근대문학사의 문제적 개인인 임화의 글쓰기를 해명하는 주제어가 라이벌에 대한 '대결의식'임이 한눈에 보인다.

이전의 한국문학 연구에서는 찾아볼 수 없는 이 개성의 방법론은 '대결의 심리학'이라 이름 붙일 수 있는 새로운 글쓰기 연구, 작가 연구를 열었다. 나는 다른 곳에서 다음과 같이 말한 바 있다.

'김윤식 저서 특별전'의 머리에는 "자, 이제 지체 없이 떠나라, 나의 손오공이여 나의 문수보살이여. 혼자서 가라, 더 멀리 더 넓게"라는, 선생의 저서 『내가 읽고 만난 일본』의 머리말에서 따온 글이 걸려 있다. 갇히지 않고 안주하지 않는, 저 먼 곳을 향해 자신을 활짝 열고 계속해서 떠나는 이 같은 정신이 스스로를 끌고 밀며 나아와 '두려운 모범'의 세계를 이루었다. 떠나고 또 떠나는 그 정신의 행로는 여전히, 조금의 흔들림도 없이, 저만큼, 앞길을 열며, 혼자서, 나아가고 있다.

'대결의 심리학'은 이처럼 '계속해서 떠나는' 정신이 그 나아감의 어느 지점에서 찾아낸 새로운 방법론이다. 이 새로운 방법론에 근거한 김윤식 선생의 연구와 비평의 대강은 『문학사의 라이벌』 1, 2권에서 만날 수 있다.

그리고, 다시 『문학사의 라이벌 의식 3』이다. 1, 2권에서와 마찬가지로 문인 간의 대결을 다룬 글이 많은데 이 책에 실린 글 열 편 가운데 다섯 편이 여기에 속한다. 다른 점도 있다. 1, 2권에서는 볼 수 없었던 잡지간의 대결, 문학 단체 사이의 대결을 다룬 글이 대거 들어온 것이다. 모두 네 편이나 된다. 이로써 개성의 저술『문학사의 라이벌 의식』은 문인 간의 대결의식을 문제 삼는 데 머무르지 않고 문단사의 맥락에서 잡지와 문학 조직 간의 대결을 다루는 차원으로 나아갔다. 우리 현대문학에 대한 연구와 비평의 전에 없던 새로운 지평이 열렸다. 그 지평 너머 펼쳐진, 치밀한 실증을 딛고 선 해석의 세계는 넓고 깊어 참으로 장관이다.

2. 집단의 세계관을 문제 삼다

문단사의 맥락에서 잡지와 문학 조직 간의 대결을 살핀 글들의 첫머리에 일제강점기 막바지 한국문학의 중심이었던 두 문학 전문 잡지『문장』과『인문평론』의 라이벌 관계를 다룬「『문장』과『인문평론』의 세계관」이 우뚝 서 있다. '우뚝'이란 이 글의 수준과 이 글이 한국문학을 대상으로 한 논리적 분석과 해석의 글쓰기에서 갖는 의미가 어떠한가를 드러내는 말이다.

이 글의 앞부분은 가람 이병기, 상허 이태준, 정지용, 최남선 등의 글을 통해『문장』의 세계관을 밝히고자 한 것이다. 저자는 이병기의 시조에 등장하는 난(蘭)에 대한 고찰에서 출발하여『문장』의 세계관을 살펴 나간다. 이 글에서 밝힌『문장』의 세계관은 분리할 수 없는 통합체로서 존재하는 '선비 정신'과 '예' 그리고 마찬가지로 한 몸을 이루고 있는 '오도'(悟道)와 '예도'(藝道)의 실현이며 지향이라는 것, 심정적인 성격을 지니고 있다는 것, 시적이라는 것, 반근대주의적이며 반역사주의적이라는 것 등이다.『문장』이란 문학 잡지의 세계관이란, 이 잡지를 중심으로 모인 비슷한 성향을 지닌 문인들의 작품들로써 구현되는 집단의 세계관이다. 한 문인의 세계관이 아니라 집단의 세계관을 문제 삼는 것은 우리 문학 연구에서는 처음이니 그 선도적 의의는 대단히 크다. 이처럼『문장』의 세계관을 밝혀 앞에 놓고 그 적수였던『인문평론』을 바라보면 그 세계관의 성격이 뚜렷이 부각된다. 이성적인 성격이 지배적이라는 것, 산문적이라는 것, 근대주의적이며 역사주의적이라는 것 등이다. 이로써 1940년을 전후한 시기 우리 문학의 두 중심이었던『문장』과『인문평론』의 핵심 성격이, 둘 사이의 관계가 뚜렷이 드러나게 되었다.

저자는 이들 두 문학 잡지를 중심으로 모인 문인 집단의 세계관 규명에서 더 나아가 그 정신사적 의미를 밝히고, 이를 바탕으로 그 세계관을 벼리로 한 문학사의 체계화에까지 나아간다. 예를 들면『문장』의 세계관을 벼리 삼아 '조선시대 선비 문학—일제강점기 민족주의 문학—해방 후 문협 정통파의 문학'으로 이어지는 문학사의 맥락을 재구성한다.

두 잡지의 세계관을 규명하는 일에서 문학사의 맥락을 재구성하는 데 이르는 논의는 자칫 실재에서 멀리 떨어진, 거친 주관적·연역적 진단으로 흘러 논리적 설득력을 얻지 못할 위험성이 높다. 이 글은 물론 그렇지 않다. 문학 이론과 미학 이론을 바탕으로 논의를 전개하고 작품론 또는 작가론을 넘어 장르론과 문체론에까지 나아감으로써 해석의 깊이를 확보하였다는 점, 작품의 내밀한 심부를 뚫어보는 섬세하고 날카로운 안목이 이끄는 높은 수준의 작품 해석이 뒷받치고 있다는 점 등이 이를 가능하게 하였다.

『세대』와『사상계』의 관계를 살핀 글,『현대문학』과『문학사상』의 대결을 검토한 글은 「『문장』과 『인문평론』의 세계관」에 이어지는 것들이다. 『세대』와 『사상계』는 종합잡지이므로 전문 문학지인 『문장』, 『인문평론』과는 구별된다. 당연히 문인 집단이 아니라 지식인 집단을 문제 삼는 쪽으로 나아가지 않을 수 없다. 두 잡지를 중심 무대로 저마다의 사상을 개진하고 그럼으로써 현실에 참여하고자 했던 1960년대 한국 정신사를 주도한 두 무리의 지식인을 다룬 글이 솟아올랐다.

저자의 분석에 따르면, 『사상계』와 『세대』는 라이벌답게 다음처럼 대비적이다. 먼저 경영한 사람들이 다르니 월남한 지식인 집단과 군부에 연계된 남쪽 출신의 지식인 집단이 두 잡지를 만들어 끌고 나갔다. 이념도 확연히 달랐는데 저항적 자유민주주의라는 이름표를 단 이상주의와 군부 통치를 옹호하는 현실주의로 뚜렷이 나뉘었다. 통일 문제와 관련한 입장도 크게 달랐다. 『사상계』의 지식인 집단은 월남자들이었던 만큼 '북한과의 연계'라는 혐의를 덮어쓸 위험성이 컸기에 통일론을 겉으로 내세울 수는 없었다. 그들은 '통일론 대신 세계화'를 앞세워 서구에서 펄럭이던 '문화자유주의'의 깃발을 내걸었다. 이와 반대로 『세대』의 지식인 집단은 '북한을 포함한 한반도 통일론'을 강력하게 내세웠는데 그 아래에는 군부 통치를 합리화하려는 의도를 품은 반공주의가 놓여 있었다.

저자는 이 글의 마지막 부분에서 『세대』에 실은 통일론 때문에 반년간 감옥살이를 해야 했던 황용주와 그의 지적 동반자인 소설가 이병주의 관계에 대해 짧게 언급하였는데 문학비평가인 저자의 이병주에 대한 관심과 관련된 것이다. 저자는 이병주 연구서인 『이병주와 지리산』과 『이병주 연구』 등을 냈으며, '이병주기념사업회'의 공동대표의 한 사람으로서 매년 열리는 '이병주 하동 국제문학제'에 참가하여 한 번도 빠지지 않고 새로 쓴 '이병주론'을 발표해 왔는데, 이병주에 대한 탐구의 어느 길목에서 황용주, 황용주의 통일론, 그리고 『세대』에 가 닿았던 것이다.

「『현대문학』과 『문학사상』」은 각각 『현대문학』 600호 발간과 『문학사상』 400호 발간을 맞아 쓴 두 글로 이루어져 있는데, 각 잡지의 특성을 드러내는 데 초점이 놓인 만큼 '라이벌 의식'에 해당하는 내용은 겉에 분명히 드러나 있지 않다.

『현대문학』을 다룬 글은 『현대문학』을 중심에 놓고 구성한 한국현대문학사이다. 격동의 한국현대사, 이와 나란히 펼쳐진 우여곡절 굽이치는 문단사를 바탕에 놓고 잡지를 근거로 한 여러 문학 진영의 치열한 경쟁의 역사가 다양한 자료를 딛고 기술되어 있어 현장을 바로 눈앞에 보는 듯 실감난다. 특히 김동리와 조연현 두 걸출한 문인이 마치 드라마의 두 주인공처럼 활약하고 있어 읽는 재미가 대단하다. 독자의 호흡을 완전히 장악하는 저자의 말길을 좇아 1950~60년 저쪽의 문학사 전개를 정신없이 따라가다 보면 어느새, 그 경쟁에서 이긴 잡지가 문협 정통파의 근거지였던 『문예』와 그 계승인 『현대문학』이라는 문학사적 사실을 자연히 이해하게 된다. 『현대문학』을 다룬 글에서 특히 인상적인 것은 '비평의 작품화'를 겨누는 비평가의 자의식과 관련된 다음 진술이다.

논리로서의 비평이란 마르크스주의, 민족주의, 또 최재서의 해석학 등등이 기왕에 있어 왔지요. 작품을 정확히 분석하고 이를 논리적으로 해석하기가 그것. 그렇다면 그것은 학문(과학)이지 비평이라 할 수 있을까. 이런 물음을 처음으로 발설한 문사가 바로 조연현입니다. 이 사실은 강조되어야 마땅한데, 왜냐하면 비평이 '문학이냐 아니냐'에 걸리는 과제를 안고 있기 때문이지요. 시, 소설, 희곡과 더불어 비평도 문학으로서 독자성을 가질 수 있기 위해서는 과학(논리)에서 벗어나 그 너머에 있는 데까지 가야 합니다. 형상화의 범주 말입니다. 이를 조연현은 '생리'라 불렀던 것. 비평이란 이래도 좋고 저래도 좋다는 식일 수 없는 '온몸으로 말하는 것', '몸부림으로서의 비평'이라 그가 말한 것은 이를 가리킴인 것.

이 진술이 인상적인 것은, 여전히 월평과 계간평을 집필하는 현장비평가의 자리를 굳게 지키고 있는 저자의 비평가로서의 자의식과 관련된 것이기 때문이고, 비평가의 이름을 걸고 글을 쓰는 모든 사람의 복잡한 내면과 관련된 것이기 때문이다. 다양한 문체 실험, 작품에서 시작했지만 때로는 작품으로부터 멀리 벗어나 창작의 경계에까지 날아오르곤 하는 저자 특유의 개성의 글쓰기는 이 같은 자의식과 관련된 것이다.

『문학사상』을 다룬 글은 저자가 직접 겪은 일을 중심으로 구성되어 있어 능란한 이야기꾼이 자신의 체험을 들려주는 한 편의 이야기처럼 읽힌다. 화전민의 메타포를 앞세워 '새로운 언어, 새로운 문법 만들기'를 겨누었던 『문학사상』의 전위성이, 이 잡지를 창간하고 이끌었던 이어령과 5년에 걸쳐 「이광수와 그의 시대」를 연재하는 등 『문학사상』을 대표하는 필자였던 저자 두 뛰어난 비평가의 전위성과 만나, 폭죽처럼 문학사의 하늘을 수놓는다. 장관이다.

「해방공간의 두 단체 ─ 문학가동맹과 청년문학가협회」는 문학 조직의 대결을 다룬 글이다. 『해방공간의 민족문학 연구』, 『해방공간의 한국작가 민족문학 글쓰기론』, 『해방공간의 문학사론』 등의 저서를 통해 해방공간의 문학에 대한 연구를 앞서 이끌었던 저자가, 기왕의 연구를 딛고

두 문학 조직의 대결을 가운데 놓고 이 시기 문학의 전개를 새롭게 구성하였다. 조직의 결성 과정, 정치 세력 및 언론과의 관계, 강령, 주도 세력의 '정신 구조'를 비롯한 사회·정치·문화적 성격 등을 방대한 자료를 동원하여 치밀하게 분석하여 하나로 엮었다. 두 조직의 대결을 다룬 것이지만 이 속에는 '청년문학가협회'를 주도한 김동리와 조연현의 대결을 살핀 부분이 있다. 이로써 이 글은 두 겹의 대결을 품은 중층의 서사가 되었다. 두 문인의 대결은 바로 앞에서 검토한 『『현대문학』과 『문학사상』』에도 들어 있으니 같이 읽으면 좋을 것이다.

두 문학 조직의 대결로 팽팽하게 긴장되어 있던 해방공간의 문학판에 신석정, 이용악, 조지훈, 박목월, 박두진 등 우리가 잘 아는 문인들의 서정시가 낭송되었다는 사실은 흥미롭다. 그들의 개성적인 서정이 역사와 만날 때 날카로운 정치성을 띠게 된다는 사실을 아는 것은 더욱 흥미롭다. 저자를 따라 독자는 그 서정의 안쪽 깊숙한 곳으로 다가갈 수 있다.

3. 문인과 문인의 대결

그리고 문인과 문인의 대결을 다룬 글 다섯 편이다. 임화와 신남철, 백철과 황순원, 김춘수와 김종삼, 이원조와 조지훈, 이호철과 최인훈 등 다섯개의 대결이다. 하나하나가 두 문인에 대한 작가론이면서 관계론이고 나아가 그들의 대결을 중심에 놓고 구성한 문학사론이다. 그 요점만 살펴보기로 한다.

1) 임화와 신남철의 대결: 이 글은 신남철론이자 임화론이며, 두 사

람의 지적 대결을 코드 삼아 재구한 한국현대문학사이고 한국현대지성사이다. 신남철은 경성제대 철학과 출신으로 신문기자와 교사 생활을 거쳐 김일성대학 교수에 이르기까지 곡절다기의 삶을 살았다. 1930년대 중반 이런 신남철과 임화가 맞붙었다. 북쪽에서 임화가 숙청될 때까지 계속되는 두 사람의 대결은 철학자와 문학비평가 또는 시인, 경성제대 아카데미시즘과 문단 문학, '잠언을 저작하는 인간'과 문학사가 또는 혁명 전사 (시인이며 정치조직인인) 사이의 대결이다. 국문학자이니만큼 저자는 그 대결이 문인 임화를 이해하는 데 어떤 의미가 있는지에 기울었다. 박영희, 김기진, 한설야, 김남천, 백철 등 동료 문인들과의 대결이라는 관점에서는 포착되지 않았던 임화의 다른 얼굴이 철학자 신남철에 대비되어 또렷이 드러날 수 있었다.

2) 백철과 황순원의 대결: 1960년 말 황순원의 장편『나무들 비탈에 서다』를 사이에 놓고 백철과 황순원이 맞붙었다. 이른바 '『나무들 비탈에 서다』 논쟁'이다. 『동아일보』와 『한국일보』를 무대로 두 검객은 몇 차례, 상대를 무시하는 오연한 태도로 독설을 주고받았지만 "아무래도 우리의 이 '대화'는 싱겁게 된 것 같다"라는 황순원의 말처럼 '싱겁게' 끝나고 말았다. 그런데 이 싱거운 논쟁을 다룬 저자의 글은 싱겁지 않은데 두 가지 면에서 그러하다. 하나는 수정을 거듭하는 황순원의 '창작 방법'과 관련한 해석과 관련된 것이다. 황순원은 잡지에 발표한 작품을 작품집에 수록할 때 개작하고 다시 선집에 수록할 때도 개삭하는 것으로 알려져 있는 작가이다. 잡지에 발표하기 전에도 수없이 손보아 다시 쓰는 과정을 거쳤을 것임에 '황순원 창작 방법의 요체는 개작'이라고 할 수도 있을 것이다.

이처럼 반복 개작의 창작 방법은 물론 '완성도 높은 작품을 지향하는 투철한 작가의식' 때문이겠지만 이와 함께 '이데올로기의 억압'과 관련된 것일 수도 있다는 점을 저자는 지나가는 투로 지적해 놓았다. 해방공간에 「술 이야기」 등을 발표하여 이념적 억압을 겪은 작가의 트라우마와 무관하지 않을 가능성이 높다는 해석이다. 이 글을 싱겁지 않게 만든 또 다른 요인은 백철의 글쓰기 특성에 대한 깊은 통찰이다. 저자는 '극대화와 극소화의 구성법'이라 명명했는데, 극소화란 작품의 세세한 부분을 문제 삼는 것을, 극대화란 '서구 문학사조 및 서구 작가의 시선 도입'을 뜻한다. 저자는 백철의 이 같은 글쓰기를 "그 두 울림 속에서 또 다른 기묘한 메아리가 쳤다. 누구도 흉내 낼 수 없는 백철 글쓰기의 매력이 거기 있었다"라고 진단하였다. 작품이 발표되는 바로 그 현장을 지키며 글쓰기 평생을 살아온 저자의 현장비평가로서의 자의식이 여기 깃들어 있는 것으로 읽힌다.

3) 김춘수와 김종삼: 김종삼론이자 김춘수론이고, 또 김수영론이기도 하고 김현론이기도 하며, 4·19를 가운데 놓고 재구한 한국 현대시사론이기도 하다. 뿐이랴. 말라르메, 사르트르 등 프랑스 현대문학과 한국 현대문학의 영향 관계를 깊게 살피고 있으니 한불 비교문학론이기도 하다. 시작법의 근본을 문제 삼는 논의이기에 하도 깊어서 일반 독자는 따라 읽기 어렵다. 이 글에서 다루고 있는 시인 대부분의 문학이 의미로부터 탈출하고자 하는 의지에서 생겨난 '애매성'에 싸여 있어 난해하기 짝이 없는데, 그 근본을 문제 삼는 논의이니 어려울 수밖에 없다. 난해성의 밀림이라고 표현할 수 있을 정도이다. 그 밀림을 헤매다가 벗어나 거리를

두고 보면 뚜렷이 보이는 것이 있다. 김수영-김춘수-김종삼 세 시인의 관계가 그것인데 특히 김수영과 김춘수 두 거목의 경쟁 관계가 재미있다. 김춘수는 의미를 추방하는 시법으로 김수영에 맞서고자 했으며 마침내 넘어섰다는 게 저자의 진단인데, 이로써 한국 현대시사의 코드 하나가 논리적 인식의 체계에 들어왔다.

4) 이원조와 조지훈: 경북 동북부에는 멀리 넓은 벌과 강이 내려다보이는 산자락에 자리 잡고 수백 년 세거해 온 양반 집안이 숱하게 많은데 그런 집안 출신의 현대 문인을 대표하는 이원조와 조지훈의 대결을 다루었다. 그 대결은 근대주의자와 전통주의자의 대결, 남로당 계열 사회주의자와 민족주의자의 대결, 비평의 논리적 언어와 시의 서정적 언어의 대결, 나라 만들기에 나아간 정치인과 그 바깥에 섰던 문학인의 대결이다. 누가 이겼는지를 묻는 것은 부질없는 짓, 그들은 저마다의 자리에서 최선을 다해 논리를 다듬고 정신을 닦아 삶의 길 문학의 길을 새롭게 열고자 하였을 뿐이다.

5) 이호철과 최인훈: 1951년 12월 원산 부두, 이후 한국 소설계의 거목으로 성장하는 원산고급중학생 두 명이 LST를 타고 대한민국 임시 수도 부산으로 향하는 탈출의 길에 올랐다. 이호철과 두 학년 아래 최인훈이었다. 「토착화의 문학과 망명화의 문학—이호철과 최인훈」은 이 두 작가의 삶과 문학의 행보를 성밀하게 엮어 짠 글이다. 저자는 누 작가의 방대한 문학 한복판에 곧바로 손을 넣어 핵심을 움켜쥐고 이호철의 문학을 현실주의에 근거한 '토착의 문학'으로, 최인훈의 문학을 관념에 바탕을

둔 '망명의 문학'이라 명명했다. 그 이름들로써 모든 것이 환하게 드러났다.

4. 섬세하고 날카로운 감각의 힘

저자가 그동안 낸 저서는 종수로만 따져 150종이 넘는다. 현장비평, 문학사 연구, 작가 평전, 예술 기행 등 여러 영역에 걸치는 저자의 글쓰기로써 한국문학과 한국문학 연구의 전에 없던 새 길이 그때그때 새롭게 열리곤 하였다. 선도의 글쓰기, 전위의 글쓰기! 남이 갖지 못한 많은 것을 가졌기에 가능한 일이었을 것이다. 그 가운데 사람들이 잘 알지 못하는 것, 그러나 이 모든 일의 기본인 것은 작품에 감응하고 그 심부를 꿰뚫는 섬세하고 날카로운 감각이다. 지식과 논리 이전의 감각, 그것을 딛고서야 비로소 지식이 쓰일 자리를 찾을 수 있고 논리가 세워질 수 있는 것, 또 생득적인 것이면서 한편으로는 지식과 논리에 의해 날카롭게 벼려지고 섬세해지는 감각 말이다. 저자의 이 같은 감각을 잘 보여 주는 예 하나만 들겠다. 이병기의 시조 「수선화」를 통해 가람 시조 곳곳에 나오는 '볕'이라는 시어와 관련된 논의이다.

가람 시조의 도처에 보석처럼 박힌 단 하나의 낱말을 찾는다면 윗점 친 '볕'이다. 그것은 '어둠'을 동시에 내포한다. 이 광음 속에 생명의 서식지가 있다. 수선 그것은 2월에 피고 2월 그 자체이다. 광음과 한기 속에 생명이 놓인다. '볕'이란 '빛'이라는 밝음의 세계와는 구별된다. '볕'이란 밝음과 함께 '온도'를 내포한다. '볕'에 대응되는 단 하나의 낱말을 한국어는 갖고 있지 않다. 그 대칭어는 다만 '어둠'이다. 그 대칭어는 다만

'어둠'에다 '차가움'을 합할 수밖에 도리가 없다. 생명의 서식지는 밝음도 어둠도, 또한 뜨거움도 차가움도 아니다. 이 네 가지 속성이 한순간에 마주치는 자리, 거기에만 생명이 가장 확실하게 포착된다. 은폐성으로서의 생명의 존재 방식, 가장 섬세한 것, 조그만 위치 변경에도 사라지는 것이 생명이 아니라면 생명의 자리는 아무 데서도 찾지 못하리라. 그 생명의 신호가 '향'이라는 불가시성의 존재물이다.

'볕'이라는 말에서 빛과 따뜻함을 떠올리는 것은 누구나 할 수 있다. 그러나 '볕'에 어둠과 차가움이 '내포'되어 있다는 통찰은 아무나 할 수 있는 일이 아니다. 더 나아가, "생명의 서식지는 밝음도 어둠도, 또한 뜨거움도 차가움도 아니"고 "이 네 가지 속성이 한순간에 마주치는 자리"라는 발견에까지 나아갈 수 있는 사람은 참으로 드물다. 그것을 가능하게 한 것은 섬세하고 날카로운 감각이다. 이 감각이 저 높고 거대한 '김윤식 문학'을 세웠다.

찾아보기